U0057035

【臺灣現當代作家研究資料彙編】103

李曼瑰

國立台灣文學館
出版

部長序

文化是一群人思想言行的沉澱，臺灣文化是共同活在這塊土地上所有人的記憶，臺灣文學更是寫作者、評論者、閱讀者經驗交流的最具體且明顯的印記。

在不很久之前的 2018 年 1 月，國立臺灣文學館才舉辦「臺灣現當代作家研究資料彙編計畫」第七階段成果發表會，作家、家屬、學者齊聚，見證累積百冊的成果已成當代文學界匯集經典與志業的盛事。

時序來到歲末年終，文學館接力推出第八階段的出版成果，也就是林語堂、洪炎秋、李曼瑰、王詩琅、李榮春、吳瀛濤、王藍、郭良蕙、辛鬱、黃娟十位重要作家的研究彙編，為叢書再疊上一批穩固的基石。

記憶是土壤，會隨著時代的震盪而流失，甚至整個族群忘卻事情的始末，成為無根的人群。這時候就需要作家的心、文學的筆，將生命體驗以千折百轉的方式描摹、留存到未來。如此說來，文學就是為國家的記憶鎖住養分，留待適當的時機按圖索驥，找出時空的所有樣貌。

作家所見所思、所想所感，於不同世代影響時代的認識，因此我們談文學、讀作品，不可能躍過作家。「臺灣現當代作家研究資料彙編計畫」的精神恰與文化部近來致力推動「重建臺灣藝術史計畫」的核心想法不謀而合，也就是從檔案史料中提煉出最能彰顯臺灣文化多元性的在地史觀，為 21 世紀臺灣文化認同找到最紮實的記憶路徑。這套叢書透過回顧作家生平經歷、查找他們的文學互動軌跡，加上諸多研究者的評述，讀者不僅與作家的文學腳蹤同行，也由此進入臺灣特有的文學世界。

十分欣見臺文館將第八階段的編選成果呈現在面前。這個計畫從 2010 年開展，完成了 110 位臺灣現當代重要作家的研究資料彙編。這份長長的名單裡，雖不乏許多讀者耳熟能詳的文學大家，但也有許多逐漸為讀者或研究者都忘的好手。這個百餘冊的彙編，就是倒入臺灣文化記憶土壤的養分。漸漸離開前臺的前輩作家，再度重新被閱讀、被重視、被討論，這是推展臺灣文學的價值。

這一套兼具深度與廣度的臺灣文學工具書，不只提供國內外關心、研究臺灣文學的用戶參考，並期待持續點亮臺灣文學的光芒。

文化部部長 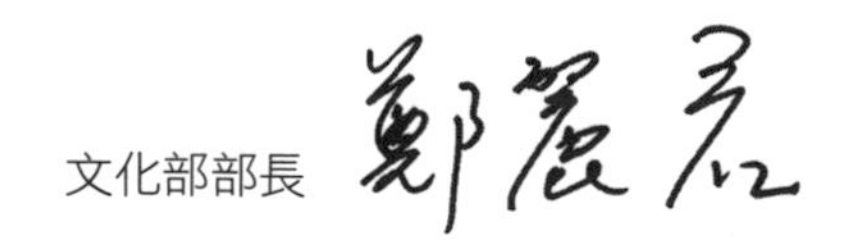

館長序

以文字方式留存的臺灣文學，至少已有三百餘年歷史，若再加計原住民節奏韻味的口傳文化，絕對是至足以聚攏一整個社會的集體記憶。相對於文學創作的不屈不撓，臺灣文學的「研究」，則因為政治情境所迫，而遲至 1990 年代才能在臺灣的大學科系成立，因此有必要加緊步履「文學史」的補課工作。

國立臺灣文學館，當然必須分擔這個責任。文學，是人類使用符號而互動的最高級表現，作家透過作品與讀者進行思想的美好交鋒，是複雜的社會共感歷程。其中，探討作家的作品，固是文學研究的明確入口，然而讀者的回應甚至反擊，更是不遑多讓的迷人素材。臺灣文學館在 2010 年開啟《臺灣現當代作家研究資料彙編》的編纂計畫，委託臺灣文學發展基金會執行，以「現當代」文學作家為界，蒐羅散落各地、視角多元的研究評論資料，期能更有效率勾勒臺灣文學的標竿圖像。

《臺灣現當代作家研究資料彙編》，由最早預定三個階段出版 50 冊的計畫，因各界的期許而延續擴編，至今已是第八階段，累積出版已達 110 冊。當然，臺灣文學作家的意義，遠遠大於現當代的範圍，彙編選擇的作家對象，也不可能窮盡，更無位階排名之意。

現當代的範圍始自 1920 年代賴和的世代至今，相對接近我們所處的社會，也更能捕捉臺灣文化史的雜揉情境。當然部落社會的無名遊吟者、清末古典文學的漢詩人，曾在各個時代留下痕跡的文學家們，亦為高度值得尊崇的文學瑰寶。第八階段彙編計畫包含林語堂、洪炎秋、李曼瑰、王詩琅、李榮春、吳瀛濤、王藍、郭良蕙、辛鬱、黃娟共十位作家，顧及並體現了臺灣文學跨越族群、性別、世代、階級的共同歷程，而各冊收錄的研究評論，也提供我們理解臺灣文學特殊面向的不同視野。期待彙編資料真能開啟一個窗口，以看見臺灣短短歷史撞擊出的這麼多類屬各異的文學互動。

國立臺灣文學館館長 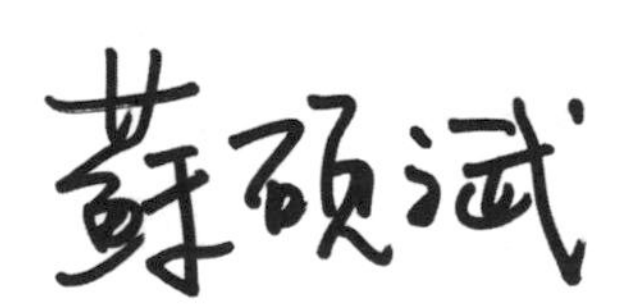

編序

◎封德屏

緣起

1995 年 10 月 25 日，在臺灣師範大學教育大樓的 201 室，一場以「面對臺灣文學」為題的座談會，在座諸位學者分別就臺灣文學的定義、發展、研究，以及文學史的寫法等，提出宏文高論，而時任國家圖書館編纂張錦郎的「臺灣文學需要什麼樣的工具書」，輕鬆幽默的言詞，鞭辟入裡的思維，更贏得在座者的共鳴。

張先生以一個圖書館工作人員自謙，認真專業地為臺灣這幾十年來究竟出版了多少有關臺灣文學的工具書，做地毯式的調查和多方面的訪問。同時條理分明地針對研究者、學生，列出了十項工具書的類型，哪些是現在亟需的，哪些是現在就可以做的，哪些是未來一步一步累積可以達成的，分別做了專業的建議及討論。

當時的文建會二處科長游淑靜，參與了整個座談會，會後她劍及履及的開始了文學工具書的委託工作，從 1996 年的《臺灣文學年鑑》起始，一年一本的編下去，一直到現在，保存延續了臺灣文學發展的基本樣貌。接著是《中華民國作家作品目錄》的新編，《臺灣文壇大事紀要》的續編，補助國家圖書館「當代文學史料影像全文系統」的建置，這些工具書、資料庫的接續完成，至少在當時對臺灣文學的研究，做到一些輔助的功能。

2003 年 10 月，籌備多年的「臺灣文學館」正式開幕運轉。同年五月《文訊》改隸「財團法人台灣文學發展基金會」，為了發揮更大的動能，開始更積極、更有效率地將過去累積至今持續在做的文學史料整理出來，讓豐厚的文藝資源與更多人共享。

於是再次的請教張錦郎先生，張先生認為文學書目、作家作品目錄、文學年鑑、文學辭典皆已完成或正在進行，現在重點應該放在有關「臺灣現當代作家評論資料目錄」的編輯工作上。

很幸運的，這個計畫的發想得到當時臺灣文學館林瑞明館長的支持，於是緊鑼密鼓的展開一切準備工作：籌組編輯團隊、召開顧問會議、擬定工作手冊、撰寫計畫書等等。

張錦郎先生花了許多時間編訂工作手冊，每一位作家的評論資料目錄分為：

（一）生平資料：可分作者自述，旁人論述及訪談，文學獎的紀錄。

（二）作品評論資料：可分作品綜論，單行本作品評論，其他作品（包括單篇作品）評論，與其他作家比較等。

此外，對重要評論加以摘要解說，譬如專書、專輯、學術會議論文集或學位論文等，凡臺灣以外地區之報刊及出版社，於書名或報刊後加註，如中國大陸、香港、新加坡等。此外，資料蒐集範圍除臺灣外，也兼及中國大陸、香港、新加坡、日本、韓國及歐美等地資料，除利用國內蒐集管道外，同時委託當地學者或研究者，擔任資料蒐集工作。

清楚記得，時任顧問的學者專家們，都十分高興這個專案的啟動，但確定收錄哪些作家名單時，也有不同的思考及看法。經過充分的討論後，終於取得基本的共識：除以一般的「文學成就」為觀察及考量作家的標準外，並以研究的迫切性與資料獲得之難易度為綜合考量。譬如說，在第一階段時，作家的選擇除文學成就外，先考量迫切性及研究性，迫切性是指已故又是日治時期臺籍作家為優先，研究性是指作品已出土或已譯成中文為優先。若是作品不少而評論少，或作品評論皆少，可暫時不考慮。此外，還要稍微顧及文類的均衡等等。基本的共識達成後，顧問群共同挑選出 310 位作家，從鄭坤五、賴和、陳虛谷以降，一直到吳錦發、陳黎、蘇偉貞，共分三個階段進行。

「臺灣現當代作家評論資料目錄」專案計畫，自 2004 年 4 月開始，至 2009 年 10 月結束，分三個階段歷時五年六個月，共發現、搜尋、記錄了十餘萬筆作家評論資料。共經歷了三位專職研究助理，近三十位兼任研究助理。這些研究助理從開始熟悉體例，到學習如何尋找資料，是一條漫長卻實用的學習過程。

接續

「臺灣現當代作家評論資料目錄」的專案完成，當代重要作家的研究，更可以在這個基礎上，開出亮麗的花朵。於是就有了「臺灣現當代作家研究資料彙編暨資料庫建置計畫」的誕生。為了便於查詢與應用，資料庫的完成勢在必行，而除了資料庫的建置外，這個計畫再從 310 位作家中精選 50 位，每人彙編一本研究資料，內容有作家圖片集，包括生平重要影像、文學活動照片、手稿及文物，小傳、作品目錄及提要、文學年表。另外每本書分別聘請一位最適當的學者或研究者負責編選，除了負責撰寫八千至一萬字的作家研究綜述外，再從龐雜的評論資料中挑選具有代表性的評論文章，平均 12～14 萬字，最後再附該作家的評論資料目錄，以期完整呈現該作家的生平、創作、研究概況，其歷史地位與影響。

第一部分除資料庫的建置外，50 位作家 50 本資料彙編（平均頁數 400～500 頁），分三個階段完成，自 2010 年 3 月開始至 2013 年 12 月，共費時 3 年 9 個月。因為內容充實，體例完整，各界反應俱佳，第二部分的 50 位作家，分四階段進行，自 2014 年 1 月開始至 2017 年 12 月，共費時 4 年，並於 2017 年 12 月出版《百冊提要》，摘要百冊精華，也讓研究者有清晰的索引可循。2018 年 1 月，舉行百冊成果發表會，長年的灌溉結果獲文化部支持，得以延續百冊碩果，於 2018 年 1 月啟動第三部分 20 位作家的資料彙編。

成果

雖然過程是如此艱辛，如此一言難盡，可是終究看到豐美的成果。每位編選者雖然忙碌，但面對自己負責的作家資料彙編，卻是一貫地認真堅持。他們每人必須面對上千或數百筆作家評論資料，挑選重要或關鍵性的評論文章，全面閱讀，然後依照編選原則，挑選評論文章。助理們此時不僅提供老師們所需要的支援，統計字數，最重要的是得找到各篇選文作者，取得同意轉載的授權。在起初進度流程初估時，我們錯估了此項工作的難度，因為許多評論文章，發表至今已有數十年的光景，部分作者行蹤難查，還得輾轉透過出版社、學校、服務單位，尋得蛛絲馬跡，再鍥而不捨地追蹤。有了前面的血淚教訓，日後關於授權方面，我們更是如臨深淵、如履薄冰，希望不要重蹈覆轍，在面對授權作業時更是戰戰兢兢，不敢懈怠。

除了挑選評論文章煞費苦心外，每個作家生平重要照片，我們也是採高標準的方式去蒐集，過世作家家屬、友人、研究者或是當初出版著作的出版社，都是我們徵詢的對象。認真誠懇而禮貌的態度，讓我們獲得許多從未出土的資料及照片，也贏得了許多珍貴的友誼。許多作家都協助提供照片手稿等相關資料，已不在世的作家，其家屬及友人在編輯過程中，也給予我們許多協助及鼓勵，藉由這個機會，與他們一起回憶、欣賞他們親人或父祖、前輩，可敬可愛的文學人生。此外，還有許多作家及研究者，熱心地幫忙我們尋找難以聯繫的授權者，辨識因年代久遠而難以記錄年代、地點、事件的作家照片，釐清文學年表資料及作家作品的版本問題，我們從他們身上學習到更多史料研究可貴的精神及經驗。

但如何在規定的時間內，完成每個階段資料彙編的編輯出版工作，對工作小組來說，確實是一大考驗。每一冊的主編老師，都是目前國內現當代臺灣文學教學及研究的重要人物，因此都十分忙碌。每一本的責任編輯，必須在這一年的時間內，與他們所負責資料彙編的主角——傳主及主編老師，共生共榮。從作家作品的收集及整理開始，必須要掌握該作家所有出版的作品，以及盡量收集不同出版社的版本；整理作家年表，除了作家、研究者已撰述好的年表外，也必須再從訪談、自傳、評論目錄，從作品出版等線索，再作比對及增刪。再來就是緊盯每位把「研究綜述」放在所有進度最後一關的主編們，每隔一段時間提醒他們，或順便把新增的評論目錄寄給他們（每隔一段時間就有新的相關論文或學位論文出現），讓他們隨時與他們所主編的這本書，產生聯想，希望有助於「研究綜述」撰寫的進度。

在每個艱辛漫長的歲月中，因等待、因其他人力無法抗拒的因素，衍伸出來的問題，層出不窮，更有許多是始料未及的。譬如，每本書的選文，主編老師本來已經選好了，也經過授權了，為了抓緊時間，負責編輯的助理們甚至連順序、頁碼都排好了，就等主編老師的大作了，這時主編突然發現有新的文章、新的資料產生：再增加兩三篇選文吧！為了達到更好更完備的目標，工作小組當然全力以赴，聯絡，授權，打字，校對，重編順序等等工作，再度展開。

此次第三部分第一階段共需完成的 10 位作家研究資料彙編，年齡層與活動地區分布較廣，跨越 19 世紀末至 1930 年代出生的作者，步履遍布海內外各地。出生年代較早的作者，在年表事件的求證以及早年著作的取得上，饒有難度，也考驗團隊史料採集與判讀的功力。以出生年代較近的作者而言，許多疑難雜症不刃而解，有些連主編或研究者都不太清楚的部分，譬如年表中的某一件事、某一個年代、某一篇文章、某一個得獎記錄，作家本人及家屬絕對是一個最好的諮詢對象，對解決某些問題來說，這是一個好的線索，但既然看了，關心了，參與了，就可能有不同的看法，選文、年表、照片，甚至是我們整本書的體例，於是又是一場翻天覆地的大更動，對整本書的品質來說，應該是好的，但對經過多次琢磨、修改已進入完稿階段的編輯團隊來說，這不啻是一大挑戰。

1990 年開始，各地縣市文化中心（文化局），對在地作家作品集的整理出版，以及臺灣文學館成立後對日治時期作家以迄當代重要作家全集的編纂，對臺灣文學之作家研究，也有了很好的促進作用。如《楊逵全集》、《林亨泰全集》、《鍾肇政全集》、《張文環全集》、《呂赫若日記》、《張秀亞全集》、《葉石濤全集》、《龍瑛宗全集》、《葉笛全集》、《鍾理和全集》、《錦連全集》、《楊雲萍全集》、《鍾鐵民全集》等，如雨後春筍般持續展開。

經過近二十年的努力，臺灣文學的研究與出版，也到了可以驗收或檢討成果的階段。這個說法，當然不是要停下腳步，而是可以從「臺灣現當代作家評論資料目錄」所呈現的 310 位作家、10 萬筆資料中去檢視。檢視的標的，除了從作家作品的質量、時代意義及代表性去衡量外、也可以從作家的世代、性別、文類中，去挖掘有待開墾及努力之處。因此這套「臺灣現當代作家研究資料彙編」，大部分的編選者除了概述作家的研究面向外，均有些觀察與建議。希望就已然的研究成果中，去發現不足與缺憾，研究者可以在這些不足與缺憾之處下功夫，而盡量避免在相同議題上重複。當然這都需要經過一段時間去發現、去彌補、去重建，因此，有關臺灣文學的調查、研究與論述，就格外顯得重要了。

期待

感謝臺灣文學館持續推動這兩個專案的進行。「臺灣現當代作家評論資料目錄」的完成，呈現的是臺灣文學研究的總體成果；「臺灣現當代作家研究資料彙編」的出版，則是呈現成果中最精華最優質的一面，同時對未來臺灣文學的研究面向與路徑，作最好的建議。我們可以很清楚的體會，這是一條綿長優美的臺灣文學接力賽，經過長時間的耕耘、灌溉，風搖雨濡、燭影幽轉，百年臺灣文學大樹卓然而立，跨越時代並馳而行，百冊作家研究資料彙編得千位作家及學者之力，我們十分榮幸能參與其中，更珍惜在傳承接力的過程，與我們相遇的每一個人，每一件讓我們真心感動的事。我們更期待這個接力賽，能有更多人加入。誠如張恆豪所說「從高音獨唱到多元交響」，這是每一個人所期待的。

編輯體例

一、本書編選之目的，為呈現李曼瑰生平、著作及研究成果，以作為臺灣文學相關研究、教學之參考資料。

二、全書共五輯，各輯內容及體例說明如下：

輯一：圖片集。選刊作家各個時期的生活或參與文學活動的照片、著作書影、手稿（包括創作、日記、書信）、文物。

輯二：生平及作品，包括三部分：

1.小傳：主要內容包括作家本名、重要筆名，生卒年月日，籍貫，及創作風格、文學成就等。

2.作品目錄及提要：依照作品文類（論述、詩、散文、小說、劇本、報導文學、傳記、日記、書信、兒童文學、合集）及出版順序，並撰寫提要。不收錄作家翻譯或編選之作品。

3.文學年表：考訂作家生平所進行的文學創作、文學活動相關之記要，依年月順序繫之。

輯三：研究綜述。綜論作家作品研究的概況，並展現研究成果與價值的論文。

輯四：重要文章選刊。選收作家自述、訪談紀錄以及國內外具代表性的相關研究論文及報導。

輯五：研究評論資料目錄。收錄至 2018 年 11 月底止，有關研究、論述臺灣現當代作家生平和作品評論文獻。語文以中文為主，兼及日文和英文資料。所收文獻資料，以臺灣出版為主，酌收中國大陸、香港、日本和歐美國家的出版品。內容包含三部分：

1.「作家生平、作品評論專書與學位論文」下分為專書與學位論文。

2.「作家生平資料篇目」下分為「自述」、「他述」、「訪談」、「年表」、「其他」。

3.「作品評論篇目」下分為「綜論」、「分論」、「作品評論目錄、索引」、「其他」。

目次

【輯五】研究評論資料目錄

輯一◎圖片集

影像◎手稿◎文物

1920年代初期，就讀於廣州白鶴洞真光女子中學（今真光中學）的李曼瑰，初次接觸戲劇，積極參與幕前演出與幕後創作。（國立臺灣文學館）

1930年7月，李曼瑰北平燕京大學畢業照。（國立臺灣文學館）

1934年，赴美進修前的李曼瑰與母親雷玉瑗（前）、幼弟李枝榮（左）之合影。（國立臺灣文學館）

1930年代中期，李曼瑰於美國印第安納州士兵與水手紀念碑前留影。（國立臺灣文學館）

1930年代晚期，李曼瑰（左）妹妹李滿意（右）合影於紐約。（國立臺灣文學館）

1941～1942年，任教於金陵女子文理學院英語系的李曼瑰（左立者）。（國立臺灣文學館）

1946年11月6日，李曼瑰（前排左三）膺選為制憲國民大會代表，上任前親友為其舉辦之餞別。前排左四母親雷玉瑗、前排右一幼弟李枝榮。（國立臺灣文學館）

1947年10月1日，李曼瑰（前排左五）與三民主義青年團中央監察會合影。（國立臺灣文學館）

約1950年，攝於臺北泉州街自宅的家族照。前排左三母親雷玉瑗（後），二排左六李曼瑰（前），左七李枝榮（後）。（國立臺灣文學館）

1956年3月14日，出席由蔣經國宴請「44年度全國青年最喜閱讀文藝作品及最推崇文藝作家測驗」入選作家餐會，與其中十位女作家合影於臺北市「婦女之家」。右起：蘇雪林、謝冰瑩、徐鍾珮、王潔心、李曼瑰、艾雯、孟瑤、許素玉（後）、張漱菡、章一萍。（文訊文藝資料中心提供）

1957年12月，李曼瑰（後排右三）與孫多慈（後排右五）榮獲四十六年度教育部文藝獎金。（國立臺灣文學館）

1958年1月18日，李曼瑰（三排右三）於第一屆女立法委員聯歡紀念會合影。（國立臺灣文學館）

1959年3月，李曼瑰赴舊金山勝利堂（今華埠社區中心）觀看由中流劇藝社演出的話劇《女畫家》。（國立臺灣文學館）

1963年，話劇《楚漢風雲》公演，李曼瑰（中坐者）、導演劉碩夫（前排左）與演員合影。（國立臺灣文學館）

1965年，話劇《國父傳》上演，李曼瑰（坐者右四）與演員合照。（國立臺灣文學館）

1968年，李曼瑰與學生合影。左起：孫國旭、黃以功、李曼瑰、佚名、張曉風、張曉風丈夫林治平。（張曉風提供）

1970年6月14～18日，（前排右三）出席第16屆亞洲影展，攝於印尼雅加達。（國立臺灣文學館）

1970年7月9日，與中華民國筆會成員留影於日本清水寺。右起：陳紀瀅、李曼瑰、畢璞、葉蟬貞。（國立臺灣文學館）

1970年6月30～7月4日，出席於韓國舉辦的第37屆世界國際筆會，於慶州佛國寺留影。右起：宣勇、李曼瑰、謝冰瑩、佚名。（國立臺灣文學館）

約1970年，於阿里山祝山平臺觀日，並於同年完成劇本《阿里山的太陽》。（國立臺灣文學館）

1974年9月28日，李曼瑰（一排右二）以劇本《瑤池仙夢》獲頒六十三年度中山文藝創作獎，與全體得獎人合影。前排右一王怡之、右三朱傳譽、右六王雲五、左二張鐵君。（國立臺灣文學館）

1975年3月，話劇《瑤池仙夢》於臺北南海路國立藝術館（今臺灣藝術教育館）公演，李曼瑰（左）與演員一同登臺謝幕。此劇為李氏之遺作，同年十月便因肝癌病逝。（國立臺灣文學館）

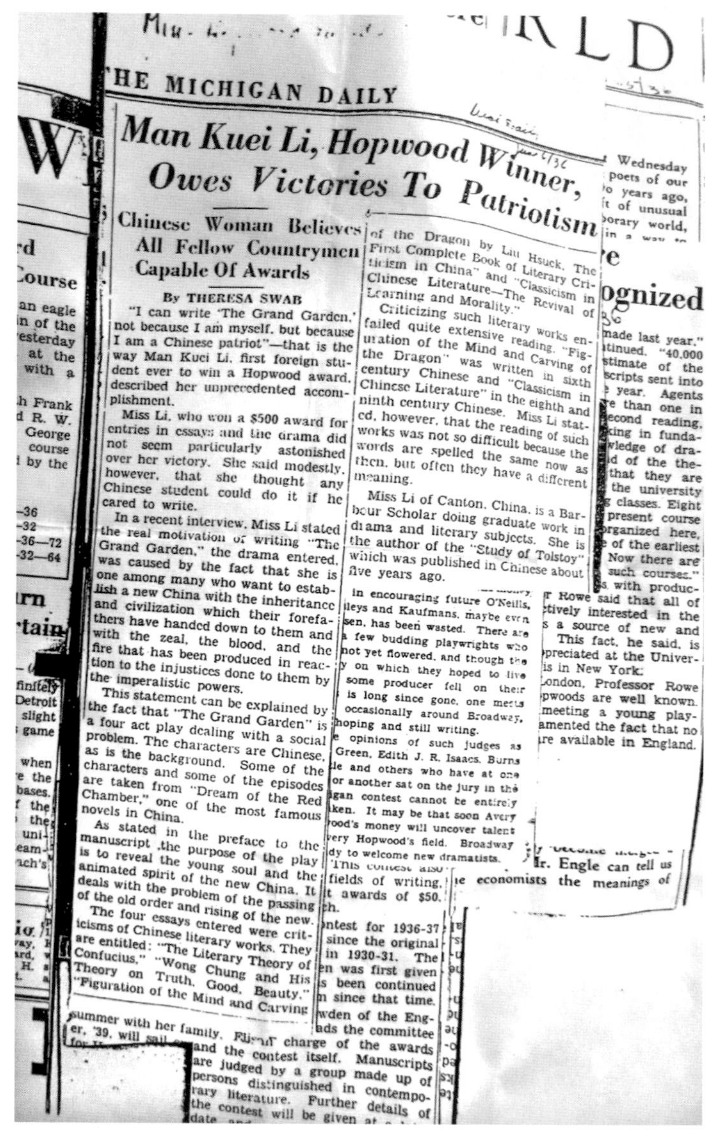

THE MICHIGAN DAILY

Man Kuei Li, Hopwood Winner, Owes Victories To Patriotism

Chinese Woman Believes All Fellow Countrymen Capable Of Awards

By THERESA SWAB

"I can write 'The Grand Garden,' not because I am myself, but because I am a Chinese patriot"—that is the way Man Kuei Li, first foreign student ever to win a Hopwood award, described her unprecedented accomplishment.

Miss Li, who won a $500 award for entries in essays and the drama did not seem particularly astonished over her victory. She said modestly, however, that she thought any Chinese student could do it if he cared to write.

In a recent interview, Miss Li stated the real motivation of writing "The Grand Garden," the drama entered, was caused by the fact that she is one among many who want to establish a new China with the inheritance and civilization which their forefathers have handed down to them and with the zeal, the blood, and the fire that has been produced in reaction to the injustices done to them by the imperialistic powers.

This statement can be explained by the fact that "The Grand Garden" is a four act play dealing with a social problem. The characters are Chinese, as is the background. Some of the characters and some of the episodes are taken from "Dream of the Red Chamber," one of the most famous novels in China.

As stated in the preface to the manuscript ,the purpose of the play is to reveal the young soul and the animated spirit of the new China. It deals with the problem of the passing of the old order and rising of the new.

The four essays entered were criticisms of Chinese literary works. They are entitled: "The Literary Theory of Confucius," "Wong Chung and His Theory on Truth, Good, Beauty," "Figuration of the Mind and Carving of the Dragon by Liu Hsuek, The First Complete Book of Literary Criticism in China" and "Classicism in Chinese Literature—The Revival of Learning and Morality."

Criticizing such literary works entailed quite extensive reading. "Figuration of the Mind and Carving of the Dragon" was written in sixth century Chinese and "Classicism in Chinese Literature" in the eighth and ninth century Chinese. Miss Li stated, however, that the reading of such works was not so difficult because the words are spelled the same now as then, but often they have a different meaning.

Miss Li of Canton, China, is a Barbour Scholar doing graduate work in drama and literary subjects. She is the author of the "Study of Tolstoy" which was published in Chinese about five years ago.

1936年5月，李曼瑰榮獲霍普渥德獎（Hopwood Awards）戲劇與文學批評雙首獎，密西根日報以大篇幅版面報導此事。（David Lei提供）

527 W. 124 St.
New York City,
June 29, 1940.

Dear Miss Griest:

Thank you very much for your letter. I have seen Miss Yung, + she said that she had taken that vacancy in the Tourist class which was cancelled by her cousin.

Things in Hongkong are so indefinite these days, that I am afraid we shall not be able to return to China at all. How do you think of this question? Do you think it

[2] is wise that Ginling start to find some substitute in Chengtu now, or shall we decide in the last minute? For my part I think it is better to have some one, if possible, to take my work in the first semester at least. As the sailing of the President Coolidge is not at all certain, I shall be late to school any how.

I am hoping to hear

[3] from you and know ~~what~~ your opinion.

Sincerely yours,
Man-Kuei Li.

JUN 29
1940

1940年6月，李曼瑰赴金陵女子文理學院任教前，與該校教師Griest之通信。（南京師範大學檔案館提供）

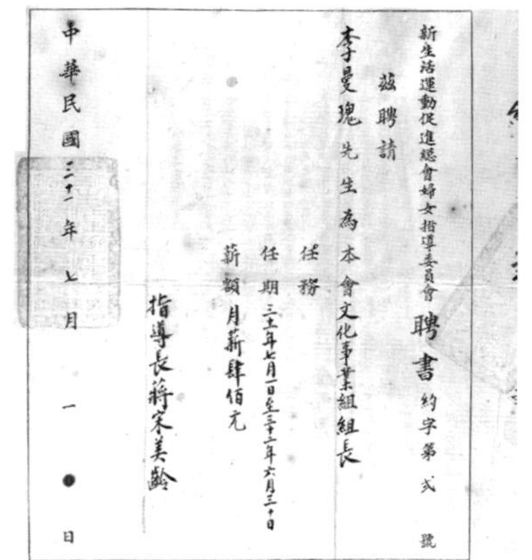
新生活運動促進總會婦女指導委員會　聘書　約字第弍號

茲聘請

李曼瑰先生為本會文化事業組組長

任務

任期　三十一年七月一日至三十二年六月三十日

薪額　月薪肆佰元

指導長蔣宋美齡

中華民國三十一年七月一日

1942年，李曼瑰「新生活運動婦女指導委員會」文化事業組組長聘書。（國立臺灣文學館）

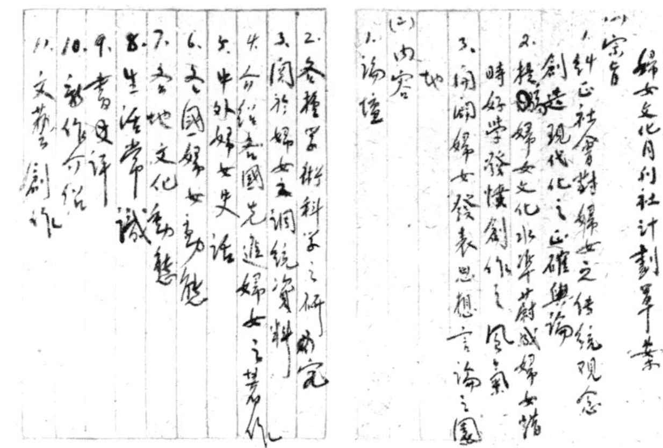
婦女文化月刊社計劃草案

(一) 宗旨

1. 糾正社會對婦女之傳統觀念

3. 開闢婦女發表思想言論之園地

(二) 內容

1. 論壇

2. 各種學術科學之研究

3. 關於婦女之調查統計資料

4. 介紹各國先進婦女之事跡

5. 中外婦女史話

6. 各國婦女動態

7. 各地文化動態

8. 生活常識

9. 書評

10. 新作介紹

11. 文藝創作

1944年，李曼瑰《婦女文化》月刊創辦計畫草案手稿。（國立臺灣文學館）

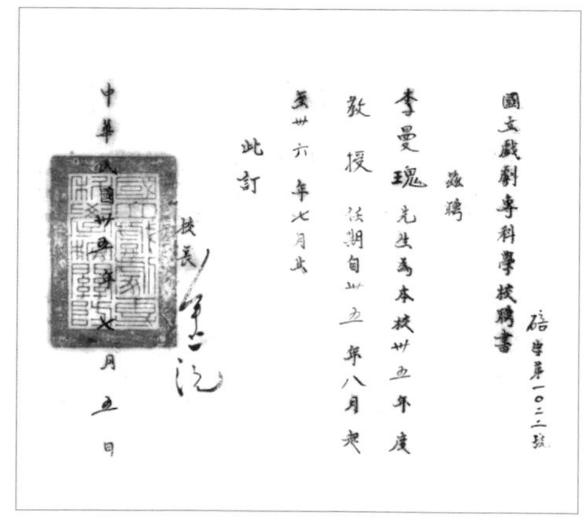
國立戲劇專科學校聘書

碚字第一〇二三號

茲聘

李曼瑰先生為本校卅五年度

教授　任期自卅五年八月起

至卅六年七月止

此訂

校長

中華民國卅五年七月五日

1946年，李曼瑰南京國立戲劇專科學校（今中央戲劇學院）教師聘書。（國立臺灣文學館）

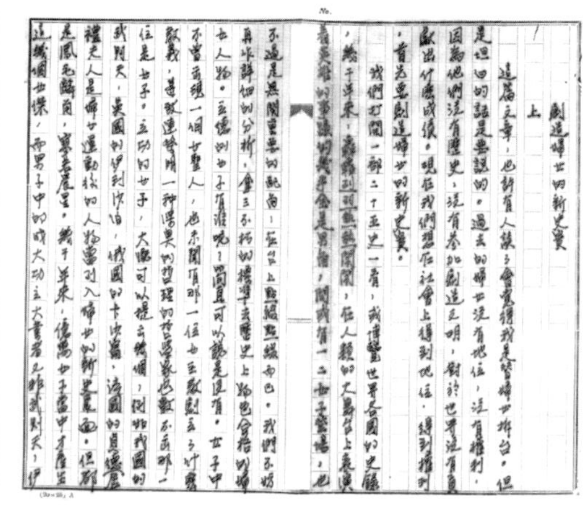
創造婦女的新史實

上

1947年，李曼瑰《創造婦女的新史實》手稿。（國立臺灣文學館）

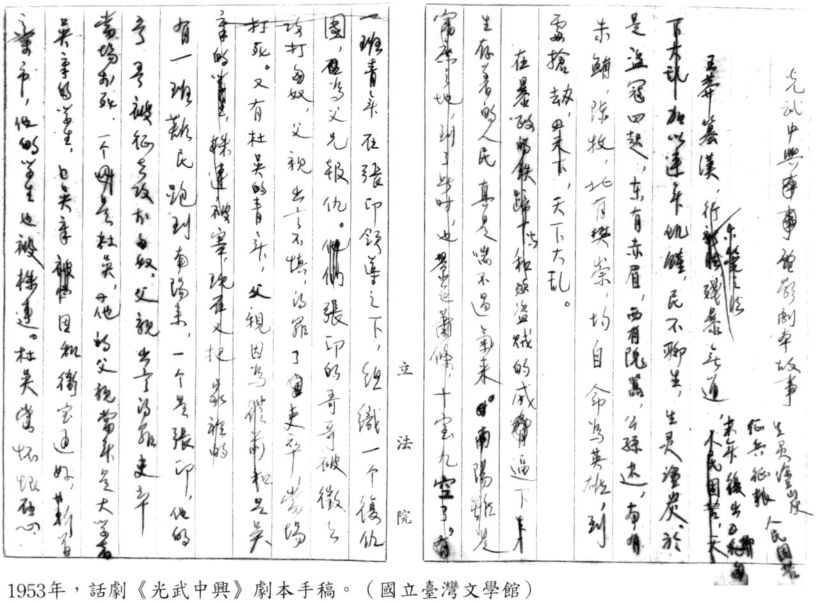

1953年，話劇《光武中興》劇本手稿。（國立臺灣文學館）

1958年，李曼瑰推動舊金山「中流劇藝社」成立。圖為劇社紀念地標。（David Lei提供）

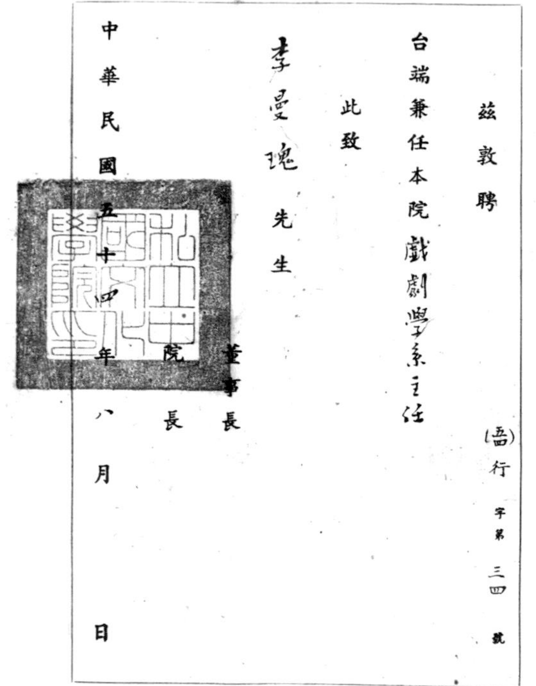

中國文化學院聘函

(五四)行字第三四號

茲敦聘

台端兼任本院戲劇學系主任

此致

李曼瑰 先生

董事長

院長

中華民國五十四年八月 日

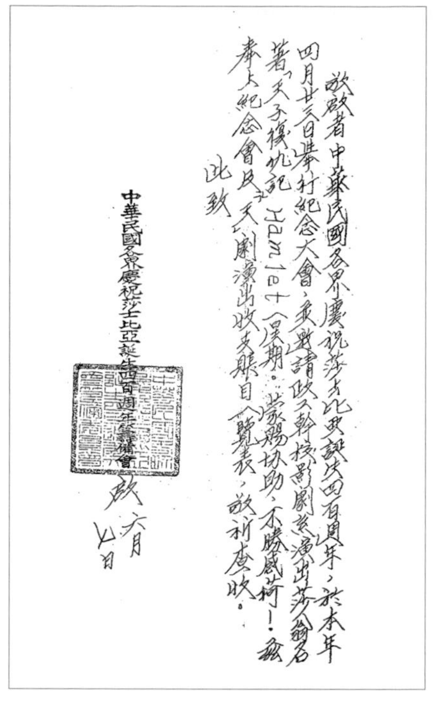

敬啟者：中華民國各界慶祝莎士比亞誕生四百周年，於本年四月廿三日舉行紀念大會，並邀請政工幹校影劇系演出莎翁名著「王子復仇記」Hamlet（一星期）。叨蒙賜協助，不勝感荷！茲奉上紀念會及演劇演出收支賬目一覽表，敬祈查收。

此致

中華民國各界慶祝莎士比亞誕生四百周年籌備會 啟

六月 日

1964年，李曼瑰中國文化學院（今中國文化大學）戲劇系主任聘書。上任後李氏發起「慶祝莎士比亞誕生四百週年」紀念活動，帶起國內戲劇界的莎劇風潮，文化戲劇系更是自1966年起，每年都會由畢業班演出一系列的經典莎劇。右圖為李氏發起籌備會時所撰寫的演出通知。（左：國立臺灣文學館；右：周一彤提供）

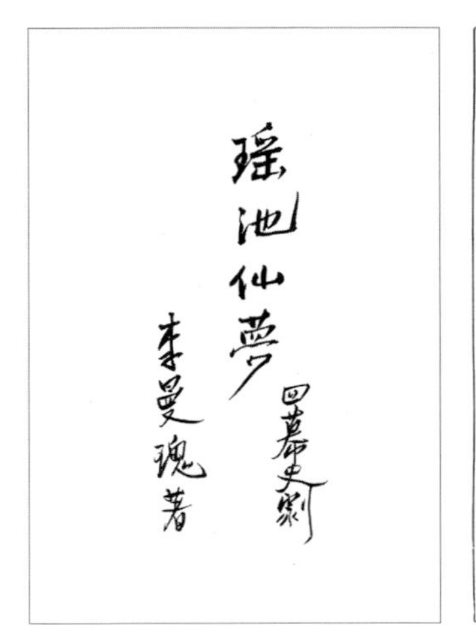

瑤池仙夢

四幕史劇

李曼瑰著

第一幕

漢武帝元鼎四年六月，一個上午，李夫人宮中大廳上。左通寢宮，右通歌女排演休憩之所；中間一列屏门通走廊，走廊以外是花園。

幕開時，李延年在督導宮中舞女練寶鼎樂舞。舞女面對觀众；樂工坐在右边。

年：好好的再練幾遍。時间不多了，皇上隨時就會駕臨。這寶鼎樂舞，我国並花了不少精神編的乐曲，你们夫人更花了不少精神教你们舞蹈。

1973年11月，李曼瑰發表於《文季》第2期劇本《瑤池仙夢》手稿。（國立臺灣文學館）

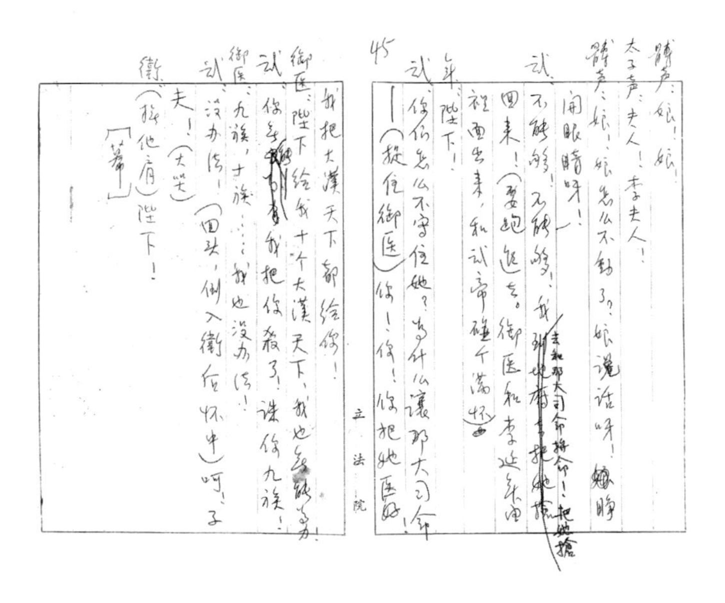

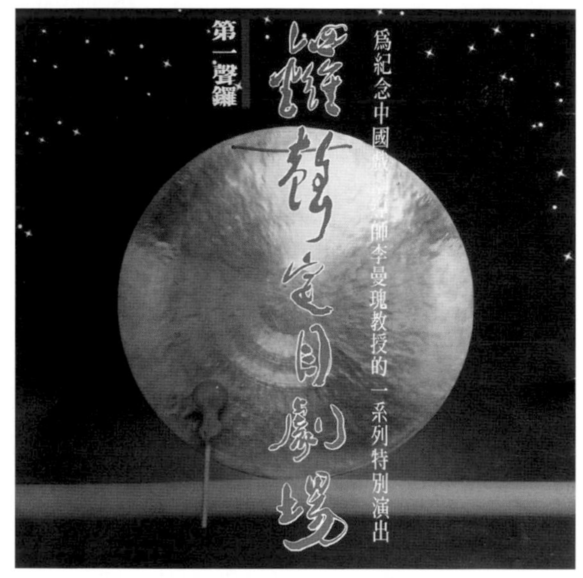

1985年9月，紀念李曼瑰逝世十週年之活動《鑼聲定目劇場》節目單封面。（張曉風提供）

輯二◎生平及作品

小傳◎作品◎年表

小傳

李曼瑰（1906～1975）

李曼瑰，女，本名李滿桂，筆名「雨初」，乃取父親李聖質字而用以紀念，另有英文名 Li Man-Kuei、Lee Man Gui、Yu Chu，籍貫廣東臺山縣，1906 年 5 月 3 日生於廣東臺山東坑榮華里，1949 年 6 月來臺，1975 年 10 月 20 日辭世，享年 70 歲。

燕京大學國文學系學士、燕京大學國文研究所肄業、美國密西根大學（University of Michigan）英國文學學系戲劇組碩士，1937 年於紐約哥倫比亞大學（Columbia University in the City of New York）主修現代戲劇、劇本寫作與小說寫作，1958 年獲聯合國教科文組織獎學金贊助，赴美國耶魯大學（Yale University）戲劇研究所選修戲劇及小說寫作，為期一年。曾任教廣州培道女子中學（今廣州市第七中學）、成都金陵女子文理學院（後改稱金陵女子大學）英語系、南京國立戲劇專科學校、國立藝術專科學校（今臺灣藝術大學）、政工幹部學校（今國防大學政治作戰學院）影劇系等，並為中國文化學院（今中國文化大學）戲劇系及戲劇電影研究所創立人、系主任及所長。抗戰時期曾任「新生活運動婦女指導委員會」文化事業組組長、《婦女新運》（月刊、半月刊、週刊）主編，來臺後任「中華文藝獎金委員會」委員、六十二年度國語電影金馬獎評審委員會主任委員等；並創立中央話劇運動輔導委員會、三一戲劇藝術研究社、小劇場運動推行委員會、臺北市話劇欣賞演出委員會（後改稱「中國話劇欣賞演出委員會」）等團體。有鑑劇本創作式微，於 1968 年設立「李聖質基督天主教劇本創作獎金」。曾獲上海女青年會徵文首獎、美國巴勃獎學金（Barbour Scholorship）、霍普渥德獎（Hopwood Awards）戲劇與文學批評雙首獎、教育部第四十六年度文藝獎金戲劇獎、中國青年寫作協會文藝及三民主義學術獎金、中華民國編劇學會第一屆最佳劇本魁星獎、第六十三年度中山文藝創作獎話劇劇本獎等。

李曼瑰的創作文類以劇本為主。1920 至 1956 年被視為李曼瑰創作前期，作品依託對社會及政治現實的期望，如《戲中戲》、《冤家路窄》、《天問》、《時代插曲》、《王莽篡漢》、《光武中興》、《女畫家》，內容或具女性自我意識之覺醒與追求，或強調科學時代精神，或反映階級情態，或省思現代教育，或隱現國家情操之抱負，劇情井條不紊、對話收合有餘；1956 年，《漢宮春秋》的上演，劇境安排臻至成熟，內容富思想性與戲劇張力，做為新世界劇運開鑼戲，45 天 49 場滿座盛況與黑市數倍票價的交易現象，重振劇壇信心，為劇運開展新頁；1969 年，回歸藝術創作本質，對於政治現實的關注趨漸淡薄，以劇筆堆照生命歷練，如《漢武帝》，揉和原典，藻詞雅麗，人物性格脫乎紙上，劇情節奏與布局引人自省；1973 年，取鏡《漢賦》、《長生殿》、《紅樓夢》，劇本《瑤池仙夢》蛻去過去創作之荊縛，凡科白、意境、人物，華彩紛披、韻麗舒美，自具一格，對於生命與文化飽含哲思。

張曉風曾言：「投身於一個戲劇藝術沒落的時代，她所面臨的戲劇王國正寫到『邦無道』的一頁。在明知隻臂難以獨挽狂瀾的情況下，她仍把自己作了悲劇式的孤注一擲的奉獻。」李曼瑰作為戲劇的實踐者，以教育與政治身分，極力婦運工作、倡導女權，發展體制學校戲劇活動，成立各形式劇運委員會、話劇研究社，為臺灣劇運二度西潮注入一波暖流。執秉「戲劇應起時代與社會作用」，經歷戰火與顛沛，以生命奉獻戲劇藝術，劇作人物有情有恨，卻始終不離人性良善之本，其門生趙琦彬、貢敏、張曉風、黃以功等延續精神，永遠的戲劇導師，終使 1980 年代劇運開花結果。

作品目錄及提要

【論述】

托爾斯泰研究

上海：基督教女青年會全國協會編輯部
1930 年 10 月，32 開，116 頁

本書作者以本名「李滿桂」出版，為 1929 年就讀燕京大學時之研究論文。全書計有 1.托爾斯泰的一生；2.托爾斯泰的代表作品；3.文學家的托爾斯泰；4.哲學家的托爾斯泰；5.宗教家的托爾斯泰；6.社會改革家的托爾斯泰；7.結論共七章。正文前有托爾斯泰照片。

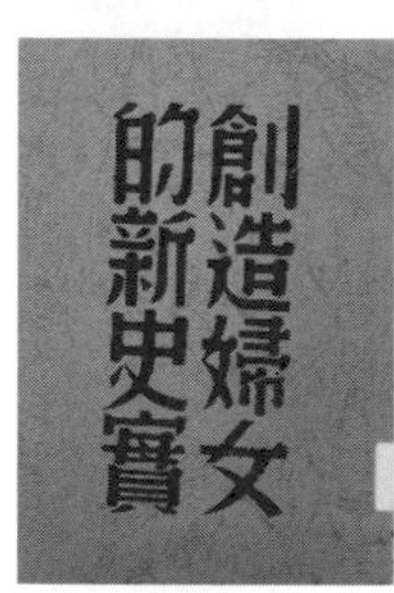

創造婦女的新史實

南京：時代出版社
1947 年 9 月，32 開，152 頁
民國籍萃

本書集結作者 1941～1946 年發表於《婦女新運》月刊、《婦女新運通訊》、《中央日報》「婦女新運週刊」之報章期刊評論。全書分六部分，收錄〈創造婦女的新史實〉、〈確立婦女的人格與人生觀〉、〈我們提倡婦女創作運動〉等 26 篇。正文前有李曼瑰〈序〉。

康樂月刊社 1954

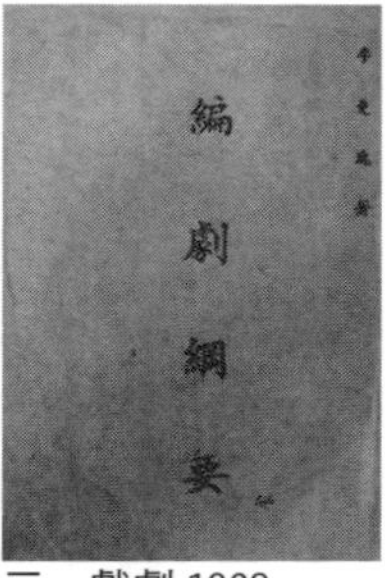

三一戲劇 1968

編劇概論

臺北：康樂月刊社
1954 年 10 月，32 開，89 頁
康樂叢書戲劇類第三輯・第一集

臺北：三一戲劇藝術研究社
1968 年 8 月，32 開，89 頁

本書作者以筆名「雨初」出版，為戲劇理論評析。全書計有 1.何謂戲劇；2.劇情；3.人物描寫；4.對話；5.主題；6.編劇的程序共六章。正文前有李曼瑰〈前言〉。

1968 年三一版：更名《編劇綱要》，正文與 1954 年康樂版同，唯第三章改〈人物〉，書眉作〈人物描寫〉，應為編輯訛誤。

【劇本】

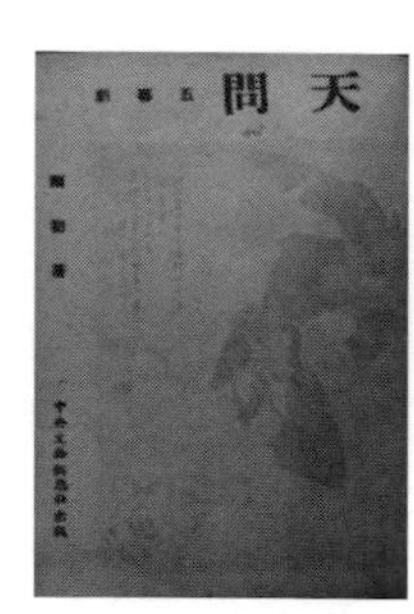

天問

重慶：商務印書館
1943 年 7 月，32 開，66 頁

臺北：中央文物供應社
1956 年 3 月，32 開，66 頁
文藝叢書

五幕劇。本劇作者以筆名「雨初」發表，係根據英文劇本 *Yang-shihying*（《楊世英》）部分劇情改編而成，描寫史坤儀壓抑藝術才華，奉心於家庭，後因失婚奮力自強，重獲新生，然才貌替其招致苦厄，青年畫家潘乾生鍾情於她，引起未婚妻廖無雙妒恨自戕。在歷經謠言與攻擊之後，創造出藝術價值不凡之作《天問》，以創作走出自己的人生，反映當代女性的身分轉變與自我追求。正文前有白瑜〈序〉、李曼瑰〈自序〉。
1943 年商務版：（今查無藏本）。
1956 年中央版：內容與 1943 年商務版同。

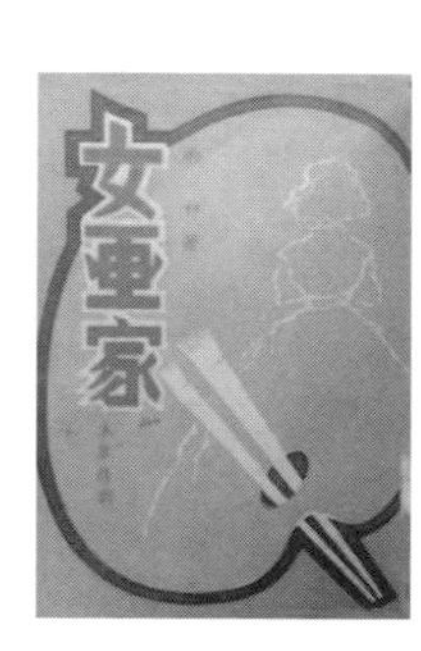

女畫家

重慶：商務印書館
1945 年 12 月，32 開，110 頁

臺北：自由中國社
1956 年 1 月，32 開，94 頁
中國戲劇集第四種

五幕劇。本劇作者以筆名「雨初」發表，為 1943 年商務印書館《天問》之改編本。不同《天問》著重以故事情節呈現社會議題，本劇刪去廖無雙自戕，改以廖氏槍擊史坤儀，主寫史坤儀失婚遭棄，又受槍傷，遂獲靈性感召，人格愈趨亮潔，不畏謠言和毀謗，以人生藝術為生命鵠的，志於繪畫自我生命圖畫與歷史繪畫，遂至聖境，終含笑而逝，鋪畫出故事人物性格上對自我的完成與超越。正文前有白瑜〈白序〉、雷震〈雷序〉、李曼瑰〈《女畫家》的撰寫與改編（代自序）〉，正文後有李曼瑰〈附言〉。
1945 年商務版：（今查無藏本）。
1956 年自由版：為 1945 年商務版之重印本。

光武中興兩部曲

臺北：世界書局
1953 年 11 月，32 開，137 頁

四幕劇。本劇作者以筆名「雨初」發表，取材《漢書》、《資治通鑑》、《王莽傳》、《漢紀》，為《王莽篡漢》、《光武中興》合本。正文後附錄李曼瑰詞、劉韻章曲〈說王莽道王莽〉、〈夕進昆陽城〉、〈勝利歌〉。

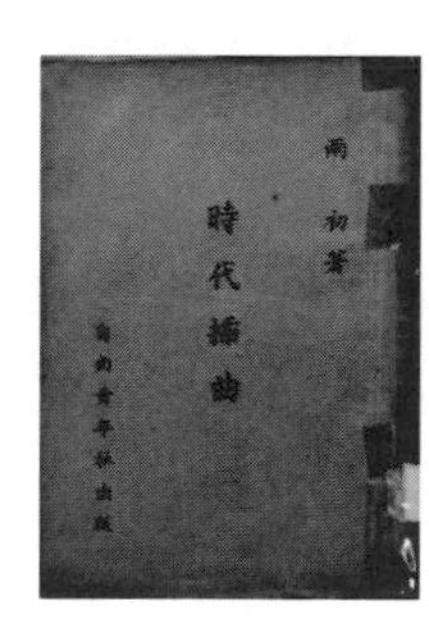

時代插曲

臺北：自由青年社
1954 年 12 月，32 開，89 頁

四幕劇。本劇作者以筆名「雨初」發表，全劇以主角張建民為核心，描寫高、翁、張三個家庭及其子女在大時代波流下，生之人物面貌。劇情層疊不息，節奏平穩，人物性格脫跳其間，處處可見作者精構時代之縮影。正文前有石玄〈序〉。

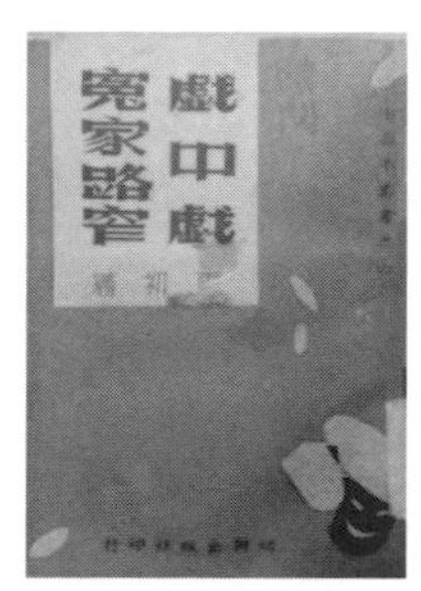

戲中戲・寃家路窄

臺北：幼獅出版社
1957 年 4 月，32 開，129 頁
女青年叢書之六
中國青年反共救國團總團部第四組主編

本劇作者以筆名「雨初」發表，據 1942 年《婦女新運》月刊連載《戲中戲》內容，為《戲中戲》、《寃家路窄》重印合本，兩劇透過社會中產階級生活情狀，鏡射 1930 年代戰時重慶的社會病態。正文前有許素玉〈序〉，正文後有〈《戲中戲》勘誤表〉。

皇天后土．維新橋

臺北：正中書局
1958 年 5 月，13×18.5 公分，162 頁
中國青年寫作協會主編

本劇作者以筆名「雨初」發表，為《皇天后土》、《維新橋》合本。描寫 1930、1940 年代中國動盪之情景，劇中透露強烈反對共產主義之政治意識。

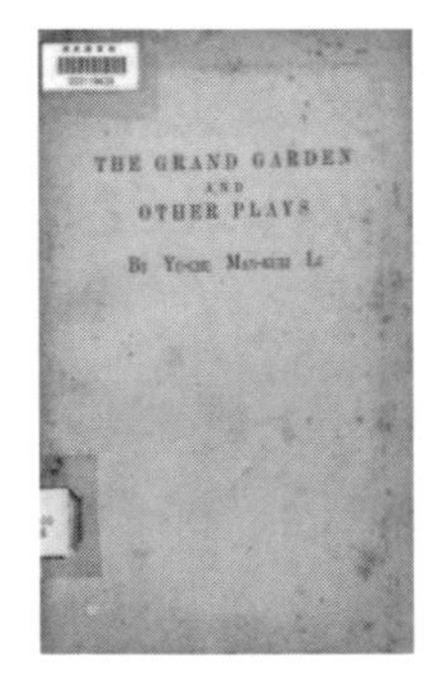

THE GRAND GARDEN AND OTHER PLAYS

Taipei：自印
1958 年 7 月，40 開，258 頁

本書作者以筆名「Yu Chu Man-Kuei Li」發表，為作者 1936 年霍普渥德獎（Hopwood Awards）戲劇首獎之畢業作品。全書收錄“THE GRAND GARDEN”、“HEAVEN CHALLENGES”、“THE WOMAN PAINTER”、“THE MODERN BRIDGE”四劇，各劇前另有劇本介紹。正文前有孫多慈繪贈《女畫家》畫作、Josephine Huang Hung（黃瓊玖）〈INTRODUCTION〉，正文後有〈勘誤表〉。

改造出版社 1959

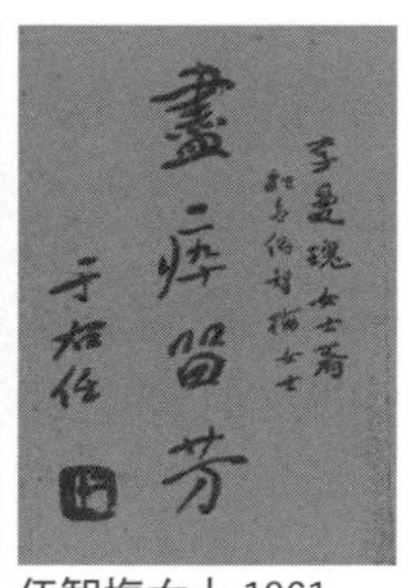

伍智梅女士 1961

正中書局 1962

盡瘁留芳（勤儉為服務之本）

臺北：改造出版社
1959 年 6 月，13x18 公分，136 頁
四幕一景話劇

臺北：伍智梅女士獎學金委員會
1961 年 11 月，32 開，164 頁

臺北：正中書局
1962 年 3 月，32 開，136 頁
四幕一景話劇

四幕劇。本劇作者以筆名「雨初」發表，為伍智梅紀念話劇，以劇中主角漆若蘭捨身為民，衛護科學與女權、兒童議題，希冀社會進步之精神與行動，映現伍智梅現實人生之追求。
1961 年伍智梅版：正文句式稍事調整，正文前新增〈伍智梅女士事略〉、梁寒操〈《盡瘁留芳》序言〉、白瑜〈《盡瘁留芳》序〉、潘樹人〈伍智梅女士與科學書醫〉、黃仰山〈慈母與良師〉、李曼瑰〈《盡瘁留芳》自序〉、陳鶴齡〈伍智梅女士獎學金籌募經過〉，並有于右任、馬超俊、鄭彥棻書墨、蔣中正誄詞、伍智梅照片。
1962 年正中版：內容與 1959 年改造版同。

THE PRETENDER：A Historical Play in Three Acts

Taipei：China Publishing Company
1964 年 6 月，32 開，91 頁

五幕劇。《漢宮春秋》英譯本。本劇作者以英文名「Li Man-Kuei」發表，本劇為《王莽篡漢》全本、《光武中興》部分劇情之合編本，敷陳王莽篡漢，暴政害民，後劉秀兄弟組仁義之師，推翻王莽，復興「漢」室，劇中扣重王莽的家庭悲劇，以其權謀殘酷，推疊暴政必亡的結局，正文前有 Yu Beh（白瑜）“INTRODUCTION”、李曼瑰“PREFACE”，文首並有劇情簡介。

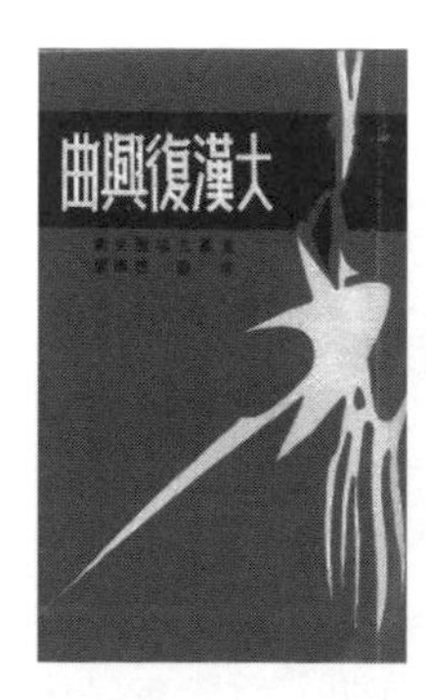

大漢復興曲

臺北：臺灣商務印書館
1966 年，40 開，42 頁
五幕九場歷史劇

五幕劇。本劇為《光武中興》節譯中文本之改編，繼承《漢宮春秋》餘緒，寫劉秀之敗王莽，滅赤眉，復興大漢之事。正文前有李曼瑰〈《大漢復興曲》自序〉。

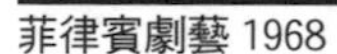
菲律賓劇藝 1968　中國戲劇藝術 1970

淡水河畔

菲律賓：菲律賓劇藝出版社
1968 年 2 月，25 開，58 頁
劇藝叢書第十二輯

臺北：中國戲劇藝術中心出版部
1970 年 5 月，25 開，117 頁
中華戲劇集第一輯之一

四幕劇。本劇筆及臺灣太保太妹生活階層樣貌，透過劇中主角夏成仁在各種挫折中覺醒所為之罪惡，遂犧牲自我以自贖，影響並觸達各人背景家庭與沉落原因，於其他少年，使之轉變力圖奮進，以象徵意境托寫實手法，呈現苦悶時代下青年一代的迷失與悲劇，充滿省思意味。正文前有石玄〈《淡水河畔》序〉，正文後有王錫茞〈看《淡水河畔》〉、丁衣〈從劇作精神看《淡水河畔》〉、趙琦彬〈關於《淡水河畔》的演出〉、貢敏〈《淡水河畔》與話劇暑期實驗演出〉、叢靜文〈談《淡水河畔》〉。
1970 年中國戲劇版：正文與 1968 年菲律賓劇藝版同，正文前新增李曼瑰〈序〉。

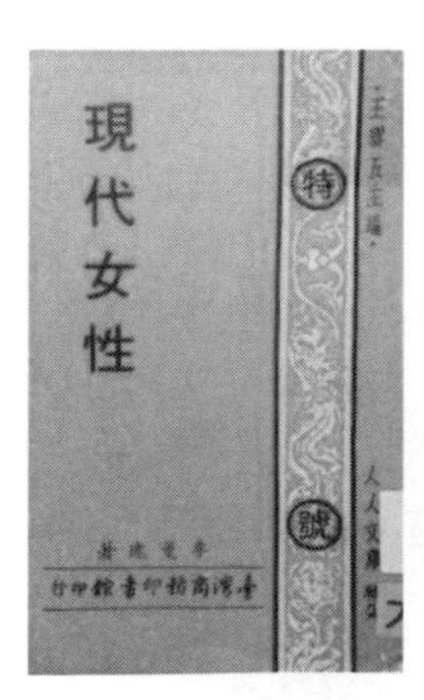

現代女性

臺北：臺灣商務印書館
1970 年 11 月，10.3x17.6 公分，464 頁
人人文庫特九六

本劇為《冤家路窄》（三幕劇）、《戲中戲》（三幕劇）、《天問》（五幕劇）、《女畫家》（五幕劇）、《盡瘁留芳》（四幕劇）五劇之合本。正文前有王雲五〈編印人人文庫序〉、白瑜〈序〉，文中有李曼瑰〈《女畫家》的撰寫與改編〉、〈《盡瘁留芳》編撰經過〉。

漢武帝

臺北：中國戲劇藝術中心出版部
1971 年 12 月，32 開，101 頁
中華戲劇集第十輯之十三

五幕劇。本劇透過劇中人物陳阿嬌、衛子夫、劉嫖、平陽公主、司馬相如、東方朔等角色，描述漢武帝治國理想與家庭生活兩者間的智慧與矛盾，以淡白生動的筆法，劃歷史角色躍文紙之上，有煥然古典於現代之象。

【合集】

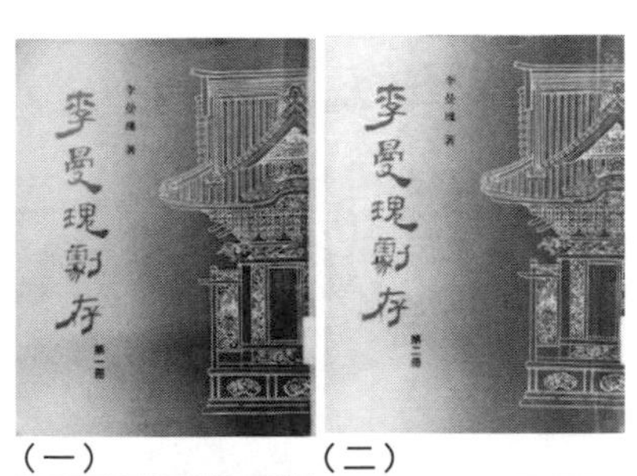

（一）　（二）

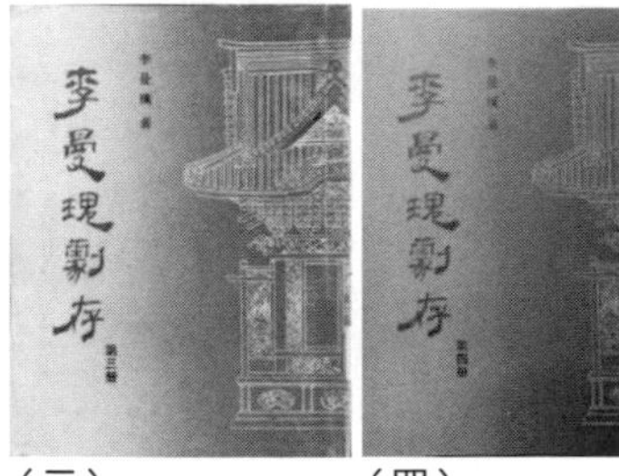

（三）　（四）

李曼瑰劇存（四冊）

臺北：正中書局
1979 年 4、8、11、11 月，25 開，1879 頁
正中文藝叢書

本書為作者作品之集結。全書共四冊，第一冊收錄《漢宮春秋》、《大漢復興曲》、《楚漢風雲》、《漢武帝》、《瑤池仙夢》五劇；第二冊收錄《冤家路窄》、《戲中戲》、《天問》、《女畫家》、《盡瘁留芳》五劇；第三冊收錄《時代插曲》、《皇天后土》、《維新橋》、《國父傳》、《淡水河畔》、《阿里山的太陽》六劇；第四冊收錄〈編劇綱要〉、〈劇說劇論〉、〈演出的話〉、〈劇運宣言〉四篇。正文前有李曼瑰相片、李曼瑰〈序〉，正文後有〈生平年表〉、〈劇本及劇本翻譯年表〉、〈論文及譯述年表〉、〈小說及小說翻譯年表〉、〈翻譯劇本年表〉、姚一葦〈編後記〉。

文學年表

1906 年 （光緒 32 年）	5 月	3 日，籍貫廣東臺山，生於廣東臺山東坑榮華里。本名李滿桂，父親李聖質（原名李兆霖），母親雷玉瑗，家中排行第三，上有二姊，下有一弟。
1914 年	本年	隨母親赴珠江下游公益埠與父親團聚，先後就讀如柏女校及淑德女校。
1918 年	本年	就讀廣州西關荔枝灣路得女校。
1921 年	本年	就讀廣州白鶴洞真光女子中學（今真光中學），始接觸戲劇，嘗試編劇與導演，對西洋名劇及五四運動以降之作品如冰心《繁星》、泰戈爾《飛鳥集》等多有涉獵。
1923 年	本年	處女作〈有價值的人生〉獲中華基督教女青年會徵文首獎。
1926 年	6 月	自廣州白鶴洞真光女子中學畢業。
	8 月	成績優良，保送北平燕京大學教育系，旋轉入國文學系，從冰心學習文藝寫作，師事熊佛西學習戲劇，並嘗試正規編劇。
1927 年	本年	完成首部劇本《新人道》。
1928 年	7 月	4 日，出席中華基督教女青年會於上海滬西憶定盤路（今江蘇路）中西女塾舉辦的第二次全國大會暨二十週年紀念大會，並於會中擔任主席。
1929 年	10 月	劇本《路得》以筆名「雨初」發表於上海《女青年》第 8 卷第 8 期。

	本年	完成劇本《慷慨》，並發表於上海《燕大月刊》第 5 卷第 3 期。
1930 年	1 月	〈托爾斯泰研究〉以本名「李滿桂」連載於上海《女青年》第 9 卷第 1～3 期，至 3 月止。 劇本《月餉》以筆名「雨初」發表於上海《女青年》第 9 卷第 1 期。
	3 月	29 日，父親李聖質逝世，哀痛下完成〈我的父親〉、〈寄給天堂的父親〉。
	7 月	北平燕京大學國文學系畢業，畢業論文〈李笠翁十種曲之研究〉評價甚高。任教廣州培道女子中學（今廣州市第七中學），至 1933 年止。
	10 月	《托爾斯泰研究》由上海基督教女青年會全國協會編輯部出版。 劇本《鹹魚》以筆名「雨初」發表於上海《女青年》第 9 卷第 8 期。
	本年	劇本《趙氏孤兒》發表於廣州《培道中學季刊》。
1931 年	1 月	〈田園詩人陶淵明與湖畔詩人華斯瓦特〉以筆名「雨初」發表於上海《女青年》第 10 卷第 1 期。
	本年	時逢九一八事變，以其為背景編創獨幕劇《愛國瘋狂》（唐槐秋導演），於各校巡演之際影響各地青年，爾後參與女青年演劇比賽，不幸落榜，感知自己筆力尚有不足，決意繼續深造。
1932 年	1 月	10 日，畢業論文〈李笠翁十種曲之研究〉改題〈李笠翁之戲劇研究〉，以本名「李滿桂」連載於北平《晨報・劇刊》第 46～54 期，至 12 月 20 日止。 17、31 日，〈李笠翁戲劇特長〉以本名「李滿桂」連載於北平《晨報・劇刊》第 55、57 期。

	12 月	劇本《陳舊的日記》以筆名「雨初」發表於上海《女青年》第 11 卷第 10 期。
1933 年	4 月	劇本《豬籠》以筆名「雨初」發表於上海《女青年》第 12 卷第 4 期。
	8 月	就讀燕京大學國文研究所，研究中國古典戲劇。
	10 月	選譯笛哀摩〈基督教與藝術〉，以筆名「雨初」發表於上海《女青年》第 12 卷第 8 期。
1934 年	3 月	〈《大地》作者勃克夫人〉以筆名「雨初」發表於上海《女青年》第 13 卷第 3 期。
	4 月	〈給少女們〉以筆名「雨初」連載於上海《女青年》第 13 卷第 4～10 期，至 12 月止。
	6 月	大二時完成論文〈湯顯祖戲劇之研究〉、〈《琵琶記》與印度悲劇《沙龔德拉》〉，並創作《花瓶》、《往何處去？》等獨幕劇，計畫赴美國學習戲劇。 〈戲劇〉、〈《沙貢特拉》和「趙貞女型」的戲劇〉以本名「李滿桂」發表於上海《文學》第 2 卷第 6 號，「中國文學研究專號」。 〈威爾斯的不滅之火〉以本名「滿桂」發表於上海《女青年》第 13 卷第 6 期。
	7 月	劇本《樂善好施》以筆名「雨初」發表於《東方雜誌》第 31 卷第 13 號。
	8 月	8 日，就讀美國密西根大學（University of Michigan）英國文學學系戲劇組，於 Kenneth Rowe 與 Cowden 兩位教授指導下學習編劇，1935 年獲巴勃獎學金（Barbour Scholorship）。
	9 月	20 日，〈女大須嫁〉以筆名「雨初」發表於上海《太白》創刊號。

	本年	完成英文劇本 *Water Ghost*（《溺魂》）。
1935 年	本年	〈給少女們一封信〉以筆名「雨初」發表於上海《女青年》第 14 卷第 2 期。
		完成英文劇本 *The Tragedy of A Woman*（《婦女悲劇》）。
1936 年	5 月	29 日，以安東・帕夫洛維奇・契霍夫（Антон Павлович Чехов）《櫻桃園》（Вишневый сад）為摹仿範式，劇本 *The Grand Garden*（《大觀園》）及“Four Essays on Chinese Literary Criticisms”（〈孔子的文學批評〉、〈王充《論衡》〉、〈《文心雕龍》研究〉、〈古典學家韓昌黎〉四篇中國文學批評）獲霍普渥德獎（Hopwood Awards）戲劇與文學批評雙首獎，受贈「中國莎士比亞」之譽，為首位榮獲此獎的中國女性。
	本年	協助美國國會圖書館編纂 *Eminent Chinese of the Ch'ing Period*（《清代名人傳略》），至 1937 年止，1943 年 5 月出版。
		自美國密西根大學（University of Michigan）英國文學學系戲劇組畢業。
1937 年	春	“THE LITERARY THEORY OF CONFUCIUS”以英文名「Li Man-Kuei」發表於 *Quarterly Review* 第 42 卷。
	本年	完成英文劇本 *Half a Century*（《半世紀》）、*God Unkind*（《萬物芻狗》）。
		赴紐約哥倫比亞大學（Columbia University in the City of New York），於 John Gassner 指導下學習現代戲劇、劇本寫作與小說寫作，並兼職於哥倫比亞大學東方圖書館。
		期間另任 *The Far Eastern Magazine* 主編。
1938 年	6 月	“Secretary” 以本名「Man Kuei Li」發表於 *The Far Eastern Magazine* 第 1 卷第 10 期。

1939 年	本年	完成英文劇本 *Homeland*（《兄弟故鄉情》）。
1940 年	1 月	劇本《慈母心》發表於《婦女新運》月刊第 2 卷第 9、10 合期，「生活指導專號」。
	9 月	返中國成都任金陵女子文理學院（後改稱金陵女子大學）英語系副教授。
	本年	完成英文劇本 *Yang-shihying*（《楊世英》）、短篇小說 “Birth Under the Bombs”（〈彈下生死〉）。
1941 年	4 月	28 日，於成都金陵女子文理學院（後改稱金陵女子大學）演講「人心道心與人格」，11 月 20 日，發表於《金陵女子文理學院校刊》第 85 期；1942 年 2 月發表於《婦女新運》月刊第 4 卷第 2 期。
	8 月	11 日，〈論良母——女子是人類的天然教師〉發表於《中央日報》（重慶版）4 版，「婦女新運週刊」第 117 期；12 月，以〈論良母〉為題發表於《湖南婦女》月刊第 4 卷第 6 期。
	9 月	〈「九一八」感言〉發表於《婦女新運通訊》第 3 卷第 17、18 合期。
	10 月	13 日，〈女子與紡織——參觀松・白紡織廠感言〉發表於《中央日報》（重慶版）4 版，「婦女新運週刊」第 125 期；11 月，發表於《湖南婦女》月刊第 4 卷第 4、5 合期。 20、27、11 月 3 日，節譯 Peggy Scott《英國戰時婦女》，以筆名「雨初」連載於《中央日報》（重慶版）4 版，「婦女新運週刊」第 126～128 期；12 月，發表於《婦女新運》月刊第 3 卷第 4 期；1942 年 4 月，以〈英國戰時婦女領袖〉為題發表於《婦女共鳴》月刊第 2 期。

	11月	16 日，〈國民參政會應如何嚮導婦女〉發表於《中央日報》（重慶版）4 版，「婦女新運週刊」第 130 期。
	12月	〈談寫作〉發表於《婦女新運通訊》第 3 卷第 21～24 合期。
1942 年	1月	5 日，〈三十一年度的抗戰與建國〉發表於《中央日報》（重慶版）4 版，「婦女新運週刊」第 137 期。 26 日，〈賽珍珠的寫作生活〉以筆名「雨初」發表於《中央日報》（重慶版）4 版，「婦女新運週刊」第 140 期。 〈我們為什麼要服務呢〉、〈談寫作（續）〉發表於《婦女新運》月刊第 4 卷第 1 期。
	3月	劇本《戲中戲》以筆名「雨初」連載於《婦女新運》月刊第 4 卷第 3～4 期，至 4 月止。
	4月	〈維他命 K——救護嬰兒流血劑・外科止血劑〉以筆名「雨初」發表於《半月文萃》第 1 卷第 4 期；6 月 8 日，以〈維他命 K〉為題，發表於《中央日報》（重慶版）4 版，「婦女新運週刊」第 157 期。
	6月	30 日，〈婦女與新生活運動〉發表於《中央日報》（重慶版）6 版，「新運婦女指導委員會四週年紀念特刊」。 翻譯 A. E. Coppard 劇本《錯過的愛》（*The Higgler*），以筆名「雨初」連載於《婦女新運》月刊第 4 卷第 6～7 期，至 7 月止。
	7月	30 日，應中國國民黨邀請擔任「新生活運動婦女指導委員會」文化事業組組長，遂自成都至重慶，宣導女權思想，並任《婦女新運》（月刊、半月刊、週刊）主編。
	8月	3 日，〈彌辛女士與緬甸婦女〉發表於《中央日報》（重慶版）4 版，「婦女新運週刊」第 165 期。

10 月　13 日，〈中美親善的橋樑——威爾基橋〉發表於《中央日報》（重慶版）4 版，「婦女新運週刊」第 174 期。

11 月　2 日，〈祝賀中英的新邦交〉發表於《中央日報》（重慶版）4 版，「婦女新運週刊」第 177 期。

〈戲劇與戲劇性〉發表於《婦女新運》月刊第 4 卷第 9 期。

發表〈現代歐美的幾位女作家——賽珍珠的寫作生活〉，並有劇本《冤家路窄》以筆名「雨初」連載於《婦女新運》月刊第 4 卷第 9～第 5 卷第 1 期，至 1943 年 1 月止。

12 月　13 日，〈《哈姆雷特》與人生的寫照〉發表於重慶《大公報》5 版。

1943 年　1 月　5 日，〈確立婦女的人格與人生觀〉發表於《中央日報》（重慶版）5 版，「婦女新運週刊」第 189 期。

〈新年獻詞〉發表於《婦女共鳴》月刊第 12 卷第 1 期。

2 月　23 日，〈推行新生活運動與婦女之責任〉發表於《中央日報》（重慶版）6 版，「婦女新運週刊」第 193 期。

3 月　16 日，〈從婦女獻金獻機看到婦女的力量〉發表於《中央日報》（重慶版）6 版，「婦女新運週刊」第 195 期。

30 日，〈我的父親〉以筆名「雨初」發表於《中央日報》（重慶版）6 版，「婦女新運週刊」第 197 期。

〈創造婦女的新史實〉發表於《婦女新運》月刊第 5 卷第 3 期。

4 月　6 日，〈中國之命運與今後兒童教育〉發表於《中央日報》（重慶版）6 版，「婦女新運週刊」第 197 期。

11 日，膺選中國國民黨三民主義青年團第一屆中央監察會監察，21 日起兼任常務監察，至 1946 年 9 月止。

		21 日，兼任中國國民黨三民主義青年團女青年處副處長，至 1945 年 8 月 1 日止。
		27 日，〈尊重婦女與器重婦女〉發表於《中央日報》（重慶版）6 版，「婦女新運週刊」第 201 期。
	5 月	11 日，〈五月母親節獻辭〉發表於《中央日報》（重慶版）6 版，「婦女新運週刊」第 203 期。
	6 月	〈尊重婦女與婦女自重〉發表於《婦女新運》月刊第 5 卷第 6 期。
	7 月	10 日，〈婦女運動的基本原則〉發表於《中央日報》（重慶版）4 版，「新運婦女指導委員會五週年紀念特刊」。
		〈婦女文化事業的商榷〉發表於《婦女新運》月刊第 5 卷第 7 期。
		劇本《天問》由重慶商務印書館出版。
	8 月	21 日，〈是女子的便宜也是女子的吃虧〉發表於《中央日報》（重慶版）6 版，「婦女新運週刊」第 212 期。
	9 月	〈寫作的目的與寫作的條件〉發表於重慶《中國青年》第 9 卷第 3 期。
	10 月	6 日，〈談婦德——婦女是首先的承繼人〉發表於《中央日報》（重慶版）4 版，「婦女新運週刊」第 216 期。
		27 日，〈婦女需要黨政訓練〉發表於《中央日報》（重慶版）4 版，「婦女新運週刊」第 217 期。
	本年	任教三民主義青年團中央幹部學校研究部英文教授。
		協助謝冰瑩主編《婦女新生活月刊》編務。
1944 年	1 月	〈從婦女的立場憧憬憲政時代〉發表於重慶《中國青年》月刊第 10 卷第 1 期。
	2 月	6 日，〈我們的時代〉發表於《中央日報》（重慶版）5 版，「婦女新運週刊」第 221 期。

〈道德的範疇〉發表於《婦女新運》月刊第 6 卷第 2 期。

3 月　〈掃除文盲促進憲政實施〉發表於《婦女新運》月刊第 6 卷第 3 期。

5 月　7 日，〈轉移婚姻的道德觀〉發表於《中央日報》（重慶版）5 版，「婦女新運週刊」第 223 期。

6 月　18 日，〈為什麼？〉發表於《中央日報》（重慶版）5 版，「婦女新運週刊」第 226 期。

翻譯 Karsten Olinstad〈盲青年奮鬥記〉於重慶《中國青年》第 10 卷第 6 期。

7 月　〈女子教育的目的與方針〉發表於《婦女新運》月刊第 6 卷第 7 期。

9 月　9 日，〈確立女子教育的方針對參政會的一個期望〉發表於《中央日報》（重慶版）4 版，「婦女新運週刊」第 230 期。

10 月　22 日，〈知識青年上前線〉發表於《中央日報》（重慶版）6 版，「婦女新運週刊」第 233 期。

11 月　發表〈祝從軍青年〉，並有劇本《天問（三幕劇）》連載於《婦女新運》月刊第 6 卷第 9～第 7 卷第 1、2 合期，至 1945 年 2 月止。

本年　創辦《婦女文化》月刊（廣東版），主編第 1 卷第 1～第 3 卷第 1 期，至 1948 年 4 月止。

1945 年　3 月　翻譯 Aristotle〈亞里斯多德論偉大的人格〉於重慶《中國青年》第 12 卷第 3 期。

5 月　〈談自由〉發表於重慶《中國青年》月刊第 12 卷第 5 期。

10 月　10 日，獲時任總統蔣中正頒抗戰勝利勳章。

		翻譯 Pauline Gomer〈女飛行員自述〉，以筆名「雨初」發表於《婦女新運》月刊第 7 卷第 8 期。
	12 月	劇本《女畫家》由重慶商務印書館出版。
	本年	有感劇本《天問》劇情結構曲折，人物性格的轉換矛盾，遂改寫為《女畫家》。
1946 年	1 月	劇本《時代插曲》連載於《婦女文化》第 1 卷第 1～第 2 卷第 2 期，至 1947 年 4 月止。
	7 月	5 日，應聘南京國立戲劇專科學校（今中央戲劇學院）教師，至 1947 年 7 月止。
	9 月	任三民主義青年團第二屆中央監察會監察、常務監察，至 1947 年 6 月止。
	11 月	4 日，任制憲國民大會代表。 28 日，〈婦女與文化的創作〉發表於《中央日報》（重慶版）12 版，「婦女新運週刊」第 216 期。 29 日，應邀於中央廣播電臺青年講座，演講「婦女運動的新紀元」。
	本年	任南京師範大學、南京政治大學教授。
1947 年	1 月	30 日，任亞洲學生會預備會領隊，率學生代表陳詒等赴印度參加亞洲學生會議，觀摩印度戲劇，並翻譯 Dwijendralal Ray 印度劇本《沙渣汗》（*Sajahan*）。
	3 月	任憲政實施促進委員會宣傳委員會委員。
	4 月	〈印度婦女——印遊心影之一——〉、〈天才不分男女〉（雨初）發表於《婦女文化》第 2 卷第 2 期。
	5 月	2 日，任青年團中央財務委員會委員，並兼任女青年工作委員會主委。 〈評婦女參政〉發表於《婦女文化》第 2 卷第 3 期。
	6 月	〈印度的女青年——印遊心影之二——〉、〈問婦女進修會

		的織組〉、〈冷冰冰的學風〉（雨初）發表於《婦女文化》第2卷第4期。
	7月	任中國國民黨第六屆中央監察常委兼立法委員。
	8月	1日，應聘江蘇省立江蘇學院英文系教授及系主任，至1948年7月31日止。
		翻譯 Dwijendralal Ray 劇本《沙渣汗》（*Sajahan*），連載於南京《中國青年》第16卷第3～6期，至11月止。
		〈藝術家和軍事家〉發表於《婦女文化》第2卷第5、6合期。
	9月	《創造婦女的新史實》由南京時代出版社出版。
	11月	16日，由三民主義青年團中央團部監察改任中央監察委員。
		〈桂格瑞夫人與哀爾蘭劇運〉發表於《婦女文化》第2卷第7、8合期。
1948年	1月	21～23日，膺選第一屆立法委員。任期自5月5日至1990年5月30日止。
	4月	〈談救濟〉發表於《婦女文化》第3卷第1期。
1949年	6月	以立法委員身分來臺，與母親、弟弟、弟媳定居臺北羅斯福路。
	本年	任教輔仁大學、臺灣大學、國立藝術專科學校（今臺灣藝術大學）等校。
1950年	3月	1日，「中華文藝獎金委員會」成立，受蔣中正之命擔任委員，負責話劇稿件審查，並從事劇本創作和戲劇教育，至1956年止。
	5月	4日，「中國文藝協會」成立，任第8、9、11、12、14～18屆話劇委員會主任委員；第9屆監事；第14～19屆理事。

	本年	完成劇本《皇天后土》（又名《時代悲劇》）及其英譯本 *Heaven and Earth*。
1952 年	1 月	26 日，母親雷玉瑗病逝。
	5 月	〈論崇高的文藝風格——文藝的田園荒無了，為什麼？崇高的文藝風格怎樣產生？〉發表於《中國文藝》第 3 期。
1953 年	1 月	6 日，適逢政工幹部學校（後改制政治作戰學校，今國防大學政治作戰學院）校慶，演出話劇《光武興漢記》二部曲，前部《王莽篡漢》由崔小萍、王生善導演；後部《光武興漢》由張英導演。
	9 月	翻譯 Robert Waithman《一個英國記者眼中的美國》，由臺北世界書局出版。
	11 月	劇本《光武中興兩部曲》由臺北世界書局出版。
	12 月	7 日，〈悼歐尼爾〉發表於《中央日報》4 版。
1954 年	1 月	〈歐尼爾與現代劇壇思潮〉以筆名「雨初」發表於《文藝月報》第 1 卷第 1 期。
	2 月	〈今日劇壇思潮〉發表於《自由青年》第 11 卷第 1 期。 〈戲劇的理論與定義〉發表於《文藝月報》第 1 卷第 2 期。
	3 月	〈詩歌・小說・戲劇〉發表於《自由青年》第 11 卷第 4 期。
	4 月	〈論戲劇的結構〉以筆名「雨初」發表於《幼獅文藝》第 2 期。 〈戲劇的人物〉發表於《文藝月報》第 1 卷第 4 期。
	5 月	〈論戲劇的鬪爭性〉以筆名「雨初」發表於《文藝創作》第 37 期，「紀念中國文藝協會成立四週年文藝論評專號」。

	7月	〈論戲劇的主題〉發表於《文藝月報》第1卷第7期。
	8月	翻譯 A. E. Coppard 劇本《錯過的愛》（*The Higgler*），連載於《中國文藝》第6～9期，至11月止。
	10月	《編劇概論》由臺北康樂月刊社出版。
	12月	劇本《時代插曲》由臺北自由青年社出版。
1955年	3月	23～25日，適逢第12屆青年節，於臺灣省立第一女中（今臺北市立第一女子高級中學）舉辦話劇《女畫家》公演，由王生善導演，遠東劇藝社演出。30～31日，改至臺北中山堂演出。 24日，接受《中央日報》採訪，訪問文章以〈從《女畫家》看劇運——訪劇作者李曼瑰教授〉為題刊載於《中央日報》4版。
	5月	5日，臺灣省婦女寫作協會（今中國婦女寫作協會）成立，與徐鍾珮、張明、嚴友梅、邱七七、艾雯、張雪茵、盧月化、蘇雪林、郭良蕙、劉枋等同任創會人。 14日，話劇《時代插曲》於臺灣省立第一女中（今臺北市立第一女子高級中學）上演，由劉碩夫導演，中華實驗劇團演出。
	7月	1日，劇本《女畫家》以筆名「雨初」連載於《自由中國》第13卷第1～7期，至10月1日止。 任《自由青年》第14卷第1期～第16卷第12期編輯委員，至1956年6月止。
	12月	〈論戲劇的結構——並分析《哈姆雷特》〉發表於《中華文藝》第3卷第6期，「世界文學名著研究」。
	本年	與張道藩成立「中央話劇運動輔導委員會」，推動「新世界劇運」。並於次年辦理第十三屆戲劇節，歷時一年半，至1957年6月止，共上演15部戲作。

		任政工幹部學校（後改制政治作戰學校，今國防大學政治作戰學院）影劇系主任。
1956年	1月	29日，〈戲劇在西洋社會的地位〉以筆名「雨初」發表於《聯合報・藝文天地》6版。 劇本《女畫家》由臺北自由中國社出版。
	2月	14日，接受《中央日報》採訪，訪問文章以〈李雨初教授談《漢宮春秋》的歷史根據〉為題刊載於《中央日報》2版；以〈《漢宮春秋》的歷史根據〉為題刊載於《聯合報・藝文天地》2版。 15日，國民黨為提倡劇運，採用劇本《王莽篡漢》、《光武中興》二部曲內容，改題《漢宮春秋》，由張英導演，中華實驗劇團演出，於臺北新世界戲院上演，共49場，至3月31日止。此次演出被評為「臺灣話劇史上空前絕後的盛況」。 〈文學的本質真善美〉以筆名「雨初」發表於《幼獅文藝》第19期。
	3月	14日，應邀出席蔣經國於臺北「婦女之家」招待「全國青年最喜閱文藝作品及最推崇文藝作家測驗」入選作家的餐宴，與會者有蘇雪林、謝冰瑩、張漱菡、艾雯、墨人、郭嗣汾、紀弦、余光中、覃子豪等。 劇本《天問》由臺北中央文物供應社出版。
	4月	6日，〈寫在「漢」劇演出後〉以筆名「雨初」發表於《中央日報》3版。
1957年	4月	劇本《戲中戲・冤家路窄》由臺北幼獅出版社出版。
	5月	2～6、10～11日，話劇《維新橋》（又名《五月榴花照眼明》）於臺北新世界劇院上演，由王生善導演，光華劇藝社演出。

	12月	1日，〈看臺語影展答客問〉以筆名「雨初」發表於《徵信新聞》5版，「看臺語片・說老實話」專題。
		25日，獲教育部第四十六年度文藝獎金戲劇獎。
1958年	1月	16日，獲中國青年寫作協會文藝及三民主義學術獎金。
		劇本《大漢復興曲》以筆名「雨初」連載於《幼獅文藝》第39～44期，至7月止。
	3月	8日，適逢第47屆婦女節，於中華婦女反共抗俄聯合會舉辦的婦女講座演講「婦女問題與創作」，會後紀錄以〈婦女節談婦女事業〉為題，發表於同月《婦友》第42期。
	5月	劇本《皇天后土・維新橋》由臺北正中書局出版。
	7月	劇本 *THE GRAND GARDEN AND OTHER PLAYS* 由作者自印出版。
	秋	獲聯合國教科文組織獎學金贊助，赴美國耶魯大學（Yale University）戲劇研究所選修戲劇及小說寫作，為期一年。
	本年	話劇《大漢復興曲》首次由幼獅劇社演出，1960年適逢蔣中正連任總統，復由教育部中華話劇團演出。
		推動舊金山「中流劇藝社」成立。
1959年	3月	7、8日，話劇《女畫家》（粵語）於舊金山勝利堂（今華埠社區中心）上演，由中流劇藝社演出。
	6月	劇本《盡瘁留芳（勤儉為服務之本）》由臺北改造出版社出版。
	9月	4日，任教育部學術審議委員會委員。
		16日，獲亞洲基金會贊助，自美國紐約轉赴倫敦，於歐亞12國家進行戲劇考察，後轉赴舊金山，歷時三個月。
1960年	2月	接受《婦女雜誌》採訪，訪問文章以〈歐美婦女對戲劇

及文藝的供獻——記李曼瑰教授一夕談〉為題刊載於《婦女雜誌》第65期。

3月 7～10日，話劇《盡瘁留芳》於臺北三軍托兒所中正堂（現址臺北市大安區新生南路二段38號）上演，由劉碩夫導演，明格、丁靜演出。

任《作品》月刊第3～28號編輯委員，至1962年4月止。

4月 〈歐美戲劇新賞〉發表於《作品》月刊第4號。

7月 7日，任戲劇節首屆影劇金蘭獎評選委員。

8月 〈兩種藝術觀的爭辯〉發表於《作品》月刊第8號，「『藝文談』作品第一次座談會」。

9月 10～12日，接受《聯合報》鳳磐採訪，訪問文章以〈訪李曼瑰教授談小劇場運動〉為題連載於《聯合報》6版。

18日，在中央政府鼓勵與贊助之下，並獲得中華話劇團合作，成立「三一戲劇藝術研究社」。

〈古希臘式露天劇場〉發表於《作品》月刊第9號。

10月 3日，於雲林記者之家報告「小劇場運動倡導」和「三一話劇欣賞會籌組」之籌組經過。

3日，〈三一話劇欣賞會的發起與籌備經過〉發表於《中央日報》、《聯合報・新藝》6版。

25日，〈寫在三一劇藝社演出之前〉發表於《中央日報》8版。

25～11月2日，話劇《時代插曲》於臺北南海路國立藝術館（今臺灣藝術教育館）上演，由劉碩夫導演，為三一話劇欣賞會首演劇目。

11月 16日，受「中國青年反共救國團」支持，成立「小劇場

		運動推行委員會」，推行「小劇場運動」。
		〈小劇場話劇欣賞會〉發表於《幼獅文藝》第73期。
	12月	19日，〈小劇場運動推行委員會的成立與展望〉發表於《中國一周》第556期。
		30日，任中國青年寫作協會文藝工作設計委員會委員。
1961年	5月	5日，任中影公司常務董事，1966年7月29日改任董事。
	9月	22日，針對政府文藝政策，以「陽明山會談應談文藝」為題，於立法院第28會期第一期二次會議向時任副總統兼行政院長陳誠發表質詢演說，1962年2月15日刊載於《立法院公告》。
	11月	〈陽明山會談為何不談文藝〉發表於《文壇》第16期。
		《盡瘁留芳（勤儉為服務之本）》由臺北伍智梅女士獎學金委員會出版。
	12月	27日，〈《女畫家》與《天問》〉發表於《中央日報》8版。
	本年	歷經數十載，劇本《楚漢風雲》完稿。
1962年	2月	15日，〈戲劇與教育〉發表於《聯合報》、《中央日報》3版。
	3月	劇本《盡瘁留芳（勤儉為服務之本）》由臺北正中書局出版。
	11月	12日，成立「臺北市話劇欣賞演出委員會」（後改稱「中國話劇欣賞演出委員會」），為推展臺灣劇場運動主要機構，並任第一～三屆主任委員，至1966年止。
		13日，〈臺北話劇演出委員會成立與展望〉發表於《中央日報》7版。
	12月	27～1963年1月4日，應邀出席於菲律賓馬尼拉舉辦的

「第一屆世界筆會亞洲作家會議」，羅家倫領團，陳紀瀅、邱楠任副團長，與會者有馮放民、鍾鼎文、王藍、余光中等。

1963年

1月 1日，教育部中華話劇團於臺北南海路國立藝術館（今臺灣藝術教育館）上演話劇《旋風》，於劇中擔綱演出，由劉碩夫導演。

3月 8日，話劇《盡瘁留芳》於臺北南海路國立藝術館（今臺灣藝術教育館）上演，由劉碩夫導演，張方霞、王孫孫、古軍演出。

6月 10日，〈中國文化學院戲劇系簡介與展望〉發表於《中國一周》第685期。

8月 任《文藝研習》編輯委員，自創刊號至第29期，至1965年12月止。

10月 2日，〈我與《楚漢風雲》〉發表於《聯合報》8版。

3日，〈《楚漢風雲》的編撰與演出〉發表於《徵信新聞報》6版。

3日，話劇《楚漢風雲》（又名《張良》、《張良別傳》）於臺北南海路國立藝術館（今臺灣藝術教育館）上演，由劉碩夫導演，三一劇藝社演出。

6日，接受《聯合報》哈公採訪，訪問文章以〈談史劇《楚漢風雲》〉為題刊載於《聯合報》6版。

18日，蘇雪林偕謝冰瑩赴李曼瑰臺北居中，晚餐後，相行至臺北南海路國立藝術館（今臺灣藝術教育館）觀話劇《楚漢風雲》。

11月 11～17日，代表臺灣出席聯合國文教組於東京舉辦的國際戲劇討論會，會中以「東西方現代戲劇之展望以及交互影響」進行主題研討。

本年 於中國文化學院（今中國文化大學）創立戲劇系及戲劇電影研究所，為臺灣第一個戲劇學系，並任所長。任職期間極力推動莎士比亞經典系列演出。

1964年

2月 17日，〈國際戲劇會談在東京〉發表於《中國一周》第721期。

18日，接受《中央日報》劉滇秀採訪，訪問文章以〈李曼瑰談戲劇與人生〉為題刊載於《中央日報》4版。

4月 23日，為慶祝莎士比亞400週年誕辰，領導政工幹部學校（今國防大學政治作戰學院）影劇系於臺北南海路國立藝術館（今臺灣藝術教育館）演出話劇《王子復仇記》（*Hamlet*），歷時一週，為戰後臺灣首次之莎士比亞劇演。

23日，〈莎劇《王子復仇記》的演出〉發表於《聯合報‧新藝》8版。

24日，〈《王子復仇記》的演出〉發表於《徵信新聞報》4版。

24～25日，〈莎士比亞紀念劇場〉連載於《中央日報》8、7版。

〈莎士比亞的故鄉〉連載於《文壇》第46～47期，「莎士比亞誕生四百週年特輯」，至5月止。

6月 16～23日，代表中國赴德國漢堡參加國際音樂戲劇會議；7月，前往於挪威奧斯陸舉辦的第32屆世界筆會大會，與會者有川端康成等。

劇本《漢宮春秋》以 *THE PRETENDER : A Historical Play in Three Acts* 為題，由 Taipei China Publishing Company 出版。

8月 任中國文化學院（今中國文化大學）戲劇系主任，赴英

		美考察戲劇，並為系所發展向美僑募捐近百萬元。
	11 月	20 日，接受《聯合報》趙堡採訪，訪問文章以〈李曼瑰談戲劇的新方向〉為題刊載於《聯合報》8 版。
1965 年	1 月	19 日，〈介紹一份劇壇新雜誌《劇場》〉發表於《中央日報》8 版。
	5 月	13 日，〈國父紀念館與文化中心〉發表於《中央日報》6 版。
	7 月	獲中國文化學院（今中國文化大學）永久教授聘。
	8 月	「國軍新文藝運動輔導委員會」成立，擔任輔導委員兼研究員。
	10 月	8 日，適逢國父百年誕辰話劇《國父傳》（與劉碩夫、唐紹華、吳若、鍾雷、周旭江合編）上演，由瘂弦主演，王慰誠導演，巡迴演出七十餘場。
	11 月	12～13 日，話劇《國父傳》（與劉碩夫、唐紹華、吳若、鍾雷、周旭江合編）上演，由吳文品、蘇子主演，葉克導演。
		12 日，〈國父傳的編撰與籌演〉發表於《中央日報》6 版；13 日，改題〈國父傳的編撰與演出〉，發表於《徵信週刊・影劇》7 版。
	12 月	10 日，策畫臺菲話劇聯合公演，臺北華實劇藝社與菲律賓馬尼拉劇藝社於臺北國軍文藝活動中心連袂上演話劇《天長地久》，為期十天，由王生善導演，孫越、蓉子、王藍、許希哲、鍾雷演出。
		13 日，〈《天長地久》的演出〉發表於《中央日報》6 版。
1966 年	5 月	8 日，〈莎士比亞與《仲夏夜之夢》〉發表於《中央日報》6 版；30 日，以〈莎士比亞與《仲夏夜之夢》的演

		出〉為題發表於《中國一周》第840期。
		劇本〈國父傳〉（修訂版）發表於《新文藝》第118期。
	6月	〈《天長地久》的演出〉發表於《劇與藝》第5期，「《天長地久》專輯」。
	7月	15日，〈二十世紀的劇壇〉連載於《新時代》第6卷第7～8期，至8月15日止。
	本年	劇本《大漢復興曲》由臺北商務印書館出版。
1967年	2月	14日，陸續籌辦「戲劇節大公演」、「青年節大公演」、「兒童劇展」、「青年劇展」「世界劇展」、「宗教劇運」、「華僑劇運」。
	8月	10日，〈從小劇場運動到中國戲劇藝術中心〉發表於《中央日報》6版；14～15日，連載於《聯合報》9版；12月，發表於《劇與藝》第8期。
		18日，出席中國戲劇中心於臺北南海路國立藝術館（今臺灣藝術教育館）舉辦的實驗展場，與劉碩夫主持話劇《碾玉觀音》之演出。
	9月	12～27日，話劇《淡水河畔》於臺北南海路國立藝術館（今臺灣藝術教育館）上演，由劉碩夫導演，三一劇藝社演出，曹健、江明、張小燕等主演。
	11月	21日，中國國民黨第九屆三中全會通過「當前文藝政策」，並於12月5日頒行實施，與文藝界張道藩、梁寒操、陳紀瀅等40位聯合發表「我們為什麼要提倡文藝」，揭櫫對文藝的看法和主張。
	12月	21日，話劇《淡水河畔》由姜龍昭改編為電視劇，陳為潮製作，葉超導演，常楓、李虹、張小燕等主演。
		23日，於臺北僑聯賓館舉辦五十六年度第四屆金鼎獎評審合議，《淡水河畔》獲最佳演出、最佳男演員、最佳女

		演員獎，後放棄競獎權利。與會者有陳紀瀅、劉真、謝冰瑩、游建文、王藍等。
		劇本《淡水河畔》發表於《劇與藝》第 8 期。
	本年	慨乎世界各國戲劇發展情況，推動「中國戲劇藝術中心」成立，與劉碩夫分任正副主任，積極開辦戲劇講習班。
1968 年	1 月	28 日，主持中國話劇欣賞演出委員會於臺北市仁愛路戲劇藝術中心舉辦的「兒童戲劇教育座談會」，與會者有謝冰瑩、鍾雷、叢靜文、丁衣、劉碩夫、陳梅生、趙琦彬等。
	2 月	劇本《淡水河畔》由菲律賓劇藝出版社出版。
	6 月	30 日，出席教育部文化局於臺北陽明山中國飯店舉辦的「第一次國片輔導座談會」，並擔任「電影題材的選擇與劇本的創作」議題召集人。
	7 月	29 日，〈張道藩先生與《狄四娘》〉發表於《聯合報》8 版。
		29 日，〈張道藩先生與《狄四娘》——並簡介演出「狄劇」的意義和希望〉發表於《徵信新聞報》3 版；30 日，發表於《中央日報》6 版。
	8 月	《編劇概論》更名《編劇綱要》，由臺北三一戲劇藝術研究社出版。
	12 月	〈文學的本質真善美〉、〈李聖質基督天主教劇本創作獎金徵獎緣起〉發表於《劇與藝》第 10 期。
	本年	與姊弟四人以父親之名成立李聖質先生夫人宗教劇徵選委員會，設立「李聖質基督天主教劇本創作獎金」。
1969 年	3 月	29～4 月 30 日，時逢青年節，於臺北兒童戲院（今峨嵋立體停車場原址）首演話劇《漢武帝》，由劉碩夫導演，

共 24 場，為一次臺港菲影劇界聯合大公演。

4 月　29 日，話劇《漢武帝》獲中國話劇欣賞演出委員會第五屆話劇金鼎獎最佳演出、最佳編劇、最佳女演員，後謙讓最佳編劇，嬗遞《春風化雨》張永祥。

6 月　〈《醍醐灌頂》序〉發表於《劇與藝》第 11 期。

8 月　1 日，應聘臺灣師範大學國文學系兼任教授，至 1971 年 6 月止。

本年　成立「兒童教育劇團」。

推動「兒童戲劇推行委員會」成立。

1970 年

4 月　19 日，於臺北婦女之家成立「中華民國編劇學會」，與吳若、鄧綏寧擔任主席。

5 月　歷時四年，與劉碩夫策劃並主編《中華戲劇集》第一輯，由臺北中國戲劇藝術中心出版部出版。

劇本《淡水河畔》由臺北中國戲劇藝術中心出版部出版。

6 月　14～18 日，出席於印尼雅加達舉辦的「第 16 屆亞洲影展」，21 日歸國後於臺北松山機場貴賓室舉行記者招待會，並說明參展經過。同行者有夏台鳳、歸亞蕾、陳佩伶等。

30～7 月 4 日，出席於韓國漢城舉辦的第 37 屆世界國際筆會，並針對會中「戲劇中的幽默」主題發表「中國戲劇的幽默」，與會者有畢璞、陳紀瀅、孫如陵等。

與劉碩夫籌備「海外劇藝推行委員會」。

7 月　8 日，出席日本大阪博覽會，與會者有鍾雷、畢璞、南郭、葉蟬貞、陳紀瀅、孫如陵等。

21 日，中國戲劇藝術中心兒童戲劇推行委員會於臺北古亭國小舉辦「第二屆暑期兒童影劇表演訓練班」，於期中

		擔任主任與主持，歷時六週。
	8月	〈《中華戲劇集》序〉發表於《幼獅文藝》第200期。
	9月	〈現代中國戲劇的幽默〉發表於《幼獅文藝》第201期。
	11月	2日，成立「海外劇藝推行委員會」。 劇本集《現代女性》由臺北臺灣商務印書館出版。
	本年	完成劇本《阿里山的太陽》。
1971年	11月	12日，臺北市話劇欣賞演出委員會獲頒71年度教育部社會教育有功團體獎，代表出席領獎。
	12月	4～5日，〈一座現代化的劇院〉連載於《聯合報》9、12版，「各說各話」專欄。 與劉碩夫策畫並主編《中華戲劇集》第二～十輯，由臺北中國戲劇藝術中心出版部出版。 劇本《漢武帝》由臺北中國戲劇藝術中心出版部出版。 陳譚超英撰；謝尹振雄編；李曼瑰校對《清溪遺墨》(二冊)，由作者自印出版。
	本年	成立「華僑青年劇團」。
1972年	4月	8日，出席於臺北幼獅文化中心舉辦的文藝座談會，會中以「青年與影劇」為題進行討論，與會者有張永祥、胡耀恆、瘂弦等。
	5月	將「話劇」一詞改稱「舞臺劇」，自此劇界沿用。
	夏	赴美國舊金山探訪姊姊、姪兒、外甥等親屬。
	12月	30日，〈《武陵人》的演出與基督教藝術團契〉發表於《中央日報》9版。
1973年	3月	1～6日，舞臺劇《戲中戲》於臺北南海路國立藝術館（今臺灣藝術教育館）上演，楊黃秀玉、李虹、劉明主演，由王慰誠導演，我們的劇藝社演出。

	5月	5日，成立「中國青年劇團」，任執行委員會主任委員。
	10月	擔任第六十二年度國語電影金馬獎評審委員會主任委員。
	11月	劇本《瑤池仙夢》發表於《文季》第2期。
1974年	3月	25日，〈中國劇人大結合——簡介「三個故事：籠、海、山」的公演〉發表於《中央日報》9版。
	7月	接受宣從採訪，訪問文章以〈與李曼瑰教授談韓國之行〉為題刊載於《婦女雜誌》第238期。
	9月	28日，劇本《瑤池仙夢》獲中華民國編劇學會第一屆最佳劇本魁星獎、第六十三年度中山文藝創作獎話劇劇本獎。
	本年	引進「創造性戲劇」（Creative Drama）概念。
1975年	3月	7～23日，舞臺劇《瑤池仙夢》於臺北南海路國立藝術館（今臺灣藝術教育館）舉辦公演，共17場，由黃以功導演，三一戲劇研究社演出。 8日，〈培育繼起的生命〉發表於《中央日報》10版。
	5月	31日，入住臺北三軍總醫院，患肝癌末期。
	10月	20日，病逝臺北三軍總醫院，享年70歲。 22日，教育界、文化界及影劇界百餘人於臺北中國藝術中心集會決議，尊為「中國戲劇導師」，由蘇子主持，與會者有陳紀瀅、王藍、鍾雷、董心銘、王生善等。 26日，國軍新文藝運動輔導委員會設立「李曼瑰影劇獎學金」。
	11月	7日，於臺北市立殯儀館景行廳舉行公祭，安葬臺北六張犁極樂公墓。
	12月	3日，臺灣省立護理專科學校（今臺北護理健康大學）於臺北南海路國立藝術館（今臺灣藝術教育館）演出舞

		臺劇《盡瘁留芳》，由楊柳村導演。
1976 年	1 月	31 日，真善美劇團與臺北市立社會教育館於臺北南海路國立藝術館（今臺灣藝術教育館）聯合演出李曼瑰母親雷玉璦作品《眼》，以告紀念李氏。
	3 月	適逢青年節，重新演出舞臺劇《大漢復興曲》。
	5 月	31～6 月 6 日，舞臺劇《大漢風雲》於臺北南海路國立藝術館（今臺灣藝術教育館）上演，由黃以功導演，中國青年劇團演出。
	10 月	23 日，政治作戰學校（今國防大學政治作戰學院）「李曼瑰教授紀念圖書室」啟幕，由時任校長許歷農中將與李氏胞弟李枝榮聯合主持。
1978 年	10 月	8、13、15、17、18 日，李曼瑰逝世三週年，為資紀念，於臺北洪建全視聽圖書館舉辦學術發表會，由魯稚子、趙琦彬主持。與會者有姚一葦、胡耀恆、吳靜吉、鄭淑敏、黃美序等。
		16～18 日，於臺北南海路國立藝術館（今臺灣藝術教育館）演出舞臺劇《天問》，由真善美劇團演出。
		19～21 日，於臺北南海路國立藝術館（今臺灣藝術教育館）演出舞臺劇《瑤池仙夢》，由趙琦彬導演，曹健等主演。
		姚一葦、趙琦彬、張永祥等成立李曼瑰教授獎學金委員會。
1979 年	4 月	《李曼瑰劇存》（第一冊）由臺北正中書局出版。
	6 月	21～23 日，舞臺劇《阿里山的太陽》於臺北南海路國立藝術館（今臺灣藝術教育館）上演，由李國修、張鑫、武道麟、黃茂導演，真善美劇團演出。
	8 月	《李曼瑰劇存》（第二冊）由臺北正中書局出版。

11月 《李曼瑰劇存》（第三、第四冊）由臺北正中書局出版。

1983年 1月 10～14 日，李曼瑰逝世七週年，舞臺劇《時代插曲》於臺北南海路國立藝術館（今臺灣藝術教育館）上演，由畢鎬嬌、文經宙導演，真善美劇團演出。

5月 5～6 日，適逢五四文藝節，舞臺劇《時代插曲》於臺灣大學中心大禮堂上演，由光啟社指導，臺大話劇社演出。

1985年 7月 15 日，李曼瑰逝世十週年，姚一葦、趙琦彬等策畫「鑼聲定目劇場」紀念系列活動，旨在紀念李曼瑰對於臺灣戲劇運動的貢獻，並延續實驗劇場之精神。

9月 7 日，《聯合報》製作「永遠的鑼聲——懷念戲劇家李曼瑰教授小集」，李枝榮〈憶吾姊〉、姜龍昭〈劇運拓荒者〉、趙琦彬〈第一聲鑼響〉發表於《聯合報》8版。

8 日，「鑼聲定目劇場」紀念活動於臺北南海路國立藝術館（今臺灣藝術教育館）揭幕，上演舞臺劇《謝微笑》（陳玉慧編導，蘭陵劇坊演出）；11～13 日，《楊美聲報告——臺北的故事》（黃承晃導演，筆記劇場演出）；14～16 日，《猩猩的故事》（張曉風作，藝術團契演出）；17～19 日，《塵世》、《永恆的愧疚》、《戲》（齊錫麟編導，艾文劇苑演出）；21 日，《過客》（賴聲川編導，工作劇團演出）；24～26 日，《大漢復興曲》（李曼瑰作，政治作戰學校影劇系演出）；29～31 日，《同是天涯淪落人》（大觀劇場演出）；10 月 19 日，中國電視公司於「午夜劇場」播映舞臺劇《瑤池仙夢》，李朝永任製作人，趙琦彬改編，李烈、劉筱平等主演。

10月 12～16 日，於臺灣師範大學舉辦「李曼瑰學術發表會」。與會者有姚一葦、聶光炎、張曉風、賴聲川、瘂弦等。

2013年 本年 養子 Albert Lei（李椿頤）將李曼瑰骨灰與父親李聖質、母親雷玉瑗、二妹李滿意遷奉美國，合葬於美國聖馬刁 Skylawn Memorial Park。

參考資料：

- 電子資料庫：國家圖書館——報紙標題索引資料庫。
- 電子資料庫：臺灣文學期刊目錄資料庫。
- 電子資料庫：中央研究院 Early Chinese Periodicals Online (ECPO)。最後瀏覽日期：2018年9月18日。
  https://kjc-sv034.kjc.uni-heidelberg.de/ecpo//index.php
- 電子資料庫：公共圖書館——中央日報全文影像資料庫。
- 電子資料庫： 公共圖書館——中國時報全版影像暨標題索引。
- 電子資料庫：商務印書館 民國期刊總輯全文數據庫。
- 電子資料庫：大成老舊刊全文數據庫。
- 李皇良，《李曼瑰》，臺北：臺北藝術大學，2003年7月。
- 李皇良，〈李曼瑰和臺灣戲劇發展之研究〉，中國文化大學藝術研究所碩士論文，1994年6月。
- 張曉風編，〈生平年表〉、〈劇本及劇本翻譯年表〉、〈論文及譯述年表〉、〈小說及小說翻譯年表〉、〈翻譯劇本年表〉，《幼獅文藝》第262期，1975年10月，頁47～60。
- 李曼瑰親屬 David Y. Lei 先生提供資料，2018年8月9日，27頁。

輯三◎

研究綜述

以戲劇創造有價值的人生
李曼瑰研究綜述

◎徐亞湘

一、前言

被尊稱為「中國戲劇導師」的李曼瑰，本名李滿桂，廣東臺山人，1906 年 5 月 3 日生[1]，1975 年 10 月 20 日過世，享年 70 歲。李曼瑰生長於一基督教家庭，1923 年就讀廣州真光中學時寫就〈有價值的人生〉一文，並獲得廣州女青年會徵文首獎。

1926 年以優異成績保送北平燕京大學教育系，後旋轉國文系，主修戲劇，兼修西洋文學，並開始以其父之字「雨初」為筆名創作並發表劇本，其畢業論文〈李笠翁十種曲之研究〉後曾連載於余上沅主編之北平《晨報・劇刊》上。經過三年的高中教師生涯，1933 年李曼瑰再入燕京大學國文研究所鑽研中國古典戲曲，隔年赴美入密西根大學英文系戲劇組從 Kenneth Rowe 和 Cowden 二位教授學習編劇，發表多部英文劇本並曾獲巴勃獎學金、霍普渥德獎。後再赴紐約哥倫比亞大學從 John Gassner 學習劇本寫作、現代戲劇，並任職該校東方圖書館。

1940 年李曼瑰束裝回國，受聘成都金陵女子文理學院英語系副教授。隔年秋應蔣夫人之聘，至重慶任新生活運動婦女指導委員會文化事業組組

[1]關於李曼瑰的生年有五種不同說法，一為其臺北墓碑上刻有「姊生於民前四年（1908）八月五日」字樣，二為其美國家屬祭祀牌位上之「1906 年 8 月 5 日」，三為李曼瑰 1934 年三份赴美資料上填列者「1906 年 5 月 3 日」，四為教育部頒發李曼瑰文藝獎金戲劇類證書「李曼瑰先生廣東省臺山縣人中華民國前五年（1907）五月三日生」，五為張曉風整理李曼瑰的生平年表：「民國前五年（1907），農曆五月初三」。

長，主編《婦女新運》月刊、半月刊、週刊，並先後兼任三青團之女青年處副處長、中央監察會監察、中央幹部學校研究部英文教師及青年軍政工訓練班女青年軍大隊督導員等職，後並創辦《婦女文化》等，投入黨職及婦女運動的同時，並不或忘劇本寫作。抗戰勝利後復員至南京，任教於國立戲劇專科學校、國立政治大學及擔任徐州的省立江蘇學院英語系教授兼主任，並先後膺任制憲國大代表及第一屆立法委員。

1949 年來臺後，先後任教省立師範學院、政大、政工幹校、藝專、中國文化學院等校，並曾任政工幹校影劇系主任、中國文化學院戲劇系主任及戲劇電影研究所所長。在臺 26 年間，李曼瑰以宗教家的熱情並運用良好的黨政關係，積極推展劇運、創作劇本及致力戲劇教育，對戰後臺灣國語話劇的發展貢獻卓著並影響深遠，可謂彼時最有成就的劇作家及劇運推動者。也因其畢生盡瘁於戲劇志業並有所成，當時全國文藝界代表集會紀念李曼瑰時，會後一致通過尊其為「中國戲劇導師」之榮銜亦顯實至名歸。

綜觀李曼瑰一生的戲劇、文學成果，依序為在臺的劇運推動、劇本創作這二方面顯其重要性及卓越貢獻。

二、推動劇運：愚不可及的角色

1950 年代初期，臺灣的國語話劇劇壇因缺乏演出場地、高額場租、高娛樂稅、劇本荒及民營劇團生存不易等相關因素，導致國語話劇發展深陷危機，許多劇人深以為憂。在李曼瑰和張道藩等人的奔走下，順利說服政府成立「中央戲劇運動輔導委員會」以挽救頹危的話劇，並劃出新世界戲院作為話劇的經常演出場所，新世界劇展終於在 1956 年 2 月 15 日第 13 屆戲劇節當日正式開展。

劇運要能成功推動，中央政府的支持、固定的演出場所、足夠的演出機會及集中展示演出能量是缺一不可的，具立法委員身分及良好黨政關係的李曼瑰，清楚知道唯有政府支持、固定場地、團結劇人、培養觀眾等面向同時關照，劇運的推動才有可能成功。她可以說是新世界劇展最重要且關鍵的推手，同時，她也是劇展輔導委員會的一員，而且她的劇本《漢宮春秋》還被選為開鑼戲，而使她的作品成為劇展成敗與否的試金石。

雖然《漢宮春秋》一劇連演 45 天 49 場的爆滿紀錄成功地為新世界劇展拉起聲勢，但後來還是因為高稅金及場租、戲院的支持態度、空頭劇團充斥等不利因素，僅進行年餘演了 15 齣戲之後即告停辦。儘管劇展的成效不如預期，但李曼瑰仍促成、團結彼時的劇團與劇人，奮力集中展現國語話劇在編劇、導演、表演方面的能量，如參演的劇作家即有李曼瑰、虞君質、朱白水、陳文泉、趙之誠、王平陵、唐紹華、徐天榮等人，導演則有張英、王慰誠、吳劍聲、陳力群、王生善、宗由等人[2]，這些人皆為彼時國語劇壇之一時之選。新世界劇展的促成及操辦，是李曼瑰在「自由中國」推動劇運的先聲與暖身，待 1958 年秋她獲得聯合國文教組織及亞洲協會的獎助，相繼重遊歐美學習一年、考察戲劇三個月歸國後，才是她更全面、執著地推展劇運的開始。

> 憶西洋有所謂「小劇場運動」者，業餘劇團輒廉價租用小劇院，每年定期公演名劇若干齣，徵求會員為基本觀眾。歐美行之有素，頗收成效。我們是否也可效法，把愛好話劇的觀眾請回劇院來？……。[3]

1959 年冬李曼瑰回國後，思及歐美各國戲劇盛行、劇場林立，她除了開始呼籲臺灣需要一座專演話劇的現代化劇院之外，更希望借鏡二十世紀上半葉歐美的小劇場運動經驗在臺灣推動小劇場運動計畫。後得中央及各界的鼓勵與贊助，並獲教育部中華話劇團的合作，於 1960 年成立了「三一戲劇藝術研究社」[4]，擬透過定期舉辦話劇欣賞會，藉由長期、經常性的演

---

[2]李皇良，《李曼瑰》（臺北：臺北藝術大學，2003 年），頁 73。

[3]李曼瑰，〈三一話劇欣賞會的發起與籌備經過〉，《李曼瑰劇存》（四）（臺北：正中書局，1980 年），頁 263。

[4]李曼瑰曾言取名「三一」的含意：「本設定名『三一』，取古希臘『三一律』的意義，奉基督教三位一體的靈慧，宗三民主義的理想以求編、導、演的合作，視、聽、動作的和諧，劇人、舞臺、

出以培養話劇觀眾，並落實開展小劇場運動。第一期先由中華話劇團假國立藝術館演出話劇六齣：李曼瑰的《時代插曲》、張道藩的改譯劇《狄四娘》、吳若的《赤地》、劉碩夫的《夢與希望》、《偉大的薛巴斯坦》及李曼瑰的《女畫家》。[5]

李曼瑰的小劇場運動精神與理念，頗得文藝界的支持。戰後曾擔任《臺灣新生報》副刊「橋」主編的歌雷（史習枚），就曾在《聯合報》上寫過一長篇評論〈從「小劇場運動」的發軔評《時代插曲》的演出〉一文，表達對李曼瑰推動的小劇場運動寄予厚望：

> 李曼瑰先生畢生從事戲劇寫作，在劇本寫作的成就上，難以做定評論，但就李曼瑰先生對戲劇所貢獻了的戲劇的觀念，及忠實於戲劇藝術的態度，對今日小劇場運動的工作者，實在是一個良好的模範。[6]

《時代插曲》一劇演出後，李曼瑰續得中國青年反共救國團支持，在中央戲劇運動輔導委員會之下，成立「小劇場運動推行委員會」，以演出、輔導、研究、出版、觀眾徵求等全方位的關照以推展劇運。關於演出，是依照三一劇藝社原訂計畫，經常舉辦話劇欣賞會，參演劇團由一個推廣至多個，有單獨演出進而聯合公演，演出範圍並由臺北市擴大至其他城市鄉鎮；關於輔導，是協助青年及學生劇社分別演出，並做技術上的輔導，並立即籌辦大專學生聯合公演及軍中劇人聯合公演；關於研究，擬舉辦戲劇研習班、演講會及戲劇實驗演出觀摩會等；關於出版，則是希望出版戲劇刊物、戲劇叢書、籌設獎學金及鼓勵劇人深造；最後的觀眾徵求方面，希冀發動軍、憲、警、公教人員、青年學生參加為會友，以低廉的會費協助

觀眾的結合；匯天、地、人的才智，啟發想像、感情、思想，而創造真、善、美的偉大藝術。」見李曼瑰，〈三一話劇欣賞會的發起與籌備經過〉，《李曼瑰劇存》（四），頁264～265。

[5]李曼瑰，〈三一話劇欣賞會的發起與籌備經過〉，《李曼瑰劇存》（四），頁264。

[6]歌雷，〈從「小劇場運動」的發軔評《時代插曲》的演出〉，《聯合報》，1960年11月1日，6版。

演出。[7]相較於三一劇藝社，李曼瑰為小劇場運動推行委員會所擘畫的工作架構內容，劇運推展的方向更為明確，發展藍圖亦更為全面，之後直至她過世前推動臺灣劇運的諸多作為，皆是在此範圍內的持續深化而已。其中演出的部分是各項工作中最有成效的，李立亨在〈在適當的位置做最適當的事——李曼瑰和她所推廣的劇運〉一文總結得相對公允：

> 李曼瑰在「小劇場運動」推廣期間，最大的成就就是：培養劇人對於戲劇活動的嚴肅態度、增加劇團演出機會、在表演活動的內容及形式上增加實驗的成分、吸引青年學生及觀眾走進劇場。[8]

1961 年 10 月，教育部成立「臺北話劇欣賞演出委員會」，李曼瑰以小劇場運動推行委員會代表的身分及戲劇界最孚眾望者被推選為主任委員，她統整 23 個專業劇團、影劇機構及黨政軍相關單位[9]，繼續推動她三一劇藝社及小劇場運動推行委員會的劇運理念而為該會工作重點，如經常舉辦話劇欣賞會、專業劇團與業餘劇團共同合作輪流演出、徵求基本觀眾等，特別的是籌設話劇金鼎獎，每年頒發演出優良獎[10]，獎勵話劇工作者並鼓勵提升藝術標準。[11]其中以話劇欣賞會之名，邀集專業、業餘劇團定期演出，成效最為良好，1967 年起更舉辦青年劇展及世界劇展，並歸之於話劇欣賞會相關活動，影響大專、社會演劇極為深遠。臺北話劇欣賞演出委員會後更名為「中國話劇欣賞演出委員會」，並持續運作至 1984 年止，二十多年

---

[7]李曼瑰，〈小劇場運動推行委員會的成立與展望〉，《李曼瑰劇存》（四），頁 268～269。

[8]李立亨，〈在適當的位置做最適當的事——李曼瑰和她所推廣的劇運〉，《表演藝術》第 34 期（1995 年 8 月），頁 40。

[9]23 個團體代表分別為教育部中華話劇團、國防部康樂總隊、空軍政治部大鵬話劇隊、陸軍陸光話劇隊、海軍海光話劇隊、憲兵總部憲光話劇隊、警備總部警總康樂隊、聯勤總部聯勤話劇隊、政工幹校影劇系、國立藝專影劇科、救國團大專學生聯合話劇社、臺灣製片場中國劇藝社、中影公司鶯歌話劇社、中國製片廠、國民黨中央委員會第四組、教育部社教司、國防部總政治部、省教育廳、臺北市教育局、中國文藝協會、影劇協會、國立臺灣藝術館、小劇場運動推行委員會等。

[10]頒發最佳演出、最佳導演、最佳編劇、最佳舞臺設計、最佳男女演員等獎。

[11]李曼瑰，〈臺北話劇欣賞演出委員會的成立與展望〉，《李曼瑰劇存》（四），頁 271～274。

間一直都是臺灣推展劇運、輔導戲劇演出的主要機構。尤其是李曼瑰過世前，「話劇欣賞會」[12]一直是民眾參與話劇演出的主要管道，更是促進演出資源整合、話劇成果整體展現、劇場人才持續養成的重要關鍵，可以說這是李曼瑰在臺灣推動劇運的卓越貢獻之一。

戲劇學者黃美序更是高度肯定由李曼瑰倡議發起的世界劇展與青年劇展對臺灣現代戲劇發展的深遠影響。這兩個劇展不僅在演出的質與量是為當時臺灣戲劇活動的主流，更是普遍性地擴大大專青年參與話劇演出、彼此切磋交流的機會。[13]二者皆始自 1967 年，世界劇展的參演者為大專院校的外文系，主要用原文演出各國名劇，後偶有翻譯、改編本國劇本參演者；青年劇展的演出則是各大專院校的話劇社，以演出臺灣成名劇作家作品為主，最後幾屆漸有指導老師或學生的新創作品參賽。兩個劇展都於 1984 年停辦。

世界劇展為臺灣大專院校外文相關科系創造戲劇演出傳統，並為社會青年觀眾介紹了許多世界名劇，在戲劇人才養成及觀眾欣賞視野的開拓上有顯著成績；[14]青年劇展的藝術成就及影響雖不及世界劇展，但行之有年的制度實施下來，不僅大專話劇活動穩定發長，後來大專院校話劇比賽的接續開辦，更讓許多對戲劇有興趣的業餘愛好者有一大展身手的機會，而他們多人後來也都成為臺灣劇場界專業優秀的創作人才。

創造長期、經常性的演出平臺，讓戲劇創作因之持續生發，戲劇人才因而有努力目標及交流機會，以整體提升臺灣國語話劇水平、健全演劇生態環境。李曼瑰在劇運推動上確實具備導師般的高度視野與示範作用，她所搭建的新世界劇展、話劇欣賞會、世界劇展及青年劇展等演出平臺，都讓一個時代的戲劇發展因而豐實，並對之後產生深遠影響。這股青年演劇

[12]李曼瑰曾言：「故本會定名，冠以『欣賞』二字，涵意乃指所有演出必須使觀眾有藝術的欣賞，而非做商業化的招徠，含有深刻的思想，表現人生的真諦。」（李曼瑰，〈臺北話劇欣賞演出委員會的成立與展望〉，《李曼瑰劇存》（四），頁 272。

[13]黃美序，《幕前幕後‧臺上臺下》（臺中：學人文化公司，1980 年），頁 108。

[14]黃美序，《戲劇欣賞》（臺北：三民書局，1995 年），頁 38。

熱潮並成為臺灣劇壇主體，而李曼瑰正是此蘊積過程中最大的功臣與掌舵者，甚至 1980 年代初「帶動臺灣劇壇前所未有的小劇場熱潮」的五屆實驗劇展及 1985 年為紀念李曼瑰逝世十週年的「鑼聲定目劇場」的開辦，她亦有間接促成之功。李曼瑰確實在當代臺灣戲劇發展歷程中，完成了那個時代的階段性歷史任務及打下了堅實的基礎，並為之後的臺灣劇壇開啟了前所未有嶄新的一頁。[15]

以響應中華文化復興運動之名，李曼瑰於 1967 年發起成立「中國戲劇藝術中心」，以做為發展劇運的基地。維持與官方主事單位的密切關係，以確保中心會務的順利推動，同時其民間組織的屬性又能較為靈活、自主地系統性展開組、訓、出版工作。除了持續推動青年劇運之外，還先後成立：1.兒童戲劇推行委員會，組織兒童教育劇團、舉辦兒童戲劇訓練班、國中小教師戲劇講習班、引入創作性戲劇（Creative Dramatics）觀念等，以及徵選兒童劇本及出版四冊《中華兒童戲劇集》；2.海外劇藝推行委員會，組織僑生劇團、舉辦僑生劇訓班等；3.中國青年劇團，以實際推動青年劇運；4.李聖質基督天主教劇本創作獎金，經常性徵求宗教劇本，並予稿酬及協助出版、演出；5.出版十大冊《中華戲劇集》，收錄 1950 至 1970 年代中國劇作家代表作 66 齣。[16]最為重要的目標則是李曼瑰念茲在茲的「一座現代化劇場」的興建。

李曼瑰在花甲之後展現其驚人的毅力與睿智的擘畫組織力，培育並揪合了一批志同道合的劇人、學生，在中國戲劇藝術中心這個基地一同推動臺灣劇運。李立亨口中這段李曼瑰推動劇運的「落實期」的成果是豐碩的，有吳青萍投入兒童劇創作、張曉風投入劇本創作並成立基督教藝術團契，《中華戲劇集》更是國府遷臺以來最大的劇本集出版，為我們留下重要的戲劇創作印記。

---

[15]李皇良，〈李曼瑰和臺灣戲劇發展之研究〉（中國文化大學藝術研究所碩士論文，1994 年），頁 125。

[16]李曼瑰，《李曼瑰劇存》（四），頁 276、280～282、292～293。

生活中終身未嫁但自稱是「跟戲劇結了婚」的李曼瑰[17]，以基督信仰的熱情獻身於戲劇志業，並親躬實踐喚起政府與社會對戲劇的重視，在荒瘠之地耕耘出一片翠綠田園。貢敏說過「她以宗教家面對神那樣的態度來從事劇運」、姜龍昭稱其為「劇運的拓荒者」，叢靜文稱她是「（自由）中國近代戲劇藝術的領導者」，張曉風曾說「我們不敢想像二十年來的（自由）中國劇運如果沒有她會怎樣的荒涼。……她獨撐著把戲劇開鑼前的黯淡品嚐盡了，而企圖把高潮時的燦爛留給後人。」[18]正因獨身且篤信基督的李曼瑰，有她全身心地投入並稱職地扮演起「愚不可及的角色」，這才使得1960年代之前的臺灣戲劇景觀不致於荒蕪單調。

受李曼瑰影響甚深的張曉風，在其〈「愚不可及」的角色——介紹李曼瑰教授〉一文中，曾感嘆李曼瑰的生不逢時之憾及感佩她的犧牲精神：

> 如果她生在十六世紀的英國，她該是莎士比亞或班戟生最親切的朋友，如果她生在十九世紀的挪威，她會是易卜生聯合作戰的伙伴，但在中國，多半的時候她是孤單的，她投身於一個戲劇藝術沒落的時代，她所面臨的戲劇王國正寫到「邦無道」的一頁，在明知隻臂難以獨挽狂瀾的情況下，她仍把自己作悲劇式的孤注一擲的奉獻。[19]

李曼瑰以推動劇運大公為先，劇本創作為己居次，這是時代環境與使命感幫她做的選擇。而她呼籲奔走十數年，臺北應該要有一座現代化劇場的心願，雖不及在她生時落實，1985 年國家戲劇院的建成使用，這樣一個有劇場，有演出，有創作，有觀眾，才有未來可能的良性循環的戲劇發展藍圖，終於在她死後十年得以完成並澤披至今。

[17]盧申芳，《向時代挑戰的女性》（臺北：臺灣學生書局，1977 年），頁 181。
[18]曉風，〈「愚不可及」的角色——介紹李曼瑰教授〉，《幼獅文藝》第 42 卷 4 期（1975 年 10 月），頁 45。
[19]曉風，〈「愚不可及」的角色——介紹李曼瑰教授〉，頁 29。

三、劇本創作：歷史劇的成就最高

李曼瑰自甫入燕京大學時創作的第一個劇本《新人道》到 1973 年發表的最後一個劇本《瑤池仙夢》，四十多年間總共創作了 8 部獨幕劇、20 部多幕劇、12 部英文劇，合計 40 部劇作，並有 2 部翻譯劇本。[20]其中，1949 年李曼瑰來臺之後創作的 15 部多幕劇，多得到演出機會並有相對高的評價，尤其多齣以漢朝為題材背景的歷史劇，奠定了她身為臺灣劇作家的藝術高度與歷史地位。

關於李曼瑰劇作之分析研究，較早有蘇雪林〈李曼瑰教授及其重要劇作〉（上、中、下）及徐正中〈正宗劇作家——李曼瑰及其作品〉兩篇專論較為全面詳盡。1980 年代之後則有李皇良〈李曼瑰和臺灣戲劇發展之研究〉（1994 年）、陳淑珍〈李曼瑰《現代女性》劇本五種之研究〉（2005 年）、陳碧華〈反共年代臺灣歷史劇的美學與政治——李曼瑰歷史劇與戰後戲劇運動之展開（1949—1975）〉（2011 年）及范維哲〈由大陸到臺灣——李曼瑰劇作與風格轉變研究〉（2017 年）等四本戲劇／臺灣文學的碩士論文，對李曼瑰劇作進行了更為深入的學術研究。排除較難查考的英文劇本和大陸時期創作的獨幕劇，李曼瑰的多幕劇大部分是在她來臺之後才創作、出版、演出的，無論在品質和數量上皆優於其他劇作家。參照蘇雪林、徐正中的分類，其作品約可分為歷史劇、婦女問題劇、社會問題劇及反共戲劇等四類。

李曼瑰的七部歷史劇皆以漢代為背景，1952 年的《王莽篡漢》與《光武中興》二劇，徐正中認為劇作內容反映暴政必亡、人心思漢的題旨而歸之於反共戲劇。1956 年，李曼瑰合二劇為五幕劇《漢宮春秋》，徐正中認為這是她劇作中藝術成就最高者。蘇雪林也認為該劇的編劇手法極為精

[20]李曼瑰，《李曼瑰劇存》（四），頁 305～315；陳碧華，〈反共年代臺灣歷史劇的美學與政治——李曼瑰歷史劇與戰後戲劇運動之展開（1949—1975）〉（中興大學臺灣文學與跨國文化研究所碩士論文，2011 年），頁 165～168。

鍊，能摒除枝葉，直擣中堅，雖然以王莽篡漢此一史實為主，但書寫重心卻完全建築在王莽的家庭悲劇上[21]，除了反共意涵的隱射之外，有著更高的藝術追求。

《漢宮春秋》與《大漢復興曲》、《楚漢風雲》合稱李曼瑰的「前部漢史三部曲」，其中創作於 1961 年，醞釀超過十年的《楚漢風雲》是她歷史劇寫作的另一攀頂之作。瘂弦認為該劇為歷史劇語言寫作提供了新的可能：

> 「楚」劇的作者便以現代生活口語同文學語言作基調，再摻雜了我國傳統的文言語彙及新文學的歐化成分，經過了巧妙的轉化揉合，使之產生一種生動、高雅而富有表現力的語言，適切地完成了語言在戲劇中的主導任務，再現了歷史，感動了觀眾。[22]

實則該劇對人物型塑之成功，尤指張良、虞姬、項羽三人，不為歷史形象所縛而能寫出真情感、真性格，王平陵對此即有高度評價。[23]另外，李曼瑰透過張良一角傳達其大同主義理想，亦得蘇雪林的高度肯定，認為除了具備藝術高度外，更富有哲學意境。

1973 年的絕響之作《瑤池仙夢》，則是姚一葦認為李曼瑰劇作中最好的一部。因該劇透過人間實境與仙境虛幻點出主題，深刻地探討生死及教育問題。[24]而該劇於 1975 年 3 月的演出，結合彼時最優的新生代製作群，如導演黃以功、舞臺設計聶光炎、舞蹈與舞臺動作林懷民、燈光設計侯啟平、音樂創作與選配史惟亮等[25]，亦一時傳為佳話。

後收入《現代女性》劇本五種的《冤家路窄》、《戲中戲》、《天問》、

---

[21]蘇雪林，〈漢宮春秋觀後感〉，《中央日報》，1956 年 2 月 20 日，4 版。
[22]瘂弦，〈論史劇《楚漢風雲》的語言〉，《中央日報》，1963 年 10 月 15 日，9 版。
[23]王平陵，〈略談歷史劇──兼論《楚漢風雲》〉，《中央日報》，1963 年 10 月 11 日，9 版。
[24]姚一葦，〈敬懷曼老〉，《中國時報》，1978 年 10 月 24 日，12 版。
[25]李皇良，《李曼瑰》，頁 160～161。

《女畫家》及《盡瘁留芳》等五劇，是為李曼瑰的婦女問題劇作品，分別從不同的角度探討婦女切身的問題。除了為紀念故友伍智梅而作於 1958 年的《盡瘁留芳》，以及 1955 年改作《天問》的《女畫家》之外，另三部劇作皆是李曼瑰於抗戰後期在重慶推動婦女運動時所作。

寫於 1942 年的三幕喜劇《冤家路窄》，處處以女性角度觀察彼時社會病態並做出評價。李曼瑰對於奸商囤積居奇、通敵叛國投機分子的批判態度至為明顯，致使徐正中將此劇歸之於她抗戰戲劇的代表作。而蘇雪林亦因劇中對於抗戰後期大後方社會上各種情態準確的描繪而將之歸於其社會問題劇，她並對李曼瑰刻畫機謀百出、蛇蠍心腸的女律師石如冰此一奸惡形象之成功，深表讚賞。[26]而寫於 1943 年的三幕喜劇《戲中戲》，內容雖寫女科學家范平喆的才智與成就，符合李曼瑰對時代新女性「要努力創造，對人類有貢獻，而且要負起家庭和社會的雙重責任。」這樣的重要主張，但以假扮化解問題的編劇手法和詼趣效果則饒富法國佳構劇的味道。

至於五幕悲喜劇《天問》在 1944 年寫成時著重探討女性自覺、定位問題，後來因為發現在編劇技巧上存在兩大毛病，以致當 1955 年有機會在臺北公演時，李曼瑰特別大幅改寫成五幕悲劇並重新命名為《女畫家》。改編後的《女畫家》是李曼瑰對藝術、道德、愛情與理想觀念的揉合，著重在女主人翁史坤儀人性的深刻描寫，並以思想境界取勝，徐正中認為這是李曼瑰最具代表性的婦女問題劇。該劇字裡行間溫柔、敦厚的氛圍，也讓雷震聯想到史坤儀實為作者品德行誼的折射，「與其說我發現了一個好劇本，倒不如說我認識了一個不貪得、不高蹈、樸實而謹嚴的靈魂。」[27]這個高貴的靈魂是劇中的史坤儀，更是生活裡的李曼瑰。

李曼瑰所著的社會問題劇有三，一為作於抗戰後期的四幕喜劇《時代插曲》，1955 年李曼瑰改寫該劇時將抗戰後期之知識青年從軍背景，改成 1940 年代初之青年志願軍參加反共抗俄事。徐正中認為改編後有削弱了時

[26]蘇雪林，〈李曼瑰教授及其重要劇作〉（下），《暢流》第 53 卷 2 期（1976 年 3 月），頁 11。
[27]雷震，〈雷序〉，《女畫家》（臺北：自由中國社，1956 年），頁 1～2。

代精神及人物性格的缺點。不過，改編為臺灣背景後，彼時之省籍問題、青少年問題、養女問題也因之有所關照，可見李曼瑰對所處環境敏銳的觀察與關心。

1950 年代，李曼瑰更大比例地把視角鎖定在臺灣社會，並持續關心臺灣青年一代的生存狀況與心理困境，她的第二部《淡水河畔》及第三部《阿里山的太陽》社會問題劇即是此期作品。1966 年出版的四幕喜劇《淡水河畔》，反映出彼時臺灣普遍的社會、教育問題，貢敏即對其深具時代精神及諷世警世作用，以及擅於利用劇中人的典型性格刻畫出人性弱點的編劇手法予以高度評價。[28]丁衣也曾表達對此劇的推崇，「《淡水河畔》並不是李先生的代表作，卻是代表這個時代的社會問題名劇，則毋庸置疑。」[29]

寫於 1970 年的《阿里山的太陽》，李曼瑰則是透過留學歸國並以農業專業協助阿里山住民的方國智，及一組對留學問題不同立場的友朋的對比，一探彼一世代青年的矛盾苦悶與信仰追求，明顯地她是將愛國主義與民族主義的情懷寄託於青年一代的身上，號召臺灣青年扎根於本土，並為臺灣社會的發展做出貢獻。除了社會問題的探討，這齣戲更多了她對生命意義的探討。[30]叢靜文曾於其《當代中國劇作家論》一書中，對李曼瑰臺灣題材的社會問題劇有中肯的評價：「風格是易卜生式的，但觀念是時代的，顯然作者對此投下許多心血，對社會賦予無比的熱愛。」[31]

最後，李曼瑰的反共戲劇則有 1950 年的《皇天后土》和 1956 年的《維新橋》兩齣。反共主題先行，讓這兩齣戲雖符合政治意識和主題嚴正的表達，但其藝術表現卻無足可觀，其劇史意義僅暫存於彼一時空，李曼瑰也在這兩次嘗試之後放棄赤裸的立場吶喊，而在歷史劇及社會問題劇的寫作中探求藝術的深刻與意義。

[28]貢敏，〈淡水河畔與話劇暑期實驗演出〉，《大華晚報》，1967 年 9 月 21 日。
[29]丁衣，〈從劇作精神看《淡水河畔》〉，《中央日報》，1967 年 9 月 25 日，9 版。
[30]范維哲，〈由大陸到臺灣——李曼瑰劇作與風格轉變研究〉（臺灣大學臺灣文學研究所碩士論文，2017 年），頁 118～120。
[31]叢靜文，《當代中國劇作家論》（臺北：臺灣商務印書館，1973 年），頁 16。

四、結語

無論劇作的分類為何，我們皆可發現李曼瑰將儒家思想和基督教信仰充分地化入劇中。儒家思想主要反映在人物的形塑及行動的選擇上，而基督教信仰則讓劇作兼具道德及真善美的追求，以及生命意義的扣問與探求。至於藝術風格上，雖然皆以古典主義、寫實主義為主，但處處充滿的理想主義色彩，也讓她劇作的思想內涵進入了哲學的範疇。再則，李曼瑰深厚的國學素養及嫻熟的西洋戲劇訓練，更讓她劇作的結構與文字精鍊且精準，在西洋之「形」中具備純然中國之「神」，且能雅俗共賞。蘇雪林曾總結她對李曼瑰劇作的整體感想並不吝褒揚：

> 曼瑰教授的劇本以「繁複」擅場。每劇登場人物輒至十餘人或二三十人，而每人各賦予以發展劇情的職責，絕不覺其多餘。劇情錯綜複雜，千頭萬緒，令人應接不暇，猝難分析，她卻遊刃有餘，處理得秩然有序，一絲不亂。她的喜劇不流佻薄，觀眾發笑之餘，更能啟發深省，合乎西洋高級喜劇的條件。悲劇雖淒咽動人，也能蘊藉、節制，不令情感一瀉無餘，又是悲劇最佳典型。[32]

李曼瑰可以說是國民政府遷臺後，寫作最勤、劇作最豐、劇類最為多元的劇作家，而且每齣戲皆得演出實踐並有一定的社會影響力，而其各類劇作中，又以歷史劇的藝術成就最高，較之抗戰時期擅寫歷史劇的名家如阿英、郭沫若、陽翰笙、歐陽予倩等名作毫無愧色。而其編劇經驗總結的《編劇綱要》一書，更是其實務連結教學的重要成果。

李曼瑰對臺灣早期戲劇教育貢獻極大，1940 至 1950 年代於國內各大專院校教授戲劇理論及編劇，其中又以對政工幹校影劇系及中國文化學院

[32]蘇雪林，〈李曼瑰教授及其重要劇作〉（下），《暢流》第 53 卷 2 期，頁 14。

戲劇系的專業戲劇教育影響最大，諸如政工幹校的貢敏、趙琦彬、張永祥、聶光炎，中國文化學院的牛川海、黃以功、侯啟平等，皆為受教於她並得她啟發、栽培最多的學生，他們之後也因承繼了李曼瑰的身教言教，而在戲劇／電影／電視之編劇、導演、舞臺設計、燈光設計及理論教學等各領域有出色的表現。

李曼瑰重視戲劇人才的培育，像傳教士般孜孜不倦地宣揚戲劇福音。她更看重演出，因為有演出才能印證所學，專業也才有機會得以發揮磨光。她花二十年的時間奔走呼籲政府應興建一座專供話劇演出的現代化劇場，其實，一部分原因也是為學生的未來發展請命。李曼瑰於 1970 年 12 月在《聯合報》發表的〈一座現代化的劇院〉一文即可看出她的用心：

> 我常將劇壇之有劇院比之醫學院之有醫院。醫學院畢業的醫生，多數自然是到社會去開設診所，掛牌行醫。但診所而外，還必須有醫院，以為少數志在研究與發明的科學家的實驗所，訓練學生，研究醫理，發明新藥，以供應那些懸壺的同僚，施醫濟世。戲劇系的畢業生，當然也多半投向電影電視的企業機構，但也有少數——往往是最優秀的的少數——志在藝術，他們必需有一個劇院做實驗與創作的園地，經常將實驗的成果，作示範的演出。[33]

李曼瑰對學生是嚴師，是慈母。在她逝世十週年時，貢敏寫下「先生嘗為天下雨，師道無愧人之初」以緬懷先師，這其實也適用於形容曾經戮力推動臺灣劇運的「中國戲劇導師」不是嗎？回首過往，李曼瑰以戲劇創造了她有價值的人生，那些受她感召同行的師友學生們，也同樣以戲劇創造了他們有價值的人生！

[33]李曼瑰，〈一座現代的劇院〉（下），《聯合報》，1971 年 12 月 5 日，9 版。

輯四◎

重要評論文章選刊

《中華戲劇集》序

◎李曼瑰

自由中國的劇壇，廿餘年以來，雖然，沒有一個經常演出的現代劇場，雖然晚近舞臺又受了電視電影的影響，但劇作家並不因此而遺棄舞臺，而放棄編著話劇。因為舞臺話劇是一切戲劇綜合藝術的基礎，是各種戲劇類型之母，而且演出比較方便，什麼團體，在什麼地方，都可以演出，故社會、學校以至軍中，都極需要話劇劇本，而非電視電影所能完全代替的。目前影劇界普遍鬧劇本荒，電影電視以及廣播，因係企業化，還可以用金錢購買劇本，舞臺因沒有企業化，而且需要盡力保存藝術的立場，購買劇本的問題，自然更為嚴重。幸而重視藝術的劇作家仍然最喜愛舞臺，他們的彩筆並不問舞臺劇本的金錢代價，還是孜孜不息的繼續編寫話劇，真實地表現人生、描寫人情，反映時代的生活與精神，自由地發揮他們的思想、理想與人生觀。因此，話劇劇本仍不斷產生。二十多年來，舞臺曾經演出的劇本，予以粗略的統計，當在千部以上。按：小劇場運動推行委員會，以至中國話劇欣賞演出委員會，自民國 49 年迄今，前後共演出話劇一百二十部，國防部藝術工作總隊民國 51 年的報告，十三年間共演出百餘部，至今又過八年，演出數量，諒已達二百部以上，軍中還有陸、海、空、警等四個話劇隊，經常演出，每隊演出數量如以藝工總隊的一半計算，則為四百部；又教育部中華話劇團，每年演出六部，十餘年來，演出數量也不下百部；以上三個大機構的演出，合計八百餘部。其他各政府機關，公私營事業機構，社會團體，以及各學校的話劇社團，每年所演出的也不少，若以每年五十部計算，二十年就是一千，和上述的八百餘部合計，則近二千，當然，其中必有重複的，但說一千部以上，絕非誇張。這是演出的數量。至於編劇的數量，則必又數倍於此數。按美國劇壇普通的計算，劇作家編寫五部劇本才有一部可以上演。我們這裡即不以五部計算，以三倍或兩倍計算，二十年來自由中國劇作家所編寫的劇本，最少也在三千左右。然而，這些劇本在那裡呢？有多少出版了呢？出版了的劇本，市面上能否買到呢？前幾年有一位熱愛中國戲劇的僑胞回到祖國來，到書店去找劇本，大失所望。他說舊金山唐人街的一兩家書店，出售的自由中國劇本比臺北還多。今年又有一位美國戲劇家來臺灣研究中國的舞臺，曾到過二十一個書店找劇本，卻一本也找不到，他不禁驚奇，問道：「你們的劇壇到底在那裡？」假如我們告訴他：廿年來，我們的劇壇曾產生過三千部劇本，各劇團曾經演出過一千部以上。你想他肯相信嗎？這是目前舞臺最大的問題，較之劇本荒更為嚴重。故出版劇本與劇本的推廣，是刻不容緩的工作。

民國 56 年中國戲劇藝術中心成立的時候，我們便把出版劇本列為重要工作之一，但困難重重，人力、財力、劇本推銷都是問題，故至今始克出版這部《中華戲劇集》第一輯，六個劇本。這六個劇本是由近十年間曾經多次演出效果頗佳的劇本中選出，選擇的標準是：既可供普通一般讀者閱讀，又適合舞臺或平常的禮堂演出，人物少，布景簡單，題材切近生活與人情，主題深入淺出，而使雅俗共賞。六劇中最早的是，張永祥的《風雨故人來》，民國 49 年編劇，十年來演出次數很多。民國 50 年青年反共救國團舉辦大專院校話劇比賽，其中就有四個學校是演這齣戲。民國 56 年美國舊金山中流劇藝社亦曾選演。此劇是寫一逃犯，因獲得愛情的幸福，坦白承認罪過，自首受罰；他的愛人由小兒痲痺患者的輪椅中站了起來，獨立行走，他自己也從自卑感中站起來，擺脫魔鬼的束縛，建立新的人生觀。

劉碩夫的《關關雎鳩》，民國 54 年編劇，後更名《四對四》演出多次；民國 56 年春復更名《喜氣洋洋》由中央電影公司鶯歌話劇社盛大公演，是演出最成功的一次；其後又在馬尼拉演出。照作者的統計，數年來，此劇在各地演出不下四五百場。此劇乃一部高級喜劇，作者運用喜劇的諧趣，透過兩個家庭的教育與管理方式，檢討現行所謂民主自由社會制度的兩種偏失：一種僅有民主自由的外觀而缺乏實質，另一種是過分的個人自由侵犯了別人的自由。

吳若的《天長地久》編於民國五十四年，以一中國傳統典型的賢妻良母孝媳為中心，演出她在動亂時代中所表現的美德，從而反映這個時代社會上形形色色的生活與問題。是年冬由臺北華實劇藝社和菲律賓馬尼拉業餘劇藝社聯合公演。菲律賓華僑商業巨子業餘劇人蘇子，與名作家王藍、鍾雷、許希哲等粉墨登場，一時傳為美談。獲五十四年度話劇演出金鼎特別獎。

姚一葦的《碾玉觀音》是本輯中唯一的古裝劇，於民國 56 年首次演出。其後各地劇團亦屢次選演，頗為流行。是劇取材於宋人小說，透過一個愛情故事，表現藝術家對理想的追求，以及中國人的愛情、倫理與情感，榮獲五十六年度話劇演出最佳編劇金鼎獎。

拙著《淡水河畔》民國 56 年由三一劇藝社首次公演，獲是年度話劇最佳演出金鼎獎。繼之，臺灣各地劇團頻頻演出，近復由馬尼拉華僑文藝廳，及舊金山中流劇藝社先後演出。是劇反映目前自由中國的社會，揭露幾個顯著問題，刻畫幾個不同性格的人物，發出隱藏在現代中國人心裡的心聲，而表現時代的精神。

趙琦彬的《歸去來兮》，民國 58 年編劇，曾由中興大學話劇社演出，係以一大學教授為中心，寫當前大學畢業生與留學生的各種生活、愛情、婚姻、職業以及國家、民族、文化的問題。

《中華戲劇集》第一輯，經過將近一年的選擇、整理、編輯、校對，終告出版發行了。希望它為目前艱苦的劇運達成推廣的任務，並期望第二輯、第三輯，以至無數輯，繼續源源出版，協助中華民國的劇壇，建立穩固的基礎。

民國59年5月序於臺北中國戲劇藝術中心

——選自《幼獅文藝》第200期，1970年8月

一座現代化的劇院

◎李曼瑰

近年體育界呼籲建築一座現代化的體育館。自由中國更需要一座現代化的劇場。這是劇壇同人二十餘年來懇切的期望。自由中國有不少禮堂，或稱之為會堂，而且常見新「堂」出現，都可以權作會議場，集會所，或各種表演的場地，也可以演戲，但都不是劇院。（電影院也不是劇院）所謂現代化的劇院和普通禮堂，大有分別。座位僅一千左右（600 至 1500），而舞臺則特別寬大，約須占全場三分之一；燈光、配音、轉臺，設備完美。化裝室、排戲廳、工作場、陳列室、貯物室，應有盡有。最重要的是那高達數十呎的舞臺頂（Stage Roof）離臺最少三、四十呎，有高達七、八十呎者，以便懸吊布景，自由升降。一切設備科學化，一切動作全用電話指揮。而音響更為神妙，演員不須提高嗓門，聲音卻能傳達到劇場每一個座位。

像莎士比亞紀念劇場（Shakespeare Memorial Theatre）是在莎氏故鄉斯託拉福鎮，愛梵河畔（Stratford-upon-Aron）；從倫敦乘汽車駛向西北，一時許可達，是專為演出莎翁劇作的。遠在 1820 年，就有人提議在鎮上建造一幢劇院，專演莎劇。這個構想卒於 1879 年實現，工程達兩年之久，大半歸功於當地名流，Edward Flower 的努力和捐獻。從此便有所謂莎士比亞戲劇節（Shakespeare Festival），每年 4 月 23 日莎翁誕辰起，公演莎劇數齣。這劇院不幸於 1926 年 3 月 6 日遭火焚燬。至 1932 年復在舊址重建新劇場，風格採現代式，係女建築師 Elizabeth Scott 的斧心設計。建築費二十萬英鎊，泰半捐自美國。1950 年再加裝修，又耗資十萬鎊。這劇場的興建已快四十年了，說不上最新式，比之紐約林肯中心新建的歌劇院、話劇院、音樂廳，和歌舞劇場，當然落後了些。但仍可看到一座現代化劇院的規模。

莎翁紀念劇場可容觀眾 1377 人，坐位 1301，站位 76。樓下 565 個座位，樓上兩層廂座，前廂（Dress Circle）326 座位，後座（Balcony）410 座位。舞臺面積，深 41 呎六吋，偶增幕外前臺時，達 53 呎，最闊處寬度 120 呎。舞臺高頂（Stage Roof）離臺 65 呎，舞臺前框（即兩邊幕拉盡處舞臺空口）高 20 呎，寬 30 呎。大公演時，幕前輒增設前臺，寬 39 呎，深 11 呎六吋。14 人樂隊，原在此間演奏，前臺延伸後，樂隊隱身臺底，但裝有調音板，樂聲不受影響。

舞臺不設轉臺，只備活動輪臺兩架，高度和深度均 15 呎，寬 38 呎，兩邊附釘十呎六吋活板，可隨時撐走。輪臺布置場景，推至臺前，一場演完，即向舞臺兩翼推出。次場布景又可從地窖用升降機整套運上。地窖深 30 呎，比愛梵河底還低 17 呎。

但換景最快的方法還是利用吊景。把景片掛在舞臺上空（Flies），用平衡錘對重升降。紀念劇場設有 50 副對重繩索，懸在 65 呎高的鋼樑上，乘載著許多 40 呎式的鋼鏽（總重量為 22 噸），景片逐幅掛繩索上，手拉一端，便可升降自如。景片降至半高時，又可用鋼軌接著，送放在適當的地方。

燈光管制也用新的科學方法，電機房是利用觀客座上的一個包廂，統制 144 條電線。從這裡，工作人員都可看見舞臺，並備雙重的電線板，可於每場上演時準備下一場的燈光。劇場內共有 74 個射光燈，都是從舞臺外射到臺上的，電力達 195 瓩。

演出時，舞臺管理，全用微音電話指揮。一個電話機放在臺前音樂池後邊。導演預先把一切指導，詳細寫在劇本上。司電話的職員及時依次宣布，聲音傳播到後臺，化裝室、電機室、指導音樂、燈光、效果、以及演員上場。人人留心靜聽，秩序井然。

另一個指導中心是在舞臺前框左角，叫做提詞角（Prompt Corner），是整個演出的樞紐。從這裡可給演員提詞，指導動作。利用一塊電裝的暗號板，可向劇場十五個地方射出不同的色光，施放暗示。導演也可以在這裡用微音電話式擴聲器向電機房和化裝室各處發號施令。附近又置留聲機，預錄的效果、音樂、音響、均從此發出。舞臺一切電動機器，例如電動幕的啟閉，其總制也是放在這個角落。

舞臺後邊上一層是大小化裝室、盥洗室、衣櫥，和重要職員的臨時辦公室；下一層是各種貯物室；本屆演出應用的布景、服裝、道具、都是放置此地。另一大廳堂，供排戲、開會、演講之用。每年演出的布景、服裝、道具，都是在鎮上幾個工場製造，經年準備。工作人員，計司製布景和道具的共 18 人，司製服裝的 6 至 30 人，舞臺工人 14 名。

劇場位於莎翁紀念花園（Bancroft Gardens）右側。遊人甫抵斯鎮，跨過愛梵河上的老柯頓石橋（Old Clopton Bridge）便是紀念花園。園內名花燦爛，古木蒼翠，中有莎翁銅像，高踞於廿餘呎的石臺上，四邊伴立四座莎劇中最著名的悲劇、喜劇、史劇人物的小銅像。向左望去，叢林中隱現一座巍峨巨宇，即是紀念劇場。劇場門面簡樸而軒昂，大馬路、大停車場、玻璃大門，高朗的落地窗，前廳和兩邊走廊都很寬敞，有公共餐廳、茶室，另辦公廳和會客室數間。筆者參觀時，適值莎士比亞百年紀念，舉辦莎翁圖畫展覽。樓上樓下走廊，各處通道，梯道、廳堂等地，都陳列或懸掛莎劇名伶畫像照片、劇照、舞臺設計、模型、服裝設計等，琳瑯滿目，美不勝收。

劇場管理由董事會主持，指派專任總經理，每年從各方延聘名導演、名演員、舞臺藝術家，組織演出公司，採營業方式，公演莎劇五六齣，通常是二月開始排戲，四月廿三日正式公演。1925 年曾由英皇喬治五世諭准，列為非謀利的合作組織，但也不向任何方面募捐分文，一切經費，來自票房、支出浩大，經營非易，待遇極為低微，大明星如勞倫斯・奧立佛、哥爾葛德、費雯麗諸人，往往犧牲電影不拍，西倫敦的戲不演，前來參加莎氏戲劇節演出，無非是熱愛莎翁劇作，從前舊劇場時代，每年只公演數星期，近年延長至三十三星期，每屆觀眾總數達三十五萬，在鎮上結束後，還常到各地巡迴演出，甚至出國獻演，曾到過十三個國家，為著方便遠道觀眾，戲碼每日輪換演出，每輪亦必有兩三次日場，遊客只須在鎮上停留數日，便可全部看完，或僅以一日的時間，參加倫敦的遊覽車，上午八時出發，中途順路參觀牛津大學，再到莎翁故鄉遊覽各處名勝，如莎翁的老家古樓，外祖家農莊，岳家草廬，「新居」大廈頹址，長女婿家園林，次女故居茶室，外孫女婿家故宅，莎翁安葬聖地——聖三一禮拜堂，莎翁研究所，莎翁紀念圖書館，畫廊、陳列室等。中午可在珠德絲茶室用餐，下午二時半觀劇，戲票早由遊覽公司預購，至五時許離鎮，返回倫敦。

像這樣的現代化劇場，紐約、倫敦、巴黎，均各有四、五十家，經常演出世界古今名劇（話劇），普通的都市則十家八家不一，小鎮也最少有一座「地方戲院」，由民間集資建築，作非商業化的演出。大專院校也多設戲劇系，也必有劇場，以利學生演出。比較大一點的大學還另建小劇場（約三、四百座位）作實驗性演出。例如美國的耶魯大學戲劇研究所和舊金山州立大學戲劇系便有最新式的大小劇場。建築費與設備費往往占學校預算極大部分，視為當然。

（上述都是話劇院，至於歌劇院，更是龐大豪華，但最繁榮的大都市也不過擁有一兩家，而且只有歌劇季才演出）。

我也曾到過近東和遠東不少國家：日本的劇院，演能劇（古劇）的，歌舞伎的，新劇（話劇）的，東京、神戶、横濱，都不少。而晚近完成的，如日新戲院，國家戲院，比之美、英、法，有過之而無不及。土耳其並沒有什麼戲劇創作，而伊斯坦堡卻有四家劇院，經常演出歐美名劇。韓國戲劇不過新興，漢城卻有國家劇院及私立的中心劇場。菲律賓的戲劇也並不發達，但菲律賓大學卻矗立一座極現代化的劇場。香港一彈丸殖民地，也有大會堂、小會堂，均設置現代化舞臺裝備，經常舉辦各種藝術性的戲劇演出或音樂演奏等。

反觀自稱為文化先進的我國，怎麼樣？國劇院在那裡？話劇院在那裡？而除了歌廳、舞場、夜總會之外，正規的音樂和舞蹈，表演場所又在那裡？外國人曾譏臺灣為文化沙漠，我們能罵人家胡說嗎？

先不說別的，只說國劇罷，我們提倡中華文化復興運動這麼些年，整天高唱保存國劇，弘揚固有文化，卻沒有一個戲院，經常演出國劇，記得我們初來臺灣時，顧正秋小姐獨力開設永樂戲院，天天演國劇，自永樂停業，就再沒有戲院專演國劇了。難道整個文復會，整個自由中國，力量反不如一個女伶？非也！非不能！不為也耳！光說不做，有什麼用？

或謂現在科學進步，大眾傳播最重要的是電影與電視，劇院、舞臺，大可不必講究了。這是捨本求末之論！電影電視偏於企業化，商業化，劇院才是保存戲劇藝術，培養天才，發揮創作力的園地。所以稱之為各種類型戲劇之母，我常將劇壇之有劇院比之醫學院之有醫院。醫學院畢業的醫師，多數自然是到社會去開設診所，掛牌行醫。但診所而外，還必須有醫院，以為少數志在研究與發明的科學家的實驗所，訓練學生，研究醫理，發明新藥，以供應那些懸壺的同僚，施醫濟世，戲劇系的畢業生，當然也多半投向電影電視的企業機構，但也有少數——往往是最優秀的少數——志在藝術，他們必需有一個劇院做實驗與創作的園地，經常將實驗的成果，作示範的演出。沒有這個園地的話，正如沒有醫院，不特天才凋謝，喪失最高表演藝術的創作，恐怕電影電視也會淪為無根的企業！問題至為嚴重。而自由中國竟沒有一座正式的劇院，真是從何說起！

既然沒有劇院，就退一步想罷，如能把這些可作表演場所的禮堂分配一下，那一處專演國劇，那一處專演話劇、地方劇，那一處專演奏音樂，表演舞蹈，也可供各行藝人，集中合作，經常研究、創作、實驗，經常演出，以求進步。可是，這點也沒有做到！十處場所，十處都做十種用途。而且，除了國軍文藝活動中心經常舉辦各種藝術表演外，兒童戲院做了商業化的電影院，其餘大都等待別人來租用，不作主動的計畫與安排，所以什麼地方什麼時候表演什麼，除非接到請帖，沒有人知道。縱使有可觀的表演，要看的看不到，被請的又不看，結果場地冷落，藝人灰心消極，提不出勁來。「表演藝術」便注定式微的命運！其實只要當局一句話，叫大家協調，妥為分配，各得其所，我們也就有國劇院、話劇院、音樂廳、舞蹈場了。雖不理想，也聊勝於無。然而，為什麼不呢？天曉得！

前年教育部撰將藝術館改建，擴充為一個藝術中心，包括劇場（兼作音樂廳），畫廊，陳列館等，預算擬定，藍圖與模型都做了，也召開了幾次會議，真教人興奮呀！可是，為時年餘，又杳無消息了！現在，我們在外交上碰到挫折，正是力求文化交流，宣揚國粹，表現國格的時候，但拿什麼去交流呢？戲劇是最重要的一環，而一座現代化的劇院是創造劇藝的基本條件。希望當局注意，社會人士注意。

——選自《聯合報》，1971 年 12 月 4～5 日，9 版

我與《楚漢風雲》

◎李曼瑰

民國 42 年春，我剛編完《王莽篡漢》、《光武中興》兩部曲（即《漢宮春秋》的最初稿），正在計畫編「維新橋」，適先母棄養，文思大受影響，乃商請省議會祕書長辞人仰先生替我安排新北投省議會招待所一間屋子，安靜小住，完成新作。但「維新橋」的產生仍極困難，甚感煩惱。日間斗室絞腸搾腦，晚上跑到北投公園徘徊思索。一晚當我躑躅於公園小溪旁相思樹下時，腦海忽然泛起一縷劇情——「楚霸王」。項羽、虞姬、張良、劉邦，和楚漢的許多人物，不歇在腦中活動。我登時心懷開朗，精神為之一振。翌晨把「維新橋」的亂稿收起，疾書「楚霸王」的劇情梗概。

時光飛逝，轉瞬數年。「楚」劇仍未落筆。不過劇情和人物卻不時在構造，而且不知什麼時候起，主題已漸變為張良的大同理想而不是項羽的英雄氣概了。題目也改為「張良別傳」。

民國 47 年秋我應聯合國文教組織的邀請，再次赴美，入耶魯大學戲劇研究所進修。民國 48 年行將取道歐洲歸國前，回到舊金山，和旅美的家人團敘。夏間隨兩姊和姊夫等同遊加州名勝巨石山公園（Yosemite National Park）。這裡的景色和阿里山相仿。巨石、神木、飛瀑、流溪，但廣袤則數十倍於阿里山。汽車頭一日上午從西邊山口駛進，各處勝景略事觀賞，至次日黃昏始出山之東門。當汽車風馳電掣地駛過曲折縈迴的山徑，駛過遼闊的平原大道，駛過濃蔭深鬱的神木森林，駛過花香鳥語，山色澄明的小橋流水，「張良別傳」又在思構。看那原始磐石，為地震裂成南北石山的千尺磐石，如巨人對峙，如英雄分庭抗禮；看那高懸百火石柱的飛瀑，如美人的新婚面紗，隨風飄漾；看那幾千年的古樹，數人合抱、樹幹可通大車的神木；看那人造的火瀑，萬頃流星從高峰瀉落深潭，萬里長空，萬籟俱寂。宇宙原來如此奧妙，神祕，偉大！霎時間，舞臺的天地，活現眼前。我看見張良跪在黃石公面前，立志把人間苦海變成大同樂土；我看見他最後把天書奉還老道人，雖未完成大同遠夢，但仍樂意做人，請求老人將天書繼續傳授，堅信人間總會實現大同。我聽見項羽的臺詞：「美人如楚江之水」，「美人像一面明鏡」；我聽見虞姬的嬌聲：「將軍如楚山的磐石」，「但願妾身常照將軍的英姿」。我聽見劉邦的沉痛解釋：「我是失信⋯⋯我是背盟⋯⋯但，我只有一個心願，就是國家統一，百姓安寧；我為著徹底的和平，甯冒天下之不韙，為後世所非議！」

那一天在巨石公園山道上，軋軋輪聲中，「張」劇的腹稿有了清楚的輪廓。後來遊歐三月，這些人物不斷活躍表演，情節也不斷構造變化。民國 49 年春回到臺北，我放下一切，先把「張」劇寫出來。約一個多月，全劇初稿告成。這是我寫劇本行文最快的一次，也許是因為腹稿早已編構好的緣故。

關於劇情是否全係史實的問題。「張」劇資料大都採自正史。但其中二三事卻係作者杜撰。例如張良和虞姬的關係，無論正史、野史、傳說、故事都沒有記載，又如呂馬童的來歷，虞姬和呂雉的衝突，結怨，也無從考證。這種從史實的縫隙裡想像出來的情節是否合適？我不釋辯，但願接受一切的評論和指教。

這次的演出，自劇本脫稿起，使開始籌備。導演劉碩夫先生研究了三年，顧毅先生也在一年前就思考如何設計布景與服裝了。許多演員和工作人員對劇本也早已熟悉。現在大家竭盡十二分的力量，統力合作，到底搬上舞臺了。目前話劇仍極式微，許多劇人跑到香港去了，不少參加電影或其他工作，但留下來的仍能排演出一齣前後臺六十餘人的大戲，而且無論導演、設計、燈光、配音，尤其是演員，都能恰當地表現如意，實屬難得，這是我最感謝的。

——選自《聯合報》，1963 年 10 月 2 日，8 版

劇作家——李曼瑰教授

◎陸勉餘*

前幾天某太太和我談起李曼瑰，她對曼瑰之不結婚深感不滿。她認為抱獨身主義的人多半是脾氣古怪的人，例如驕傲，討厭小孩，厭惡家庭生活之類，而曼瑰性情溫厚，很會替人設想，愛家庭，愛小孩，做人的作風完全像個有一大群子孫的福氣太太，不結婚實在沒有道理。接著她問我，「她為什麼不結婚？」這可把我給問倒了。我乾乾的回了她一句，「誰知道！」

的確就我所知，曼瑰似乎沒有鬧過戀愛，自然也談不到結婚。她有幾個很要好，肯割頭換頸的女朋友，都是出校門即進家門。現在即或還沒有爬上老祖母的寶座，怕也快夠得著椅子邊兒了。惟有她畢業，就業，出洋深造，回國教大學，做官，做作家，在立業方面她直線上升，但在成家方面卻始終鮮善奉告於親朋。說她沒有這個機會，實在不見得，說她沒有這個打算，也殊未必。記得家嚴為我擇婚時我曾在日記上寫過半首歪詩明志，「拼將Y角伴相老，不是梧桐不肯棲」可能曼瑰的想法與我那時的想法一樣，也未可知。

其實以Y角終生，未始不是一樂也。太太們喜歡拉人下水，叫別人向自己看齊，大可不必。人生是多方面的，只要生活得有目的，有意義，有情趣，怎麼著都好。曼瑰一心一意地寫劇，編劇，教劇。閒下來看劇，談劇，導劇，她那份要寫就寫，要玩就玩，無憂無慮，不牽不掛的自由勁兒，只有叫我們這種有家在頭上套著，轉動不靈的人既羨且慕的。

---

*本名陸慶，作家。

曼瑰在大學讀書時雖偏愛文學，但並不廢其他課外活動。打籃球，打排球必定有她。唱聖詩，唱歌比賽也少不了她。那種多方面的活動，對於她後來的寫作風格可能有影響。

廣東老鄉們最喜歡自成一個部落。不論哪種集會，老鄉碰見老鄉總是自然而然湊在一起，有說有笑把外省同學忘記在一旁。曼瑰就不然。她愛同鄉但絕不會見了同鄉就忘了非同鄉。因此她的外省朋友相當多而懂得的方言也相當多。她所編的五幕反共劇——《維新橋》——裡就有著國語，滬語，川語，英語等幾種話的對白，不惟有趣，對於人物個性的塑造也有幫助。

她是一個虔誠的基督教徒，但並不拘於形式，九流三教的人她都能一視同仁，充分地表現了中國人的汪洋大度，但她的言行卻十分嚴肅。在她筆底下你絕看不到一個黃色成分的字。調皮搗蛋的話她不會說，髒話，醜話她認為是罪惡，更不肯說。總而言之一句話，她的為人是正統派的，她的作品也是正統派的。

談到她的文學造詣，她是先主修西洋文學而後主修國學的，她又是自幼即在教會學校讀書而且還喝過海水的。照說她寫的東西應該帶洋味，但她的作品倒是通通達達的白話，比早年那些霸踞劇壇的元老們寫的順眼多了。劇情也能表現人生，不像他們那麼怪誕。這完全得歸功於她那認真而忠實的藝術精神。她說：「我的文學天才並不高，而對自己的作品卻極其苛求，所以進度很慢，成績更不足道。我每編一齣劇本，都要改了又改，抄了又抄，有時候一場戲的情節轉不了彎，或一個人物不夠靈活逼真，或一段臺詞欠缺力量，往往苦思焦索，絞盡腦汁。寫不下去，也許就把稿子擱置起來。」（民國 47 年婦女節婦女講座演講詞）

這一段自白，足以證明她對於寫作是如何地有恆心，有毅力。更是如何地看重和珍惜。她不輕於定稿，不輕於發表。既是發表而且印刷裝訂成冊，那當然已經是心血的結晶無疑。所以凡是她送我的創作我都特別收好，為的是知道來處不易呀！

她所編的戲劇常是多元的，繁複的，登場人物極多，演出時間不短，可以說這就是她的特色。她的劇本除《大觀園》外，其餘我大概都看過，我覺得有兩本書在影響著她。一是咱們的《紅樓夢》，次就是英國的「莎士比亞樂府」，這當然只是我的直覺。不過假如要舉例的話，也是舉得出的。只要翻一下她的書。你準會看見一些紅樓夢人物的口語的。你若看過她的《漢宮春秋》，你總會記得漢宮中有一個老彭子吧！我看到那傢伙，我就想到莎士比亞宮庭劇裡的弄臣，很像很像。

一個人只要真正有一個憧憬，她自會樂此不疲，她說：「當你把這個小天地創造完畢，你心裡的一切，腦袋裡的一切，都盡量地發表了，你頓覺一身輕鬆，精神爽快，真有『飄然欲仙』之感！……最後你的那個小天地在舞臺上實現，你所創造的人物一個個有血有肉的在臺上活躍，而獲得千萬觀眾的共鳴與欣賞時。這時候，作者的快慰，南面王不如也。」（《婦友》第 42 期）

請想她這麼醉心於創作劇本，她那裡還會有心思去自找麻煩結婚呢？當然不了！

——選自《筆匯》第 24 期，1958 年 6 月 1 日，3 版

李曼瑰教授和劇運

◎章益新*

一

春天，使人的腳步變得特別輕快。黃昏，步行三、五哩，走完幾條大街，然後啟開好友的門，歇歇腳，聊聊心中事，豈不快樂。

前晚，好友 L 裝闊，聊完天，請我去大世界旁邊吃宵夜，鄰座是三位著大學制服的女學生，可能是剛看完正在藝術館上演的莎翁名劇《凱撒大帝》，還記得幾句臺詞，便忘形地背了出來，娛樂了在座所有的客人。

坐在她們三人中間的那位薄嘴唇的女學生，頓時放下手上的筷子，拾起桌旁的手帕抹了一抹嘴角的飯粒，說：「喂，妳們有沒有見過李曼瑰教授？我見過！聽說她為了專心藝術，終身奉獻，是不是真的？」另一位接著叫了起來，「真的呀，好偉大喲！」

好友 L 也是從事戲劇工作的，走出小吃店，他說了好多關於李曼瑰教授在推動中國劇運上所做的，值得傳誦的事蹟。我聽後，感動之餘，並希望他能為我引介，讓我有機會親自去瞻仰這位畢生忠於戲劇的工作者。

我的至誠，使得他不好拒絕，便勉強答應替我安排時間。不過，他說沒有把握，因為李教授忙於教學，忙於著書寫作，又要為中國劇運之推廣日夜操心，所以很難找到她，就是找到了，她也不一定能騰得出時間來談。

*章益新（1933～1997），筆名梅新、魚川，浙江縉雲人。詩人、散文家、評論家，曾任《中央日報》副刊主編。發表文章時為《幼獅文藝》編輯。

出乎意料地，今晨大清早，好友 L 終於按鈴把我從被窩中吵醒，他說李教授願意見我，並約定十時要我自己單獨去見她。他怕我緊張所以特別說了幾句李教授如何和藹可親，如何喜歡年輕人去向她討教的話來為我壯膽。

二

戲劇中心，是一棟日式的舊木板屋。屋前的圍牆，已破爛得不能防盜。數片碎瓦半懸在屋簷上，一陣強風，便有被吹落的危險。我是摸著門牌尋找的，起初我真的不敢相信，這小屋就是小劇場運動唱入全國人耳目的李曼瑰教授的策畫地。但是門牌號碼，以及門旁書著「戲劇中心」字樣的標牌，卻教我不得不相信：藝術和藝術家都是多受折磨的，這就是畢生從事藝術工作的李曼瑰教授推動劇運的地方。

左邊的屋內，有位頗為健美的小姐在整理桌椅，她太專心了，以致沒有注意到我的闖入。而我說出我來意的聲音，又是那般的不斯文，希望不會害她嚇一跳。

那位小姐讓我在沙發上坐下，送過茶，說李教授馬上到，要我小坐一會。可見，她已得到關照，我也就放心多了。

我的菸剛剛點燃，李教授進來了，仰慕已久，我終於見到了這位戲劇家了。她那曾經留過瀏海的前額，飛動著幾根智慧的銀髮，不過她比我想像的要年輕得多。為了避免失禮，我並沒有冒然打聽她的高壽。而就我的直覺，想必是五十出頭的人吧！論她的體態，她是應該發福的，可是她沒有，這可能跟她過度勞累，用腦筋多不無關係。勞心者一向是清苦的，而她操的心也著實太多了。

談了近九十分鐘的話，如果不是她親口告訴我，說她是嶺南地區的人，我還想問她好不好辣椒呢！因為從她的外型，找不出兩廣人的特徵。細看她：中等身材，智慧而厚重的臉上，洋溢著一股清逸之神，看得出是一個聰明，實幹而堅毅的人。李教授能說一口流利的國語，這在一個 1930

年代的廣東人來說是很難得的，也許是因為學戲劇的關係，語言能力特別強吧！

三

我因為沒有顯赫的頭銜可資炫耀，所以，我沒有印名片，而且說老實話，我十分討厭這東西，名片飛來飛去，官僚氣息十足，實在不感興趣。因此，我也就沒有東西可以向李教授表示自己的身分。我的朋友只告訴她，我愛塗鴉，而且是慕名而來。

然而她雖毫不知道我的底細，卻能坐下來與我懇談二小時之久，如此的長者，真的不多。處在目前這種重視權勢過於一切的社會，恐怕只有像她這樣的學者，方肯接受我冒昧的拜訪吧！

我告訴她，青年節我想寫篇值得年輕人一讀的文章。李教授一生對戲劇的愛好與奮鬥，以及對國家社會的貢獻，道德文章獨樹一幟，可以為年輕一代的典範，希望她說一些求學努力的經過。人的一生，事業之成功，儘管她怎樣如意，總會有些難得的奮鬥經驗，希望她能概略地談談，供一般容易灰心的年輕人做個借鏡。

她將身體稍稍往後一仰、拉了拉膝蓋上的旗袍，微笑地說：不敢、不敢。年輕的一代雖然個個都是可愛的，部分迷失街頭的青年，雖然也頗值得同情。但我卻沒有值得他們學習的。

李教授的謙虛，不帶任何世俗的客套，所以也就格外顯得有學者風，格外令人敬愛。

不過，她說：她教書三、四十年，目前學生一窩蜂的想出國，不問出國做什麼的只求出去之後再說的現象，是令人費解的。前些年，她應聘任某校戲劇系主任。難得有一、二位同學肯來向她討教學術上的問題，或如何設法把書讀好。在課堂上也好，上她家拜候也好，學生們嘴裡掛的，總是「出國」二字，老師最好是不講課，教他們如何逃出國門，談留學生生活，甚至是端盤子，為人看門，替洋太太抱孩子等，他們最為開心。

李教授喝了口茶，輕輕地吁了口氣，接著說：我們讀書的時候，學校裡根本沒有人談出國留學的事，整天只知道上圖書館。把想的問題弄通，把要讀的書讀好。課餘排排戲，向自己興趣方面求發展，當時留學與否對於我們太不重要了，根本不在考慮範圍之內。

這時，李教授好像有了談話的興趣，聲音變得異常宏亮有力，看得出來，她的情緒是在激動中。她說，抗戰時期，中國大學生表現得最可愛，他們背上揹的是乾糧、小棉被，腳上蹬的是自己編的破草鞋，無分男女，分組到鄉下去為國做宣傳工作，他們腦子裡想的，只有「救國」，毫無其他雜念，他們讀書的目的，也只有一個，那就是：讀書報國。

我的態度，此時也因她的談話，變得十分嚴肅，我除了不斷的點頭，和不斷的說「是」之外，我是不應該插嘴去打斷她的暢談的，一位男士送給我一支長壽菸，並十分客氣的為我劃了火柴。他很英俊，我異想天開地想他和前面提及的那位小姐應該是一對才對。

筆者在八年抗戰中，雖然還小得沒有摃動一枝步槍的能力，缺乏實地參戰的經驗。但對於大學生來我們鎮上，借住祠堂演戲（啞劇），宣傳國人受迫害的情形，仍記憶猶新。石灰牆上赫然張貼著諸如此類的標語「中國人站起來」；「有熱血的青年團結起來！」；「是漢奸的，都給我們拉出來！」直到現在為止。這出自些熱情的大學生筆下的標語，都還感動著我。

記得有一回，六、七位著黑色中正裝的女學生，三更半夜來敲我家的大門，要求借宿。說是只住一晚，第二天一早就要動身去某地與其他同學會合。演岳武穆的故事給當地的民眾看。因為亂世，鄉下老百姓最怕引狼入室，惹麻煩，所以，不經考慮便回掉說：無床位；無被褥，恕難招待。可是出人意料，那些女生卻僅要求賜給數綑稻草，願在走廊上將就過一夜。

目前國家同樣是在苦難之中，我們肩上挑的責任，並不減於李教授他們年輕時所挑的擔子。但我們卻沒有他們能幹，肯吃苦。設想，如今我們的大學女生，要她們在風簷下打扮得凜凜亮亮地去睡稻草窩，打死她們也不會答應的。

談到這一代的年輕人、李教授臉色沉重像是有無限感慨。不過，她總歸是學者，說話極有分寸，不願做過多的批評。她左手撐在沙發的坐墊上，身體稍稍望我這邊斜，似是提醒我特別注意去聽她下面談話似的。她說，章先生，你是受過大學教育的，今日大學裡的情形你必然清楚，學校缺少校風，學生缺少文風，沒有校風，沒有文風是目前教育界的普遍現象。如此，大學便不能發生教育人，改造人的氣質的作用，而對大學生個人來說四年大學生活，全是空白。這樣子，這書念得有啥意思？這教育辦得有啥意思？而要我們年輕一代有思想，有學識，有作為，李教授攤攤手笑著說：我也不知道該如何做才能做到！

四

是的，現代一般年輕人過分現實，思想淺薄得令人吃驚，這使極有愛心的李教授頗覺失望，事實上失望愈甚，愛之愈切。

李教授桃李滿天下，就筆者所知，受惠於她，蒙她栽培，接濟而完成大學教育，留學回國，在國內成為第一流學者、劇作家的，真是指名可數。

筆者曾要求李教授，談談她門下的得意高足。但她的回答，卻令她的學子聽了，都曾感激在心裡，高興在心裡的。她說，她沒有得意門生，但只要是用功的學生，都是她得意的門生。

人，各有其劣點，也各有優點。教書，除了灌輸學生知識之外，最主要的，是主動地去發現學生的優點。使學生有能力把握住自己的個性，從而劣性便可以隨教育時間的長短，因優性的強烈發揮而匿跡了。

由李教授的資助，送至夏威夷大學研究回國，現在中國文化學院戲劇系當教授的某君說，李教授的成功，講學效果之大，學生受良更深的原因，是李教授能貫徹她自己訂的原則；以身教代替言教，逢事做了再說，不像一般人說了半天，別人聽都聽厭了，還不見其動工，李教授凡事考慮周詳，絕不馬虎從事，也是一般學者所不及的。

這回，是我初次見她，她外表給我的印象，是學者的氣質多過藝術家的氣質。不過，她對戲劇的忠實，如她自己所說：「傻人做傻事」（李教授說）。你罵你的，我做我的，忠於藝術良心的性格，卻又道道地地是藝術家的氣質。

中國的藝術家，大多都帶有書卷氣，我以為這是中國藝術家和他國藝術家不同的地方。而李教授便是最好的寫照。

筆者曾有一回曾向中國話劇欣賞演出委員會、五十六年度青年劇展金鼎獎得獎人，現任中國文化學院教授的吳青萍先生請教：她原本不是學戲劇的，何以對戲劇發生興趣，而去研究戲劇？她毫不遲疑地說：「那完全是李教授精神的感召」。她說，她從來未曾看過，像李教授那樣愛戲劇而可以犧牲一切的人。她舉例說，李教授忙著籌畫一齣戲的演出，或為戲劇系學生奔走獎學金的時候，三餐飯當做一餐吃是常有的事。

有時候，跟李教授同住的李家姊妹，看見李教授抱病去指導學生排演，實在放心不下，便跟出門來，關心而勸阻地說：身體要緊，先休息一夜吧。但李教授常常會來一句：我是勞碌命，學生們需要我，我必須去。

訪問過李教授的第二天，筆者在總統府前面的一條街上，（請原諒我有不記街名的壞習慣）遇到跟隨李教授多年的一位工友。除了請他代為問好李教授外，並且從他嘴裡知道了許多關於李教授的事。

那位工友把我拉到牆垣下，吐著濃濃的菸霧說：咱是老粗，不懂得說假話，你想知道什麼，只要我知道的，全可以告訴你。不過，你老兄筆下可要留點德，不能說是我說的。因為，你曉得，李教授是讀書人，她的脾氣就是不希望出風頭，個人的私事，無論好或壞，她一向都不希望別人去傳傳說說的。

我發覺跟有成就的學者做事的人，大抵都要比官場政客，以及大商巨賈人手下的人可愛，就一個小小的工友也不例外。這可能就是長年受到主人薰陶的緣故。

李教授無事，難得見到她開口，但如果用戲劇去逗她，向她討教戲劇問題時，她可以與你談上六、七小時亦無倦容。那位工友一隻手扶著牆壁，一隻腳半彎著說。

晝間因忙於教學，或為中國劇運奔走，碰上立法院開會的時候，又要進出立法院。那位工友說：李教授寫作，讀書的時間，全要排在夜間零晨三、四點鐘，深更半夜仍看見她老人家單燈隻影地伏案疾書。

「你別看她年長，她精力之盛，不是你們年輕人趕得上的。」那位工友知道他把話說快了，沒等我意識到他的話有語病，便馬上補充地說：「對不起，我說你年輕人，是指一般年輕人而言。」我笑了一笑。他繼續說：「有回，李教授去指導臺大話劇社排演話劇，整八小時不休息」。他又吐了口菸，「我坐在門口三輪車上，等著拉她老人家回家，都等得睡去了，從下午二時，到晚間十時許，方才看見她自己提著黑提包出來。」

大概是去年九、十月間，筆者因事去陽明山，在車上，有一對文化學院的女學生，在談李教授掏荷包替學生繳納學費的事。那位秀髮披肩的女學生說：「李教授替學生繳學費，學生畢業後，賺了錢，應該歸還李教授才對。」另一位較胖的女學生說：「我想他不會還，李教授也壓根兒就沒有想到要學生還錢。」希望受惠的學生能將錢還給李教授的那位，轉過頭，耽心的說：「哪，那李教授豈不是因為替學生交學費，而要窮一輩子了。」

「可能吧。」胖學生簡單的回答，夠頑皮。我聽了，差點笑出聲來。

五

筆者認得李教授主持中國文化學院戲劇系的一位高足，在李教授的教導下演過一齣很成功的戲。我告訴她，臺北某影劇機構將招考若干戲劇人才，這是內幕消息，希望她能轉告她的老師，教學生早做準備，也許可以多操幾分勝算。沒想到我的一番好意，一番慇懃，卻遭她潑下一盆冷水。

她聽完我的話，臉上女子嬌柔的表情，馬上收縮了起來，嚴肅的說：

李曼瑰教授不希望她的學生，在畢業之前，到外面去應試，訂合同或簽約。

李教授認為四年大學教育，訓練一位夠水準的戲劇人才，已嫌不夠。而在讀書期間，不好好的將書念好，到外面去與人訂約簽合同、賺錢、浪費時間，是最不智的。

當然，李教授也重視學生的舞臺經驗，參加實際演出。不過，學生的演出，最好要在老師的指導下演出。因為，老師可以讓學生進步。別人則除了利用，對學生別無收益。

我打心底裡佩服李教授的主張。希望那些急於成大名，賺大錢的學生，也能體諒他（她）們老師的善意和一片苦心。

於此，我也相信吳青萍教授對我說的話：李教授是個非常踏實的人。在做學問的工夫上，對自己苛，對人也苛。李教授外文好，中國的古詩詞也好。所以，她希望她的學生，能懂得從事藝術工作，先打好個人基礎的重要性。

六

現在，我們再回到我訪問李曼瑰教授的談話。

李教授說話的時候，臉上始終是笑容可掬，非常親切。所以，我敢於提出許多問題，向她請教。

李教授說：任何藝術，全是憑興趣，不能強求。許多搞戲劇，在戲劇上也頗有成績的人，往往都不是學戲劇的。所以，她老人家特別關照，要我在撰文時，告訴非學戲劇，而對戲劇有濃厚興趣的讀者，加入劇壇，參加中國的劇運工作。

這時，筆者透過李教授的薄片眼鏡，從她炯炯智慧的目光中，看得出來，她在期望著中國戲劇人才的輩出。

李教授問我好不好戲劇。我就將我讀過的劇本背給她聽。她非常開心的笑著，嘉許了我一番。

七

中國的舊式社會，有些觀念是相當豈有此理的。記得作者小時候，從同學處借得一本缺頁的《水滸傳》，坐在門檻上正看得出神。伯父看見了，走過來，「拍！」一個耳光，把書奪走燒掉不要緊，還指著鼻尖訓個不停。什麼正經書不讀，專看這種旁門邪道的書啦什麼的。

唱戲，更不要說。優伶是士農工商等階級以下的人物，不許參與任何科舉考試。幹那行的，全是一群無社會地位的「不肖之徒」。

這種思想一直延至清末民初。中國之所以無戲劇來寫照人生，原因即在此。一直到抗戰以後，國人才慢慢的懂得戲劇可以振奮民心，可以宣揚國是，可以迎接新時代的到來。戲劇工作者才受到一般學者，社會人士的重視，喘一口氣，敢於抬起頭來走路，向人說「我是戲劇家」而不會有人再加以嘲笑。

生長在這樣一個無戲劇氣氛，戲劇工作者普遍受到歧視的社會裡，李教授居然挺身而出，以兒女之身畢生獻身於戲劇，是多麼難得的一件事。這真是中國戲劇界之福，也是中國近代學術界之福。

李教授的志趣，能得以發展。這可能跟她生長的地區不無關係。如果她是較保守的北方人，大姑娘上舞臺演戲，那還了得。兩廣地區，新思想波及得早，洋人說唱戲是藝術，我們又找不到理由駁倒它，日子一久，我們也就默認「唱戲」是藝術了。

我有個姨妹，念某教會大學，修女帶頭開 party，不參加還不行，非得跟著跳不可。洋人的思想跟我們不同，他們認為凡對人身心有益的，都應該提倡，進而使其成為一種文化。但是我們卻認為那是有傷風化，那有什麼辦法呢？不過，洋東西一到我們手就變了質，也是事實。別人跳舞是一種運動，是一種交際，我們跳舞則思想望一邊彎，下意識裡便開始不正經。

李教授假若不是讀教會學校，恐怕也不會對戲劇發生這樣濃厚的興趣，使她從事戲劇工作。李教授回憶著說：「我讀小學時候，便開始演戲，上臺表演。所以，我對戲劇的興趣開始得很早。」

回憶童年，在李教授的臉上即展現一股難以抑制的興奮。她的牙齒整齊、潔白，看不出是鑲的。從她牙齒的健美，我們不難想像她老人家的身體，是非常康健的。

廣東的路德小學、真光中學，是兩所著名的教會學校。李教授的中小學生活，就是在這兩所學校裡，像一朵蓓蕾般的被灌溉著的。

李教授說，她們學校幾乎每天都有各種性質的活動。而戲劇的排演，每週也總得有個三、四次的演出。這是她對戲劇偏愛的萌芽期。

我們沒有看過李教授演戲，不知道她善於扮演何種角色。但我們相信她一定演得很出色，很逼真。

由於李教授童年時，有過演兒童劇的經驗，深知良好的兒童劇，對兒童思想的引導，健全兒童身心的發育，有其不可忽視的價值。所以，李教授說：「兒童劇的演出也是我們工作之一。」

李教授捧杯，喝了一小口茶，但並沒有將杯子放下，食指在杯上，順其玻璃的滑度，上下的移動著。說：「明年，我們將舉辦兒童劇劇展。希望能有廣大的群眾來注意這件事。」

李教授還告訴我，在她的敦促之下，教育當局已開始安排她老人家的構想，讓兒童劇推廣到學校裡，使孩子們有說話的機會，有表現的機會。

是的，兒童劇在全國國民學校裡推廣開來，是她老人家多年的夢想，也是她關心國民教育的另一種表現。

筆者幹過誤人子弟的事，學校無戲劇活動，學生讀的教科書，全是清一色的說理文，學校老師不能以活的方法教人，終日站在講臺上正顏說教，教出來的學生不呆板才怪呢。

於此，筆者倒想起了一個小小的呼籲：希望公立的國民學校教職員們，能有興趣去觀摩教會學校，以及其他私立的較具規格的小學。不要管它們的設備如何齊全，而它們教學方法之活用是值得參考的。

八

「我有個弟弟，服務於舊金山銀行界。」李教授稍稍移動下坐姿，然後說：「他也非常喜歡戲劇，很奇怪。常常帶領一班同好，到處排演話劇。」

筆者原想抓住機會，知道多一點關於李教授家庭中的事，尤其是對戲劇的愛好方面。但，李教授似乎不希望將談話的主題離「小劇場」運動太遠。所以，作者想知道李教授的弟弟喜歡戲劇，是否受李教授影響，都沒有來得及發問，她便將話題轉開了。

而筆者的腦海裡，卻頓時出現了一幕小小的兒童劇。一位小公主打扮的小女孩，牽著一位腰佩武士刀的小弟弟，在臺上手舞足蹈。有觀眾在喊「安哥」，掌聲從樓下響至樓上。然後，是一位婦人跑上臺去，抱著他（她）們吻個不停，說：「媽好高興喲！」

九

學歷不是藝術家的看家本領，跟藝術家談話，問對方受過何等教育，那所學校畢業的，是最愚笨，最不禮貌的問題。因為藝術全憑天賦，後天的努力固然要緊，如果沒有藝術的天賦，即使世界上的博士全被他一個人拿光，他也不可能成為第一流的藝術家。

世界上做小工出身，而成為大劇作家、大畫家、大文豪的，大有人在。無論何種藝術的工作者，其先天的秉賦，一定是超人的，是第一等的聰明人。所以，即使他們沒有進過一天學校。人們也無須替他們著急，耽心他們不努力，不知長進。藝術家之所以能夠創造出不朽的藝術作品，就在於其藝術家皆能把握自己，健全自己的心智。有學校教育固然是再好不過，無學校教育，藝術家們亦能竭盡心力設法教育自己的。

所以，世界上許多著名的詩選、小說選，都避免提及學歷。因為關係藝術家在藝術上的成就，學歷實在是最不重要的一欄。

筆者在拜見李教授之前，即已概略知道李教授是位受過完整教育的學者，在中外著名大學讀過書，念過戲劇。而且，在密西根大學讀書時，還寫過一本英文《大觀園》劇本，獲得霍普渥德劇本競賽的首獎。

但是，談了一個多小時話，我一直不敢啟口問李教授讀書、留學的事。可是李教授在中國，除了具有戲劇家的盛譽外，她還是位學養淵博的學者，待人接物都不失學者的本色。因此，我們有知道她出身的必要。所以筆者也就冒昧地發問了。

「啊呀，我不知道你是來寫我傳記的，早知道，我可以介紹你看一篇介紹過我的文章。」她笑著說。

「如果不冒失的話，我想請李教授告訴我一些讀書，留學的趣事。」我一面請求她；一面低頭去點我啣在嘴上的香菸。

「最好是不談這個。談小劇場運動，比這個有意思。」

李教授堅持著說。可見李教授也覺得了解藝術家的作品，比了解藝術家的學歷重要。而李教授是戲劇家，了解她的戲劇，也就比了解她的學歷重要多了。

但是，李教授畢竟是位謙和的長者，不願過分使我失望。最後，她說：「好吧，讓我說給你聽吧。說它，實在沒意思。」說著，便從我手上接過紙筆。彎下身寫著她的求學經歷。

她著筆頗速。私塾老師告訴我，看一個人寫字，可以判斷一個人的性格。如此，李教授想必是位急性情的人了。她的字體灑脫，筆畫毫無沾黏不清之處。那末，李教授處理事體，想亦必是個相當精明果斷的人。

李教授在我的筆記簿上寫下三行半字，還是停住了。她說：「不行，這流水賬還是不談好。」便將紙筆還給我。碰到這種情形，誰也不便堅持下去。不過，據一位知道李教授較詳的某君告訴我，李教授在國內，是燕京大學國文系的高材生。在校期間頗得一般教授的器重。在讀大學的時候，李教授仍不斷培植自己中小學時期演戲的興趣，繼續參加燕大劇社的演出。

而中國文化學院吳青萍教授告訴我說，李教授不但讀遍國外名劇作家的作品。我國的雜劇、昆曲、散曲，她都曾有過很精深的研究。這，我想跟她讀燕大的國文系不無關係。

於此，我又想起中國現代的一般年輕作家，外文不好不為過，高唱現代傲視傳統也值得同情。但中文基礎欠佳，又不肯虛心去研讀一些好而精采的古典作品，卻是件很糟糕的事。

李教授在國外，讀過不少著名大學。如前面說過的密西根大學，她曾以《大觀園》一劇為論文，獲得碩士學位。稍後，她又孜孜不懈，輾轉去哥倫比亞大學、耶魯大學，繼續研究戲劇。

十

我們知道了李教授年輕時的求學情形，如果不了解她在回國之後，為國家、為社會所做的種種貢獻，似乎總覺得不夠，好像尚缺少什麼似的。因此，作者就在談話時格外注意，找機會去尋找李教授的過去。但面前這位長者說話非常謹慎，除了談戲劇，談學生演戲的認真，絕不提個人的事。

筆者也是不願輕易地帶過一個問題的。既然覺得有交代的必要，就得設法去蒐集。好在李教授的學生多，人緣好，敬仰她的人也不少。無須花太多精力，便可拾得她老人家為國辛勞，為戲劇播種的種種往事。

李教授燕大畢業後，即被羅致在培道女子中學教育英才，民國十九年，李教授即已儼然站在講臺上傳播人生的真理了。

據李教授的學生告訴筆者說，李教授目前在各大學講課，不但生動，至且分析問題非常引人入勝，上她課而缺課的幾乎沒有，即使最不用功的學生，亦被她的言辭吸引，而全神貫注，維持二節課不打瞌睡，不左右旁顧，或私下交談。

年輕時幹中學教員站著講，年老時，幹研究所主任還是站著講課。除非體力不支時才不得已，她是很少像一般年輕講師那樣，進教室便拉櫈子跟學生對坐的。

1936 年，李教授任美國國會圖書館編譯的時候，那時她真夠年輕，也不過在二十五歲左右，如此年輕，而且是黑眼珠的東方人，居然被愛才的美國人羅用至這樣一個學術性的團體，真是不容易呀！

讀書報國，學戲劇振奮民心，是李教授貫其一生的宗旨。所以，在民國 29 年她便毅然回國。返國後第一項工作，是應聘至金陵女子文理學院教書。當年受她薰陶，現在在學術上有了足夠成就的已大有人在。而現在師生碰面，談談當年往事，李教授心中的愉快是難以言喻的。

在這個時期，李教授還擔任過「新生活運動婦女指導委員會」文化事業組組長之職，帶領一批精幹的婦女幹部，到處從事婦女活動，年輕的李教授，想必活躍一時，做過不少對婦女界有貢獻的事。

民國 35 年，她開始在江安南京國立戲劇專科學校任教，這可能是李教授從事戲劇人才教育的開始。得天下英才而教育之，能教到志趣相同的學生，是教育者最開心的一件事。教書最怕的是碰到不樂於此道的學生，自己的心血付諸東流不打緊，學生也白白浪費時間，毫無進益。

民國 31、32 年　總統號召青年從軍，挽救國家的危亡。李教授即去中央幹部學校，出任教職，兼任青年軍政工訓練班女青年大隊督導員，並且響應十萬青年從軍而編撰了《時代插曲》，以青年從軍為骨幹，穿插抗戰時代的種種形態，轟動一時。

李教授的博學、愛國，曾一度被總統夫人物色去為夫人分勞過。無須作者多加贅述，李教授的精明能幹，是可以讓夫人託付一切的。

來臺灣，李教授曾主持政工幹校的戲劇系，為軍中教育了不少戲劇人才。她訪問軍中，向她敬禮，喚她老師的人可多著呢！即使去最低基層的連隊，也會有人打老遠的地方，跑過來，親切而崇敬地喚她一聲：「李老師，您好！」

十一

人的心不壞，壞就壞在人的嘴多。因此，聖人也有給人非議的時候。何況性情執著的藝術家呢？

李教授獻身戲劇四十年，為國家教育了不少英才，為中國戲劇灌溉了畢生的心血。應該是對得住國家，對得起國人的了。如果對這個潔身自好的學者、戲劇家，還有什麼非議的話，那簡直是太不公平了。

但是在這個人多嘴雜的中國，事情做得愈多，似是愈易遭人評論是非。李教授是個極有涵養的人，人們給她的榮與辱，她隻字不提。不過，我想，任何一個成功的人，都難免會遭人敵視，或忍受些意外的閒氣的。

所以，文化學院戲劇系辦得有聲有色，學生皆能體念李教授的苦心，認真讀書與實驗演出，李教授之功不可沒也。

十二

研究一個學者，除對該學者生活背景的考究外，另一部門是研究其著作、思想的源由及其發展。而本文是訪問記，在於對李教授的生常的簡述，故不作學術上的評介。而且，作者對戲劇素為外行，自不敢班門弄斧，說不負責的話。

李教授從事戲劇寫作研究，三十餘年。處女作《慷慨》是她在燕大讀書的時候寫的，那時，她十足的年齡，尚不到「弱冠」之年。一般女子，在她那種年齡，大都是寫些無病呻吟的兒女私情的「小調」，而李教授卻獨出一格以戲劇來描寫性格，是多麼的難能可貴。

李教授的筆力非常明快，用的文字、對白都能別樹一幟。藝術的可貴，便是獨創，不走別人的老路。

李教授的博學與遠識，當然能在藝壇上一枝獨秀。社會劇，李教授寫過《戲中戲》、《天問》、《女畫家》、《維新橋》，以及反共劇《皇天后土》。《盡瘁留芳》是李教授為紀念亡友故立法委員伍智梅而作的。寫盡了伍委員的一生事跡，真情畢露，由此，可見李教授平日對朋友關注之深，愛護之切了。

《淡水河畔》是李教授的新著。曾在臺北上演，票房紀錄空前，極獲觀眾好評。李教授的大名也就開始在臺北街頭巷尾傳播開來了。

歷史劇方面，李教授著有《漢宮春秋》、《大漢復興曲》、《楚漢風雲》、以及正在寫的《漢武帝》。前面已經提及的《大觀園》，亦可歸入此類。

有人說李教授好在姓李，不姓劉。不然，真教人懷疑她是漢室的後裔。因為她太喜歡漢代歷史了。而我們的大漢時代，人才輩出，國威震四鄰，實在也真值得李教授為之大書特書的。

李教授寫作態度的謹嚴，在她寫《楚漢風雲》一劇時表現得最為強烈。此劇，整整花去李教授十年的心血和精力。李教授說：「我編《楚漢風雲》前後共歷十餘年。腹稿醞釀了七年，然後落筆。脫稿之後，我又經過三年多的修改。」

「楚」劇的原始劇名是「張良別傳」，因該劇的主題是張良的大同理想而不是項羽的英雄氣概。李教授在該劇演出時，寫過一篇短文，題為〈我與《楚漢風雲》〉，她寫道：「我看見張良跪在黃石公面前，立志把人間苦海變成大同樂土；我看見他最後把天書奉還老道人，雖未完成大同遠夢，但仍樂意做人，請求老人將天書繼續傳授，堅信人間總會實現大同。……我聽見劉邦的沉痛解釋：「……我只有一個心願，就是國家統一，百姓安寧；我為著徹底的和平，甯冒天下之不韙，為後世所非議！」

李教授在此劇中，藉張良、劉邦的造型，表明了她自己崇高的理想，多麼可佩可敬。

作者曾冒昧問李教授，她自己在許多著作中，最喜歡的是那一部劇。她一手端著茶杯，一手撐著沙發椅，微笑地反問作者說：「假若你有許多小孩，你能告訴我，你最喜歡那一個孩子嗎？」

是的，凡是自己的孩子，都是可愛的。凡是自己心血創造出來的作品，也都是可愛的。事實上，李教授寫的劇本，皆為其精心之作，各有各的題材特色，無法強分軒輊。

戲劇不同於其他藝術。詩人寫詩，只要一支筆，幾張破爛的紙，便可以遠離人群，跑到深山裡去與大自然為伍，吟唱自己的。畫家作畫，請不起模特兒，可以去動物圖找猩猩、畫猴子，畫的雖沒有屋內裸體模特兒逼真，但相差無幾，也許更能討好畫家，勾畫出不朽的名作。再說小說家吧，自己辦不起刊物，至少有報紙副刊可以騙稿費；副刊要是退了稿，如果想發表，寄給無稿費的雜誌，照樣搶著要。如果是鴛鴦蝴蝶派一點，說不定也能引動不甘寂寞的少女來信，向你傾吐一番。但是，戲劇則非得有批經費不可，沒錢，別想行事。因為除了挑選角色之外，它需要演出的場地、道具、以及運輸上的費用。所以，動輒都要錢。一齣劇演下來，總得預先投下十萬八萬。票房收入能賺幾文，即為大幸。假若票房收入欠理想，那末，虧的錢便不在少數了。但是，臺灣戲劇的票房很少好過，大家寧願花錢去看十二歲孩童程度的美國片，愛聽好的臺詞的人，在這個教養不夠的社會，似乎不多。李教授此刻正倚窗等待有那麼一批觀眾出現，整天擠在她的小劇場窗口，看她寫的劇本，聽她學生背的優美的臺詞！

李教授兩袖清風，要演戲，要推行戲劇運動，唯一的辦法是去向有錢老闆捐募，向政府機關要求補助。但是在這個談錢色變的社會，談何容易，熱心的人，可能匯寄一千兩千，碰到小家兒出身的吝嗇鬼，恐怕還要給你顏色看，坐在經理室，吐給你一口濃濃的煙：「拿錢去演戲給大家看？不幹！」

「好在，我一個人，沒兒沒女，要錢何用。大家對我的討錢，也許不至起疑心。」李教授的語氣非常沉重。雖然她沒有說出為理想，向人伸手要錢的痛苦，但不得人們諒解的事是難免的。

中國文化學院戲劇系第一屆同學演《李爾王》的時候，筆者首日放下所有的事務趕去觀賞了一場。謝幕後，曾去後臺訪問演出的同學。他（她）們告訴作者說，《李爾王》得以順利演出，完全是他們系主任掏的錢。其中一位女同學說：「別人教書賺錢養家，我們主任是教書掏腰包養學生。」而《李爾王》演出，結果很叫座，獲得觀眾的好評，老師教導有方固為原因之一，但學生為了感謝李教授之辛勞，以及資助演出，所以特別賣力認真，實為主因。

筆者還有一則內幕新聞，有向讀者諸君透露的必要。李教授為中國文化學院戲劇系的發展，為中國培育戲劇人才，特地去了趟美國，花去數月的時間，募得百萬元新臺幣，作為中國文化學院戲劇系發展的基金。存入銀行，以年利來獎勵優秀貧寒學生，或增購教具等開支。

十三

李教授是五四運動以後的學者。但五四運動那批人的作品，對年輕時代的李教授，自不無影響，如冰心等人的詩，她都熱愛一時，不過，李教授日後的思想，寫作路向，均能擺脫前人的影響，在浩瀚的大洋中，毅然揚帆走自己的路。即使未來停泊的世界，是座長滿檳榔樹的孤島，但總比尾隨別人之後，拾別人唱過的曲調填自己的歌譜，要好得多多。所以，李教授的成功，便在於其有膽識，敢於嘗試，不偷機取巧。

一個藝術工作者，最忌的，是炒別人的冷飯，拿來給自己填肚子。而賢明的讀者諸君，那是很傷胃的，它可能使你一臥不起，永無康復的可能。

在國外的劇作家中，李教授較喜歡莎翁、易卜生的著作。筆者自己也曾熟讀過他們部分作品，所以，在西洋作品方面，我們的談話也就以談這二位的劇作者比較多。

不過，對於西歐現代較具成就的劇作家，李教授也同樣的熟悉。如美國的奧尼爾（O'Neill）、安德遜（Anderson）、英國的蕭伯納（Bernard Shaw）、蓓蕾。法國的梅特林（Maeterlinck）、德國的白瑞特（Barrett），以及俄國的契軻夫（Chekhov）等人的作品，她都非常的喜歡。

所以，筆者沒有本事可以將李教授放在何人的蔭影下。世界上有許許多多的批評家，總愛將一個富創造力，事實上也已經有了某種程度成就的作家，和李大師聯想在一起。使得那個朝氣蓬勃的年輕小伙子，不能單獨的生長，這是最懊惱的事。

李教授讀書、研究、向是擷取各家之長，而不輕易接受某一家、某一個人的思想的投影。我們不能因為她比較愛好莎翁和易卜生的作品，就傻得急於將她推給他們兩個去領養，那一定是十分令人頭痛的。

筆者個人，雖然沒有鑽研李教授全部作品，不敢輕論李教授的思想，但有一點，我卻有數分把握，即李教授寫作的技巧，可能有取西洋人之長，而她的思想，倒是很「土」的，純中國儒家的思想。我們讀她的《楚漢風雲》、《大漢復興曲》、《盡瘁留芳》等劇便不難為她的思想勾出一個輪廓。

李教授的新著《漢武帝》，未知何日能脫稿在臺北上演。此劇一出，想必能轟動沉悶的劇壇。而要知道李教授的思想的人，《漢武帝》一書，可能又是個最好的註足。作者十分期望喜歡李教授的讀者，靜心地等待。李教授是個愛護自己盛譽勝過一切的戲劇家，而且也是個愛為觀眾、讀者的奢望著想的學者，所以，她是絕不至讓我們失望的。

然而，我們要給她最熱烈的掌聲才對，不可以自己滿足了，便拍拍屁股走了。我們不能自私得那樣不懂「人情世故」。藝術家不怕窮，不怕孤獨，怕的是世人不肯給他（她）「應得的榮譽」。

十四

中國是否有戲劇，作者不願做過分主觀的答覆。但戲劇不是中國文化的主流，這是可以肯定的。

而西洋文化則不同於中國文化。他們的古典文學中有詩，可多了一樣詩劇。中國的劇曲，卻不能跟別人的詩劇相提並論。我們的劇曲雖曾在元代盛極一時，到底劇作不多，沒有多方嘗試，流傳也不廣，其他地方戲及近代的話劇也一直不曾受到普遍的重視。洋人的詩劇，是描寫人生的大道理，所以，他們雄偉、胸襟比我們寬大。

我們的士大夫比喻人生如唱戲。反正是那麼回事，勸人凡事不必太認真。說好聽點，是中國人性格脫俗，表現讀書人與世無爭的高尚人格。但中國人不能面對人生，消極無作為的思想，似是不容爭辯的事實。

數千年前，便有人善人惡之爭。但他們只曉得採取舌戰，做潑婦罵街之爭。卻沒有能力將它印象化，搭起三丈高的舞臺來表現給人家看。論效果，嘴巴說的，文字寫的，當然沒有別人活神活演的表現出來來得大，印象深刻。所以，我們的先人，雖然已做了幾千年的「聖人」，但對於普徧化育民眾的工作，似乎還差那麼「一著」。

西方人，也懂得人生如唱戲的道理。不過，他們是以積極的精神，到處搭出跟現實生活一模樣的舞臺，真刀真槍的表現給眾人看。告訴你這就是人生，善惡分明，英雄的沒落，忠良千古，亂臣賊子為萬人所唾棄的場面。使人看了莫不感動，莫不為茶花女的命運流下數滴珍貴的淚。

所以，有人謂詩為最上層的藝術，戲劇為最偉大的藝術，想是有幾分道理的。

李教授真不虧是位研究有素的戲劇家，她對西方戲劇的發展娓娓道來，如數家珍。她說：

「西洋人重視戲劇，遠在二千多年以前，那時即是我們春秋時代，希臘的戲劇便已登峰造極，把火紅的太陽繪在他們的布景上了。

希臘化育之神戴奧尼錫斯，就是戲劇之神。他們的戲劇提倡者，是宗教領袖、政府要員、大文豪、大哲學家。與我們視優伶為最下等的人，這又如何可比。

西元前 535 年，在雅典便有了一座可容一萬七千觀眾的露天劇場，為大獨裁者皮錫斯托達斯所建，至今猶存。

蘇格拉底為了觀賞悲劇家攸力匹德斯的戲，每次演出，必遠道步行前往觀看。亞里斯多德名著《詩學》，雖然命名為『詩學』，但實是一部專論戲劇的書。凡此，都可以佐證希臘戲劇的崇高地位。」

這時，劉碩夫先生進來，李教授向他點了點頭之後，繼續說：

「歐美重視戲劇，而戲劇對社會教育貢獻之大，亦不下於宗教。劇院數目之多，也僅次於教堂。」

此時，筆者的腦子裡即浮現了一幕，童年兩兄弟扛一張條櫈去祠堂看戲的往事。弟弟站在櫈子上，擋住別人的視線，冷不防一把甘蔗就擲過來，使得弟弟因被欺侮哭著回家。

李教授說話非常專心，而且相當緩慢。即使是個初中程度的聽眾，也能一字不漏的記下。她說：

「紐約百老匯一條大街，就有話劇院三四十間，倫敦西城有四十餘家，巴黎有五十餘家。它們華麗如宮殿，有的建築數年始告竣工。

每見西洋仕女至戲院看戲，有如盛裝赴各種盛會，臨場，則莊嚴靜肅，像入聖堂。

劇作家往往是詩人、哲學家、理想家、社會批評家。」

筆者插入一句：「好像西方文學家一生如不寫一兩個劇本，就不能成為完整的文學家似的。」

李教授點頭同意作者的意見之後，接著說：

「英國人寧願失去印度，但不願沒有莎士比亞。道理非常明顯。現在印度是脫離大英帝國了，但是莎士比亞，卻仍為英國帶來榮譽。

英國的戲劇家能同先聖先賢同葬於西敏寺內，演員勞倫斯•奧立佛獲皇家封爵。類似的事實，都說明了他們重視戲劇，獎勵戲劇，我們能不羨慕嗎？」

李教授的聲音似乎慢慢轉向低沉。

「我們的所謂話劇，是打西方輸入的現代藝術到現在為止，僅不過五十餘年的歷史。時間雖然不長，但國人已開始接受它的存在，認定它的價值了。

期間經過五四、對日抗戰，以及現在的戡亂三個時期。戲劇都表現過各個時期的精神。劇人也的確盡了最大的力量，來喚醒民心，振奮民心。

但是戲劇這東西，不同於你們寫詩，寫小說。戲劇的發展需要在太平康樂的環境，國難期間，頗難達到豐收的期望。(關於這一點，筆者實在不太懂。是不是因為金錢的關係，或人們忙於應付現實環境的原因，而忽視戲劇的發展，便不得而知了。筆者因不願打斷李教授的思路，未敢問及，希望日後能當面請教之。但筆者個人，卻以為國難不足以阻止大藝術作品的產生。現實的不幸，藝術家應更能表現切膚之痛，更能唱出真實的人生才是。)」

李教授喝了口茶，繼續說：

「臺灣的戲劇雖然沒落，戲劇環境雖然不夠理想，但是，我們仍不能沒有它。娛樂國人雖有此必要，但它必須是藝術的；取材於現實，代表現代人的思想，是此時此地的需要。」

說到這裡，筆者不得不打斷李教授的話，說：「因為這個緣故，所以李教授要提倡小劇場運動，是嗎？」

「是的」李教授笑著，語氣肯定地回答作者說。

十五

接著，李教授開始談她的「小劇場」運動：

「小劇場」是洋貨，中國沒有這東西。所以，如果不是李教授加以說明，是頗難進入李教授建構「小劇場」之內的。

簡單的說，小劇場就是有計畫的演出，有基本的觀念，和有固定的場地。李教授又說：「西洋的小劇場運動是業餘劇團的演出：租用小戲院，每年定期演出名劇若干齣，徵求會員為基本觀眾。」

筆者沒有等李教授說完話，便插嘴問：「如此說來，李教授主持的三一劇藝社徵求話劇愛好者為社友。憑證劃座，欣賞小劇場的演出，其性質，就類似西洋的基本觀眾了。」

李教授點首說：「是的。我民國 47 年秋應聯合國文教組織和亞洲協會的協助，重遊歐美，考察戲劇十五個月之久，見歐美戲劇之盛行，話劇並未因電影，電視的發達而沒落。有鑑於此，所以，我民國 48 年回國之後，便跟幾位朋友商談，進行小劇場運動的計畫。」

李教授說到這裡，好像又興奮了許多：

「在中央，及青年反共救國團的鼓勵及贊助之下，並獲得中華話劇社的合作，成立三一戲劇藝術研究社，舉辦話劇欣賞會。」

筆者為了更能全神貫注李教授的談話，所以便點了支菸；並喝了口茶。問李教授說：「李教授推行小劇場運動。第一年，即民國 49 年，推出了那幾部劇本，在何處演出。當時的觀眾反應是怎樣情形？」

「我們第一屆小劇場運動，共推出六個劇。四個本國劇作家的作品，二個外國名著。」

李教授將身體望後靠了一靠，兩隻手手指互相交錯地放在兩腿之間。說：「國內的四本劇，是在座的劉碩夫先生的《夢與希望》。係描寫目前國人的種種妄想的時裝劇。其他如吳若先生編的《赤地》。以及拙作《時代插曲》、《大漢復興曲》。外國名著有《偉大的薛巴斯坦》，和雨果的《狄四娘》。此劇是描寫一個女伶為愛情自我犧牲的故事。」

「當時一定很轟動吧。」筆者問。

「不錯。」李教授說：「觀眾都很熱心，反應也相當熱烈。不過有關機關永遠的支持是我們所希望的。」

「李教授除了熱心戲劇之外，對青年人的提掖也是不遺餘力的。尤其推行青年劇展方面。您可否再就這方面談談！」

「我覺得對於一個有志於接受戲劇的青年人來說，最好，亦是最難的一門課程，便是實地參加演出。所以，我們非常重視青年劇展這一工作。」

「青年劇展，是由青年救國團負責主辦，由我們三一話劇社協助演出的。去年四月，在國立藝術館，共展出七個劇。臺大的──《青青的草原》；淡江文理學院的──《藍與黑》；中興法商學院的──《離亂世家》；師大的──《長虹》；政大的──《傳統》；以及北師專的──《危樓》；輔仁的──《旋風》等。」

「這些青年人都相當的不錯。」李教授很滿意的說「很熱心。藝術這東西，有興趣就好，就能演好戲。」

「那麼……今年是否還有類似的劇展的演出？」

「有的。」李教授說：「世界劇展。我們準備，五月分開始展出，預備展出世界名劇 12 個。青年劇展展出的時間是本月 27 日開始。」

「有那幾所學校參加展出？」筆者問。

李教授的記憶力真好。她說：「今年的青年劇展，我們分為二部分。一為各地僑生演的獨幕劇，一為國內青年演的多幕劇。」

「獨幕劇方面，有僑聯會的：《婦心》（27 日上演）；師大港澳青年的：《弄假成真》；臺大僑生的：《國恨家仇》；中興法商學院緬甸僑生的：《故園心》等。」

「多幕劇方面，有臺大學生演出的：《工業春秋》。臺北師專的：《天涯芳草》。他們演出的時間是在 3 月 31 日到 4 月 1 日。其他還有姚一葦編的：《來自鳳凰鎮》，由中興法商學院演出。以及王紹清編的：《牆與橋》，是由國防醫學院演出。中國文化學院影劇專修科，也將演出劉垠編的：《鼎食之家》。」

「謝謝李教授。到時候李教授要親自臨場指導囉。」

「免不了總要去看一看。」李教授慈祥地微笑著說。

「太辛苦了。」筆者不由得關切的說。

十六

李教授有一個心願：希望中國有所現代化的劇院出現。

「歐洲的劇院高 35 呎到 100 呎。美國也有 60 呎到 70 餘呎的劇院。可是，我們太可憐了，只有 15 呎的舞臺，教人怎麼演戲。」

「我們認為最新的迴轉舞臺，在國外已不再是新的了。」

李教授強調說：

「現代化的劇院，必須要寬到可以推上輪車隨便轉的。」

「那麼，李教授的構想，是否已經開始籌備哩？」筆者問。

「沒有，我只是空想。這應該是文化局主管這方面事務的人去辦。我們窮，我們沒法子行事，只是想想而已。」李教授的話，我們看得出來是有一點失望之情的。

時已近午，筆者辭出戲劇中心，望望無雲的青空。內心充滿無限的快意。但是筆者的腦海中，李教授的印象仍在不斷的湧現著，湧現著一個偉大的形象，在雲海中，屹立在時間與空間所構成的人生舞臺上……

——選自《幼獅文藝》第 172 期，1968 年 4 月

她曾教過我

為紀念中國戲劇導師李曼瑰教授而作

◎曉風*

秋深了。

後山的蛩吟在雨中渲染開來，臺北在一片燈霧裡——她，已經不在這個城市裡了。

記憶似乎也是從雨夜開始的，那時她辦了一個編劇班，我去聽課；那時候是冬天，冰冷的雨整天落著，同學們漸漸都不來了，喧譁著雨聲和車聲的羅斯福路經常顯得異樣的淒涼，我忽然發現我不能逃課了，我不能把她一個人丟給空空的教室。我必須按時去上課。

我常記得她提著百寶雜陳的皮包，吃力地爬上三樓，坐下來常是一陣咳嗽，冷天對她的氣管非常不好，她咳嗽得很吃力，常常憋得透不過氣來，可是在下一陣咳嗽出現之前，她還是爭取時間多講幾句書。

不知道為什麼，想起她的時候總是想起她提著皮包，佝著背踽踽行來的樣子——彷佛已走了幾千年，從老式的師道裡走出來，從湮遠的古劇場裡走出來，又彷佛已走了幾萬里地，並且涉過最荒涼的大漠，去教一個最懵懂的學生。

也許是巧合，有一次我問文化學院戲劇系的學生對她有什麼印象，他們也說常記得站在樓上教室裡，看她緩緩地提著皮包走上山徑的樣子，她生平不喜歡照相，但她在學生心中的形象是鮮活的。

那一年她為了紀念父母，設了一個「李聖質基督天主教劇本創作獎

---

*本名張曉風，另有筆名桑科、可叵等。作家。發表文章時為陽明醫學院（今陽明大學）通識教育中心教授。

金」，她把首獎頒給了我的第一個劇本《畫》，她又勉勵我們務必演出。在認識她以前，我從來不相信自己會投入舞臺劇的工作——我不相信我會那麼傻，可是，畢竟我也傻了，一個人只有在被另一個傻瓜的精神震撼之後，才有可能成為新起的傻瓜。

常有人問我為什麼寫舞臺劇，我也許有很多理由，但最初的理由是「我遇見了一個老師」。我不是一個有計畫的人，我唯一做事的理由是：「如果我喜歡那個人，我就跟他一起做」。在教書之餘，在家務和孩子之餘，在許多繁雜的事務之餘，每年要完成一部戲是一件壓得死人的工作，可是我仍然做了，我不能讓她失望。

在《畫》之後，我們推出了《無比的愛》、《第五牆》、《武陵人》、《自烹》（僅在香港演出）、《和氏璧》和今年即將上演的《第三害》，合作的人如導演黃以功，舞臺設計聶光炎，也都是她的學生。

我還記得，去年八月，我寫完《和氏璧》，半夜裡叫了一部車到新店去叩她的門，當時我來不及謄錄，就把原稿呈給她看。第二天一清早她的電話就來了，她鼓勵我，稱讚我，又囑咐我好好籌演，聽到她的電話，我感動不已，她一定是漏夜不眠趕著看的。現在回想起來不免內疚，是她太溫厚的愛把我寵壞了吧，為什麼我興沖沖地去半夜叩門的時候就不曾想想她的年齡和她的身體呢？她那時候已經在病著吧？還是她活著太樂觀太積極，使我們都忘了她的年齡和身體呢？

我曾應《幼獅文藝》之邀為她寫一篇生平介紹和年表，有很長一段時間，我仔細觀察她的生活，她吃得很少（家裡倒是常有點心），穿得也馬虎，住宅和家具也只取簡單實用，連計程車都不大坐。我記得我把寫好的稿子給她看時，她只說：「寫得太好了——我哪裡有這麼好？」接著她又說：「看了你的文章別人會誤會我很孤單，其實我最愛熱鬧，親戚朋友大家都來了我才喜歡呢！」

那是真的，她的獨身生活過得平靜、熱鬧而又溫暖，她喜歡一切愉悅的東西，她像孩子。很少看見獨身的女人那樣愛小孩的，當然小孩也愛她，她只陪小孩玩，送他們巧克力，她跟小孩在一起的時候只是小孩，不是學者，不是教授，不是立法委員。

有一夜，我在病房外碰見她所教過的兩個女學生，說是女學生，其實已是孩子讀大學的華髮媽媽了，那還是她在大學畢業和進入研究所之間的一年，在廣東培道中學所教的學生，算來已接近半世紀了（李老師早年嘗用英文寫過一個劇本《半世紀》，內容係寫一傳教士終身奉獻的故事，其實現在看看，她自己也是一個奉獻了半世紀的傳教士）。我們一起坐在廊上聊天的時候，那太太掏出她兒子從臺中寫來的信，信上記掛著李老師，那大男孩說：「除了爸媽，我最想念的就是她了。」——她就是這樣一個被人懷念、被人愛的人。

作為她的學生，有時不免想知道她的愛情，對於一個愛美、愛生命的人而言，很難想像她從來沒有戀愛過，當然，誰也不好意思直截地問她，我因寫年表之便稍微探索了一下，我問她：「你平生有沒有什麼人影響你最多的？」

「有，我的父親，他那樣為真理不退不讓的態度給了我極大的影響，我的筆名雨初（李老先生的名字是李兆霖，字雨初，聖質則是家譜上的排名）就是為了紀念他。」「除了長輩，我也指平輩，平輩之中有沒有朋友是你所佩服而給了你終生的影響的？」她思索了一下說：「有的，我有一個男同學，功課很好，認識他以前我只喜歡玩，不太看得起用功的人，寫作也只覺得單憑才氣就可以了，可他勸導我，使我明白好好用功的重要，光憑才氣是不行的——我至今還在用功，可以說是受他的影響。」

作為一個女孩子，我很難相信一個女孩既折服於一個男孩而不愛他的，但我不知道那個書唸得極好的男孩現今在哪裡，他們有沒有相愛過？我甚至不敢問他叫什麼名字。他們之間也許什麼都沒開始，什麼都沒有發生——當然，我倒是寧可相信有一段美麗的故事被歲月遺落了。

據她在培道教過的兩個女學生說：「倒也不是特別抱什麼獨身主義，只是沒有碰到一個跟她一樣好的人。」我覺得那說法是可信的，要找一個跟她一樣有學養、有氣度、有原則、有熱度的人，質之今世，是太困難了。多半的人總是有學問的人不肯辦事，肯辦事的又沒有學問，李老師的孤單何止在婚姻一端，她在提倡劇運的事上也是孤單的啊！

有一次，一位在香港導演舞臺劇的江偉先生到臺灣來拜見她，我帶他去看老師，她很高興，送了他一套簽名著作。江先生第二次來臺的時候，她還請他吃了一頓飯。也許因為自己是臺山人，跟華僑社會比較熟，所以只要聽說海外演戲，她就非常快樂、非常興奮，她有一件超凡的本領，就是在最無可圖為的時候，仍然興致勃勃的，仍然相信明天。

我還記得那一次吃飯，她問我要上哪一家，我因為知道她一向儉省（她因為儉省慣了，倒從來不覺得自己是在儉省了，所以你從來不會覺得她是一個在吃苦的人），所以建議她去雲南人和園吃「過橋麵」，她難得胃口極好，一再鼓勵我們再叫些東西，她說了一句很慈愛的話：「放心叫吧，你們再吃，也不會把我吃窮，不吃，也不會讓我富起來。」而今，時方一年，話猶在耳，老師卻永遠不再吃一口人間的煙火了，筵席一散，就一直散了。

今秋我從國外回來，趕完了劇本，想去看她，曾問黃以功她能吃些什麼，「她什麼也不吃了，這三個月，我就送過一次木瓜，反正送她什麼也不能吃了——。」

我想起她最後的一個戲《瑤池仙夢》，漢武帝曾那樣描寫死亡：

「你到如今還可以活在世上，行著、動著、走著、談著、說著、笑著；能吃、能喝、能睡、能醒、又歌、又唱，享受五味，鑑賞五色，聆聽五音。而她，卻蟄伏在那冰冷黑暗的泥土裏。她那花容月貌，那慧心靈性……都……都……」

心中黯然久之。

李老師和我都是基督徒，都相信永生，她在極端的痛苦中，我們曾手握著手一起禱告，按理說是應該不在乎「死」的——可是我仍然悲痛，我深信一個相信永生的人從基本上來說是愛生命的，愛生命的人就不免為死別而悽愴。

如果我們能愛什麼人，如果我們要對誰說一句感恩的話，如果我們要送禮物給誰，就趁早吧！因為誰也不知道明天還能不能表達了。

其實，我在八月初回國的時候，如果立刻去看她，她還是精神健旺的，但我卻拚著命去趕一個新劇本《第三害》，趕完以後又漏夜謄抄，可是我還是跑輸了，等我在回國二十天後把抄好的劇本帶到病房去的時候，她已進入病危期了，她的兩眼睜不開，她的聲音必須伏在胸前才能聽到，她再也不能張開眼睛看我的劇本了。子期一死，七絃去彈給誰聽呢？但是我不會摔破我的琴，我的老師雖走了，眾生中總有一位足以為我之師為我之友的，我雖不知那人在何處，但何妨抱著琴站在通衢大道上等待呢？舞臺劇的藝術總有一天會被人接受的。

年初，大家籌演老師的《瑤池仙夢》的時候，心中已有幾分憂愁，聶光炎曾說：「好好幹吧，老人家就七十歲了，以後的精力如何就難說了，我們也許是最後一次替她效力了。」不料一語成讖，她果真在《瑤池仙夢》三個月以後開刀，在七個月後不治。《瑤池仙夢》後來得到金鼎獎的最佳演出獎，其導演黃以功則得到最佳導演獎，我不知對一位終生不渝其志的戲劇家來說這種榮譽能增加她什麼，但多少也表現了社會給她的一點尊重。

有一次，她開玩笑地對我說：

「我們廣東有句話：『你要受氣，就演戲。』」

我不知她一生為了戲劇受了多少氣，但我知道，即使在晚年，即使受了一輩子氣，她仍是和樂的，安詳的。甚至開刀以後，眼看是不治了，她卻在計畫什麼時候出院，什麼時候出國去為她的兩個學生黃以功和牛川海安排可讀的學校，尋找一筆深造的獎學金，她的遺志沒有達成便撒手去了，以功和川海以後或者有機會深造，或者因恩師的謝世不再有肯栽培他們的人，但無論如何，他們已自她得到最美的遺產，那是她的誠懇和關注。

她在病床上躺了四個月，几上總有一本《聖經》，床前總有一個忠心不渝的管家阿美，她本名叫李美丹，也有六十了，是李老師鄉村的族人，從抗戰後一直跟從李老師到今，她是一個瘦小的，大眼睛的、面容光潔的、整日身著玄色唐裝而面帶笑容的老式婦女。老師病篤的時候曾因她照料辛苦而要加她的錢，她黯然地說：「談什麼錢呢？我已經服侍她一輩子了，我要錢做什麼用呢？她已經到最後幾天了，就是不給錢，我也會侍候的。」我對她有一種真誠的敬意。

亞歷山大大帝曾自謂：「我兩手空空而來，兩手空空而去。」但作為一個基督徒的她卻可以把這句話改為：「我兩手空空而來，但卻帶著兩握盈盈的愛和希望回去，我在人間曾播下一些不朽——是給了別人而依然存在的。」

最後我願將我的新戲《第三害》和它的演出，作為一束素菊，獻於我所愛的老師靈前，曾有人讚美過我，曾有人詆毀過我，唯有她，曾用智慧和愛心教導了我。她曾在前臺和後臺看我們的演出，而今，我深信她仍殷殷地從穹蒼俯身看我們這一代的舞臺。

——選自《中國時報》，1975 年 11 月 10 日，12 版

——2018 年 9 月 18 日修訂

敬懷曼老

◎姚一葦*

我知道李曼瑰教授的大名，還是當學生的時代。那時我在廈門大學讀書，已是個戲劇迷，只要是有關戲劇的創作或介紹性的文字，能到手的，總不放過。因此零零星星讀過她的一些作品，可是認識她本人卻是後來的事。我記得民國 52 年，我的第一個劇本《來自鳳凰鎮的人》由臺大同學演出，散戲之後，我在後臺遇見她，她對我勉勵有加，她言詞的誠懇，態度的真摯，使我們一見如故。

不久，她邀我到幹校兼課，那時她正主持幹校戲劇系的系務。隨後，中國文化學院戲劇系成立，她復邀我任教；同時她兼該校藝術研究所戲劇組主任，又要我擔任該所的課程。迨民國 55 年她出國訪問，由我來接替她的研究所的職務。因此我們前後在幹校與中國文化學院共事了十多年，接觸的機會多了，對她的了解日增。說話也就沒有顧忌，沒有客套。她年長我 17 歲，是我的長輩；但是她卻以朋友來看待我，我則習慣稱她曼老。

曼老對於戲劇的愛好，到了熱狂的程度，不僅我個人望塵莫及，我亦找不出一個人可以與她相比擬。她自年輕的時代開始，直到她的晚年，寫了二十多部劇本。她更熱衷於演出，她雖未從事導演或舞臺工作，擔當的卻是實際的演出人的職務，從找錢開始，到各種的枝節問題，她都參與。雖然這中間也受過困擾，碰過釘子，但從來沒有沮喪過，沒有洩過氣。同時她是一個最好的觀眾，不管演出的好壞，她都從頭看到尾，有時一看再

---

*姚一葦（1922～1997），本名姚公偉，另有筆名姚宇、袁三愆，江西南昌人，詩人、劇作家。發表文章時為中國話劇欣賞演出委員會主任委員、《現代文學》主編。

看。因此她告訴我要給她掛電話最好夜間十一時以後，因為大部分的時間她都在劇場裡。所以曼老的名字已和我國的劇運不可分。

曼老是一位教育家，是當代我國戲劇教育的創始人。曼老教課很嚴，對同學的要求亦很高。她自己從不缺課，即使有事請假，亦必補課。記得最後一年，那時她身體已經很壞，經常咳嗽。一咳起來，常常好幾分鐘，所以上課常被打斷。研究所的同學覺得不忍，請她休息。她總是說不要緊，仍然繼續上下去，一直上到她住進醫院的前兩日。不料這一次的住院就沒有再出來了！曼老為了教學的需要，希望有一部中文寫的西洋戲劇史，她為此邀了好幾位朋友，我亦在其內，商討過幾次，結果直到今天這部書尚未完成，真個愧對她的在天之靈！

曼老對於後輩的愛護，無微不至。只要她的能力所及，盡量幫助別人，為他們找工作，介紹學校；譬如經她推薦到夏威夷文化中心去學習戲劇的就有許多位。記得她病重住在三軍總醫院時，我每次去看她，她總掙扎著坐起來，告訴我某人可以介紹到某個學校去教書，某人最好送到國外去深造之類的話。在這樣的情況下，她關懷的還是別人，而不是自己。

曼老的為人真誠坦率，一片慈心，處處為人設想，原諒別人的過錯，從不計較。自認識她以來，自她的口中不曾聽她臧否人物，她永遠只看人好的一面，真正做到只說人的好話，不說人的壞話。她不是沒有遭到過誤解和不愉快的事情，也不是沒有生過氣，而是能夠看得開，所以常聽她說:「戲能夠演出最要緊，別的就不去管它了。」這正是她心胸寬大之處，因為她心胸寬大，一切都想得開，所以明知自己患了不治之症，而能處之泰然。我到醫院看她時，心情的難受，不免形之於色，而她反而笑著安慰我:「不要緊的，我是抗癌專家。」我知道一個意志力堅強的人有可能克服癌症，經她一說，心情真為之寬鬆不少。一個人能對自己的生命如此豁達，來也光明，去也光明，真不是容易達到的境界。

當然這一切都已成為歷史了。曼老離我們而去已有三年了。我們這一群她生前的朋友和弟子，為了紀念她，不僅是紀念她對於戲劇的貢獻，更紀念她的偉大品格，我們要舉辦一連串的活動：出版她的全集，舉行學術演講和演出她的最後作品《瑤池仙夢》。

我認為《瑤池仙夢》是曼老作品中最好的一部。在這部作品裡她觸及到人生中一個最莊嚴的問題：死亡的問題，人是無法逃避死亡的，也無法永生。「人間的長生，是人種的綿延，父傳子，子傳孫，代代相傳，傳之萬代。」是人不能只顧到自己，而要顧到下一代，如何教養好下一代才是我們所不能逃避的責任，也是我們自身生命的延續。是故曼老所提出來的問題正具迫切而重要的意義，蓋如人人都重視他的下一代，青少年的問題當可迎刃而解。同時個人如此，民族亦然。我中華民族亦必要光輝永存，一代勝過一代。

在此我更希望我們的劇運亦是如此，曼老播下的種子，我們這些後繼者要不斷的培育它，使它開花結實，使它綿延不絕，即使我們這一代沒有寫出偉大的作品，那不要緊，我們還有下一代，下一代的下一代。

——選自《中國時報》，1978 年 10 月 24 日，12 版

記李曼瑰老師

◎曹尚斌[*]

關懷學生一片純摯

民國 62 年仲夏我在中國文化學院畢業前夕，教務處田子仁先生有一天帶著緊張的神色，說話急急忙忙的，在路上和我一見面就問：「你這幾天到那裡去了？李老師（曼瑰）到處找你，都不知道下落，她問我認不認識你？叫我趕緊告訴你，快到她家去一趟，老師有要緊事問你！」

這是李老師關注我畢業後的出路問題。就學三年期間，只有三年級時抽空去見老師一次面，那也是應老師召喚之命，要我替她居留美國的同學的外子編輯一本詩文稿遺著。藉著那件事的機會，和老師約略敘述了我就學情景及日後的打算。沒料到老師對我畢業後的出路竟耿耿於懷！

和老師敘別後一年多，我懵懵懂懂畢業了，正恍忽間不知何所棲止？當時新任訓導長王吉林博士透過一位劉姓同學約見我，某天正和王博士面談之際，另一主管顯得神情訝異地中斷了我和王訓導長的談話。以後也就沒有結果，但，約十天後的某一個黃昏，人事室陳主任親自拿了一張董事長的手諭送到宿舍裡，要同學轉給我，大意是派我到夜間部中文系當教授，卻指定兼辦推廣教育中心的業務！我未曾考慮眼前得失或日後之坎坷！欣然應命，報到後認真工作起來。兩年後李老師再度找我，想要替我覓一較佳工作環境，我毫不遲疑的婉謝了老師的盛情。

民國 64 年農曆五月初三，是李老師六秩晉九誕辰！我心裡勾畫一個理

---

[*]發表文章時為實踐家政經濟專科學校（今實踐大學）國文講師，現已退休。

想：預備明年商諸幾位學長，為老師辦一次七秩大壽的慶賀活動！過去二十餘年似乎從未聽到過老師有任何慶生活動。近五年來我追隨老師工作、就學總是比較靠近老師的身邊，如果她有什麼動靜，我自以為能比一般同學的消息靈通些。這一年的二月間我還接到「三一劇藝研究社」的信函，是由老師署名的通函，還附了兩張《瑤池仙夢》的入場券，這是慶祝婦女節上演的話劇，是李老師最新編寫的一個歷史劇。這齣新戲的演出，無疑地又是戲劇界的一件盛事。我暗自欣幸老師的新作，再一次激盪起沉寂已久的話劇運動的浪花！

病危消息來得突然

暑假快過去了，我想抽空去看看老師的近況，某天在不經意間忽然看到報紙消息：李曼瑰教授病況危急！真是晴天霹靂！怎麼會呢？我驚訝這是報紙的誇張報導，實在不敢相信是真實的。已經是十月了，看報後的第二天晚上我才跑到三軍總醫院去看老師，病房的門上懸掛一個簽名簿，上面寫著：病人不宜多說話，請來訪親友簽名致意。我才相信報紙上說的，老師確實病重了。我還是冒然地進入病房，一眼看到老師瘦得不像原來的樣子了！我感到一種無名的沉痛內疚，一時說不出話來，圍坐在老師病榻旁的親友也似乎以一種奇特的眼神注視我。首先是阿美向我招呼，我不及解釋事前不知道老師生病的情形，躺在床上的老師顯得氣力不足，她費了很大氣力睜開眼睛看看我，但燈光微弱，我又不曾說話，老師的視力可能比生病前更差了些，她一下看不出我是誰了。阿美告訴她我是在戲劇中心工作過的曹 XX。卻未提到我現在工作狀況。停了一下，老師想起我是誰了。她開始問起我的近況，不停的說著廣東方言，顯得有氣無力；我只是木然睇聽，不知道怎樣對答老師，經過阿美及老師的姊姊問我何以遲遲不來探望老師？等到今天老師已經危在旦夕！才來探望又怎麼安慰她呢？我感到慚愧不安，除了靜聽老師的最後叮嚀，李大姑的輕微而親切的責備之外，我實在沒有一點法子安慰老師，經過一陣談話之後，老師深陷的眼窩裡流出淚來，我輕輕地替她擦一下濕潤的臉頰，她還是不停地說話，由阿美代為答話。而且不時的回顧我，總是說我來得太遲了。我就愈覺得心神不安，當她在喃喃的自語時，卻又不停地伸出手來，這樣反覆地連著幾次伸出顫抖的手來，使我聯想起 35 年前家父在彌留時刻，也曾一方面殷殷叮嚀，同時掙扎著把手抬起來，口詞已經不清，不知道都是說些什麼？李老師似乎重現了昔年家父臨終前情景，我驚恐意識到這是不祥徵兆。

十年心願重振劇運

第二次——隔了一天晚上再去看老師，她已經氣若游絲，緊閉雙眼，不再說一句話了，除了親友們商議老師後事外，我只盼望奇蹟出現！祝願老師否極泰來，能從危急的邊緣，安然渡過這道難關，恢復她的生命活力，正如她生病前在一次會議上作結語時，曾經自我判斷還有十年的壽數，在最後十年的生命歷程中，她決心重振劇運。然而，天不假年！從那次會議到老師病逝僅僅半年時光，竟成隔世！老師的心願未償，而我想為她祝壽的構想，永遠成為夢境！上週看到報紙消息：為紀念李故教授生前熱心推展劇運而創設的戲劇獎金，再度頒獎。接著母親節快到了，老師的生辰也逼近了。在她生前，我以子姪心情和老師相處，個人幼失怙恃，隻身在臺，碌碌半生一無所成，正由於此，所以老師對我的關懷益切。從我應命追隨她到臺北工作以至第二次的學業完成，老師每次見到我時總是囑咐我早日結婚成家，再著手創業，說起來真慚愧至極！老師對我的期望，我只兌現了一半，雖已成家卻未立業。

在老師七六生辰的前夕，感觸良多，尤其個人對老師的一點宿願——想為她辦一次祝壽活動，竟也無緣實現！這一件成為夢幻的憾事，再也無法彌補了。然而埋藏我內心深處的這個夢想，將是一道永遠抹不掉的印痕！老師已經去世六個年頭了，她生前的種種形象，時而幻現眼前，她那慈母般的叮嚀與關注，我仍然能記得她略帶廣東語根的每句話之聲調，就筆者所知現在北一女任教的莫蒙恩老師，講話的語勢聲調以至外貌，都很近似李老師。這也許就是筆者和莫老師有一見如故的緣由吧！要追敘李老師生前瑣事，筆者雖不敢說如數家珍的話，但卻知道老師終生為話劇貢獻心力的大概狀況，以下個人謹追憶記述有關李曼瑰教授平生與戲劇之夤緣際會的片段行誼。

雙十年華古典戲劇

民國 15 年李老師雙十年華，保送燕京大學攻讀教育，後又轉入國文學系，專攻古典戲曲，終以〈李笠翁十種曲之研究〉為畢業論文。老師的論文提出後一時洛陽紙貴，北京《晨報》為之刊載，曾獲甚高評價。接著又發表〈托爾斯泰研究〉與〈田園詩人陶淵明與湖畔詩人華斯瓦特〉及短篇小說等於上海《女青年》月刊上。這連貫的突出表現，對李教授後來選定為戲劇運動奮鬥的目標，有決定性影響。說到李教授對戲劇發生興趣，應該上溯到她十六歲那年還在廣州真光中學讀書時，就編撰了第一個劇本〈有價值的人生〉，她這個處女作並得到廣州女青年會的徵文首獎。這一嘗試與鼓勵，也許給了她相當的啟示。進入燕大讀書過程接連編撰了《新人道》、《慷慨》、《趙氏孤兒》等劇本。

民國 20 年「九一八」事變，舉國憤慨！年輕的李老師又編撰一個《愛國瘋狂》的獨幕劇，由她執教的廣州培道中學巡迴演出後，各地青年熱烈響應，演出盛況歷久不衰使李老師獲得很高的聲名。但李老師卻不受盛名之累，返璞歸真，民國 22 年再度回到燕京大學國文研究院深造，繼續從事古典戲曲的研究，研究院期間她撰寫了〈湯顯祖戲劇之研究〉及〈《琵琶記》與印度悲劇《沙龔德拉》〉等論文。同時也編撰了《花瓶》、《樂善好施》、《往何處去？》等劇本。是不是受了她在燕大所寫的最後一個劇本主題之影響？啟發她往「何處去」的念頭？於是在民國 23 年中止了燕大研究生歷程，飛越重洋到美國密西根大學研究院戲劇組，繼續探索西方戲劇的研究。在密大的求學歷程可以說得上波折起伏！表現出李教授充沛的活力，超越尋常的智慧。她首先編寫《溺魂》、《大觀園》兩個劇本，《大觀園》一劇並得到極負盛譽的霍伯伍德戲劇創作競賽第一名獎金，之後她又寫了四篇「中國文學批評」的論文，也獲得了霍氏獎金的首獎。

留美期間創作多種

據李老師記述她在美求學，接連獲獎後的心情是：「正在猶疑是否放棄獎學金，和學府學位的造詣而轉向寫作生涯之際，忽然接到美京國會圖書館的聘約，協編英文《清代名人傳略》（*Eminent Chinese of the Ch'ing Period*）乃決心應聘。」這是民國 25 年夏，當她得獎並獲碩士學位時，徘徊在學業工作的十字路口。這一年李教授已經三十歲了。雖然她個人諱言自身私事。但旁觀者可以據常情常理推斷：在 1930 年代即使在美國，年屆三十的女性總會把婚姻愛情問題，認真的考慮並作決定性之處理，李教授當時的私生活之另一面——愛情、婚姻的動向局外人無法知道底蘊。在現有的資料中，我們只能採集到她的學業、工作和日常生活動態的大概情形。在美國國會圖書館七樓東方圖書部，她終日翻閱中國古籍，編寫文學藝術家傳略數十篇。由於工作環境對文學創作無甚啟迪，她決定去職。

民國 26 年（1937）李教授辭去了國會圖書館工作之後，她轉往文化中心的紐約，尋覓新思，創作新著。在紐約三年的光景，她又是緊張忙碌的把時光消磨過去，她除了選修哥倫比亞大學的現代戲劇、戲劇寫作、小說寫作等課程外，並任職於哥大東方圖書館。讀書工作之餘就去觀研百老匯各劇院戲劇演出。逗留紐約一年多的日子裡，她還能抽暇編撰劇本多種，都是以英文寫成的，計有：《萬物芻狗》三幕劇（*God Unkind*，寫強權）、《故鄉兄弟情》四幕劇（*Homeland*，寫華僑）、《半世紀》三部曲（*Half a Century*，九幕劇，寫一美國女傳教士在華五十年）、《王世英》三幕劇（寫婦女悲劇），及《淪陷之家》獨幕劇（*Devils Unleashed*，寫日人在華暴行，刊登於 *The Far Eastern Magazine*），短篇小說《彈下生死》（*Birth Under the Bombs* 刊登於 *Asia Magazine*）。除了編寫劇本外，並主編留美學生出版的英文《遠東雜誌》（*The Far Eastern Magazine*）。民國 27 年（1938）秋基於愛國義憤，她連絡同學數人周遊全美，宣傳抗日，對殘暴無恥的日寇侵華行為，口誅筆伐猶嫌不足，於是她又決定回國，以實際行動參加祖國抗戰行列。

回國任教參加婦運

民國 29 年李教授回國了。她已經是三十四歲的中年人了：在當時的中國環境中，女性到了中年關頭還小姑獨處，這恐怕是不可思議的事。在這樣尷尬的夾縫裡，她卻力排眾議，我行我素，由此可以看出她有超越常人的信心和毅力！回國第一年是應金陵女子文理學院之聘（時已遷校成都），任英語系副教授，民國 31 年夏，復應蔣夫人之聘，赴陪都重慶，任新生活運動婦女指導委員會文化事業組組長，主編《婦女新運》月刊、週刊、半月刊。李教授在此一時期的創作，偏重於時代性之論文，她撰寫了「創造婦女的新史實」等論文數十篇（民國 36 年精選專輯出版）。民國 32 年膺選為三民主義青年團常務監察，兼任女青年處副處長。民國 32 年任青年幹部學校研究部英文教授。在重慶六年，她躋身黨、政工作之後，仍不忘戲劇創作，前後撰寫了獨幕劇《慈母淚》，多幕劇《冤家路窄》、《戲中戲》、《天問》、《時代插曲》，翻譯《英國戰時婦女》，歐尼爾的劇本《上帝的兒女有了翅膀》，小說〈錯過的愛〉與〈月落〉（又名〈人心不死〉）等。走筆至此，忽然發生一絲奇想，李教授回國後這一段歲月中創作的戲劇、翻譯的小說書名頗有微妙的暗示，當然這只是一種巧合。我們不妨玩味一下，上述一連串的書名簡直就是李教授生命的寫照。堅強一生的她想必也有過慈母般的飲泣吧？至少在她生命的終點彌留之片刻間筆者親自見到傷感落淚的慈悲表現！她常常告誡我早日結婚成家，正如她一位同宗堂弟李 XX 說的：她晚年後曾流露出終生未婚的悵惘！所以她總是勉勵親近她的人——不論男女都不要錯過婚姻機緣。筆者忝為李教授門下之求學子弟，我天真地幻想她是上帝賜給凡世的天使，最後她應該展開翅膀，回歸上帝跟前，她不應該像一般人那樣隨著月落而沉寂啊。然而她畢竟是人，只不過她留下一頁更動人的悲喜劇之史材！廿四年前李老師正是我們的系主任，她授課中途送給我們全班同學人手一冊《時代插曲》的多幕劇本，如今想來這又像一次伏筆之劇情安排，她的一生事歷不就是這個時代的插曲嗎？當然我們每個人也都可以藉此自況！只不過悲、喜、長、短之差別而已！

參政並非主動干求

民國 33 年她舉辦《婦女文化》月刊。李教授的志業理想更遠大了，她自己說：除了藉此刊物鼓勵婦女創作外，她甚至希望對全人類文化有所貢獻！這種遠大的理想抱負不能徒托空言！做起來也不只一端。從民國 34 年以後李教授涉足政壇，可能就是為了實踐她所抱持的理想志業。

民國 35 年李教授隨中央政府返抵南京，任國立政治大學和國立戲劇專科學校教授、江蘇學院英文系主任，並膺選制憲國民大會代表。時國民黨與青年團合併，任常務監察委員。民國 36 年冬受命率領大專學生代表團，赴印度出席亞洲學生會議，得便觀研印度戲劇，繙譯印度近代名劇作家羅埃（Dwijendralal Ray）傑作《沙查汗》五幕劇。民國 37 年李教授膺選第一屆立法委員。表面看起來她似乎很熱衷政治活動，事實上都是應黨團的徵召而出，並非她主動干求，這就談不上政治慾望和野心，對於她早先想以政治力量輔翼其文化的理想，而未遂其初衷感到失望！以至於在民國 50 年發生一件趣聞，某報紙以顯著標題說：啞吧說了話，我仔細閱讀那條新聞的內容原來是，李曼瑰委員在立法院會中自我調侃，十年發一次言，而這次發言的要點是為劇運請命。

她的政治生活平淡無奇！且舉她說的幾句話以見其心態之一斑：「民國 38 年 6 月舉家遷居臺灣，居臺二十年，因民意代表不能改選，連續繼任立法委員，先後兼任師範大學、政治大學和國立藝專教授，並兼任政工幹校及中國文化學院戲劇系主任，戲劇電影研究所所長等職。」這段話中沒有表露絲毫的政治遠景之理想，即使她擔任各學院之戲劇系、所主任，據筆者所知，那也是「黃袍加身」的勢所必然之儻來名位。

在臺推展劇運紀要

來臺之後李教授的戲劇創作舉其要者（民國 60 年以前）有：《女畫家》、《皇天后土》、《維新橋》、《漢宮春秋》（《王莽篡漢》、《光武中興兩部曲》的縮短本）、《大漢復興曲》、《楚漢風雲》（是題「張良別傳」）、《盡瘁留芳》、《國父傳》、《淡水河畔》、《漢武帝》等。此外還有一些雜譯著。比較重要的一本論文是《編劇綱要》。她的英文劇本出版的有：*The Grand Garden and Other Plays*（包括《大觀園》、《天問》、《女畫家》、《維新橋》）和 *THE PRETENDER：A Historical Play in Three Acts*（即《漢宮春秋》）在這一部分劇作表裡，是以兩漢宮廷為題材的歷史劇為主。如果要研究李教授劇作，這一點是要加意著些筆墨的。

就著作的量來說，李教授算是「劇作」等身了。她畢竟是受過治學訓練的學院派劇作家，顯然地她的劇本不屬於譁眾取寵之流亞，也不是阿附取容的媚俗之作，無論是取材、主題及人物塑造，都是正面而嚴肅的，因為這種緣故她的劇本未曾出現過太多的演出高潮，值得追敘的是民國 45 年在臺北新世界戲院演出的《漢宮春秋》，卻掀起一陣空前的高潮，連續 49 場，場場客滿，黑市票價高出原價二十倍。這在臺灣舞臺劇職業演出上是一次空前的紀錄！到目前為止，類似的演出還沒有創下新紀錄。

民國 49 年以後在她的晚年卻又著力於劇運實務工作，溯自民國 47 年聯合國文教組織贈給她獎學金，重赴美國，入耶魯大學戲劇研究所研究，民國 48 年亞洲協會復贈旅行獎金，赴歐亞各國考察戲劇。這兩次的短期研究與旅行考察，不知道她舊地重遊時，除了研究戲劇實務之外，會不會激起對年輕時留學生活的感慨！即使有種種清興，那也只有「悟已往之不諫，知來者猶可追」的陶淵明式的感喟吧！前塵往事已經付之流水，不堪回首。她是從民國 49 年著力於推展劇運的實務工作，謹摘錄一段有關於李教授的實際工作情形的記述資料如下：

參加國外戲劇活動

自歐亞各國考察戲劇返國後，鑑于國內劇壇日漸式微，決心獻身於困難重重的話劇運動，和教育部中華話劇團合作組織之一戲劇研究社，創辦話劇欣賞會，演出合乎藝術標準的劇本。首輪演出《時代插曲》、《狄四娘》等六劇。這種類似歐美小劇場的劇運活動，得到青年反共救國團的協助，成立了小劇場推行委員會。民國 49 年並在教育部輔導下，成立中國話劇欣賞演出委員會，在這一委員會的推動下，輔導各大專院校之話劇社團，舉辦青年劇展，世界劇展，每年並頒發各項金鼎獎。除了在國內大力推展戲劇活動外，並數度參加國際性文教活動，先後出席過菲律賓亞洲作家會議，赴日本出席世界戲劇會議，赴德出席國際音樂戲劇會議，赴挪威出席國際筆會年會，對於世界劇壇見識愈廣，回顧本國戲劇仍瞠乎其後，則不勝感慨！但，李教授不像一般人出洋以後，回來就大發議論，高調層出不窮。而她只重力行，所謂坐而言不如起而行，她就是一個言行兼顧的人。於是她決心再發奮以圖振興！

民國 56 年李教授又創立了中國戲劇藝術中心，以為發展劇運的基地。除了負起大專學生劇運、青年劇運及兒童劇運等輔導工作外，並成立兒童戲劇推行委員會、劇作家聯誼會，籌組中華民國編劇學會，開設影劇訓練班、中小學教師戲劇講習班、大專學生戲劇講習班、電視演員訓練班、兒童影劇訓練班等，又為紀念其先翁先慈，姊弟四人捐獻巨資，設立李聖質基督天主教劇本創作獎金，徵求優良宗教劇本，以為推行教會劇運的基礎。

就上述有關李教授推展劇運的實務工作概況以觀，她進入老年後所表現的驚人活力，真使年輕人也會發出望塵莫及的感慨！同時也顯示了她另一項過人的智慧——組織領導力也真有不讓鬚眉的氣概！在推行小劇場運動的過程中，她也撰寫一篇相關的論文，舉其重要者有：〈三一話劇欣賞會的發起與籌備經過〉、〈小劇場運動推行委員會的成立與展望〉、〈臺北話劇演出委員會成立與展望〉、〈從小劇場運動到中國戲劇藝術中心〉等，民國 62 年應聯合報「各說各話」專欄之約，撰寫〈國家劇院之創立〉，綜觀李教授這一系列綱舉目張的文章，就是推展劇運實務工作的各種藍圖，也可以說是在復興基地推動文化建設的先期計畫大綱。李教授所倡說的國家劇院，已經列入中正紀念堂第二期工程的範圍中，當國家劇院成立時，李教授必含笑於九泉之下。

追隨服務戲劇中心

筆者於民國 58 年底自花蓮軍醫院退伍前夕，給老師寫了封信，想請她為我退伍後推介工作，她回信說：臺北地區人浮於事，找事不太容易，但她又囑咐我退伍後先到臺北居住，遇有機會予以推介。我遵照老師囑咐，民國 59 年元月就到臺北來，二月初去拜見她，當時老師不在家，我留下便箋說明再抽空來看老師。不料第二天忽然接到她一封限時信要我立即到藝術中心和董祕書一談，和董祕書見面後，他轉達老師慈命，要我到戲劇中心辦理會計業務，我格於外行不敢應命，然而董舜先生（是我學長）極力解釋說會計業務的範圍並不複雜，他負責從旁提示指導我登錄賬簿、繕製報表的作業程序。我只得應允在工作中學習，第二天我就到戲劇中心報到，主要的是辦理話劇欣賞會的賬務工作，也兼辦些文書行政事項，後來老師要我接辦一件未完成的編輯工作，那就是《中華戲劇集》第一輯之編印出書。

最後想再補記一些個人就學前後和李教授相處之境況：在戲劇中心工作僅半年光景，民國 59 年六月考上師大國文專修科，七月中旬就註冊入學。這是輔導會委託師大代辦的一個專科班，後來也升格為師大國文系。當李教授知道我要就學的情況後，她並不予鼓勵。反之她卻建議我重新報考文化學院夜間部大眾傳播系。經詢問明白才知道大眾傳播系不招轉學生，只好去考日間部中文系。錄取後就向師大辦退學，轉進文化學院中文系二年級就讀，老師雖稍予嘉勉，但她又要我明年再讀，因為老師說明準備推薦我到第三家電視臺去工作。我才恍然明白早先她要我去讀大眾傳播系的緣故。不過我對她再次向我建議:「明年再讀」這句話又一度感到納悶——不以為然。我自忖年事老大,難得考上大學,若不及時就讀,還待何時?明年又怎能有把握會再考上呢?考慮之後我斷然感謝老師的善意,放棄那次垂手可得的優越的工作機會。之所以如此,主要的是我當時不知道普通大學考上後可以辦延緩一年入學的規定。如果老師首先對我說明此規章,我相信會接受老師的建議。當她聽到我不願接受推薦去電視臺工作時,據說她頗為難過,也許她誤以為我是和她賭氣呢?不過老師畢竟能寬容人,尤其偏厚於我,等我去陽明山入學後,她又考慮到我恐怕一時拿不出幾千塊的巨額學費來,於是她立刻替我拿出五千塊要我應用。我又婉謝了她的慈愛關懷之情,接著她又要我繼續留住在戲劇中心,以便夜間做些事情,我困惑於通學擠車之苦,也未接受老師盛情,她又考慮我於學校生活之餘暇總得到臺北看看電影或戶外活動,花些零錢呀,她允我每月向她報五百元交通費,我又是毫不考慮的謝絕了。這一連串的違拗師命,實在有點乖常。如今回想起來,加倍後悔和內疚!

時不我與追懷莫及

我現在自認對事親尊師的道理比較成熟了。然而老師走了。那還有補償的機會呢?就像我想為自己尊親盡點孝心已經不可能的情景一樣。為老師做壽這一夢想不能兌現,這絕對是我個人的疏忽所造成,實在不該藉任何理由推諉或抱怨什麼?經過反省思考之後,由這件憾事我領悟到一個啟示:該做而能做的事,一經構思就當力行;否則,時機一瞬即逝!再回頭可惜時不我與。人世間不知道有多少這種憾事一幕幕地從眼底流逝,個人也曾為他人惋惜過,那裡想到事情臨到自己頭上,還是逃不過這種憾事的循環軌轍!這難道是人類命運之共通的悲劇收場嗎?寫到這裡似乎不宜徒事曉曉了。前事不忘,後事之師,但願自己日後能突破猶豫、徬徨、幽柔、怯懦的惰性,接受已往的經驗教訓!把握時機完成自身要做的一切事情，或可稍慰吾師於九泉之下！

民國 70 年於新店

——選自《中外雜誌》第 177 期，1981 年 11 月

紀念李曼瑰委員逝世十週年

◎陳紀瀅*

一

我認識李曼瑰女士是在抗戰時期的重慶。她那時在青年團負責文化部門的工作。我在編《大公報》的副刊與經常到邊疆（新疆）、國外去採訪。第一次見面，好像談了很多，文學、藝術、戲劇都談到了。我認為她很淵博，並且個性也相當坦白誠懇。她那時候，已在南京「國立戲劇專科學校」教過書，所以在她手下，有幾位是她劇專的學生。

但在重慶八年當中，她似乎沒有實際參加過話劇的演出。因應雲衛、馬彥祥等及上海一批劇人把她「遮蓋」住了。

民國 37 年我倆一同當選為立法委員。在南京、在廣州開會時，會場內及場外，除非太忙，大家坐下來談的機會較多。每次談話，總在中間掩蔽著她要推廣「話劇運動」的志趣，我是聽得出來的。

二

民國 38 年自廣州來到臺灣。民國 39 年春，「中華文藝獎金委員會」（簡稱「文獎會」）成立，由　蔣總裁指定由羅家倫、張其昀、狄膺、程天放、胡健中、陳雪屏、我與曼瑰女士等九人為委員，張道藩先生為主任委員，調當時第四組的職員楊慶陞及熊懋之為職員，負責會內一切事務工

*陳紀瀅（1908～1997），本名陳寄瀅，另有筆名瀅、生人、羈瀛等。河北安國人，小說家、中國文藝協會創辦人之一。

作。這是來臺三十多年以來第一個文藝推行機構，如今大部分文藝作家，大都由這個會培養出來的。

九位委員在那個時期多半負責公職，忙碌不堪，只有道藩先生、曼瑰女士與我，都是立法委員，除開會外，其餘時間比較輕閒，所以審閱稿件之事，我與曼瑰委員負責較多。她審閱「話劇」創作，我看「小說」及「散文」，有時候還看「詩歌」。「文獎會」自民國 39 年起，辦到民國 46 年，一共辦了七年整。同時出刊《文藝創作》（月刊），刊行 60 期。那裡邊的「話劇本」無一不是經過曼瑰女士看過的。如今若干劇作家大部分與「文獎會」有關係。同樣，「詩歌」、「散文」與「小說」，甚至於「國劇」及「通俗文學」（由齊如山先生審閱），也取錄不少。當然，每一部門並非只由一人審閱，至少有二人，以平均分數為錄取標準。

三

在這七年當中，幹部學校成立，曼瑰女士被聘為首屆「戲劇系」主任，大概她任職七八年之久，發揮了她所學，以及從事戲劇運動的志趣。我清楚地記得，至少我三次被邀去做「特約演講」，我講過「中國話劇史」、「西洋舞臺劇的現狀」以及「話劇本的研究」等等。後來一者換了主任，二者整日窮忙，也就沒再去了。不過，「新聞系」倒是去過兩次。

四

其後，曼瑰女士發起話劇「小劇場」運動，我是首先響應的第一人。因為我認識熊佛西、余上沅兩位先生。他們都曾在北方、南方發起過「小劇場」運動，並且跟熊佛西及他的學生楊村彬等還細談過發起的經過及辦法。

曼瑰女士也參酌他們的辦法，每人發一張贊助「小劇場運動」卡片，還印著優待會員的條件。每張入場券大約比非會員可享受訂價七折的優待。那個時期，她以南海路「國立藝術館」為根據地。她演了一年有餘，每月至少演出一次，有「多幕劇」及「獨幕劇」，其中包括她自己的創作，也有別人的劇本。至少在一年中（民國 55、56 年），南海路藝術館經常擠滿了看話劇的觀眾。比前期「新世界」的話劇潮還熱鬧。（貴陽街的「大華劇院」及西門區的「紅樓」都曾為早期的話劇劇場。）

後來為什麼沒繼續下去，我已忘記；但絕非因有了電視才停止的。因為在「小劇場」運動時間，電視還沒有。我們為了擁護李委員的戲劇運動，張道藩先生與我，往往第一天必相約前往欣賞。好像演《漢宮春秋》時，我們還寫了文章代為宣傳。

五

李委員什麼時候到美國「耶魯大學」去進修研究戲劇，我已經記不清了。我想絕不是在抗戰時期，可能是來臺以後，因為那些年常常聽她出國。

1962 年（民國 51 年）我首次被國務院邀請訪美，在「新港」（New Haven）的「耶魯大學」住了一星期，在七天之內，有一個節目是參觀話劇院及欣賞話劇。導遊對我介紹「耶魯劇院」內容與中國的關係。他說在這裡進修過話劇的前有洪琛，後有李曼瑰。我告訴他這兩個人我都認識，並且後者還是我的立法院的同事。

我參觀了他們的話劇廠，原來他們演劇所用一切服裝、道具，甚至桌椅都是學生們自製的，很少是從市場買現成的。我去時，正看見許多男女學生在裁製某劇的服裝。

這次演的是《李耳王》，所有演員令人一看都是經過嚴格訓練，富有舞臺經驗，沒有過鬆懈的場面，確是精彩。大約這個劇場可容五百人，外界人要購票入場，耶魯人有優待。我是客人，當然免費。

回來後，我曾為李委員學說這件事。她聽了很高興。

六

在來臺前二十年中，她一直住在羅斯福路一座很矮的房屋內。她與她的堂姐國大代表李✕芬住在一起。她非常好客，我記得至少有兩次在她家吃飯，都是由一個老男佣人做的，廣東菜，很精緻，也很豐富。她與堂姐均是獨身，所以在她去世以前都同住。

在十年以前，她患了癌症，住在三軍總醫院。我前後去看過她兩次，第一次去，她的精神還很好，在榻前談了很多。因為她是基督徒，我勸她把一切交給「主」,「主」自有安排。她臉上有笑容並有謝意。

第二次是她去世前一天（民國 64 年 10 月 19 日），她的精神已大不如前，我坐在她床前，強張笑臉，默默安慰她。大約我坐了二十分鐘，即與她告別。哪知道第二天（10 月 20 日）她便走了！死年七十歲整。合著她比我還大四歲。

她參加一次國際筆會在奧斯陸（挪威）。一次亞洲作家會議在馬尼拉。我倆同時任教育部學術委員會評審委員達二十年之久。前期得文學戲劇獎的，大部分都是我倆所推薦。

曼瑰委員一生可以說盡瘁中國話劇。來臺後，將近三十年，她獻身劇運，既著作，又授課。生前創辦「話劇欣賞會」以迄於今。不但話劇史上，她是領導話劇最長久的一人。也是所有觀眾永遠懷念的第一人！她為人正直、純厚，善與人交，因此她也是值得大家懷念的一位好朋友！

——選自《中央日報》，1985 年 8 月 13 日，12 版

「愚不可及」的角色

介紹李曼瑰教授

◎曉風

一

> 子曰：「寧武子邦有道則知（讀若智），邦無道則愚。其知，可及也，其愚，不可及也。」
>
> ——《論語‧公冶長》

> 朱註：寧武子，衛大夫，按春秋傳，武子仕衛，當文公、成公之時，文公有道，武子無事可見，此其知之可及也。成公無道，至於失國，而武子周旋其間，盡心竭力，不避艱難，凡其所處，皆智巧之士所深避而不肯為者，而卒能保其身，以濟其名，此其愚之不可及也。

她的名字已經和戲劇緊緊地繫在一起了，談到戲劇，很難不想到她，而談到她，很難不想到戲劇。

她寫戲劇——包括中文的和英文的。

她翻譯戲劇——包括古典的和現代的。

她演出戲劇——包括商業的和學院的。

她教戲劇——包括正規學院的和短期訓練班的。

她推展戲劇——包括理論的和行動的。

要介紹她，似乎很簡單，因為只要一句話也就盡意了，「生平致力於戲劇與各種公益」，但又似乎很複雜，因為四十幾年以來，她做了不計其數的事，而這些事未必都是堂皇的、可以大書特書的。她經常做些煩瑣、屑碎，不該由學者躬親為之的事——尤其是學者而又兼具創作才華的，尤其是學者兼才人而又身為女性的。

如果她生在十六世紀的英國，她該是莎士比亞或班戟生最親切的朋友。如果她生在十九世紀的挪威，她會是易卜生聯合作戰的伙伴。但在中國，多半的時候她是孤單的。她投身於一個戲劇藝術沒落的時代，她所面臨的戲劇王國正寫到「邦無道」的一頁。在明知隻臂難以獨挽狂瀾的情況下，她仍把自己作了悲劇式的孤注一擲的奉獻。就她的智慧而言，將來或者有人可以凌駕乎她之上——但她的愚誠忠悃，她的癡狂忘我，不管是最近抑是將來，是否有人可及其萬一，我們不免懷疑。

二

人不知而不慍，不亦君子乎。

——《論語・學而》

從羅斯福路拐進一條深而曲的長巷，有一排不合時宜的老平房毗連著，其中一棟大門作暗赭色（一般人多漆成朱紅色），似乎分外不想引人注目。春天裡，院子裡開著零零落落的杜鵑，秋天則換上幽森森的桂花。感覺上總覺得那院子特別低窪，那屋子特別矮，簡直是一種刻意的不欲人知的作風。

屋子裡神話似的住著三個女人——李曼瑰女士，她的族姐，和一個忠心的女管家（也是廣東同來的親屬）。屋子外面在黃昏時，常常可以看到臺北市難得一見的晚霞。

她編寫過幾十齣劇本，從十幾歲的少女時代到現在，五十年來她不斷地有新作品推出，世界各國的劇作家，很少能像她如此執著專一完全無視於別人的冷淡。

她的劇本出版的不多，也許由於謙遜，也許由於對作品的自信心，她從不急於讓別人接受自己，她的《天問》一劇是在寫出之後十二年才有機會演出的，她卻也不甚在意。

她主辦過幾百齣戲的演出（就算一個職業的劇場經紀人，一生所能作的，也不過這個數目），就在那些幕啟幕落之間，她的生命不斷地消磨掉了——說消磨，是因為那些劇，都不是大師的手筆。

她從來不企圖讓世人知道她的名字，她只希望國人藉著她的努力而認識戲劇藝術，並且認識戲劇之中的真理。

三

君子不器。

——《論語・為政》

朱注：器者，各適其用而不能相通，成德之士體無不具，故用無不周，非特為一才一藝而已。

雖然，她生平致力於戲劇工作，但受其惠的卻不只是戲劇界的人，她是一個具有多方面長才的人。

她是一個好老師，她對中國文學、中國歷史、以及西方戲劇的認識恐怕很少有人能出其右。她曾協編美國國會圖書館的《清代名人傳略》（*The Eminent Chinese of the Ch'ing Period*），她曾從事艱辛的婦女工作，她且熱心於社會工作，乃至華僑工作、宗教工作。

和大多數中國文人一樣，她也編過雜誌，並且樂此不疲。民國二十七至二十九年抗日初期，她在美國主編留美同學出版的英文《遠東雜誌》（*The Far Eastern Magazine*）。民國三十年秋天，也就是她回國任教的翌年，曾應蔣夫人之聘，往重慶任新生活運動婦女指導委員會文化事業組組長，主編《婦女新運》（月刊、半月刊、週刊三種），並且為著抗日工作，她也從事宣傳資料的製作。也許以她的氣質和才華而言，從事編劇才是最適合的，但她卻放棄書齋而走入人群——不美滿的人群、抗敵愛國的人群、以及正在努力奮鬥，以求發展的婦女群。

習慣上她被稱為「李主任」、「李老師」、「李教授」和「李委員」，稱為李主任，是由於她是戲劇中心的主任和中國話劇欣賞演出委員會的主任委員，也是政工幹校和文化學院戲劇系以及戲劇研究所的主任。稱為「李老師」、「李教授」的淵源更長；她自民國十九年大學畢業在廣州培道中學教書開始，便沒有離開「教」和「學」的生活，她始終不是在學習便是在教人；她曾在無數的大學教過書，創辦過無數的各種研習班，當然其中以戲劇研究班居多。來臺後她兼任師範大學、政治大學、輔仁大學、文化學院和政工幹校教授。稱為「李委員」是由於她是立法委員。和她同住的族姐則是「國大代表」。

總之，她一直都在工作；戲劇，只是她許多工作中的一項而已。

四

> 子曰：父在觀其志，父沒觀其行，三年無改於父之道，可謂孝矣。
>
> ——《論語‧學而》

「我最佩服的人就是我的父親。」現年六十七歲的李曼瑰女士在說這句話的時候看來仍像一個充滿了孺慕之情的小女孩。

李曼瑰女士的尊翁是李聖質先生，在他們家鄉（廣東臺山東坑）他是第一個基督徒，由於為家庭所不容，李聖質先生和夫人竟而見逐，以一金商的富家子弟而甘願負著基督的十字架。穿起草鞋艱苦奮鬥，獨創藥房。

他不是牧師，但教會有需要的時候，他總是在那裡，無論對人對神，他總是準備好了，隨時作更多的奉獻。他的忠懇熱誠終身不改，他沒有受過新式教育，但他的博雅潛沉，成為孩子們永不能忘的典型。

她的家庭教育和學校教育都是基督教式的。李曼瑰女士的信仰並不建立在精微的神學理論上——因為她的父親已經強烈地以行動詮譯了信仰。

在作客外鄉的歲日裡，在捨己為人的生活方式裡，在淡泊而相愛的記憶裡，她確立了她不曾轉移的宗教信仰。

李曼瑰女士所認識的第一個悲劇英雄並不是在希臘悲劇中讀到的。她在父親的音容中了解了道德的勇氣，了解擇善固執的氣質，了解「朝聞道，夕死可矣」的決心。雖然，她在大四那年春天失去了父親，但以後無論在為人方面，或在戲劇人物的塑造上，那高貴的印象總不斷地復現。

「我的父親曾奉獻他的一切在聖壇上，」她說，「而我，我企圖以舞臺作我奉獻的聖壇。」

李曼瑰先生常用的筆名「雨初」即為李聖質先生的字。她無論做什麼，似乎永遠不忘父親的精神，她讓父親的字號在自己的作品中活著，他讓父親的人格和信仰在自己的行動中活著。

五

> 子曰：志於道，依於仁，游於藝。
>
> ——《論語‧述而》
>
> 子曰：詩三百，一言以蔽之，曰思無邪。
>
> ——《論語‧為政》

偶讀李曼瑰女士的劇本，你會以為她「純潔」過分，她的人物總是集「溫、良、恭、儉、讓」於一身，她的女主角常是那樣寬廣深沉，有如大地。她的男主角多半熱情純摯、不諳世故。但事實上李曼瑰女士並不是閨閣派的劇作家，她能寫《冤家路窄》裡那個陰險毒辣的女律師石如冰，她能寫《漢宮春秋》的奸雄王莽，《楚漢風雲》悲劇英雄項羽，和雄心萬丈的漢武帝。她也能寫《淡水河畔》的太保太妹。她寫抗戰劇，反共劇，偶然也寫如《戲中戲》那樣的喜劇。

有人以為她受莎士比亞影響極深，（十七世紀以後的劇作家，凡是讀過莎士比亞的，恐怕很難不受莎士比亞的影響吧？）其實，她也兼受易卜生的影響。所不同的是易卜生總在激動的高呼著人間的問題，而李曼瑰女士卻比較從容。她的女性的敏慧和沉著使她敢於面對問題、剖析問題而解決問題。或者說，她的人物多半仍秉有《詩經》以來正統的「溫柔敦厚」的中國情感。

在密西根大學研究院研究戲劇時，她曾寫過兩個英文劇 *Water ghost*（《溺魂》），和 *The grand garden*（《大觀園》），雖然只是學生時代的作品，但她驚人的才華已顯然可見，尤其《大觀園》一劇，她一面嘗試把握《紅樓夢》，一面又刻意創新，以賈母象徵舊的權威，以林黛玉象徵舊的愛與美，以大觀園象徵舊的環境，全劇兼具《紅樓夢》與《櫻桃園》（俄國劇作家契可夫的作品）的美。這部戲於一九三六年獲得霍柏伍德（Hopwood Awards）第一名獎金（按：霍係一知名喜劇家，為密大校友。《幼獅文藝》第 230 期所介紹的美國當代名劇作家阿瑟米勒 Arthur Miller 亦曾以 *Honors at Dawn* 贏得 1937 年——亦即在李曼瑰女士之後一年——的獎金，兩人同受密大羅歐教授 Kenneth Rowe 器重），更令人驚異的是她的論文「中國文學批評」四篇亦獲霍氏論文競賽首獎（該獎分四項，即詩、小說、戲劇、文學理論，李女士以一外國學生竟得其二項）。

當然，如果比起阿瑟米勒日後的盛譽，我們不能不為李曼瑰女士感慨。阿瑟米勒可以在占地三百五十頃的自家農場裡專心寫作，成為國際知名的劇作家。而李曼瑰女士卻仍須奔走呼號，為改善戲劇沙漠的土質而掙扎。

以後她又寫了幾個英文劇：

Tragedy of women（《婦女悲劇》，九幕三部曲。）

God Unkind（《萬物芻狗》，三幕劇，寫強權。）

Homeland（《故鄉兄弟情》，四幕劇，寫華僑。）

Half a Century（《半世紀》，九幕劇，寫一美國女傳教士，在華五十年。）

When a woman becomes a Man（《楊世英》，三幕劇，寫婦女問題——

和今日高呼「婦女運動」者相比，她的劇本顯然更具遠見。）

Devils Unleashed（《淪陷之家》，獨幕劇，寫日人在華暴行。）

在重慶六年，她曾編撰獨幕劇《慈母淚》，多幕劇《冤家路窄》、《戲中戲》、《天問》、《時代插曲》（按前三部和其後編的《女畫家》、《盡瘁留芳》，最近由商務合併出版《現代女性》）。復員後在南京，寫《千古恨》。來臺後她又編了《女畫家》（《天問》改編）、《皇天后土》、《維新橋》、《漢宮春秋》（即《王莽篡漢》、《光武中興》兩部曲之縮短本）、《大漢復興曲》、《楚漢風雲》（又名《張良別傳》）、《盡瘁留芳》、《國父傳》、《淡水河畔》、《漢武帝》、《阿里山的太陽》、《瑤池仙夢》（《漢武帝》第二集）。

有時候，她把外文翻成中文，也有時她把中文翻成英文。前者如《英國戰時婦女》及歐尼爾的《上帝的兒女有翅膀》，《沙漟汗》（印度名劇），後者如《天問》、《女畫家》、《維新橋》（此三劇加上《大觀園》合併出版，名為 *THE GRAND GARDEN AND OTHER PLAYS*，又有 *THE PRETENDER : A Historical Play in Three Acts*（即《漢宮春秋》），亦曾出版。

雖然連寫帶譯，她已經把編劇的各種方法摸遍了，但她仍然不憚煩地去一再改那些劇，她自己經常重複一條金科玉律：一齣戲，不是寫成的，而是修改成的。

以她的《楊世英》為例，原來是在紐約時用英文寫的，三年之後她把它改編為中文，整個情節和人物也都換了，成了《天問》。之後，經過了十二年，她又把《天問》重頭寫過，加了兩個角色，改變了結局，成了《女畫家》。對自己作品如此嚴苛審慎，當世又有幾人？

從戲劇人物的命名來看，顯然可以發現她出身於中文研究所的痕跡，如《天問》中男主角叫潘乾生，女主角叫史坤儀，又如《盡瘁留芳》一劇中的「余」貴芳，與「牛」香芸（牛鬼蛇神）、賈（假）委員太太，都饒有舊式趣味。

不管是悲劇是喜劇，是社會問題劇，是歷史傳奇劇，李曼瑰女士的風格都可用「思無邪」來概括，她的儒家思想，她自幼以來所篤信的基督教在在都那樣強烈而自然地充塞在他的劇本裡面，遂使她的作品有一種悲憫的襟抱，一種由於深刻了解而「哀矜勿喜」的同情，足以完成亞里斯多德以來所標榜的戲劇「清滌」作用。

無論怎樣忙碌，她始終沒有停止編劇，她的新作《阿里山的太陽》不久以前還在幹校實驗演出。

她最近的作品《瑤池仙夢》，寫的是漢武帝和李夫人的故事，強調與其求仙事鬼，不如教子成器，因為後者才是真正的長生之道。

在所有的劇作品裡，她似乎比較最喜歡《楚漢風雲》，以悲劇英雄論項羽，以政治家論劉邦，以理想家論張良，寫來激越蒼涼，充分表現出她的另一種風格。

六

子曰：孰謂微生高直？或乞醯焉，乞諸其鄰而與之。

——《論語・公治長》

朱注：微生，姓。高，名。魯人，素有直名。醯，醋也。人來乞時，其家無有，故乞諸鄰家而與之。夫子言此譏其曲意殉物，掠美市恩，不得為直也。

從研究生到大學生到小學教師，在國內我們幾乎很難找到一個從事戲劇藝術的人不曾受她的教育，她的指點。

但是，她從來沒有一種「好為人師」的表現，反而常以「患在好為人師」作格言，告戒學生。

她的論著，她的講演都平實質樸，有一種經過釀造後的香醇。她從來沒有挾古人或挾西人以自高的習慣（雖然，她有著真正的中文研究所和戲劇研究所的科班出身），她的謙沖和淡泊，使她一直止於一個「有實無名」的人。

她是一個真學者，從來不跟著某些人玩弄「借」東西充門面的慣技，以搬弄些尚未經過自己了解和體會的東西為能事，她的學生往往由於她的課程太容易了解，竟在許多年之後才猛然發現原來自己的老師「也很有學問」。

七

子貢問君子，子曰：「先行其言，而後從之。」

——《論語・為政》

子曰：天何言哉？四時行焉，百物生焉，天何言哉！

——《論語・陽貨》

有時候，她仍會想起半個世紀以前的中學時代，那時候，她在廣州白鶴洞真光中學讀書，那種怡靜的歲月，那種南中國所獨有的嫵媚山水，常在記憶中震撼著她——她承認那些無言的美給她的教育比什麼都多。

事實上，她是個愛熱鬧的人，但工作起來，她卻表現出奇的沉毅。

她所表現的木訥會使人誤以為她沒有口才，她的蘊藏會使人誤以為她沒有學問。其實聽過她正式演講的人就知道，她的木訥寡言是由於她不願亂說話，她常自譏為「未盡責的立法委員」，她說：

「我不懂的，我絕不發言，可是我懂得的，又碰巧是我自己正在從事的工作——我不便利用我立法委員的職權去指責誰，或向政府要求有關自己職務事業的利益——所以，我很少發言。」

然而在重慶陪都時代，在中央常會中，她的雄辯是不讓「男兒」更不讓「元老」的。

曾經有一年，她在紐約，被一家電影公司聘請往幾十個中學去演講，為《大地》一片作宣傳，經常在二千人的大禮堂裡，她不用擴音器，只用清晰而穩定的聲音贏得滿場的肅然。

她是能言的，然而和她無言的工作相比，後者顯然更動人。

民國 45 年，她的《漢宮春秋》在臺北演出，連續 45 天 49 場，是臺灣話劇演出史中最盛況空前的一部戲了。由於場場滿座，新世界戲院擁擠不堪，逼得警察出動維持秩序，監督售票，黑市票價竟高至原票的十餘倍，至今仍是中國舞臺劇的一項奇蹟。

民國 49 年，她自美國和歐洲考察戲劇回來，那段時間，她不斷地看到世界各國戲劇發展的情形，回顧中國劇場，不勝感慨，她開始積極地推行「小劇場運動」——事實上推行小劇場運動並非標新立異，因為，一直到現在為止，我們的物質條件也只適合推行小劇場運動吧！

民國 51 年，成立中國話劇欣賞演出委員會，民國 56 年，成立中國戲劇藝術中心，這兩件事，似乎很自然地都變成了她的責任。之後，她又挑起輔導大專劇運、教會劇運、婦女劇運、乃至兒童劇運的擔子。

除了推動演戲，她又積極籌辦各種講習班，如影劇訓練班、中小學教師戲劇講習班、大專學生戲劇講習班、電視演員訓練班、兒童影劇訓練班。她又奔走於劇作家聯誼會和編劇學會。此外，也許由於她是廣東人，海外華僑劇運的輔導責任便順理成章地也落在她肩上了——她所做的事，項目之多，內容之繁，換了別人別說「做」不了，恐怕連「記」也「記」不了吧？

當然，為了「做」出那麼多事，她正如聖經上所說的 Spent and be Spent（「花費不少」加上「自己也被花費掉了」），她的錢，她的人，都整個投入了。

總之，像她少女時代一度為之懾服的嶺南山水，那樣熱烈、寧謐、美麗、莊嚴。造物曾在無言中塑造了她，她也在無言中留下了高貴的典型。

八

子之燕居，申申如也，夭夭如也。

——《論語・述而》

朱注：申申、其容舒也，夭夭，其色愉也。

孔子於鄉黨，恂恂如也，似不能言者。其在宗廟朝廷，便便言，唯謹爾。

——《論語・鄉黨》

朱注：恂恂，信實之貌。便便，辯也。

她是一個立法委員，一個善於傳道、授業、解惑的好老師，她的職業使她具有明辯的口才，但除非在必要的會議上，她常是一個鋒芒內斂的人。

她喜歡孩子，雖然她一直過著獨身生活，但對孩子卻有一種出奇的耐心。她會為一個小男孩慢慢地摺馬、摺船、摺鳥，甚至為他揉幾個紙團作鳥蛋。

由於胃病，她下了課常要吃一點東西，她總是不忘記分給同學們吃，事實上，每個人只能分一小塊餅干，可是她已經很自然地把母愛帶入教室——那個慣於買賣知識的市場。

聖誕節，她會將爆玉米花的串子掛在聖誕樹上，她是一個細緻的、溫和的人，除非不得已，她並不希望自己「偉大」。

如果她不曾愛上戲劇，對她自己而言，應該是幸福的，她可以讀書，可以寫作，可以在芬芳的花園裡曬太陽（只是我們不敢想像二十年來的中國劇運如果沒有她會成為怎樣的荒涼），但是正如十六歲那年她在珠江邊所寫的一篇獲得首獎的小說〈有價值的人生〉，她一直都在創造價值，並且渴望完成更大的價值。我們慶幸她曾陷入對戲劇的牢不可拔的愛，她獨撐著把戲開鑼前的黯淡品嘗盡了，而企圖把高潮時的燦爛留給後人。

也許所有的愛都該是一種「愚笨」，李曼瑰女士為這一代的戲劇扮演了「其愚，不可及也」的角色。

——選自《幼獅文藝》第 262 期，1975 年 10 月

——2018 年 9 月 18 日修訂

李曼瑰教授及其重要劇作

◎蘇雪林*

一、李曼瑰傳略

李曼瑰，筆名雨初，民國前五年（1906）誕生廣東臺山一個基督教家庭裡。父聖質公原名兆霖，字雨初，為臺山第一位信仰基督教者，其祖父則為儒門子弟，奉孔孟之教為立身行事之鵠的，不以其子信奉外來宗教為然，家庭之間，勢成冰炭，日有衝突發生。聖質公終不為其父所容，乃挈帶妻子自己謀生於外。李氏以雨初為字，即取之聖質公而用為紀念者。

李氏小學結業後，轉入真光中學。民國 12 年，以十六、十七歲之女學生撰〈有價值的人生〉，獲女青年會徵文第一獎。自此學校若有戲劇運動，不能少她一角，集編劇、導演、演出之責任於一身。她本酷好戲劇，時當五四之前，戲劇亦成為新文藝之一支，國人自編劇本雖多淺薄而西洋戲劇如易卜生之《娜拉》、《群鬼》；梅特林克之《青鳥》，王爾德之《少奶奶的扇子》；及較早翻譯的莎士比亞名劇如《哈姆雷特》、《羅密歐與朱麗葉》、《威爾斯商人》；小仲馬《茶花女》等，李氏無不廣為搜集，細心研讀，對於戲劇原理也有見必購，不肯漏眼，於是對於戲劇知識，日益增進。

民國 15 年，中學畢業，以成績優良，被保送入北京燕京大學。真光原希望她主修教育系，以便將來返校服務，李氏以志不在此，轉入國文系。李氏小學中學均在教會辦的學校肄業，英文早打下了堅實的基礎，論理應

*蘇雪林（1896～1999），原名蘇小梅，改名蘇梅，以字「雪林」為名，另有筆名綠漪、靈芬、老梅等。安徽太平人，學者、小說家。

該入外語系，她之所以志願入國文系者，有兩個原因：其一，因幼年時見其祖父與其父為了儒家思想與基督教信仰衝突之劇烈，深感好奇，入國文系即企圖在中國學術文化中窺見儒家思想之究竟，以與基督教義互相比較、印證。其二，李氏自幼即抱編寫中國歷史劇之志願，此非多讀中國古書不可，後來她寫了好幾部以漢代史實為根據的歷史劇，可說得力於入國文系之舉。

在燕大讀書時，她寫了《新人道》、《慷慨》的獨幕劇，《趙氏孤兒》則為三幕劇。這是她寫中國歷史劇的第一步。

李氏不但文學天才高，擅於寫作，又長於體育。在中小時代排球、棒球、網球、游泳，跳遠、即甚諳習。尤精於排球，學校與他校有比賽，她每被選為代表。來臺後，以大學教授、立法委員之身，還曾屢次率球隊到國外比賽。

大學畢業後，回廣州執教於廣州培道女子中學。時為民國 19 年。是年春間其父聖質公中風去世。李氏對其父本來非常敬愛，故哀痛逾恆，寫〈我的父親〉及〈寄給天堂的父親〉，十餘年前尚以數萬元設李聖質獎學金，每年獎勵對戲劇創作成績優秀之學生，用以紀念而盡孝思。次年，九一八事變爆發，日本人侵占中國東北地土，全國民氣沸騰，李氏亦義憤填膺，不可遏止，編了幾個愛國短劇，其中以《愛國瘋狂》獨幕劇，更能刺激青年愛國熱情，當其在各校巡迴演出，觀眾真的瘋狂了。

在培道執教三年，更求深造，又到北京，進了母校燕大國文研究所，專研中國古典戲劇。當她前幾年在燕大國文系畢業時，即留心中國古典劇了，畢業論文就是〈李笠翁十種曲之研究〉，又有〈托爾斯泰研究〉、〈田園詩人陶淵明與湖畔詩人華斯瓦特〉，入了研究所更撰〈湯顯祖戲劇之研究〉、〈《琵琶記》與印度悲劇《沙龔德拉》〉。創作則有《花瓶》、《樂善好施》、《往何處去？》等獨幕劇。

民國 23 年，獲巴勃獎學金，赴美入密西根大學研究院英文學系戲劇組。民國 25 年以《大觀園》（*The Grand Garden*）獲霍普渥德（Hopwood

Award for Drama）獎金首獎。這個獎在美國是有名的戲劇獎，得之不易，李氏以一東方人且為一弱女子而獲得之，可為殊榮。

美國國會圖書館編纂《清代名人傳略》（*Eminent Chinese of the Ch'ing Period*）邀李氏負責寫戲劇、文學、藝術部門，李氏為供給三十餘則。前文曾說她志願入燕京大學國文系，旨在研究中國正統的儒家思想，所以她留學期中又寫過〈孔子的文學批評〉（The Literary Theory of Confucius）廣徵博引，內容豐富。亦以此獲得霍柏伍德論文比賽首獎。李氏以儒家思想融合之於基督教信仰中，故其一生，擇善固執，奮鬥不懈，可以說將這兩種思想表現得恰到好處。

民國 25 年，她獲得密西根大學碩士學位。次年，到紐約，在哥倫比亞大學選修現代戲劇、戲劇寫作、小說寫作課程，並在哥大東方圖書館任職。又主編留美學生出版之英文《遠東雜誌》。時對日抗戰已入緊張熱烈階段，李氏雖身在國外，愛國之心不為稍冷，與同學組團環遊全美，熱烈宣傳，爭取美國對中國之同情，增加抗日力量。

民國 29 年應金陵女子文理學院之聘，返國，任英語系副教授。民國 31 年，蔣夫人聘其為新生活運動婦女指導委員會文化事業組組長。遂自成都至戰時陪都重慶。蔣夫人自昆明禮聘謝冰心女士至重慶，共襄婦運。李氏本燕京大學學生，曾受冰心之教，稱之為師，開口輒曰謝冰心老師如何如何，且終身不肯改。其尊師重道，澆漓之近世罕有其匹。蔣夫人委謝氏為「三民主義青年團」幹事，又命謝氏主編《婦女新生活月刊》，李氏為其副。冰心至重慶，除發表頌揚蔣夫人長詩一首外，對會事刊事一委李氏，自己有文章必向左派所辦刊物上發表。李氏代兼冰心職務，雖極勞悴，毫無怨言。

民國 32 年，李氏膺選為三民主義團常務監委，兼任女青年處副處長。同年，任青年幹部學校研究部英文教授。

民國 33 年，李氏感於婦女運動的目標，不止參加政治而要各自發揮其創作才能，尤其寫作興趣，更須培養，藉以扶助婦女上進能力，增進人類文化，遂創辦《婦女文化月刊》，廣延文壇先進女作家為顧問兼撰稿，青年女生之有寫作才華者，尤栽培愛護不遺餘力。

抗戰期中，李氏於編纂刊物教書之餘，並從事編劇工作，寫了《冤家路窄》、《天問》、《戲中戲》、《慈母恨》、《淪陷之家》、《時代插曲》等，並有英文劇本數種。

抗戰勝利後，李氏還至首都南京，任國立政治大學與國立戲劇專科學校教授，江蘇學院英文系主任。民國 36 年，率領大專學生出席印度亞洲學生會議，觀賞印度戲劇。民國 37 年，被選舉為第一屆立法委員。

民國 38 年，隨政府遷來臺灣，任師範大學、政治大學、國立藝專教授、政工幹校影劇系主任。

民國 45 年，以李氏屢次向政府及社會建言，欲話劇發達，必須有演出場所，當局遂將原映電影之「新世界」改建為話劇演出院，內部雕樑畫棟，備極堂皇。李氏以《王莽篡漢》、《光武中興》合併為《漢宮春秋》，首次在新世界公演，連演 49 場，場場爆滿。黑市票價比原來票價高達十餘倍，遠在高屏一帶人士亦包車趕來，以圖欣賞此一佳劇。立法院院長張道藩氏言於　總統　蔣公亦為歆動，意欲至新世界觀賞，李氏為　蔣公在中山堂光復廳特演一場。

民國 46 年，獲教育部文藝獎之戲劇獎二萬元及金質獎章一枚。民國 47 年，接受聯合國文教組所贈獎學金，重赴美國，入耶魯大學戲劇研究所研究。次年，亞洲協會贈與旅行獎金，赴歐亞各國考察戲劇。民國 49 年回國，在各大專任戲劇課程如故。以後數年中，其在推動劇運之工作有以下各端：

1.組織三一戲劇藝術研究社。

2.創辦話劇欣賞會。

3.成立小劇場運動推行委員會。

4.成立中國話劇欣賞演出委員會，舉辦青年劇展，世界劇展，頒發各項金鼎獎。

5.成立中國戲劇中心。

6.成立中國青年劇團。

7.創辦文化學院戲劇電影研究所。

民國 53 年，李氏赴美，為中國文化學院向僑胞募得美金數萬元，為充實該院戲劇組設備之用。又購得美國最新舞臺布景道具，利用各色燈光，舉凡朝暉夕暉，澄湖大海，暴雨狂瀉，雪花飛舞，自然界壯麗變動之景致，在瑰麗七彩映照之下，不僅歷歷如真，且儼同神仙境界，使觀眾大開眼界，嘆為自有話劇以來所未有。

民國 59 年，出版《中華戲劇集》。第一輯出版後，正擬選印第二輯，值各界紛紛籌備紀念中華民國建國六十年慶祝活動，擬印「自由中國話劇六十種選集」，以為紀念之一種。這六十種話劇之選印，都由李氏負責，其中包括多幕劇 48 部，獨幕與兒童劇 12 部，分訂九冊，列《中華戲劇集》第二輯至十輯。復按劇情內容，分為五類，第一，歷史劇與古裝劇；第二，現代時裝劇；第三，反共劇；第四，改編劇；第五，獨幕與兒童劇。中國戲劇藝術中心是個民間團體，並未得到政府及社會各方面的輔助，這 60 部劇本，七千餘頁，三百萬言的出版，確是一件萬分困難，且是幾乎不可能之事，全憑李氏及劇藝中心同仁的決心與信心，更幸獲熱愛戲劇的人士鼎力贊助，預約訂購，這煌煌九巨帙的書，始得面世。

民國 63 年《瑤池仙夢》撰成，獲編劇學會第六三年度最佳劇本魁星獎，又獲中山文藝創作獎話劇劇本獎。以中國話劇欣賞會敦請演出，值三一戲劇藝術研究社改組成立，首次公演，即為此劇。演出場地為臺北南海路國立藝術館，日期為民國 64 年 3 月 7 日至 23 日。

李氏在各委員會則為之主任委員，研究所則為之所長，既在各大專及政工幹校戲劇組各訓練班授課，凡有文化機構及各團體請其演講者，亦從不拒絕。又常出席世界戲劇會議，國際音樂戲劇會議，國際筆會，亞洲作家會議等。頻年指導各團體話劇演出，不下千餘部，督察電影片亦不下千餘部，故整日奔馳道路，不遑寧息。工作之餘，則自己禁閉於臺大某一研究室，博覽群籍，廣搜資料，藉為編寫劇作的張本。對於自己健康殊不注意。素有咳嗽症又有腸胃病，十二指腸常出血，亦以為多年宿疾，不致有大害，且為愛惜寸陰故，不肯赴院檢查。本年春以指導《瑤池仙夢》上演，日夕辛勤，眠食失序，漸致委頓。五月底，自覺不支，入三軍總醫院檢查，醫云腸中似有一瘤，良性惡性，須剖視始知。剖視則為癌，直腸已腐，病菌蔓延已及肝肺，皆已腫大，知無可治療，草草將傷口縫合，虛詞慰病人，謂瘤為良性，已割去，當無大礙。但李氏在開刀前，為防萬一，預草遺囑，處分家事，交其胞弟李枝榮。住院四個多月，終於不起。因李氏努力推動劇運，勞悴一生，文藝界於其逝去，一致痛悼惋惜，集會議定，尊李氏以「中國戲劇導師」之榮銜，擬成立「雨初圖書館」，設獎學金、劇本獎，並舉辦紀念李曼瑰教授大公演等等。其學生則擬發起一個固定的組織，為劇運貢獻心力，並準備一個整套計畫，以期不負李氏畢生為劇運工作鞠躬盡瘁的心意云。我以為還應替她鑄個銅像，劉大中夫婦都鑄了，她為什麼不可以鑄。更應當為她出個專集，中英文的劇本一併收羅，再加以各種學術性論文、講演錄等。庶乎她一世心血，得以永存。

李氏一生未婚，並無子女，但其歷年所栽培戲劇的人才，不可勝數，即可說是她的子女。本年三月間《瑤池仙夢》公演前夕，李氏發表《中央日報・副刊》〈培育繼起的生命〉，可覘如其意向的一班。當病重垂危，神智陷於不清時，猶諄諄然再三囑附學生等「好好把劇運推動起來。」（見11 月 7 日《新聞報》蘇子的〈愴悼曼老——盡瘁戲劇運動五十年〉）

化小我的家庭觀念，為大我的社會觀念。以電光石火一定幻滅之身，轉蛻為藝術上永恆的生命，李曼瑰教授總算未死！

二、李氏的重要劇作

李氏一生著作，多至六十餘種，中英文均有，一一評論，勢所難能，且非目前所急，今且將其比較重要之中文劇作介紹於次。

（一）文藝性劇

也可說是婦女問題劇。如《天問》、《女畫家》、《戲中戲》。

1.《天問》是個五幕悲喜劇。民國 30 年間撰寫於重慶，經 12 年始在臺北正式上演。李氏在美時用英文撰《當女人變成男人的時候》，又名《楊世英》，寫一女教授的悲劇。後乃以此故事改寫為《天問》。

此劇後又改寫為《女畫家》。李氏自己說「這劇本在劇情的結構上頗有曲折，人物也各具明顯的性格，對話亦能收舞臺效果。不過整個看來，卻有兩個大毛病。第一個毛病是劇情前後不調和。」即本是悲劇卻變成喜劇，失卻悲劇的精神。第二個毛病，廖無雙的自殺，理由不大充分。「而且要無雙自殺，然後解決三角戀愛的難題，這不惟對不起無雙，還損傷了女主角最高的人格，對於劇情的處理，更成問題。」故作者遂有將《天問》改寫為《女畫家》之舉。

2.《女畫家》是個五幕純悲劇。撰寫於民國 44 年。

本劇從《天問》第三場最後一節起大改。寫廖無雙以誤會史坤儀奪其未婚夫愛情，持手槍擊射，中史右臂，史雖未死，而右臂遂廢，不能作畫。然獲得靈性的感召，人格愈趨高尚，精神爽快，度量寬弘，意志堅強，不畏謠言和謗毀；又看透塵世，克服苦惱，以人生藝術為生命鵠的，要用行為繪畫自己生命的圖畫，還要改正人類歷史的圖畫。遂練習用左手作畫。後修養愈純，進入聖境，出走後，兩年間，到處飄泊，但並不感到痛苦，卻很快樂地利用她有生的時日，畫《補天圖》，改正歷史上的錯誤，最後又畫聖像，表現最聖潔的靈魂。她雖不免一死，但她是成功的，是快樂的，在聖靈繚繞的歌聲中，她含笑而逝。

《天問》與《女畫家》人物故事雖相同，但卻成了截然有異的兩個劇，作者恐人不知，又自己鄭重聲明道：「《天問》，乃採用劇中主題畫的命運，著重主題的發揮，是一齣含有社會問題的悲喜劇，應仍題為《天問》。改編本是一齣純粹的悲劇，著重人物的描寫，以史坤儀的人格和藝術為中心，這才堪稱為『女畫家』。」作者又囑咐道：「希望劇團演出時注意：《天問》是《天問》,《女畫家》是《女畫家》，幸勿更換互用，藉免混淆。」

3.《戲中戲》是三幕喜劇。也是抗戰後期在重慶時所作。

劇情大概：女科學家范平喆，才貌雙絕，抗戰時期，為增進國軍營養，欲將豆漿煉成代乳粉，終日埋頭於實驗室。其夫陸彭年，本富於音樂天才，能作歌製譜，有成為大音樂家希望，乃惡音樂不能賺錢，而從事另一職業，終日花天酒地，應酬徵逐，不滿其妻對彼冷淡，愛上女祕書馮碧婉，向妻提出離婚而欲正式娶馮。

陸子天籟擅小提琴，常為青梅竹馬史華清伴奏，有結為夫婦望。但華清又與紈袴子孟國治為友，與共玩樂，天籟悲憤，琴亦懶練。

平喆有兄在瑞士為外交官，女曰露斯，貌絕肖平喆，已死八九年。一日，其兄寄晚禮服一套贈天籟女友，適石夫人辨園遊會，請華清唱歌，天籟伴奏，平喆忽發奇想，燙髮美容，著晚禮服，冒充新自歐返國之露斯赴會。容光照人，一座傾倒，孟國治先上前攀話，表愛慕意，華清見而嫉之，轉與天籟合。陸彭年素聞甥女露斯貌類其妻，不疑有他，與交談甚久，拾起以前與平喆相戀之情，離婚念頭潛自消滅，馮碧婉亦生忿嫉，適孟國治受露斯搶白，亦憤甚，遂轉而向馮，與同車而去。會中無人知平喆假扮事，惟詩人童樂獨自看出，但不揭破。

會散各自返家。次日，陸彭年對妻表示悔意說不願再提離婚的話。其後范平喆自己說破，眾大笑，喜劇收場。平喆假扮姪女露斯之事，既挽回其夫之愛情，又成全其子陸天籟與史華清之婚姻，可謂一石二鳥成績美滿。

（二）社會性劇

如《冤家路窄》、《時代插曲》、《淡水河畔》等等。

1.《冤家路窄》是個三幕喜劇。寫抗戰後期大後方社會上各種情態。沈志清乃一發國難財之商人，與交際花周雅蘭相戀，欲與結合，在報紙上散布一段虛偽之消息。謂其原配衛文箴與其所辦之明德中學在湖南長沙城外慘遭日機轟炸，校長與學生數百人皆死。欺騙周雅蘭，以定期舉行婚禮。衛文箴得知其事趕到重慶，在其夫所賃居國際大飯店與之見面。沈氏先提出「兩頭大」條件為衛所拒絕，又欲贈欵五十萬，求衛簽字離婚，衛亦不肯。正僵持間，周雅蘭入炫耀其新自美國寄來之結婚頭紗服裝，文箴怒極，掣其頭紗，擲地。雅蘭始知衛文箴未死，以為受了沈志清欺騙，大怒趨出，沈亦急出追隨。

女律師石如冰以前原與沈志清有婚約。沈見文箴，與石解約而娶文，石懷忿學律師業，每設計破壞兩人婚姻幸福。周雅蘭原是她帶來誘惑沈志清者；登報說衛文箴被日機炸死，也是她暗示志清所為者，打電報請衛文箴來重慶鬧，又是她的詭計。因文箴宣布絕不離婚，石又想辦法。

沈志清兒子鵬飛，服務空軍，曾一次擊下日機二隻，被譽為民族英雄。石欲迫文箴就範，知其愛子至切，故意在家設跳舞會邀鵬飛一群青年飛行員來作樂，使周雅蘭與鵬飛共舞，加以蠱惑，用以脅制文箴。文箴不欲子落雅蘭手，果允石如冰簽與夫離婚同意書。但周雅蘭受鵬飛精神感召，亦欲參加愛國工作，已不願受石如冰利用。適於此時，沈志清用軍車販買走私貨品，石如冰與敵人交易謀利，被警方發覺，一齊被逮捕，各人問題就此盡得解決。

2.《時代插曲》，四幕喜劇，亦抗戰後期所寫。本劇介紹三個家庭及其子女。三個家庭生活皆不同。廣東朱家，太太整天沉溺於麻將桌，先生帶病經營各種商業，以發財為事。翁家女兒雖受過新式教育，卻無靈魂，滿口洋文，中文則常讀別字。張家夫妻父子有六個人，夫為頗能盡心職守之公務員，妻亦賢惠。長女建中愛慕虛榮，失身於貪汙舞弊之上司龍昌雲。長子建華無志上進，只想為人贅婿，藉以承繼他人產業，與其姊臭味相投，是一對寶貝。次女建民，乃一優秀女青年，為本劇中心人物。幼子建國，則為一頑皮活潑之孩童，供給本劇以無數笑料。並有青年空軍高志飛，青年軍人白堅，吉甫女郎秦月梅等穿插其間，本劇劇情雖繁複，人物雖然眾多，作者卻處理得井井有條，若有餘裕。

3.《淡水河畔》，四幕喜劇，寫臺灣太保太妹各種生活及作風，刻畫盡致，終以其領袖在各種挫折中覺醒所為之罪惡，犧牲自我用以自贖，其同黨少年亦一一悔改，由不良分子轉變為力圖上進的青年，並連帶描寫各人家庭背景，使人知青年墮落之原因，亦足發為人父母者之深省。

（三）教育性劇

如《盡瘁留芳》，也算是性格劇，這是個悲劇，共四幕。作者於編撰經過中自述，係為紀念亡友伍智梅女士作。伍係廣東有名女醫生，為人愛熱鬧，愛朋友，同時又最愛人才，待人毫無保留地流露熱情。又如作者所描寫她的性格，喜樂、興奮、慈愛、親熱。劇中化名為漆若蘭，仁愛醫院的院長，女權促進會的理事長。第一幕，院中正在開會競選國會議員，若蘭主張同投中華女中校長田育芳票，眾人反對。若蘭詞嚴義正地說了一番話，但野心分子仍要自己報名競選，不肯支援田校長。

國醫江善齋想辦中醫學校，漆院長說僅可開中醫研究所，辦學校則不贊成，因中醫太缺乏科學基礎。但善齋兒子江兆年與若蘭女兒羅幼椿相戀，不知羅母即中醫對頭漆若蘭。江善齋掌握中醫學會選票數千，願讓給漆若蘭，以不再反對他們開辦中醫學校為交換條件，若蘭堅持不肯。

女權會理事余貴芬，候補理事牛香芸，原曾受漆若蘭提拔，今以亦要參加競選，不念前恩，一面大行賄賂，一面大寫毀謗漆若蘭的匿名傳單，說仁愛醫院醫死幾千幾百人，說仁愛醫院院長專門狸貓換太子，說她和該院研究室主任莫天生戀愛，同居，生私生子。

莫天生果私戀漆院長，漆亦以其人為可以再嫁之對象，但其女幼椿因江兆年等說婦女再嫁為不道德，漆為愛女，寧願犧牲愛情，其後余牛等匿名傳單說得太離譜，反動了公憤，皆投票支持漆若蘭。余牛失敗。江善齋以漆抱病為其母開刀救活，願設中醫研究所以代中醫學校，江兆年與羅幼椿亦言歸於好。但漆若蘭以勞累過度，心臟病發作，終於猝逝。

（四）反共劇

如《皇天后土》、《維新橋》等。皇劇為四幕悲劇，曾發表於《新社會月刊》，李氏自譯為英文名 Heaven and Earth，頗自愛惜，惜未收入《中華戲劇集》，今已不易看到。

《維新橋》為五幕悲劇。時間為民國 38 年，正大陸淪陷之時，地點為江南一市郊。

維新中學校長鍾維新，不但其名為維新二字，學校也叫維新中學，疏鑿一條河，就叫維新河，建築一道橋，就叫維新橋。因其父酷愛維新，此乃鍾氏父子兩代相傳的學說。鍾長子病瘋，長女國英許配文保祿，次女國雄，許配外甥陸少華。國雄好追逐時代潮流，以為共產主義乃係「救中國救世界之最新思想」，聞「解放軍」將至，欣喜如狂。

「解放軍」將至之前，陸少華自北平歸，力勸鍾校長逃，學校國文教師于友松亦謂共產黨必不可靠，以逃為是。鍾校長以全校上下二千餘人責任皆在其一肩之上，且父子兩代破產辦學，一生心血亦傾注於是，不忍捨去。又其思想本甚新穎，以為留校與新政權合作，當無妨礙，不肯聽二人之言。

「解放軍」入城，文保祿以校長自居，敲鐘集合全校師生前往歡迎。鍾校長見共黨政治委員即是二十五年前涎嫂之美，以弟殺兄，殺其妹婿陸兆興之陸兆康，今改名陸非，非就是反對的意思。反封建，反禮教，反傳統，反宗教。鍾校長見了這位政治委員，對「解放軍」大失所望，憤然而歸。

陸非率匪幹二名，蒞臨維新中學訓話，宣布要和其寡嫂鍾韻梅在列寧堂結婚，要鍾校長主禮。但韻梅自夫遭陸非殘殺生遺腹子少華後，即入天主教修道院修道，改名馬利亞。修女是誓願不結婚的，更不能與殺夫仇人陸非結婚。但陸非不顧，以為他此舉是實行共產黨反宗教與反社會風習的好事。韻梅自聞此耗，即跪伏聖壇絕食祈禱，求賜罪人回頭，凡經七晝夜。婚禮期屆，眾入堂為新娘裝束，拉起氣已絕。陸非大掃興，欲將韻梅屍體拖往列寧堂，當眾宣布其罪，令人民鞭韃洩忿，其婢名梅影者，力阻，願以身代，未得當，于友松以寫坦白書領韻梅屍安葬為交換條件，陸非始許。但又宣布婚禮如期舉行。以文保祿、鍾國雄為夫婦。國雄雖不愛保祿，惟逼於黨的命令，且為前途發展計。表示自願，其父鍾校長憤甚而無可如何。

國雄婚後，果得女代市長之職，常與陸非鬼混。文保祿大妒，且亦飽受陸非壓迫，寫信到北京控陸以十大罪狀，北京竟將信發回給陸，文宣言另找方法報復。陸趁其入室辦公，自外發槍斃之，命同志石剛入室以手槍置其手中作為自殺者，又自外發槍擊斃石剛，作為兩人係互鬥斃命。國雄見陸非如此陰險狠毒，大悟共黨非人，不可共事，往投獅子山由陸少華、于友松等領導之游擊隊，設計反攻。陸非率隊迎擊，打死掃地出門之鍾校長，國雄負傷，自投維新橋下而死。陸非亦被游擊隊槍殺。陸于等乃率國英、梅影及維新中學不願與共匪合作之教職員上山，伺機共赴臺灣為復國大計努力。

（五）歷史劇

計有《王莽篡漢》、《光武中興》、《楚漢風雲》、《漢武帝》、《瑤池仙夢》等。《王莽篡漢》與《光武中興》濃縮為五幕劇。但《光武中興》仍別行，改名《大漢復興曲》。

《王莽篡漢》與《光武中興》都是四幕劇，民國 40 年撰成，民國 42 年由世界書局出版，總名為《光武中興兩部曲》。

1.《漢宮春秋》，民國 45 年，中央闢新世界電影院為話劇場。李氏將「王」、「光」兩劇濃縮為《漢宮春秋》，即在該劇場做首次公演。「漢」劇是個五幕劇，其後又濃縮為三幕劇，收入《中華戲劇集》第二輯。據李氏「漢」劇〈後記〉，原來這個濃縮的三幕劇是根據她自己所譯的英文本。她說：「民國 48 年，我將『漢』劇演出稿重新整理，撰譯英文本，民國 53 年，由行政院新聞局出版，題為 The Pretender。民國 54 年復根據英文本重寫中文，由政工幹部學校影劇系演出，現稿即那次的演出稿（曾刊於　國父百年誕辰紀念文藝創作集《豐年》——即戲劇類）。和民國 45 年新世界戲院首演稿稍有不同，最大的分別乃現稿增加了幾場宮外民間的過場戲，而緊縮了宮廷的情節。」

前「漢」劇與後「漢」劇，既原來是同一個劇本，不過其一較為繁複，其一較為簡單而已。我們論前劇則後劇也包涵其中了，而且我覺得前劇比較有力量，所以現所評者本質實為《王莽篡漢》的《漢宮春秋》。

前「漢」劇是個五幕十場的大歷史劇。第一幕，王莽以平帝大婚期屆，其姑母元太后欲為擇后之時，命其同黨向太后以莽女王英容德兼備，足以母儀天下為言。莽雖假作撝謙，元太后不允。平帝因生母衛太后在中山，渴思相見，為王莽所阻，私懷憤恨，莽亦知此子不除，自己政權難以攫取，陰謀篡弒之計。第二幕，莽在其大司馬府中，佞人哀章以符讖進，更啟莽之企圖非分想。其長子王宇因父阻平帝與生母相見，恐致後患，知莽迷信，與其師吳章合謀以豬血塗門楣，莽果大驚。後由人告發為偽，怒逼子宇飲鴆自殺。吳章及弟子數百人皆為莽所殺。第三幕，平帝初憎恨王莽，被迫與其女成婚，更不平，從不與后交一言。後帝患病，后日夕侍奉，衣不解帶，帝始知其出於真情，大為感動，遂敦琴瑟之好。后又出其父所交之毒酒，勸帝逃往中山，己願同行，帝以酒擲地，謂受威脅為可恥，寧死亦不逃。會臘八佳日飲椒酒，大會群臣於白虎殿，元太后宣布欲退休，莽恐平帝掌握政權，對己不利，以毒酒毒帝駕崩。第四幕，王莽既弒平帝，立孺子嬰，但又用金匱策書，要求即真為帝。命王邑進宮壓迫老姑母元太后，交出傳國玉璽，以便登位，元后初不肯，抵不過王邑逼迫，命人取璽出，擲地哭罵了一場。莽乃宣布即真天子位，定國號曰新。謂「新者：革故鼎新，與民更始之意。茲改正朔為新始元年，易服為黃，犧牲用白。以承皇天上帝之威命！」群臣皆呼萬歲。

第五幕，演王莽殺子的悲劇，最為精采。

王莽暴政，民不聊生，揭竿四起。而南陽劉秀兄弟之義兵，在昆陽打了個大勝仗，使王莽百萬大軍，完全瓦解，元氣大傷。義兵入長安，莽避漸臺，抱威斗柄曰：「天生德於予，劉秀其如予何！」商人杜吳進斫莽首。宮中大火，平帝后投火死，元太后弄兒老彭子亦投火，漢軍大入。升起大漢旗幟，劇終。

2.《大漢復興曲》也是個五幕十一場的大歷史劇。《漢宮春秋》雖李氏自言是濃縮《王莽篡漢》、《光武中興》兩劇而成，但事實上也未必然。「漢」劇不過是「王」劇的改編，並未牽涉到漢光武的事，不過在王莽廷臣談話中提到劉秀的名字罷了。所以《光武中興》那個劇本仍可單獨存在。

李氏於民國 40 年寫了「王」、「光」兩劇。次年，自將兩劇均節譯為英文本。「光」劇英文名是 The Restorer。又將光劇中文本改編，成為《大漢復興曲》。民國 58 年，各文化團體為慶祝總統、副總統就職大典，在藝術館、中山堂連續演出七場。盛況雖不及《漢宮春秋》，也算是古裝話劇的盛事。本劇曾刊《康樂月刊》，民國 60 年又發行單行本。

本劇是敘王莽篡位後，實行他理想的「新政」，弄得餓莩載道，民不聊生，義兵四起，但也有許多盜冠如臨淮、琅邪、荊州的「綠林」，又有什麼「赤眉」。這些烏合之眾，對王莽政權，並不足以搖撼，對於老百姓災殃可就大了。那時南郡新豐又有什麼「新市兵」、「平林兵」，於是南陽的劉縯與弟秀也起兵。這是仁義之師，與那些土匪軍隊不同，是以打倒獨裁，推翻暴政為幟志的。

本劇第一幕寫劉秀與素所愛慕的美人陰麗華結婚。其兄劉縯在外舉義兵，冒險回家參弟婚禮，麗華即勸丈夫速到外面隨兄縯，起兵抗暴，毫不以新婚為戀。

以後各幕寫平林軍與南陽軍各將領，以兵多無所統一，欲立劉氏以從人望。本來是要立劉縯的，而新市平林兵諸將憚縯威明，擁立了一個號稱更始將軍的劉玄，就號更始皇帝。這位皇帝無非是個供人利用的傀儡，終日在後宮與婦女飲酒作樂，不問政事。諸將以劉縯兄弟威名日盛，勸更始除之。大會時，更始故取縯寶劍視，縯解劍以獻，眾即指其為行刺，將其殺卻。劉秀時在城父，聞變馳歸，欲為兄報仇，鄧禹再三勸止，更始自己也覺得慚愧，拜秀為破虜大將軍，封武信侯。

瞽者韓叟和杜吳偽飾為江湖賣藝者，出入刺探敵人軍情，這些人都因父母家屬，遭受王莽的殘害，所以與莽不兩立。杜吳就是後來潛入長安，斫殺王莽的那個商人。

昆陽之戰乃全劇高潮，採取舞蹈形式，加以音樂效果，千軍萬馬，繞著巨無霸旋轉，奔馳衝突，鼓角震天，幾乎令觀眾如置身戰場，目為之眩，股為之慄。

最後一場，劉秀大破王莽，掃蕩群雄，築壇告天，即天子位，攜陰麗華雙雙謝幕。

3.《楚漢風雲》是五幕十二場歷史劇。李氏為了撰寫《漢宮春秋》、《大漢復興曲》等，涉獵了不少漢史資料，又以張良、項羽、虞姬、劉邦等人故事為題材，撰此《楚漢風雲》。但以張良為本劇的主角，所以本劇又名《張良別傳》，現收入《中華戲劇集》第三輯。

本劇寫張良是個理想家，理想能得到「大同之道」和「人生之理」。他自己固屬平凡之才，但深願得天下大英雄，大豪傑，輔助他成功。老人以其志可嘉，贈以天書三卷。謂「讀了可為王者師。你遇得到大英雄，大豪傑，可臻天下於大同。遇不到的話……輔助平凡之輩，也能建立小康。」

十年後，在彭城一家伎院中，張良與其表妹虞姬相會。張聞項羽救趙抗秦之威名，認為天下大英雄，欲藉他以成王業，建造大同理想國土。是晚，劉邦蕭何樊噲俱至。以後上將軍項羽亦至，皆張良所預約者。虞項一見傾心。項自認為金剛石，欲建一金剛王國，他人皆屬破銅爛鐵。張良則認為其人太自私，太驕傲，與自己大同理想不合。本欲利用虞姬的美貌，馴服項羽這頭猛獸，結成一個三合一的力量推翻暴政，實現理想，及見項羽，知非所望，但虞姬卻死心塌地愛上了項羽。

本劇寫鴻門宴，凡正史所有，劇情亦點滴不漏，甚為可觀。但正史的項羽是個猶豫寡斷的人，本劇則項羽以筵宴間殺客為可恥，寧可與劉邦公平交手，叫他俛首認輸，凜然的英雄氣概，頗足令人折服。

楚漢五年，楚漢兩軍對峙滎陽。張良亦在軍中，忽報項伯派人來送信，入帳則為改男裝而來的虞姬，謂兩軍皆僅剩十日糧，再戰無非同歸於盡。請張良斡旋，楚可送回劉邦的太公呂雉，雙方講和，鴻溝為界。一個月後，和約成，劉邦簽字，但其妻呂氏及樊噲陳平英布等均以趁楚方撤兵返國時，功其不備，將項羽勢力徹底消滅，天下始可太平。劉邦果為所動，撕毀和約，下令部隊進攻，張良力諫不聽，最後一幕即垓下之戰，項羽以未及防備，大敗，烏江自刎，虞姬亦死其側。姬死前，祝禱說：「大王！英魂安息罷！千秋萬世，世世的男兒，都會稱道楚霸王的英名。虞姬三生有幸，得侍英雄，千年萬代，代代的女子，都會羨慕虞姬的光榮。虞姬永遠追隨大王，不論生，不論死，永遠陪伴大王！」

4.《漢武帝》據李氏在《瑤池仙夢》〈前言〉中說她的《漢宮春秋》、《大漢復興曲》和《楚漢風雲》算是「前一部的漢史三部曲」。又計畫著來一部以漢武帝為主角的「後一部漢史三部曲」，第一部是《漢武帝》，第二部是《瑤池仙夢》，均已寫成而且演出，第三部「望子成龍」尚未脫稿而李氏已逝，真屬劇壇莫大的遺憾！

「漢」劇是個五幕歷史劇。民國 58 年，由臺、港、菲影劇界聯合在臺北兒童戲院大公演廿餘場，轟動情況雖稍遜於《漢宮春秋》，但也一時稱盛。劇本現收《中華戲劇集》第十輯。

本劇武帝以外，宮庭人物，是皇后陳阿嬌、衛子夫、館陶公主劉嫖、武帝姊平陽公主、李夫人。廷臣則竇嬰、田蚡、司馬相如、東方朔、汲黯、公孫弘、王藏、趙綰、申公。大將則李廣、張騫、衛青、霍去病。又有李延年等宮廷樂人等。

第一幕寫武帝正當英年，精力充沛，厭倦文景以來無為主義，希望在政治上有所發展。特遠道徵召申公來備咨詢。但廷臣如汲黯等則墨守舊章，大為反對，竇太后又從上干涉，帝不得已，乃以出游行獵為消遣。

第二幕寫皇后陳阿嬌見帝不常回宮，疑其在外獵豔尋歡，大起妒念。其母劉嫖勸解未聽。適帝返，后又以為言，帝大怒，欲將後宮所有宮女遣散，以示對女人的厭惡。

第三幕，武帝宮廷中正在遣散宮女，帝忽見衛子夫，美貌出眾，憶起乃去年在其姊平陽公主府中所曾幸過之歌女，命她留下，與談。子夫談吐不俗，謂皇帝想創造一個美麗的皇國，她則願意為武帝生個兒子，創造一個能承繼這個皇國的皇帝。其姊平陽公主來見，進獻武帝兩個青年，其一是衛青，其一是霍去病。

第四幕，館陶公主劉嫖妒衛子夫得寵，將衛弟衛青捉去，子夫哀求公主，聲言絕不敢奪皇后之寵，並願以孕中之子獻皇后，自己甘居妾侍地位。嫖始允釋衛青。武帝即派衛霍二人為將率兵討伐匈奴。平陽公主報告陳阿嬌在宮中以木刻武帝形，日夜咒詛，並與妖巫楚服同臥起。帝怒，派人搜查后宮，果得其實，將后貶入冷宮，劉嫖求情不允。

第五幕，衛青霍去病出塞七次，征伐匈奴，每次勝利，這一次更大獲全勝，奏凱還朝。劉嫖恐衛霍念前嫌，特來修好，但進獻樂人李延年，歌絕世佳人之曲。謂佳人即其妹。武帝召見，使之歌舞。衛子夫時已為皇后，懼失寵憂悶，陳阿嬌幽靈向之出現，惡咒其母子，不得善終。

武帝在白虎殿大張筵宴，款待衛霍及其他廷臣。宮女歌舞後，武帝說了一番話，就是頻年敷宣文德，發揚武功，希望從此中外一家，天下安寧。群臣皆呼萬歲。劇終。

5.《瑤池仙夢》，四幕歷史劇。第一幕漢武帝得黃帝寶鼎，李延年為編寶鼎舞，與妹李夫人即所謂絕代佳人者，陰謀奪嫡，夫人嚴辭斥之。衛子夫為后後，變得非常古板，以歌舞為淫靡邪僻之事，足以陷人君心志，敗壞軍國嘉猷，遠之惟恐不力。李夫人則謂天子日理萬機，政事忙完之後，應當休息，並尋娛樂，用以恢復精神，所以歌舞並非壞事。並為澄清謠言起見，願以己子轉獻衛后，以表自己絕無奪位之心。衛后大悅，與以姊妹相稱。衛后去後，李夫人以「千層衣舞」娛武帝，疾發，不支倒地。

第二幕，夫人病篤，宮中為咸池舞祭地祇，希望為她求延壽命。大司命上，與眾舞人共舞畢，對武帝言李夫人大限已到，不能再淹片刻。武帝驚起攔阻，大司命闊步入寢宮，內傳哭聲，夫人已死。

第三幕，武帝自李夫人死，哀悼不已，作落葉哀蟬之曲，與衛后談李夫人的好處。李延年上來獻夫人畫像，又介紹齊人少翁，謂有法術，能致亡人魂魄。武帝即將少翁召來，令之召魂，但燈光下雖隱約見人影，實係利用燈燭光映射畫幅，並非真魂。武帝因李夫人生前自言曾作一夢，夢見她自己原是瑤池王母駕下一位舞仙，以小過謫塵寰，即將歸位。武帝對衛后說過後，即在衛后懷中睡去。

第四幕，武帝睡去後，果到瑤池西王母的青琳宮，謁見王母，求見李夫人，見王母兩女曰雲華、太真者。那天是王母壽誕，群仙來獻「蟠桃獻壽舞」。王母妹子上元夫人亦來獻壽。太真言詞鋒利，處處使武帝過不去，上元夫人則甚同情武帝，事事為他解圍。帝視太真，乃其廢后陳阿嬌，上元則為衛子夫皇后。

他果在瑤池見到李夫人。王母謂武帝想求長生，不如教訓子孫，綿延人種，才是真正的長生之道。

這一幕中有許多哲理的對話，極其警闢。

三、李劇的總評

李曼瑰教授是個專門研究戲劇的人，她的劇本都是根據劇學原理而編製，門外如筆者何敢妄讚一詞？但她的劇本素我個人所喜愛。對於她幾個重要劇本的演出，都曾欣賞過，並遠自我所居的臺南趕到臺北去觀場。也曾替她寫過幾篇劇評，雖說的話並不能中於肯綮，我的心卻是出於至誠的。現在於介紹了她幾部重要劇作之後，再來做個綜合性的批評，使讀者對她作品更能獲得一個明瞭的觀念。

從事劇本寫作的人對於心理學應該有相當深的研究，本來舞臺就是現實社會的縮影，也是古今歷史的素描，換言之就是整個「人生」的表現。人類性格有姦邪貞正之分，生活過程有悲歡離合之異，舞臺提要鉤玄地加以演出，是以動心娛目，才算收了劇本的效果。但劇作家若不懂心理學則刻畫不能深入，雖頗能刻畫，而沒有戛戛獨造、鞭辟入裡的見解，也還不算是發人深省的作品。

今就《天問》而言，李氏曾自己說過：「女性的悲劇：一個女人不能幹也不是，太能幹也不是。」像劇中主角史坤儀本有繪畫的天才，而她一心要做賢妻良母，將這種天才極力壓抑下去，誰知她丈夫要在國際貿易辦場活動，嫌她不懂交際，不諳英語而遭遺棄。史坤儀離婚後奮鬥自強，獲得新生，為青年西畫家潘乾生所欽慕愛戀，致潘生的未婚妻哀憤自殺。後來坤儀以《天問》一圖獲得某藝術專科學校徵畫首獎，並聘為教授，乾生卻大生嫉忌，雙方愛情一度破裂，以後乾生自我抑制，和坤儀同去教書，喜劇收場。

這部戲照普通眼光看來好像太不近情理了。潘乾生為追求史坤儀，犧牲了未婚妻的性命，事後悔恨萬分，自認「我這雙手是一雙劊子手的手，滿手都是血。」又說「這天地間沒有我生存的地方了！只有地獄的火才能夠懲罰我！不只這火燃燒了我的血，我的肉！還有什麼東西絞著我的心肝！」潘乾生這種痛苦都為了私戀史坤儀而產生的，這種經過地獄硫磺火煎熬過的愛情，應該海枯石爛，永不改變的了，怎麼一見愛人繪畫獲得首獎，得了教授之職，自己作品僅獲第二名，所獲職位又是講師，便那樣妒火如焚，對愛人強烈敵視起來。雖藝術家多自信、自負，不願別人比他強，也未免形容太過。記得本劇第一次在臺北中山堂演出時，筆者便親耳聽見幾位女性觀眾竊竊私議道：「這個男人怎麼這樣偏窄，小氣，以後史坤儀就算嫁了他，也不會有好日子過的。」即筆者也覺得不以為然，以為改為別人嫉妒比較好。現在才知是曼瑰深入一層的寫法，本來女子才藝每受男性妒忌，連愛人都妒忌，這妒忌才能寫得入木三分，才算一女人的悲劇。自有生民以來，女人因生理方面與男人不同，謀生能力比男人差得遠，素來受男性的壓迫、輕視、虐待，數百萬年來女性的血淚史，那裡說得完，寫得盡。於今到了工業時代，男女都不一定以體力謀取生活，女性在各方面的表現，也都足與男性平分秋色，可是所起男性妒念遠比他們對同性強烈多多。這種妒念，老實說是由輕視而來。人類心理習慣，見素所欽仰者才能超己之上，只有更加崇敬，見素加輕視者才能超己之上，便受不了。至今歐美文明先進之邦，女性若有學術性的著作，書店每不肯替她們出版，必得改個類似男性姓名始可。人們總以為女性寫點風花雪月的文藝品還算過得去，學術的研究那裡是她們的事呢？她們那點子可憐的腦力，配談這個嗎？

曼瑰教授是個溫肫篤厚的人，在社會上所處地位既高，生活環境亦順，對於世路的險巇，人情的姦詐，好像所知不多，論理，她的戲僅能介紹介紹好人，於邪惡詭詐之徒，便無從描繪的了。可是，她那支筆也真奇怪，竟像刀子似的，能刻畫正人君子，也能刻畫奸惡小人。像《冤家路窄》那部戲，女律師石如冰為了未婚夫沈志清移情別戀之恨，對沈妻衛文箴毒施報復，花樣層出不窮，而且手腕愈出愈辣，非將文箴活活氣死，絕不罷休。但表面上又向文箴賣人情，說都是為她好處起見。這個人做律師專敲詐人的金錢，養了一群流氓供其奔走，走私，販毒，又同敵人做買賣，資敵，無惡不作。這種機謀百出，蛇蠍心腸的女性，不知作者從何取型，可見她對世態人情觀察之深刻。

維新橋那個「解放軍」中委陸非，以前為想對嫂非禮，夜入兄室，竟將驚起驅逐之兄殺死，畏罪潛逃十餘年，成了匪幹。還到故鄉，一定要強迫已當天主教修女多年之寡嫂，與行婚禮。將嫂活活逼死後，又要拖出她的屍體，當眾鞭撻，作為不服從他亂命的懲罰。又強命已有未婚夫的鍾國雄與潛伏校中久為匪幹的文保祿結婚，自己又時常與國雄廝混。懼文報復，槍擊之斃，並出不意擊斃自己職員，作為移禍。又槍殺了鍾校長的瘋子，又用各種酷刑，逼迫鍾校長及全校教職員寫坦白書、誣告狀，無所不用其極，共產黨徒猙獰醜惡的嘴臉，暴露無遺。

歷史人物王莽，虛偽、姦惡、狠毒、凶殘，弒君篡位，神人共憤，凡為中國人者無不知。他的罪惡史若一項項寫來，恐怕幾百天的連續劇也不能演畢，作者用經濟手腕，就他自己釀成的家庭悲劇下筆，就是王莽殺子的事。王莽有四子一女，女兒王英原所鍾愛，為了政治上利用關係，不惜以女進平帝為后，其後又將平帝弒卻，使女兒年紀輕輕，便成了寡婦。在此之前，長子王宇為了莽隔絕平帝與生母衛太后的感情，恐致後患，與師吳章謀，灑血門楣，欲以妖異之事，發覺後，莽逼宇飲鴆自殺，其妻已孕，待產後亦殺之。第二子王獲，以誤殺一婢，莽亦逼令自裁。這是很久以前的事，是殺王宇時說話中提到的。第三子王安，精神頗不正常，莽稱帝後以季子臨為太子。安與臨共爭其父臨幸過宮婢原碧，恐父察知其事，欲以鴆酒毒父，被安告發，莽又逼臨自刺而死。那個王安本有神經病，這一下便嚇成全瘋了。正在此時，宮監來報皇后病危。那個可憐皇后，自嫁王莽以後，沒有一天好日子過，可說一輩子在地獄裡生活，連遭子女慘變，眼睛哭瞎，至是又啣哀茹痛，委屈而死。王莽之冷酷無情，滅絕人性，在連續殺子事上完全表現出來。

還有社會上常見的一些小人，像《冤家路窄》裡之王子玉，郭美英；《盡瘁留芳》中之牛香芸、余貴芬、黃六一、周仕榮，或趨炎附勢，或奪利爭權，各種醜態也描擬盡致。而歷史劇裡像哀章、陳崇之諂佞，王興、王盛之無知，也寫得口吻欲活，神情畢肖。

男女愛情是人生最基本、最重大的情感，是人生一切作為的原動力，戲劇無論怎樣嚴肅，若不緯以愛情，則必淡乎無色，味如嚼蠟。《漢宮春秋》裡平帝與王英，童齡結婚，徒供人作政治工具，有何愛情可言？但李氏卻將他們愛情加以強調。

《大漢復興曲》劉秀與陰麗華之愛，見於正史，作者又憑空添出劉縯和韓芬，李通和劉伯姬，劉黃和宋弘的戀愛，連劉秀等一共是四部戀史；更加劉玄和韓芬、劉縯的三角糾紛則共有四部半了。

《維新橋》的鍾校長前後妻子間有一段傷心史，又寫英文女教員司徒美德與鍾在美留學時對鍾之單面戀情。國文教員于友松欽慕鍾妹韻梅，當韻梅丈夫被其弟殘殺後，去修道院當了誓願不婚的修女，于只有娶其婢為妾，名之為梅影，並命著韻梅舊時衣服，用以慰情聊勝。這段戀情酸苦而富詩意。以後共幹陸非要鞭韻梅屍，友松屢受酷刑不肯寫坦白書至是出面願寫，以領葬韻梅屍為條件，則又變成悲壯的了。

《女畫家》裡潘乾生為了藝術上的共鳴，私戀史坤儀。中醫鄭士英對她也有一段介乎尊敬與戀愛之情，致鄭妻大吃其醋。《冤家路窄》石如冰因愛成恨，幹出那許多陰謀詭計，令人毛骨悚然。周雅蘭原是一朵交際花見了英風颯爽的民族英雄沈鵬飛，竟脫胎換骨般變為愛國女志士，愛情力量如此之大，豈不可驚？

《楚漢風雲》張良與虞姬原為表兄妹，兩人亦有相當愛情，只因張良志趣遠大，一心要建造大同樂土，想虞姬得大英雄而事，良佐之以達成志願。其後且欲犧牲理想，與虞偕奔。至虞姬與項羽那一段激楚蒼涼，可歌可泣之愛，中國舊文學、舊戲劇渲染原已不少，本劇更能於兒女私情之外，透出項羽崇高無上的英雄氣概，虞姬不凡的抱負，遠大的目光。雖本劇西洋氣氛太重，但也不失其為一部傑作，無怪曼瑰教授獨自歡喜她自己這部戲。

戲劇本是娛樂性的東西，必須插入若干笑料，用以調劑氣氛，增加輕鬆之感，是以舞臺插科打諢的丑角乃不可少的人物。作者於《漢宮春秋》加入老彭子一角，《大漢復興曲》則有老粗馬武，《漢武帝》中也有本來擅長詼諧的東方朔。《維新橋》優生科學家養著幾千隻老鼠，走到那裡總是提著一隻鼠籠，一輩子伺候著老鼠，說的話，做的事，無一不令人絕倒。《戲中戲》裡那個好事熱心而實淺薄的潘太太，說話偏要掉文，「隆重」而曰「嚴重」，讚人演講之佳，而曰「使我聲淚俱下」，讚人歌唱得好，而曰「正所謂聲色俱厲」。《女畫家》裡那中醫鄭士英的老婆裝飾口吻，也是個足以轟動全場觀眾的腳色。

戲劇並非將歷史上、社會上的事件照樣搬上舞臺，便算盡了寫劇的能事，應該有個主旨。這主旨或勸懲；或諷刺；或指示人們應走的道路，避免過去的覆轍；或懸鵠未來，叫人們趨向光明世界，安樂國土，這就是人生哲學。曼瑰教授自己也曾說過：「我不是研究歷史的學者，只是從古遠的史料中尋求可採的劇情，攝取傳統文化，思想道德的精華，賦予古代人物以新生命，讓他們從書本上生硬的名詞和簡略的記載中跳躍出來，在舞臺上活生生的表演他們的行為，披示他們的意念，發揮他們的思想，流露他們的情感，而使現代了解、體會、瞻仰前賢遠聖的豪情浩氣，高風亮節，或可奏陶冶性情，潛移默化之效，又或可透視古人的錯誤而知有所鑑戒。」（見「瑤」劇〈前言〉）

李氏劇作大都有個主旨，譬如《戲中戲》裡的女主角范平喆原是個女科學家，終日忙於化驗新營養素，往往在鄉間數月不歸，冷落了丈夫，致丈夫生心外遇。幸平喆假裝國外新歸的侄女，丈夫在她的言談容貌上，重新識認了廿年的妻子，挽回舊愛，家庭始免於破碎。現代的夫婦各有其學問事業，終日匆忙，不能盡婚姻之責。普世離婚事件之多，大都由此。范平喆是為妻者方面一個例，反之，丈夫對妻又何嘗不是一樣？可惜曼瑰沒有再寫一個劇本來對照一下。除了現代的夫婦問題之外，又有現代的親子問題。《瑤池仙夢》，武帝忙於他的事功，懶於督導太子，父子感情隔閡，小人挑撥其間，致有後來巫蠱之獄。全世界太保、太妹製造無數問題，成為社會災害，都由父母不盡其責，疏於管教而致。這個問題在瑤劇裡僅肇其端，曼瑰本要在「望子成龍」一劇再詳細敘列，可惜廣陵未奏，遺響已絕。

在《漢武帝》中，作者反對竇太后、汲黯等無為之治的主張，強調有為。試問若非有為，武帝文治武功之輝煌豈能出現中國歷史？

曼瑰教授是強烈反共者，《漢宮春秋》雖是歷史劇，也是反共劇。她把王莽之為人及其政權來影射共產主義。王莽為了政治關係不惜親手殺死三個兒子，坑陷一個愛女，使一個結髮多年的老妻受盡精神痛苦而死，他毫不動念。家庭悲劇外，又芟除了無數政敵，殘害無數平民。莽對人也從不信任，於是連身邊親信也變成敵人。卒致己身的亡滅。莽又以一部《周官》為政治寶典，總想將那些烏托邦思想一一付之實現。如均田、廢奴、土地國有，還有什麼六筦七筦的什麼，初意未始不善，但要斟酌民情，研究方法，萬不可操之過急；也不可用高壓手段來做。王莽卻不管，恨不得一夜之間就把世界改變過來，於是弄得全國騷然，離畔四起。共產主義者也有他們一套理論，以為可以拯救人民，改良世界。可惜那套理論有許多行不通，而他們不管，也是一味硬幹。尤其荒謬的，以「恨」代替「愛」，以「鬥爭」代替「和諧」，以致弄得殺人如麻，流血遍地。像曼瑰所寫《維新橋》陸非等共幹的所作所為，倒行逆施，令人髮指，但在共產黨來說卻是正常。把好好一個世界攪成血海刀山的地獄，究竟是何苦來呢！

秦皇漢武之企慕長生，求仙海外，舊史家每加訕笑，以為他們是受了方士的愚弄和欺騙。現代學者更覺得是迷信荒唐，不值一道。不知「不死藥」和「海外神仙」傳自域外，乃是一股極其強大的時代潮流，任何人不能抵抗，讀拙著《天問正簡》所附〈傳說的不死藥對中國歷史社會之影響〉便知其詳。所以秦皇漢武以一代英主而有此行為，並不足以貶損他們的價值。惟勞民傷財，屢次大舉以謀求個人的利益，究圖是帝王的私心，實有可議。

曼瑰教授後一部三部曲，既以漢武帝為主題：對於這個占了武帝半生事業求仙之舉，豈能避而不談？她卻輕而易舉地以瑤池一夢了之，手腕之經濟與超卓，還不值得稱讚嗎？她有提出了一個「人種的綿延就是長生」的主張。她說求延生命或求永生乃是人類本性，可是人間現象卻不容人長生不死。人類是生生不息的，子孫相繼，新陳代謝，便是人類的長生。但徒然傳子傳孫還不夠，應該使人生進步和美好。想要求人類的進步和人生的美好，則下一代的教育是最重要的問題（見「瑤」劇〈前言〉）。曼瑰教授以這個主旨交代了武帝的求仙運動又過渡到下一部「望子成龍」武帝慘殺親子的情節，手法實在巧妙。

曼瑰是個愛國者，但她的思想卻是大同主義。她借《楚漢風雲》這部戲將她理想透露出來。張良這個主角就是她的代言人。張良雖是韓國貴胄，韓亡以後破家求力士刺秦始皇於博浪沙，他的思想卻並非以復建韓國為滿足，而實想實現一個大同世界。他在圯橋遇見黃石老人，對老人說「當今王道不存，霸道猖獗，人心危亡，道德淪喪，加上暴秦虎狼的虐政，天下已經變成人間地獄。非有至大至剛的真理，盡善盡美的方略，不能扭轉乾坤，而復興民族正氣，建立一個大同的樂土。」他又再三說「只有大同之道，纔能抵抗秦國的暴政。」老人則說要拯救水深火熱的同胞，自己得先跳進深淵與火坑，勸他或在秦廷謀個一官半職，以贍身家；或逍遙山水，遊戲人間，做個隱逸閒適之士。張良則說「弟子塵俗，熱血未寧；廁身人間，就不能不管人間的事，就無法斷絕世情。……變苦海為樂土，人生最大快慰。」這種熱愛世界和全人類的志士仁人之用心，誠足令人感動。曼瑰與劉碩夫、鍾雷等合編的《國父傳》，當　國父蒙難倫敦，由康德黎等救出後，　國父對倫敦市民一篇鏗鏘頓挫，字字如出金石的簡短演說有這樣的幾句：「我……是要建立一個民主自由和平康樂的國家。我將稱她為三民主義的新中國。就是民族、民權、民生。也就是民有、民治、民享。最後，我要告訴大家，東方一個文明古國重新振作起來了，她要和全世界各國各民族攜手合作，共同創造人類最高的文化，尋求最理想的生活，使到在地上如同在天上一樣！」這個又是大同思想。筆者本人常說國家觀念與世界主義並不衝突，反能相成。因為所有真的知識分子一定要講世界主義，大同思想；而在他本身的國家民族處於顛危時，他又會幡然一變而成為愛國者了。我們看講無政府主義的吳稚暉先生，講世界主義的李石曾和胡適之先生等當國難臨頭之際，他們愛國的表現何等誠摯熱烈？所以我屢說愛國家愛民族乃是人類天性，任何人不能違背，以為講究大同世界主義者便不愛國，那是大錯特錯的。

現在我再來總說幾句。曼瑰教授的劇本以「繁複」擅場。每劇登場人物輒至十餘人或二、三十人，而每人各賦予以發展劇情的職責，絕不覺其多餘。劇情錯綜複雜，千頭萬緒，令人應接不暇，猝難分析，她卻游刃有餘，處理得秩然有序，一絲不亂。她的喜劇不流佻薄，觀眾發笑之餘，更能啟發深省，合乎西洋高級喜劇的條件。悲劇雖淒咽動人，也能蘊藉、節制，不令情感一瀉無餘，又是悲劇最佳的典型。

不過以我們外人之見論之，曼瑰的現代劇似乎勝於她的古典劇。因為她的古典劇「洋味兒」似乎重了一點，中國人讀之，稍感不自然，不能不說是她劇本的小小缺點。但她的古典劇論內容則氣勢恢宏，蘊義深刻；論外表則布景堂皇，排場闊大，神姦巨蠹，鬚眉活現，兒女英雄，談吐如生，千巖萬壑之壯，黃鐘大呂之音，令人耳目發皇，精神振奮。這種功夫和魄力，現代中國話劇界似乎還尋不出第二人，曼瑰留學時代撰《大觀園》獲霍伯伍德戲劇首獎時，人或以未來莎士比亞相期許，曼瑰初答以三十年後再看，後又謙讓未遑，自認少年狂妄，舊話欲人勿再提，不過我以為與其以「中國莎士比亞」的頭銜，胡亂奉給別人，不如奉給曼瑰。她雖未得莎翁精神形貌之全，至少得了一半。這不是筆者對曼瑰過度的偏私，恐怕也是劇藝界的公論。

曼瑰關於漢史的古典劇固不免有點洋味，到了《瑤池仙夢》便大大進步了。這個劇本人物比較簡單，劇情也不太複雜，是用唯美文體寫的，在曼瑰所有劇作文體中別創一格。全劇對話秀麗雋永，詩趣橫溢，描寫景致也藻翰紛披，美不勝收。瑤池王母壽宴一場，寫仙境則琳閣參差，琪林映帶，五雲湧現，神光離合；寫群仙及其事物則雲鬟霧鬢，玉骨冰姿，仙樂敖曹，鳳鸞翔舞，美妙極了，也靈幻極了，實足與莎翁《仲夏夜之夢》爭一日之短長，而又純乎中國風味，最足令我們中國觀眾陶醉、擊節。惜以上演的費用繁浩，只好採用什麼新方法演出，因陋就簡，辜負了曼瑰嘔心瀝血寫出的這個名劇，實為曼瑰一生無法彌補的遺憾！

中國歷史事實之足以取作劇材者，何可勝數。以曼瑰教授之學問、之才氣、之魄力，是可以寫成許多偉大劇本的。長才未竟，齎志而歿，惜哉！惜哉！

——選自《暢流》第 53 卷第 1～3 期，1976 年 2 月 16、3 月 1、3 月 16 日

在適當的位置做最適當的事

李曼瑰和她所推廣的劇運

◎李立亨*

如果她生在十六世紀的英國，她該是莎士比亞或班戟生最親切的朋友。如果她生在十九世紀的挪威，她會是易卜生聯合作戰的伙伴。但在中國，多半的時候她是孤單的。她投身於一個戲劇藝術沒落的時代……

——張曉風〈關於李曼瑰教授——一個愚不可及的角色〉

一般人對臺灣劇場史的認識，很可能最先進入腦海的是「小劇場」的發展、是表演工作坊、屏風表演班、更底層的記憶可能是蘭陵劇坊，而最、最古老的印象可能就直奔「反共抗俄劇」了。

但是，從「反共抗俄劇」（主要風行於 1949 到 1957 年）到蘭陵劇坊 1977 年的開始演出，臺灣劇場在這中間的二十年中，到底在做些什麼呢？是不是像黃仁宇的史學大作《萬曆十五年》一開頭所說的一樣：「萬曆十五年值得注意的原因是因為：這一年什麼大事也沒有發生。」臺灣劇場也是什麼都沒發生嗎？

其實，我們只要稍微細究起這二十年的臺灣劇場活動就會發現——這二十年裡，臺灣「竟然」發生過兩次劇場運動：新世界劇運、小劇場運動。

而這兩次劇運都和一個名字——李曼瑰——有關。

1975 年 10 月 22 日，也就是在李曼瑰以七十高齡去世後兩天，當時全

*導演，發表文章時為中華民俗藝術節協會副祕書長，現為上海臺雨文化發展中心藝術總監。

國的教育界、文化界及戲劇界集會紀念李曼瑰，會後全體一致通過尊稱她為「中國戲劇導師」。

這個尊稱，不管從李曼瑰對國內戲劇活動的影響面或開創面來看，她都是當之無愧的。

誰是李曼瑰？

如果以 1936 年英文劇本《大觀園》得獎，作為李曼瑰實際參與劇場活動的起點，那麼我們可以發現：一直到她在 1975 年逝世為止的四十年裡，李曼瑰的生活、創作及教學幾乎和劇場活動一直保有密切關係。

李曼瑰畢業於北平燕京大學（即後來的清華大學）中文系，研究所念的是美國密西根大學英文系戲劇組（寫《推銷員之死》的亞瑟・米勒當時是她的同系學弟）。抗戰結束後，她在政治大學與國立戲劇專科學校（俗稱南京劇專）教課。政府遷臺之後，李曼瑰開始任教於師大、政大、國立藝專，並曾先後擔任政工幹校（後改名為政戰學校）影劇系、文化大學戲劇系主任、戲劇電影研究所所長。

而在政治活動部分，當李曼瑰在 1940 年帶著藝術碩士頭銜，回到正處於艱苦抗戰期間的中國大陸時，她在蔣夫人的邀請下，去擔任新生活運動婦女指導委員會文化事業組組長。大陸淪陷前一年，李曼瑰於南京膺選為第一屆立法委員；後來這一職務還延任至她去世為止。

然而真正讓李曼瑰成為「中國戲劇導師」的原因，主要是在於她對「劇運」的貢獻。李曼瑰在這部分的成績，大致可以分三個階段來談。

蘊釀期（1950～1957）：從「文獎會」到新世界劇運

《漢宮春秋》這個五幕十場的大史劇上演後，

連演四十四場，場場爆滿……

後來故總統蔣公見報紙所傳，甚為歆動，意欲親臨新世界觀賞，張道藩先生以為如此恐有褻總統尊嚴，言於本劇原作者（編按：即李曼瑰），將劇本煞尾處略加更改，在中山堂為總統特演一場。

——蘇雪林〈曼瑰不朽〉

嚴格講起來，臺灣的劇場活動自 1949 年至蘭陵劇坊成員開始創作的 1977 年為止，幾乎都由政府由上而下的「輔導」、「倡導」。真正要說有什麼「民間的力量」能夠「上達天聽」，那麼那個「力量」就是李曼瑰。

李曼瑰雖然揹有「立法委員」的頭銜，但是立法院的政治活動，她平常並沒有積極參與。她到臺灣之後的最主要工作，在一開始是擔任政工幹部學校影劇系的首任系主任、及「中華文藝獎金委員會」的主任委員。

「文獎會」由當時的蔣介石總統下令成立，主要任務是鼓勵「發揚國家民族意識」、「蓄有反共抗俄意義」的作品，我們一般人所說的「反共抗俄」小說、戲劇、詩歌，在政府播遷來臺的初期就是由這個獎項所鼓勵出來的。

「文獎會」所給予劇作家的獎勵是高額獎金。以獨幕劇本而言，每本二百至五百元，多幕劇本則每本六百至二千元；而當時公務員一個月的薪水則不到兩百元。

李曼瑰在「文獎會」負責評審劇本。由於她「除開會外，其餘時間比較輕閒」，「文獎會」的得獎作品及同時出版的《文藝創作》月刊中的劇本，幾乎都由李曼瑰評定。

1956 年，由於當時舞臺劇演出場地、演出人才、娛樂捐（高達百分之三十以上）等問題影響，執政當局在文藝界一片「發揚重慶精神」、「實踐戰鬥戲劇」的鼓動下，決定開放位於西門町的「新世界」劇院作為話劇演出場地，而劇團在演出前，還可以先向負責的「劇場運動委員會」貸款。

當時，李曼瑰的《漢宮春秋》被選為「新世界劇運」的開幕戲，從這裡我們可以看出執政當局對她的重視，而《漢宮春秋》也的確沒有讓大家失望，連演連滿了 44 場。但是在《漢宮春秋》之後推出的另外 14 齣戲，卻在品質及票房上每下愈況。

整個「新世界劇運」在政府關心、鼓勵「戰鬥戲劇」的出發點上開始，最後則在部分劇人以粗糙作品應卯、蓄意「賺取」貸款（票房失利的劇團只要還半額的貸款，而貸款則是在劇本通過後即發給現金的）的情況下結束一年半的短暫生命。

李曼瑰在「文獎會」中擔任主委、在「新世界劇運」中擔任輔導委員，她在臺灣劇場中的領導地位已逐漸浮現。但是臺灣劇場活動的問題：劇人品質、演出作品水準、表演人才的培養、場地的增加……要一直到「小劇場運動」的提倡才真正的被拿到檯面上來討論。

實戰期（1960～1967）：小劇場運動

> 本社定名「三一」，取古希臘戲劇「三一律」的意義，奉基督教三位一體的靈慧，宗三民主義的理想以求編、導、演的合作，視、聽、動作的和諧，劇人、舞臺、觀眾的結合；匯天、地、人的才知，啟發想像、感情、思想，而創造真、善、美的最偉大藝術。
>
> ——李曼瑰〈三一話劇欣賞會的發起與籌備經過〉

1958 年，李曼瑰獲聯合國獎學金，到耶魯大學戲劇系研究所進修，1959 年則獲亞洲協會贊助到歐洲各國；總計她在國外一共花了 15 個月的時間，來考察戲劇活動。

在經由國外蓬勃戲劇活動的刺激，與深感國內劇場問題嚴重的情況下，李曼瑰在 1960 年提出舉辦話劇欣賞活動，成立三一戲劇藝術研究社來倡導小劇場運動。

李曼瑰提倡劇運的主要原因是：「本人從事戲劇寫作與研究三十餘年，對於舞臺演出，原持分工合作態度，甚少參加。但年來目睹話劇臨於危亡，不禁擲筆長嘆！憶西洋有所謂『小劇場運動』者，業餘劇團，輒廉價租用小劇院，每年定期公演名劇若干齣，徵求會員為基本觀眾。歐美行之有素，頗收成效。我們是否可效法，把愛好話劇的觀眾請回劇院來？」

至於為什麼是提倡「小劇場運動」而不是「大劇場運動」呢？這其中最主要的原因是由於：「事實上推行小劇場運動並非標新立異，因為，一直到現在為止，我們的物質條件也只夠推行小劇場運動。」

李曼瑰推展小劇場運動的方法，主要可以從三一劇藝社的成立來看：仿效歐美小劇場辦法，成立話劇欣賞委員會，每年定期公演並預先公布劇目與時間，徵求會員為基本觀眾並給予票價折扣。

三一劇藝社在 1960 年 10 月開始至 1961 年 4 月止，每月推出一齣戲，演職員以教育部扶植的「中華話劇團」為主，在李曼瑰個人嚴肅看待表演活動的影響下，六齣戲的演出甚得當時觀眾的好評。當時全團演職員，不分等級統一領取定額餐費及車馬費（每齣戲 30 元），更令劇人產生緊密團結在一起的精神。

李曼瑰在小劇場運動當中，除了要求戲的品質之外，她同時也不忘培養新的觀眾走進劇場，觀眾加入會員除了可以獲得購票優待以外，還可以參加劇藝社的專題演講及座談會。

三一劇藝社的演出是成功的，一度加入的會員曾超過一萬人。原本屬於民間性質的三一劇藝社，後來得到救國團的支持，活動便被「收編」至執政當局所要推行的一個有方向、有計畫的戲劇運動上。直接產生的結果便是「話劇欣賞委員會」的設立，及青年劇展、世界劇展的舉辦。

話劇欣賞委員會成立於 1961 年，由 23 個單位所組成，其中 14 個為黨、政、軍中的影劇機構，九個單位為文藝界代表，李曼瑰在其中擔任委員。話劇欣賞演出委員會的工作內容，除了策畫話劇欣賞會演出活動之外，尚聘請評審委員審查劇本，評定演出成績，為參加演出團體辦理免稅手續，徵求基本觀眾和補助劇團演出經費等工作。

青年劇展與世界劇展自 1967 年第一屆開始，每年舉行，成為常態性的聯展活動，演出地點大都集中在藝術館。兩項劇展的參加者多為各大專學校的話劇社、外文系學生。青年劇展主要是演出國內劇作家的作品，世界劇展則多以外文、中文演出外國作品。

李曼瑰在「小劇場運動」推廣期間，最大的成就是：培養劇人對於戲劇活動的嚴肅態度、增加劇團演出機會、在表演活動的內容及型式上增加實驗的成分、吸引年輕學生及觀眾走進劇場。

可惜這個運動最後因為官方介入太深、大大影響了戲劇作品的方向及深度。而 1963 年開始，臺灣電視臺的陸續開播，更吸引走大量的劇人進入電視公司工作，而大量的觀眾也被吸引到電視機前。

不過，老劇人的投身電視工作，他們所留下的工作空缺剛好為新的劇人、年輕學生提供了參與戲劇活動的機會。李曼瑰所注意培養的年輕學生、新觀眾也在持續的增加及投入劇場；「小劇場運動」在增加新劇人與新觀眾這兩點上是成功的。

落實期（1967～1975）：中國戲劇藝術中心

> 響應中華文化復興運動，
> 團結熱愛劇藝之愛國青年，激發文藝戰鬥精神，
> 藉對戲劇藝術之高度宣傳功能，以期喚起民眾，
> 振奮士氣，早日光復大陸，建設新中國。
>
> 〈中國青年劇團組織規程・宗旨〉

李曼瑰在推動「小劇場運動」的同時，她自己一直抱定一個很實際的目標，那就是：希望能製定出一套在臺灣可以行得通的做戲方式，然後再逐漸推廣，「由一個劇團，推廣至許多劇團，由許多分別單獨演出而聯合大公演。再由臺北市推廣至各城市鄉鎮，使戲劇真能負起社教的責任。」

李曼瑰希望以學院派的嚴謹態度來從事劇運，另外，她又以幾近宗教家的精神來參與，加上她本身與黨、政、軍、學校、劇場界的良好關係，

她在劇運的推動上，可說是：以最適當的人選來從事最適當的工作。

在小劇場運動逐步式微之後，李曼瑰又在 1967 年以六十二高齡的身分成立「中國戲劇藝術中心」，這個中心的目標工作範圍可以分為組織、訓練、聯絡、出版四方面。在這個中心的下面還分設幾個單位：

1.三一劇藝社

2.中國青年劇團（協助各劇團演，及負責主辦青年劇展、世界劇展與大專話劇聯合演出活動。）

3.兒童戲劇推行委員會（每年舉辦兒童戲劇訓練班，演出兒童劇。）

4.兒童教育劇團（從兒童戲劇訓練班選出有戲劇潛力者為會員，介紹他們參加電影電視演出。）

5.兒童劇徵選委員會（由李曼瑰邀請教育部文化局、省教育廳等六個單位主管研商兒童戲劇推動問題。最後決定由戲劇中心舉辦函授班、編劇訓練班來訓練兒童劇本寫作人才。該會最後還鼓勵各縣市舉辦兒童劇展。）

6.海外劇藝推行委員會（集合海外僑胞愛好戲劇人士，以劇會友，合作推動僑社戲劇與藝術。）

7.僑青劇社（由海外劇藝推委會每年舉辦的僑社劇藝班，歷屆學員組成。）

8.李聖質先生夫人宗教劇徵選委員會（係李曼瑰姐弟四人為紀念其父母而成立，經常徵求宗教劇本創作，予以稿酬，協助出版。）

由戲劇中心輔導成立及由話劇欣賞會補助演出的戲劇團體則有：

1.基督教藝術團契

2.華夏教師劇藝社（1968 年成立，社員多係年前參加臺北市國小教師劇訓班的學員，演出活動頻繁。）

3.我們劇團（1973 年成立，由戲劇中心所舉辦的教師導演班學員、女演員組成。）

4.青青劇社（1973 年成立，由東吳大學及淡江學院畢業校友組成。）

從上述介紹可以看出，中國戲劇藝術中心雖然只是個民間機構，但是它所從事的工作，幾乎就是一個國家文化局所應該從事的活動。李曼瑰在經營劇藝中心的同時，她並沒有忘記和官方的主事單位保持嚴密的關係。舉例來說，中國青年劇團的主任委員就由時任救國團主任的李煥擔任，兒童教育劇團的正、副團長由當時的臺北市女市議員擔任。海外劇藝推行委員會則由劇藝中心、僑委會、國民黨中央黨部和教育部文化局共同合作組織而成。

和官方保持良好關係，當然保證了劇藝中心會務推動的順利，但是李曼瑰成立劇藝中心的目的，實在是因為「今日我們應時代的需要，以現代戲劇發揮現代的精神，在復興文化運動旗幟飄揚之下，不容怠惰，更不容退縮頹喪」而促使他成立這個中心。

但是，中國戲劇藝術中心在當時有兩項工作對於今天的戲劇活動仍有重要的影響：那就是，開始組織訓練演出人才、出版戲劇類書籍。關於訓練人才部分，我們可以從劇藝中心下面的劇團看出其想法及成效。出版戲劇書籍則是李曼瑰對於臺灣戲劇活動的另一個重大貢獻。當然了，我們更別忽視劇藝中心所成立的中國青年劇團，他除了儼然有職業劇團的雛形以外，由其所主辦的青年劇展、世界劇展對後來的臺灣戲劇活動有十分深遠的影響。

不過，這一切的工作都在李曼瑰逝世之後逐步式微。

全方面李曼瑰

在臺灣戲劇活動發展史上，李曼瑰直到逝世前都一直扮演著十分重要的角色。姚一葦在〈敬懷曼老〉一文當中曾回憶說，李曼瑰最愛說：「戲能夠演出最要緊，別的就不去管它了。」

李曼瑰對劇運最大的貢獻，除了在增加觀眾、提高演劇水準以外，她的奉獻精神，尤其令人感動。

今天我們回顧「反共抗俄劇」與蘭陵劇坊之間二十年臺灣戲劇活動

時，別忘了李曼瑰曾在這段舞臺歷史上做過十分精采的演出。

——選自《表演藝術》第 34 期，1995 年 8 月

第一聲鑼響

◎趙琦彬*

「鑼聲定目劇場」第一聲鑼響了。

用這響聲和命名來作為紀念李曼瑰教授逝世十週年所舉辦的一系列活動，其所特具的意義，應該做以下幾點的說明：

第一，「定目劇場」（Repertory Theater）是姚一葦教授命名的。是他在寫這次紀念演出前言時，發現今年各個劇團做了這樣的演出，到明年將該怎樣呢？演不演了呢？於是他以期勉的心情，要這些劇團明年還能有所賡續，且能拿出更好的成績，永遠演將下去。也就是說，他希望一些熱愛戲劇的朋友們，應該永遠把劇目準備好，而排出劇目就上演。就像一個虔誠的教徒之對於神，只要神有召喚，叫我們奉獻，我們隨時準備好了一樣。而英文 Repertory Theater 基本上就是這個含意。

第二，第一聲鑼響是為了紀念李教授，那麼第二響第三響呢？是否也一定要為著同一個意義呢？不一定。這不是說李教授值不值或要不要的意思。而是凡做成的「定目劇場」演出，其不論是為了何種特定意義而演，都將是為李教授這一中國戲劇導師所做的薪盡火傳工作，這是極肯定的。

第三，鑼聲是響亮的、是餘韻繞樑的、是振聾啟聵的、是儒雅莊重的，可以一發而解釋為「溫厚而不屈辱，剛毅而不凌人」，才是它特有的屬性。這也是當第一次請託張曉風教授為演出命名，我同意她所取「開鑼」的基本心理。經姚先生議請改為「鑼聲」，其中還是有個「鑼」字，且其意義更加深厚，也是立即就被同意的一點很重要依據。自然曉風女士之所以

*趙琦彬（1929～1992），山東蓬萊人。導演、劇作家、製作人。

取名「開鑼」，其立意的心理與感情，也是和命名的第二項說明相同，確屬彌足珍貴。

第四，「定目劇場」既響起了第一聲鑼，也就是聘讓各個演出的團體成為它今年的代表。至於第二聲鑼還延請那些團體，演出甚麼劇目，都還不曾設想。藉此要說明的是，「鑼聲定目劇場」是公開的、是開發的、是結合性的，特別是重創意的，而統承之於中國戲劇導師李曼瑰教授的精神感召，一年年，一代代的演將下去。

●

民國 73 年 12 月間，和姚一葦教授聯袂請辭教育部發聘的「中國話劇欣賞演出委員會」的主任委員和執行祕書的工作，功過得失就不檢討了，但心裡卻隱隱酸楚，因為這個園地是李先生耕耘的，而我們把它荒蕪了。它是在民國 51 年間李先生費了好大心力才成立的，如今我們把它交了出來，心裡直嘀咕著李先生會有甚麼感覺。

同樣在去年的十二月間，李先生的弟弟李枝榮先生和夫人邀約牛川海、黃以功兩先生、白瑜委員及本人，談起在今年十月李先生逝世十週年的時候，想麻煩大家出面舉辦紀念活動。說他除了可以出資二十萬元在中國文化大學戲劇系捐一座「雨初紀念圖書館」，另還可以動用曼瑰先生捐贈在世華銀行之剩餘獎助金四十萬元支應演出。這樣聚會了幾次，枝榮先生便偕夫人去了美國，並決定今年四月回國共同辦理。

今年六月，教育部批准姚先生和本人聯袂請辭的呈文。恰巧此時卓明兄從美國留學回來，聚晤時談起了每年的實驗劇展，今年應是第六屆，是否繼續舉行，使我頓時想起若如期舉行已無話劇欣賞會的後援了。雖說每屆都未蝕本，但每次可先動用的二十餘萬元今年是無著落了，這才想起何不動用枝榮先生答應的四十萬元來做基金而繼續舉辦。如此這般，等請姚先生來主持討論時，因為姚先生是俞大綱先生紀念基金管理委員會的主委，便有人提議將俞大綱教授的逝世紀念和曼瑰教授的一起合併舉行。結果有人主張不宜合併，當下就決定單獨為曼瑰先生舉行紀念活動。

七月上旬和枝榮先生通了越洋電話，他立即囑我去國泰世華銀行謁倪德明總經理和國泰世華銀行文化慈善基金會的主任祕書陳志川教授，接頭關於動用曼瑰教授獎助學金的事情，才知枝榮先生沒弄清楚，蓋曼瑰教授所捐贈至該基金會的錢，連同前數年陸續贈出的獎助學金，如今僅餘三十三萬元左右。且按該基金會的章則，凡捐贈至該基金會的錢，即不再屬原捐贈者，而統歸該基金會支配，至少會尊重原捐贈者之意見。最後終於慨允贊助五十萬元，於焉，我們就動作了起來。我們不想多說些如何感激國泰世華文化慈善基金會的話，正如我們知道已有很多人、很多團體，在近十年來都同感欣幸社會有此一機構之存在。

●

非常感激六個演出團體的一些年輕藝術家，在第一次聚會過後，便都幹勁十足分頭忙碌去了。其中像賴聲川教授、陳玉慧小姐、黃承晃和陳榮顯、齊錫麟等負責編導的先生們，他們竟然連曼瑰教授的面都沒見過，就在一次聚會商討中，深切體悟出曼瑰先生對戲劇的愚誠和忠悃表現，而虔敬深深，甘願放棄年中難得的暑假休閒，來為「鑼聲定目劇場」打個頭陣。而張曉風教授所主持的藝術團契已多年不曾演出了，這次也聯合起「天藝團契」的好些朋友，莽勇出山，多好！但願李先生地下有知。

——選自《聯合報》，1985年9月7日，8版

《現代女性》序

◎白瑜*

「詩是點，小說是線，戲劇是球。」這是本劇集作者李曼瑰教授（雨初）的名言，詳見其《編劇綱要》書中。我初聞此語，以為是李教授引用那位名家之句。某次，叩其來源，她乃謂「係我杜撰」。她自己的戲劇創作，確具有球的型態，有穆肅的主題，逼真的人物，流暢的對話之外，並有結構嚴密的劇情。本劇集所選印的五個劇本，亦復如此。正如棉紗纏繞的實球，而非空洞的皮球。

《現代女性》劇本五種，均以現代女性典型為中心。《冤家路窄》的特出女性人物，是聰明而兇狠的女律師石如冰。她因情場失敗，設阱陷人，復仇洩憤，雖有智謀，不足為範。《戲中戲》寫女科學家范平喆的才智與成就；她慧黠而努力，嚴謹而諧趣，兼科學家與藝術家之長才，令人羨煞！《天問》與《女畫家》的女主角史坤儀則才華加上美德，奮鬥精神征服悲哀，犧牲自我而昇華入聖，繪畫出理想的中國女性典範。《盡瘁留芳》乃為紀念友人伍智梅女士而作；劇中情節，確有其人其事，活攝一個擇善固執，盡忠盡瘁，而富有革命精神的現代女傑。

由《現代女性》五部劇，我們看到李教授的編劇優點，還不止於劇情結構嚴密如球而已，卻發現深邃的思想，真摯的熱情，高超的人格。她的其他劇作，如社會劇《淡水河畔》揭露社會的黑暗，人性的冥頑愚昧，教人警惕；反共劇如《維新橋》，演出天真的維新人物，為虛偽陰險的共產黨狡騙的大悲劇，觀後不禁毛骨悚然；她的歷史劇如《漢宮春秋》，《漢武帝》，《楚

---

*白瑜（1898～1989），湖南華容人。發表文章時為政治大學國際經營與貿易學系教授，東吳大學國際經營與貿易學系兼任教授。

漢風雲》，寫歷史上的巨人，更是氣魄雄壯，劇力萬鈞。有人說李教授太受莎士比亞的影響，似含貶抑之意。我卻認為這正是對她最佳的評語。

三十餘年前李教授尚在美國密西根大學留學時，余初讀其英文劇本《溺魂》（*Water Ghost*），已知其具有自成的風格。不數月，她的另一英文劇本《大觀園》（*The Grand Garden*）獲霍普渥德戲劇比賽（Hopwood Award for Drama）第一名獎金。中外同學往賀者眾，有以「中國莎士比亞」相許者。當時她還是青年本色，微笑回答：「三十年後再說罷」。而今三十餘年過去了，她對中國劇壇雖然已有很大的辛勞，但同學中再有提起舊話，她則鄭重的聲明：「莎翁是劇聖，愚鈍的區區，何足道哉！萬懇以後不再提此舊話，以免貽笑大方」。其實她的小劇場運動，話劇欣賞演出委員會，藝術中心，以及兒童戲劇的倡導，皆方興未艾，事功的成敗尚待證於異日。

李教授的祖父為孔門學究，封翁係一虔誠的基督教徒，不幸父子之間，因此而兩代隔膜，勢成冰炭。作者幼時引此為奇。小學、中學、大學皆就讀於教會學校，篤信基督教義。待進北平燕京大學，則志願入國文學系，且對儒家思想，加意研究。留美期間，曾一度受美國國會圖書館之聘，協編《清代名人傳略》（*Eminent Chinese of the Ch'ing Period*）並發表儒家文學批評，如"The Literary Theory of Confucius"等數篇論文。（曾獲美國霍普渥德論文比賽首獎）。其一生奮鬥精神，不出孔孟學說與基督教義的範疇。她自學生時代起，即獻身救國運動，也曾從事黨政工作，但始終未離開學校或學術機構，在大專教授戲劇已滿三十年，戲劇創作三十種。若干影劇界的翹楚，均係出自門牆，由其介紹往國外進修返來者，頗不乏人。而她仍焚膏繼晷，皓首窮年，案頭律己，誨人不倦，飲辛茹苦，學行齊驅。她自己也是現代女性典型之一。茲逢本書出版，我忝列同學、同事有年，謹述數語，不敢云序。

民國 59 年 9 月於臺北市

——選自李曼瑰《現代女性》

臺北：臺灣商務印書館，1970 年 11 月

《女畫家》序

◎雷震*

雨初女士的《女畫家》是一齣五幕悲劇。在這裡，我不欲對此劇的本身有所評論，雨初女士研究戲劇多年，完成許多佳作，她的成就已用不著我再來評定。我在這裡只是純粹敘述一個讀者的感想。

作者在這個劇中為我們刻畫出一個完美的女性典型——史坤儀。她善良、純真，她懂得愛，永遠克制一己的私慾，成人之美。她性情雖溫柔，卻有一顆強有力的心，能擔當命運帶給她的一切苦難，她的生命終以悲劇收場，使人心中泛起一股淡淡的悲愁。然而，我們絕不會因此而頹喪，反而被激發一種向上的情操。貝多芬說：「我稱為英雄的，並非以思想或強力稱雄的人；而衹是靠心靈而偉大的人。」作者筆下的史坤儀可以稱得上這類偉大的人。世事如此紛亂，人生如此苦惱，史坤儀這個幻象的出現，對於我們這個時代的人的確是一個鼓勵與安慰。

作品是作者人格的反映，什麼樣的人就會產生什麼樣的作品。《女畫家》這個劇本，乍看也許不會覺得它有何奇特之處，它沒有驚心動魄的場面，沒有華麗的臺詞，但你若細細去欣賞，你就會發現字裡行間有一般溫和敦厚的氣氛。當我讀完了這個劇本之後，我明白了為什麼白瑜先生要說：「作者為人和藹、謙遜、拘謹、嚴肅，友輩皆善之」的道理了。作者在這個劇中所描寫的多屬善良淳樸的人物。即令是罪惡，作者也注以憐恤的眼光，譬如廖無雙槍殺史坤儀，使人對於廖無雙這個人，不但不怨恨，反而同情她不能滿足的愛情。作者在劇中也揶揄人的愚昧，譬如張公普，就

---

*雷震（1897～1979），浙江長興人，政治評論家、《自由中國》創辦人之一。

是代表那類專講實利，冷酷而庸俗的人，但我不得不說，作者對於這類人物的刻畫，不如對於善良的人物刻畫來得深。這大概是由於作者慈悲為懷，不願揶揄的本性吧！

作者對於德性是苛求的，她藉史坤儀的口說：「……愛情和品行脫節，藝術和生活脫節，功業和人格脫節。有才幹，有創造的，都不肯講道德，那麼誰去講道德呢？」在世道日下的今日，僅這幾句話就夠我們深思猛省的了。

當我看完《女畫家》之後，與其說我發現了一個好劇本，倒不如說我認識了一個不貪得、不高蹈、樸實而謹嚴的靈魂。在這個人人自命不凡的時代，這樣的人是值得我們讚揚和尊敬的。

民國 44 年 11 月 4 日

——選自李曼瑰《女畫家》

臺北：自由中國社，1956 年 1 月

略談歷史劇
兼論《楚漢風雲》

◎王平陵*

歷史是一座豐富的礦山，高明的劇作家選取歷史材料做劇本，好比是一位熟練的採礦夫，從山林中採出生金，熔化於純淨的戲劇形式中，煉成亮鑠鑠的黃金一樣；自己的修養與經驗，就是歷史材料的熔金爐，修養高深，經驗足夠的作家，雖然是同樣從礦山中取出的原料，而陶鑄的黃金成色，絕對有精粗優劣的區別！在美國伊里莎白時代，有幾座未開發的寶藏，如同：威廉本德的《安樂宮文集》是義大利有趣的短篇故事；哲夫利芬登的《悲慘的談話》是表現文藝復興後期的恐怖情節；英國也有一部悲劇故事的集子，是約翰福克斯的《殉道史》的書，還有一部拉菲爾荷林喜特作的《英國編年史》；關於羅馬的歷史，有關馬斯諾斯翻譯的普魯塔克的《名人傳》(《希臘羅馬名人傳》)，莎士比亞就是在這些礦山中，採集有用的材料，運用熟練的技術，寫成《哈姆萊脫》、《李耳王》、《鑄情》、《凱撒大帝》、《埃及豔后》……等不朽的歷史劇。我們中國的歷史寶藏，是世界上最豐富的。劇作家們為什麼不去努力挖掘呢？讓這些稀世奇珍異寶，遺棄在荒山裡，置之不聞不問，乃天天叫窮訴苦，大呼「劇本荒，劇本荒」，不是徒勞無功嗎？

倘能運用材料寫劇，則故事的輪廓、人物的性格、時代的背景，至少可以從歷史的記載、歷代傳下來的文獻中、逸本、小說及民間傳說中，得到許多旁徵博引，有助於劇情的發展。如果劇作者能把過去富於戲劇性的

---

*王平陵（1898～1964），本名王仰篙，字平陵，後以字為名，另有筆名西冷、史痕、秋濤、草萊，江蘇溧陽人。發表文章時為政工幹部學校（今國防大學）專任教授。

重要史實，形象化、立體化，搬上舞臺的話，必能加深觀眾的印象，把正確的認識，時代的意義，尤其是對於生活的影響，直接介紹給觀眾，而有利於文化的進步。

有人以為歷史劇因為襲串現成的故事和人物，將大大地限制劇作者的創造精神。這，也未必盡然。劇作者當選定了歷史的題材，必須心寄遠古，在所有可資參考的史乘中（注：那時代的社會生活、政治活動、風俗習慣、及當時被習用的言語動作，務求在劇中反映那時代的現實。）劇作者要求深刻地把握到「歷史的現實」，未嘗充分發揮劇作者的創造精神，把古代的人與事，活躍在今天的舞臺上，使觀眾不感覺有時間的一段距離。

劇作者為要寫出「歷史的現實」，最基本的條件，應該忠實於歷史的年代、故事的主要輪廓、人物的決定性關係；而後把整個的計畫，按照劇情的表現，加以合理的分配。例如：《貴妃醉酒》有「百花亭擺宴」一場，是少不了的主戲，至於情節怎樣，出場的人物除貴妃外，還該有那些人？貴妃為什麼容易喝醉，在唱辭中應表現那種心情？劇作者有充分運用想像力的機會，我覺得用歷史材料寫劇，並不受歷史的限制，而有損於劇作者的創造精神。惟有預存偏見及成見的人，抓住一些似是而非的歷史或傳說，故意刺諷自己不舒服的對象，盡量發洩個人的憤懣和不平，甚至歪曲歷史亦在所不惜，像這一類東西，並沒有把握到「歷史的現實」。

我們明白了歷史劇的寫作方法，才知道最近在藝術館上演的《楚漢風雲》，劇作者李曼瑰女士是用了一番苦心的。首先她沒有接受太史公〈項羽本紀〉的暗示作用，而確是根據史實，把他的恃強逞暴，一意孤行，有凱撒的「我來・我見・我征服」的驕傲自負的壞脾氣，而沒有凱撒的雄才大略；又有安東尼的迷戀女色的劣根性，而沒有安東尼勇於認錯的寬宏氣度，註定失敗的因素，刻畫得極其成功！韓國公子張子房從黃石公受天書，只說他，為王者師，沒有鼓勵他自己挺起來，實現「大同」的理想；所以，聽著他到處尋找「王者」，預備幫助一位「王者」，滅秦復韓，實現「大同」，登蒼生於衽席之上；於是，在風塵中認識了虞姬，由於單戀子房，成為志同道合的伙伴；但子房志在訪求「王者」救國救民，及聽到項羽是一頭雄獅，想運用她的美，馴伏他的粗暴，憑自已的「天書」，使他由霸道進於「王道」，誰知項羽只愛虞姬的美，不聽她的話；而虞姬又在貪戀瘋狂的熱情享受，利用項羽的性的奔放而借此發洩單戀子房的恨。張子房處於雙重失敗的境地，不得已歸漢，誰知沛公過分現實，安於小康，及削平項羽之後，張子房的大志乃完全幻滅，悔恨之餘，乃導引辟穀，追隨赤松子遊。劇作者用這種手法，寫《楚漢風雲》，可說是打破一切陋見，別開一面的大作品！

最後，我佩服擔任張良、虞姬、項羽的演員們，演技卓越，表現劇中人的性格，已到爐火純青，無懈可擊的程度！

——選自《中央日報》，1963 年 10 月 11 日，9 版

論史劇《楚漢風雲》的語言

◎瘂弦[*]

多少年來，處理我國歷史劇的語言問題常常成為劇作家創作上的魘難。在散文文學發展如此繁茂的今日，在就連詩人們也逐漸廢棄韻文為其表現工具而改用散文的今日，關漢卿、莎士比亞式詞藻華麗音韻鏗鏘的文體已早成過去。而要想衝破現代日常口語與文學語言底歐化成分所造成的壓力，進而創造一種新的、典雅的歷史劇語言，使先代的歷史人物得以再生，而又不失民族風格和中國氣派且為我國劇場觀眾所承認，其中存在的困難實在太多。

很簡單的一個問題：誰能說出中國 15 世紀以前人民日常語言的風貌來？不錯，從遠古的典籍如《詩經》、《書經》、《戰國策》、《莊子》、《左傳》等書中，也曾有一些鮮活的口語出現：「帝曰：都！」、「呼，役夫！」、「無使尨也吠！」但在量上說委實少得可憐。經過漢、魏、六朝一個漫長的廟堂文學士大夫文學的古典時期，口語文學已被壓成斷流而無形跡可尋。直到唐代的散文運動、宋代的民間平話、元代的戲曲臺本興起，以及後來的《水滸傳》、《三國演義》、《紅樓夢》等說部的相繼出現，才算保存下來大部分的語言。而對於唐以前的語言風調，我們甚至連一個模糊的概念也無法形成。這是歷史的遺憾，誰教我們的祖先留給我們的辭章，多於語言？

在這種狀況下教我們的劇作者怎樣去臆造一種「近似」？怎樣去模擬

---

[*]本名王慶麟，詩人、評論家、編輯家，《創世紀》創辦人之一，曾任《幼獅文藝》總編輯、《聯合報》副刊主編。發表文章時以少校銜任教復興崗學院影劇系。

前人的語言範式和風格？儘管如此，經過長時間艱辛的探索和努力，劇作家李曼瑰教授在這方面發見了正確的路向，而且已有了輝煌的成績。這成績在其新近推出之《楚漢風雲》一劇中可獲例證。

《楚漢風雲》的故事背景發生於楚（項羽）漢（劉邦）相爭的遙遠年代，以上述的論點觀之，這無疑是在語言處理上最感棘手的一個階段。欲解決多種困難和衝出重重障礙，非具有深厚的語文修養、豐富的想像以及卓越的創造力者莫辦。李教授編撰此劇的膽識與魄力固值得欽佩，更重要的是由於這次成功的嘗試，不但為我國歷史劇語言塑造出一個雛型，亦為整個現階段國民文學的建設工作，提供了新的可能。

首先，其在觀念上完全拋開了尋覓歷史語言真貌的那種考證性的徒勞；因為藝術之真乃美學上的「像真」，並非科學上的「真真」，作家的意圖在於創造文學而不在於記錄歷史。是以在處理上，「楚」劇的作者便以現代生活口語同文學語言做基調，再羼雜了我國傳統的文言語彙及新文學的歐化成分，經過了巧妙的轉化揉合，使它產生一種生動、高雅而富有表現力的語言，適切地完成了語言在戲劇中的主導任務，再現了歷史，感動了觀眾，豐富並提高了我們的文學語言，而早期「國語的文學」、「文學的國語」的遠夢，由此也可以看得出一些端倪。

試想該劇第二幕，劉邦在鴻門宴上備受范增逼辱，張良見情勢危急，出帳邀樊噲入援一場，樊噲的一段話何等激越何等有力！幾乎是每一句每一字，都透發出語言的魅力，準確、質樸而又飽和著富麗的人性。第一幕虞姬與項羽館中初遇定情，第四幕兵困垓下四面楚歌，項、虞二人對酒消愁的低吟浩嘆，詩一樣的對白又是多麼令人從心底發出美的震顫！他如張良圯橋受書，項羽烏江自刎等片斷，其語意上的感受性同延展性不僅貫穿了美學，而且更予人以哲學意味的低迴！

說我國單音方塊字蕪雜粗糲，說它「極不實用又極不文學」，說它「是世界上最落後的文字」的崇洋偏見在本劇面前已不攻自破。而最近一些人的「文白之爭」又豈非一種庸人自擾！看完《楚漢風雲》，頓覺我民族底語言世界是如此的豐美深厚；天廣地闊，潛藏富饒，如何使之發揚光大，便有待我們去墾拓去創造了。

——選自《中央日報》，1963 年 10 月 15 日，9 版

《淡水河畔》與話劇暑期實驗演出

◎貢敏*

中國戲劇藝術中心應臺北話劇演出委員會的邀請，於暑期內實驗演出四齣舞臺劇。已演出者為姚一葦編劇，趙琦彬導演之《碾玉觀音》；懷爾德原著，王慰誠改編、導演之《龍鳳配》（非 Billy Wilder 導演之 *Sabrina* 而係 Thornton Wilder 之 *The Matchmaker*）；蕭伯納編劇，趙琦彬、王世綱聯合導演之《擇情記》（*Candida*）；正在國立藝術館上演的是李曼瑰教授編劇，劉碩夫導演之《淡水河畔》。

綜觀已演出之三齣劇，可謂各有其不同的風格形態。要言之，則《碾玉觀音》為藝術性探討地唯美唯新之作，《龍鳳配》為娛人性濃郁地歡樂逗趣之作，而《淡水河畔》則是社會性強烈地求真之作；三者風格不一，旨趣不一，成就亦不一。茲就猶在上演中的《淡水河畔》略抒觀感。

「淡」劇是齣典型地寫實主義社會問題劇，從劇本創作到導演，演員及舞臺諸元的綜合設計，風格上是一以貫之地易卜生化，形式不能說是不老，然透過情節所推衍出的問題與觀念，卻又不能說不新。因為前此的劇壇，尚無人敢作此鞭辟入裡的剖呈。

活躍在《淡水河畔》中的人物，都是觀眾在生活周圍熟見的角色：有賢良方正型的鄉愿，有庸俗囂張型的時代婦女，有孜孜彬彬，逃避人生責任的鄙懦之徒全被目為天之驕子，也有諤諤錚錚的熱血青年，卻被逼成問

---

*貢敏（1931～2016），本名貢宗耀，別號獻之，另有筆名金聖不嘆、弓之的，南京人。導演、劇作家。發表文章時為編導。

題人物。在這些人恩怨糾纏，愛恨衝擊的戲劇性情節中，劇作者嚴肅地闡釋了自身對此時代的所感與所思。一面極力抨擊今日社會中可恥地盲目崇洋心理，一面復指出農業社會殘留的墮落病根，發人所未曾發，言人所不敢言，一變傳統地溫柔敦厚而毅然面對現實，其忠實於人生與藝術的態度，是執著而又熾熱地。

以飲料為喻，「淡」劇名淡而實不淡，它不是一盞清茗或蒸餾水，它是一瓶辛辣地烈酒，或是一杯放糖極少的咖啡，使人苦澀，使人震撼，也使人清醒。

「成如容易卻艱難」這句話可移評本劇的導演劉碩夫。顯然地，處理本劇不難於區位展布，節奏掌握或是高潮的砌成；而難於醞釀出角色與觀眾間心靈感會時所烘發的那種劇場氣氛。缺少這種空氣的惡果，不僅會使演員的情緒游離，觀眾底美感喪失，而且必然地會傷害劇本，瓦解演出。「淡」劇演出時，觀眾情緒始終如張滿的弓弦，則導演控戲之功力可見。

自然，此次演出最使觀眾愜意者，仍然在於演員們突出的表現。使人吃驚的是張小燕，難為她將那個任性、狡猾而內心自卑的墮落少女揣摩得如是深刻（從童星到長大，她彷彿沒有所謂尷尬階段）。第一幕能扣緊觀眾，是她和激動的江明，穩健的曹健，鼎足三分的功勞。第二幕中，集目前最佳舞臺演員李虹、馬之秦、王孫、于恆、董德齡、蔣振於一堂，再加上兼飾第二個角色的曹健，可謂配搭嚴整，合作流暢，這是難能可貴的陣容，更可貴的是他們有各如其分的集體發揮。

在景型設計上，彭世偉的三個舞臺面都有可觀，尤以第一景淡水河畔最見功夫。中興大橋，虹一般地橫過整個天幕，微風起處，碧波粼粼，頗饒奇趣，如能在遠遠處襯景上飾以閃爍滅明的燈火，將更增實感。第二景燈光應略暗些，始有夜晚感覺，且免花草亭榭等景片失真。第三景之色調與格局均清新可喜，惟裝飾道具及傢俱均過於簡略，不似大家庭之起居間。

從《碾玉觀音》、《龍鳳配》到《淡水河畔》的演出，可見主其事者的認真，及參與工作者的態度嚴肅，故不僅已獲得此次暑期實驗公演的成功，且為來日一連串演出計畫提供了可貴的保證；中國戲劇藝術中心，已確切負起中興中國戲劇藝術的使命了。

——選自李曼瑰《淡水河畔》

臺北：中國戲劇藝術中心出版部，1970 年 5 月

《漢武帝》重看記

◎謝冰瑩*

常言道：「好書不厭百回讀，好戲不厭百回看」真是一點不錯。

我拖著有病的身體，一連看了兩次《漢武帝》的演出。真虧他們的記憶力強，這麼多的臺詞，背得滾瓜爛熟，這麼多的演員，常常調換，居然井然有序，一點也不亂，真是難得！

首先我們來看劇本：

李曼瑰先生是戲劇界的老手，用不著我們恭維她，她的那幾十個劇本，幾十年的奮鬥經驗，我們可以想見她一生的心血和精力都放在戲劇上面，自然有卓越的成就。這次《漢武帝》在沒有上演以前，她把劇本油印數十份，請求朋友們看過之後，貢獻她一點意見。這種虛懷若谷的精神，正像漢武帝請了許多大臣來，商討國家大計一樣。朋友們的意見，她是盡量採納的，單就這一點，不能不使你欽佩她的雅量。

再就演員來說，由皇帝、皇后、大臣、宮女、到太監、衛士……沒有一個不認真的，因為演員採取輪流制，有人說，演到第三天，剛剛熟練了又換了人，似乎是一大損失；但據我的看法，沒有什麼妨礙，原因是：這些演員，最大多數是影劇雙棲的老手，他們背臺詞的本領很大；又加之知識水準高，自己能揣摩劇中人物的心理、情緒、動作、語氣，所以雖是初上臺，也沒有什麼生疏、勉強的感覺。

舉個例子來說：曹健和蘇子兩人扮演漢武帝，演得恰到好處，令人激賞；特別是蘇子的個子高大，更顯出皇帝的威嚴，老實說，在沒有看戲之

---

*謝冰瑩（1906～2000），另有筆名閒事、微波、蘭如、無畏等，湖南新化人。作家。

前，我真替蘇子捏一把汗，因為他不是職業演員；尤其從馬尼拉飛來，沒有休息，馬上讀劇本，背臺詞，我耽心他演不好，直到看完第一幕，就鬆了一口大氣，我和蓉子、羅門讚不絕口，手也鼓痛了；散戲後，還到後臺去道賀，和「漢武帝」拍了一張照片。這一晚，我興奮得失眠，咳嗽很厲害，但我覺得非常奇怪，為什麼在看戲時，三個半鐘頭也不咳一聲呢？當衛子夫在幻想著陳阿嬌詛咒她時，兩人的一段對話，說得清楚極了，幾乎每字每句都能進入觀眾的耳膜。張小燕和華真真的衛子夫，以及林璣和李芷麟的陳皇后，都能表現出她們特有的性格。

葛小寶的東方朔，一出臺就使觀眾感覺有趣，因為他過去在銀幕上，總是使人發笑的；傅碧輝的竇太主，演得非常老練。總之一句話，每個演員都稱職，都賣力，我們可以說：這次的演出，的確給話劇開創了一個新紀元，播下了新的美好的種子，我相信從此劇運會蓬蓬勃勃地展開，得到空前的收穫。

導演劉碩夫先生，儘管萬分疲倦；但他每天每夜都在舞臺後面工作，每個職員都站在自己的崗位上，貢獻出他們全部的精力；唯一的缺憾，是舞臺太小、太淺了，我們如果能建築一個能升降、能旋轉的舞臺，布景不花費這麼多時間，話劇也能在兩小時或兩小時半內演完，更能吸收廣大的觀眾，收到戲劇教育的效果。

我誠懇地希望，這個理想的戲院，不久就能建立起來，我相信賢能的政府會重視戲劇教育，至於經費是不成問題的。

最後，我□□□□地說一句：這次《漢武帝》的演出是成功的，儘管有人批評布景不夠富麗堂皇；但這是限於經費和場地，我們是在克難中工作，簡陋的地方，一定會得到觀眾原諒的。

「力行！力行！」魯申公的話，漢武帝的聲音，都在我們的耳邊響著，真的，我們都要力行，只要力行，才能復國建國，消滅赤匪，重整河山。

——選自《中央日報》，1969 年 4 月 12 日，9 版

全心推展劇運的人

◎陸勉餘

記得我第一次認識曼瑰時是在北平西郊燕京大學女生宿舍第二院。那天她剛剛打球回來，一臉汗水，直嚷：「贏了，贏了。」喜孜孜地衝進盥洗室，一邊放水，一邊嘆氣說，「真夠累的。」原來她是排球健將，方才校際比賽，為了爭取勝利，曾奮不顧身。她那時的名字是李滿桂，生得中等身材，短髮圓臉，很健碩。說著一口廣東腔的國語，卻吐字清楚，英語尤其琅琅上口。歌，唱得也好，是唱詩班的臺柱子。我那時初離中學，很怯生，和她卻能見面不只點頭並且搭話。

她在廣州一個教會中學畢業後，教過一個時期的書，才來北地進修，已經一年多了，比起我們這些毫無就業經驗的一年級學生自要成熟得多。我常看見她和老師們走在一起，神態自如，有說有笑，心裡總納罕她的膽子大。

我喜歡在圖書館看書，等關館時才回宿舍，常常在盥洗室遇見她，慢慢熟稔起來，知道她原讀教育，後來轉到國文系，主修戲曲，兼修西洋文學，非常用功。我在學生會負有責任，每年為了開送舊迎新的聯歡會總要排演幾齣話劇，除了東求西請的邀角之外，也時常自己登臺湊個龍套角色，這樣我和她彷彿就多了一些談助，我主修的是經濟學，當時很有些位同學勸我改學文學，認為我的氣質相近。曼瑰也贊成她們的看法但並不建議我改系。她認為這是各人自己的選擇，旁人只有尊重，不可干涉，在這裡可以看出她是怎樣地愛護個人自由。

我深深記得，在我第一次參加四年級學兄學姐們的畢業典禮時，曾為教授們身上所披的各色綬帶和方帽上代表學位的絲穗所吸引，覺得那垂在人面前搖曳生姿的金穗好看已極。那天晚會散後，在盥洗室我們又聚在一起做準備就寢的工作。她問我對將來有何打算，我不假思索地答說，要戴那掛著金穗子的博士帽。她等不及擦乾臉就伸起一個大拇指誇讚我，「好，你這小孩有志氣！」

聽她這麼老氣橫秋的口氣，再看她那一本正經的樣子，我幾乎把剛含進口的嗽口水噴將出來，忍著笑謝她的鼓勵。可是到我四年級時為了一場突如其來的家難，我畢業即束裝南下就業，雖公餘始終不忘進修，卻漸漸對那方帽上的金穗淡了想念，以至改變了看法。我猜曼瑰可能曾經為我暗中扼腕，但她從沒有對我說過一句嘆氣的話，只常常同情我孩子多，家累重。在我需要幫助時不遺餘力地助我，扶我。別看她獨身一輩子，她可是贊成人家結婚生子的。她一點都不怪，她不成家，為民族盡孝，真是可惜。（附記：後來她在她胞弟的孩子中選了一個她最喜愛的，過繼在她名下。所以她的墓碑上有個奉祀兒子名叫李椿頤。）

民國三十年間，我在重慶，曼瑰由美學成歸國，到成都金陵女子文理學院英語系教書。後來就任蔣夫人創立的新生活運動婦女指導委員會文化事業組組長，報上登出她的消息和簡歷。有幾家報把「瑰」字錯排成「魂」字，很多人問我，「貴同學李曼魂是不是李漢魂（當時的大軍人，廣東省主席）的妹妹？」我那時尚不知道她改了名字，亦不知道她入川，所以總是回說，「不認識」，偶然一個機會和她見了面，才知名滿陪都的李曼瑰就是李滿桂。那時她主持《婦女新運》月刊和一個什麼週刊，搞得有聲有色，她組裡有很多人，和她都很合作，她也調度有方。每逢週末常約組裡的同事到她家吃飯或用茶點，有時也約我參加（我是投稿人的身分），後來她又兼三民主義青年團女青年處副處長並在幹部學校任教。雜事更多。奇怪的是寫作卻更勤。民國 32、33 年間她創辦另一婦女刊物——《婦女文化》，約我和吳元俊女士（也是燕大同學，國文系，其尊人為吳鼎昌氏，剛卸貴州省政府主席任，調到重慶中央設計局做祕書長）參預其事，我負責編務，吳負責經理，另外還請了兩位有名的女作家做顧問，我們每兩星期聚會一次，每次都是曼瑰主席，那真是幹勁十足，令人心折。

從民國 31 年起，重慶的空襲減少到幾乎沒有，但市區的劫餘房屋卻因連年受震，過於損傷而時有坍塌。我的蝸居也遭到此劫。大概在民國 34 年以後吧，一天，房子突然倒下，我和四個孩子的眠床被硬得像岩石似的土牆砸得寸斷，幸虧我憑常識，事前提高警覺，早在半小時前帶小孩起身出房，在院子裡準備早餐，得以全家倖逃生命，驚喜之下，特地從棗子嵐埡跑到曾家岩去告訴曼瑰。她定定地望了我好一會兒，不曾講什麼。事後她告訴朋友說，「陸慶（編者按：這是作者的本名）真『絕』，房子倒了，東西毀了，她還高興。」原本很自然的感覺，聽她這麼一批評，倒覺得自己真有些「絕」了。

還都後，她忙於競選立法委員，又東奔西走的教書，而我也不空，對於《婦女文化》我們雖仍努力，終因只欠東風而未能復刊。

民國 38 年 8 月我隨考選部以職員眷屬身分自廣州撤退來臺，愚夫婦為找住處上街，在路上和她不期而遇。她欣喜萬分地邀我們在衡陽街掬水軒午餐。詢知我是辭職來臺的，便熱心地代我留意工作並介紹我投稿處所。不時到舍下看望小兒女。給他們戲票看戲，那時生活艱苦，孩子們難得娛樂，對李阿姨不只感激，亦且崇拜。有一次她去香港開會，行前來問要帶些什麼，大兒允安那時尚在小學，請她帶一個地球儀，我怕添她攜帶麻煩，加以阻止。她笑對我說，「他很好學，應該給他鼓勵。」竟在百忙中撥工夫去了好多家店鋪才找到一隻，送給他。這隻小地球儀現仍放在孩子的書架上，我睹物思人，不免悵惘。

曼瑰不只喜歡我的孩子，恐怕所有她的朋友之子，她都多方獎掖。孩子們也時常去親近她。在她家吃個便飯那是司空見慣的事。她也真會和他們玩。就在她去世前一年的耶誕日，我和大兒允安應邀參加她的餐會。進門只見一屋子的青少年以及兒童。吃過飯曼瑰領導遊戲，節目精采而秩序井然，誰能想到她是臨時安排的呢。最後她用摸彩方式分送禮物，不知她耍的什麼魔法，每個人摸來的彩品都能各得其所需而皆大歡喜。那天她十分高興，顯得異常活潑，誰又能想到這是她生命中最後一個耶誕夜呢。

臺灣的工廠一天比一天多，各家的傭工都有不安於位的趨勢，一次我和曼瑰談到這個問題，她告誡我說：「要走的，讓她走。千萬別攔她，人總想好了再好。這沒什麼不對嘛。有機會就鼓勵她試一試。只要是真有前途，最好以朋友的立場幫她抓住。只有實在去了那地方，她才能有比較。如果她覺得不合適，就會回到你這裡來的。若是不回來，我們再另做打算，總之不要勉強。」她這番話給我的影響很深。我佩服她的氣度，更贊成她的意見。

曼瑰對事對人都很認真。她認為「是」的事情，絕對擁護，認為「非」的事情，休想她通融一點，一次我在她家閒談時來了一個青年推銷員，推銷「××名人畫傳」要價很大。曼瑰看了他的書，認為出版社和介紹人都有問題，再三盤詰，把那個人窘得額頭上冒大汗，把手中的外套，放下、拿起地如坐針氈，令人看了不忍，那人走後，我埋怨她過分，她卻淡淡地笑說，「這種人就是要給他點折磨，使他曉得做假沒有好處，才能扶他走上正路。」我對這件事也是印象非常深刻的。

曼瑰富於處理事務的才幹，但她卻喜歡寫作。儘管她抱怨自己文思慢，作品可真還不少。如果她的雜差不那麼多的話，相信成果一定還要豐碩些的。對於寫作她有個癖性。「在自己房間裡寫不出，一定要在圖書館寫。」剛來臺灣時她還常去省立圖書館，稍後借用臺大的教員研究室，近年則在戲劇中心她的辦公室。她對寫作，態度謹嚴，求好心切。不惟草稿一改再改，即使印成鉛字，仍要一改再改，她寫的劇本雖有戲味但我總覺得有些洋戲味，尤其是她的歷史劇，以看慣了平劇和章回小說的眼睛去看，不免難於習慣。不過我是外行人，不敢也不能深入批評。過去承她看得起，邀我參加她的劇運，什麼小劇場運動，什麼戲劇講習班，什麼公演等等，愧我能力有限未能多所贊助。就私交方面來說，我是對不起她的，但她並不介意，仍經常贈送戲票，有好戲上演時還預留座位，電話邀約，殷切地期望我去看，期望我給予批評。

她的戲劇工作越做越多。創作劇本、推動劇運之外，她還要在幾個學校教戲劇，做戲劇系主任。她的時間和精神似乎都付在這上面了，圈外人很難找得到她。

幾年前，文化學院的戲劇系裡有一個學生想轉系。這個學生的姊姊和我有數面之緣，打聽到我和曼瑰（她是那一系的主任）的關係，便託我向曼瑰說情。我以為曼瑰一向尊重自由，諒無問題。豈知她一聽電話就冒火說，「什麼？妳給我添一個學生還差不多，怎麼要我去掉一個！不行！不行！」

她的聲音震得我不覺呆住。連問，「曼瑰，曼瑰，你怎麼了？」而說不出其他話來。我的感覺是曼瑰變了，只因為她迷上了戲劇。半年之後，我們在慶生會上相遇時她主動提到這件事，她說她願一切依照校規辦理，似乎她有些歉意。倒是我不願再提，便答說，「算了吧，我都忘記那學生姓甚名誰了。」她說，她記得。這個我相信，但我沒問下去。

早在很多年前她就嚷腸胃不好，沒想到它會惡化成癌。我第一次去探她病時（八月間）她絮絮告我，腸上生了一個肉筍。已經割掉，經過良好，只是醫生發現她的肝上又生了一個瘤，確定是良性的，因為夾在重要部分之間不得割，又怕它長大了妨礙肝機能，所以再打一種針，讓瘤自然萎縮。她還好笑地告我，錢蘋（師大教授，我和曼瑰的共同朋友，患過腸癌）來看她，把小小肉筍纏夾成腸癌，一直安慰她說會治好的。錢還舉她自己的病例為見證來堅定曼瑰的信心。曼瑰對我說，「根本不是那回子事嘛。」我雖不明真相，卻附和著笑笑。我只是為了寬她的心而已。有人說，曼瑰在五、六月間就立下了遺囑。可見她早知不治，只是怕朋友們為她擔心才故意說得輕鬆的。我認為不然。以我自己的經驗來說，只因家母是因為難產而亡故的，致使我對生育有著「不測生死」的警惕，每次進醫院待產，事先總做一番意外準備，將身後事交代清楚，曼瑰處事謹慎過我，開刀之前立下遺囑，我想不過是「以防萬一」的措施罷了，她不會知道有什麼危險的。她的令堂八十多歲才去世的，她有信心也活八十多歲。她心裡早把自己活到八十歲的生活日程表填得滿滿的了。天若假年，又豈止她一個人活得滿意，相信劇運還要開展，上進的青年也會獲得更多的幫助。

最後一次探她病時是在她亡故前一天（民國 64 年 10 月 19 日——陰曆九月十五），可憐她鼻孔裡塞著氧氣管，手臂上插著鹽水針，一身動彈不得，聽見我的聲音，誤以為是醫生，還掙扎著告訴我說，她很舒服，謝謝，醫生（聽說，醫生在鹽水針裡混得有止痛藥，曼瑰一直到離世時，沒有太難過）。服侍她近三十年的阿美小姐俯身告她，不是醫生，是老同學陸慶來看她。她無力地睜了睜眼，目光散漫無神。我心知不妙但也沒想到那麼快，一滴朝露就被無情的風吹乾了。

公祭那天（11 月 7 日星期五）市立殯儀館的景行廳，擠滿了各界與祭人士，與祭團體多達三十多個，其中不乏達官貴人來，在靈前行禮，送殯的人也很不少，一眼望去卻不見政治壇上的人物。六張犁墓地密密麻麻的全是水泥墳，曼瑰的遺體厝在她的家人旁邊。穹廬式的水泥外槨早已做好。棺木推進去，花圈擺好，舉行了一個基督教式的殯祭禮，便離開墓地，逕赴燕京樓接受喪家款待的午餐，並聽曼瑰胞弟李枝榮先生宣讀她的遺囑。關於財產收益方面的支配，有詳細的說明，大概不是用於劇運便是用於獎學。這時我們才曉得受曼瑰生前支援，出國進修的青年竟有好幾位。記得年前曾聽人批評曼瑰想不開，說她偌大年紀還省吃儉用，不肯稍微享受一點，留著錢做什麼？他們那裡知道曼瑰有這麼大的經濟負擔呢！

民國 66 年 5 月於蠡園

——選自《中華日報》，1977 年 7 月 24 日，10 版

李曼瑰和臺灣戲劇發展之研究
結論

◎李皇良*

臺灣劇壇領導者李曼瑰

關於李曼瑰和臺灣戲劇發展的關係，姚一葦教授的結語是：「李曼瑰教授一生盡瘁於戲劇」、「曼老之名已與我國劇運不可分」。[1]李曼瑰是臺灣自國府遷臺以來，幾個主要要劇運推展機構的催生者、創辦者和主持者，是臺灣 1950、1960、甚至於 1970 年代劇壇的領導者。國民政府遷臺後幾達三十年的戲劇發展和李曼瑰幾乎無法分割。李曼瑰為什麼能夠得天獨厚地領導臺灣的劇運發展，我認為這個問題可以歸納為下列四點來思考：1.李曼瑰有完整的戲劇方面學經歷，所編的劇本能創下當時高的票房紀錄，並且獲得良好的口碑，同時，她在臺灣戲劇教育界有豐沛的人脈。2.李曼瑰具有相當的黨政經歷，使得她所推展的戲劇運動能夠獲得執政當局的大力支持。3.李曼瑰的戲劇觀點和執政當局對戲劇的看法相符合。4.李曼瑰具有宗教家的性格與熱忱。

首先，在學經歷方面，李曼瑰在中學時代就開始接觸戲劇，大學時代便嘗試正規編劇，並和同學數人熱心話劇活動。她在燕京大學求學時期，從事於中國古典戲劇方面的研究，之後，她又先後到美國密西根大學研究所和哥倫比亞大學研究編劇、現代戲劇、小說創作等課程。1958 年，李曼

*發表文章時為中國文化大學藝術研究所碩士生，現為新北市立三峽國民中學教師。
[1]見姚一葦，〈編後記〉，《李曼瑰劇存》（四）（臺北：正中書局，1979 年 11 月），頁 317。

瑰獲贈獎學金赴美國耶魯大學戲劇研究所研究，並赴歐亞各國考察戲劇。李曼瑰兼治中西戲劇，其在戲劇方面的求學經歷，在當時臺灣劇壇，實無出其右者。

在編劇方面，李曼瑰一生創作劇本不斷，而且也受到相當的肯定。李曼瑰的《大觀園》於 1936 年獲霍普渥德劇本獎金首獎，當時友人便以「中國的莎士比亞」相稱。其他的劇本，《瑤池仙夢》獲得中華民國編劇學會第一屆最佳劇本獎及中山文藝創作獎。《漢宮春秋》於 1956 年假新世界戲院演出，創下連滿 45 天 49 場的紀錄，造成黃牛猖獗的罕見現象，並且特地為總統加演一場。《漢宮春秋》的演出奠定了李曼瑰在臺灣劇壇的聲望和領導地位。此外，李曼瑰的《漢武帝》於 1969 年假兒童戲院演出連滿 24 場，也在當時造成相當轟動。在當時受劇本中心論統制下的臺灣劇壇，李曼瑰的劇本，不管是其得到的榮譽，或是在演出方面的成績，皆可說是居執臺灣劇壇牛耳的地位。

在戲劇教育界的人脈方面，李曼瑰在戲劇教育界方面的經歷，也使她足以成為臺灣戲劇界的領導者，並使她有足夠的人力資源以推展臺灣劇運。在遷臺之前，李曼瑰曾任金陵女子文理學院副教授，中央幹部學校、國立政治大學和國立戲劇專科學校等校教授。遷臺之後，任政工幹校影劇系主任，創立中國文化學院戲劇系及戲劇電影研究所，並任系主任與戲劇組組主任，另在政大、師大、輔大和國立藝專等校，兼任戲劇課程。李曼瑰真可謂是桃李滿天下。尤其是國立劇專來臺校友對國府遷臺後的臺灣劇壇有著很大的影響力，他們多擔任黨政軍戲劇團隊的領導者，或是執教於國內的影劇科系。例如：董心銘（劇專第一屆）曾任國防部康樂總隊隊長，國立藝專、文化學院等校副教授，以及中華民國電影戲劇協會總幹事。王生善（第七屆）曾任軍中話劇隊編導、中華實驗劇團導演、文化學院電影戲劇研究所長暨戲劇系主任。彭行才（第四屆），康樂總隊科長、隊長，中華實驗劇團團長，國立藝專影劇科科主任。雷亨利（第八屆），中央青年劇社編導，並先後執教於政工幹校、國立藝專、世界新專、文化學院等校之影劇科系。陳文泉（第六屆），康樂總隊戲劇科長。劉碩夫，曾任康樂總隊編導、戲劇科長、演劇第三隊隊長、教育部中華實驗劇團團長和文化學院影劇專修科主任。高前，演劇第三隊演員、組長，演劇第一隊副隊長、隊長，以及康樂總隊編導，研究委員。林若鋙，曾任國立藝專影劇科代主任，政工幹校、文化學院、國立藝專等校戲劇老師。其他如，崔小萍、馬驥、金馬、賈亦棣、魏平澳、喬竹君等人也都是劇專校友。

另外，李曼瑰在戲劇教育界的相識在當時和往後的臺灣戲劇教育界也都占有一席之地。例如，自稱為李曼瑰之私淑弟子的吳青萍，後來曾擔任國立藝專影劇科主任。幫助李曼瑰推展兒童劇運的王慰誠，擔任過中華實驗劇團團長、國立藝專影劇科主任，並繼李曼瑰之後，任政工幹校影劇系主任。[2]姚一葦則是經由李曼瑰推薦，到政工幹校和文化藝術研究所戲劇組任教，後來並接替李曼瑰任文化藝術研究所戲劇組主任。[3]由於李曼瑰在戲劇教育界的經歷，使得她在臺灣戲劇界的地位有如「導師」一般，而李曼瑰後來也結合了她在戲劇教育界的人脈，一同來推展臺灣劇運。例如，李曼瑰 1960 年推展小劇場運動，便是和時任中華實驗劇團團長的劉碩夫合作，計畫以中華實驗劇團為班底，舉辦話劇欣賞會。而第一期話劇欣賞會所演出六齣戲的導演：劉碩夫（劇專）、彭行才（劇專）、王生善（劇專）、趙琦彬（政戰）、貢敏（政戰）、張曾澤（政戰），以及《時代插曲》、《狄四娘》兩劇的舞臺設計林若鋙（劇專），皆是李曼瑰的學生。之後，李曼瑰任話劇欣賞演出委員會主任委員，1967 年成立中國戲劇藝術中心，推展各劇運，復有劉碩夫任話劇欣賞演出委員會副主任委員，協助策畫海外劇藝推

[2]請參見吳若、賈亦棣，〈臺灣復興基地戲劇作者小傳〉，《中國話劇史》（臺北：行政院文化建設委員會，1985 年 3 月）附錄一，頁 365～408；彭行才、叢靜文，〈二十年來影劇教育的回顧〉，《慶祝蔣經國謝東閔就任第六任總統副總統藝術論文類編》，頁 183～184；趙友培，《文壇先進張道藩》（臺北：重光文藝出版社，1975 年 6 月），頁 479～480；牛川海，〈大專院校正規戲劇教育概況〉，《文訊》第 31 期（1987 年 8 月），頁 50～66；〈遠東劇藝社今演《女畫家》〉，《聯合報》，1955 年 3 月 23 日，6 版。

[3]姚一葦，〈敬懷曼老〉，見李故立法委員曼瑰教授逝世三週年紀念活動籌備會（編），《瑤池仙夢》演出特刊，頁 1。

行委員會，擔任多齣戲的導演，如《淡水河畔》、《時代插曲》、《漢武帝》等，李曼瑰的劇本多由他負責執導，此外，劉碩夫且為「青年劇展」、「世界劇展」策畫百餘場次的演出，並發起編印《中華戲劇集》，從開始籌畫到出版，他獨任徵稿、主編、校印等工作，花了近四年時間終於完成。書成之後，劉碩夫不久即因此積勞而逝。[4]在兒童劇運方面，李曼瑰有王慰誠、賈亦棣、吳青萍等人的協助。在宗教劇運方面，李曼瑰有黃以功（文化）、聶光炎（政戰）、張曉風（宗教劇編撰訓練學員）等人推動。李曼瑰為推展青年演劇，復於 1973 年成立中國青年劇團，由劉碩夫（劇專）、趙琦彬（政戰）、張永祥（政戰）、貢敏（政戰）、聶光炎（政戰）、王慶麟（政戰）等人負責團務，以上諸君都是李曼瑰的學生。從上述可知，由於李曼瑰在戲劇教育界的經歷，使她在臺灣戲劇界有著「導師」一般的地位，而能結合她在戲劇界豐沛的人脈，共同推她所領導的戲劇運動。

第二、李曼瑰在黨政等方面的的經歷，也使她在推展劇運時，得到相當的助力。

李曼瑰的黨政經歷始於 1942 年，應蔣宋美齡之聘，任新生活運動婦女指導委員會文化事業組組長。次年，李曼瑰膺選為三民主義青年團常務監察，兼任女青年處副處長。1946 年，膺選為制憲國大代表和國民黨常務監察委員。1948 年，李曼瑰又當選為第一屆立法委員，遷臺之後，續任國大和立委之職。1950 年，蔣中正成立中央文藝獎金委員會，李曼瑰膺選為幹部訓練委員之幹部訓練員，其他幹部訓練委員尚有王昇等 16 人，時任該委員會主任委員者為蔣經國。[5]同年，文獎會成立，李曼瑰復受蔣中正指派為文獎會委員。由於李曼瑰的政治身分，使得她較一般人有機會直接和執政當局接觸和溝通劇壇的情狀，促成執政當局輔導劇運。例如，1955 年臺灣劇壇面臨第一次危機，雖有民間劇人喊出「恢復重慶精神！」口號，但若無李曼瑰、張道藩等在政治上具有發言力量者為劇運奔走，則執政當局是

---

[4]見賈亦棣，〈悼念我們戲劇大家長——曼老〉，《鑼聲定目劇場》專刊，頁 42。
[5]見《改造》第 2 期，頁 28。

否出面挽救劇運，或是仍可能是未定之數。又如，李曼瑰推展兒童劇運時，為解決兒童劇本問題，邀請了當時教育部前文化局長王洪鈞、高教司司長廖傳淮、國教司司長葉楚生、社教司司長謝又華、省教育廳廳長潘振球、北市教育局局長高銘輝、文化局處長劉昌博、教育廳科長郭紹儀、教育局科長章霖等人餐敘討論徵求兒童劇本一事，獲得各教育單位一致贊同，並補助經費十二萬元，因此而有《中華兒童戲劇集》出版一事。再以海外劇藝推行委員會成立一事為例，海外劇藝推行委員會是在李曼瑰和劉碩夫的策畫奔走之下，獲得僑務委員會、國民黨中央黨部和教育部文化局等機關的輔導而成立的，在此，姑不論李曼瑰的政治身分是否與其獲得黨政方面的助力有何直接關係，但思考，一般人尚且難以得見那些政治人物，更何況得以直接向「九名分屬全省六個教育單主管」陳述兒童劇本徵求之計畫，並獲得經費補助一事，更遑論省教廳、北市教育局特舉辦共三次訓練班，配合李曼瑰培養兒童劇編導人才一事。由此可知，李曼瑰的黨政經歷使得她推展的劇運，得到執政當局相當的助力。

第三、李曼瑰的戲劇觀點和執政當局對戲劇的看法相符合一事，也是使得她得到執政當局支持的重要原因。

李曼瑰曾於 1956 年發表〈文學的本質真善美〉一篇文章，她在這篇文章中解釋了真善美的寓意。李曼瑰認為「真善美乃藝術的血肉、靈魂、與品格，是文學的等邊三角形，缺一不可。」李曼瑰復論及歷來文壇對文學的三種看法：唯美觀、道德觀和社會觀。她認為這三種主張，都各執藝術的一面，表示「藝術當然是為藝術，同時亦為人生。文學要唯美，同時也要具有教育意義，且宜適應時代社會的需要。」李曼瑰隨之以西洋戲劇發展為例，她認為埃斯奇勒斯的《人生悲劇》三部曲（*Oresteia*）最能代表真善美三位一體，而中世紀的宗教文學偏重於善，文藝復興的浪漫文學偏重於美，現代的寫實文學偏重於真。李曼瑰認為易卜生寫實主義作品「雖偏於真，不失美的立場，不遺棄善的用意」。但之後的自然主義作品「其目中的天地，只有悲苦，沒有喜樂；只有壓迫，沒有自由；只有仇恨，沒有仁愛」，她覺得文學至此，不僅可以丟到茅廁，人類也無生存的價值了。李曼瑰認為共產黨正是利用自然主義文學，為發動階級鬥爭的武器，「其破壞力之強，雖原子氫氣彈，無以過之」。所以，她說：「此種筆法，用之以對付共匪，猶須保留，用之以發展中國的文學，則萬萬不可。」

最後，李曼瑰將當時國內文壇分為黑色文學、黃色文學、戰鬥文學三種加以討論，認為前二種都不配稱為文學，而「戰鬥文學，目的在愛國、在反攻復興、在解放鐵幕人類，建立民主自由世界，其用意至善。此時此地，提這種文學是正確，也是必須的。」但是她反對教條八股，認為「文學的表現，首先要真。文學少了真，絕難表彰善，也難臻於美。」所以，她呼籲政府放寬言論審查尺度，期待真善美等邊三角形戰鬥文學的創造。[6]

李曼瑰是重視反共抗俄的時代意義的，但是她反對教條八股，在此她表示了美和真的重要性。然自全文觀來，她所認為的真善美等邊三角形，事實上卻是真和美皆從屬於善，而善即是具有時代性和教育性的戰鬥文學，或說反共抗俄文學。

而後來李曼瑰倡導小劇場運動，企圖以學院派的嚴肅工作態度，演出《時代插曲》、《赤地》、《偉大的薛巴斯坦》等反共劇，進行對民營劇團不敬業的態度、和專以色情、低級趣味吸引觀眾的卑陋戲劇反動，實為其真善美觀點的反動。以嚴肅的工作態度（美、或藝術的立場）對不敬業的態度；以非八股的反共劇（真、美或教育意義）對卑陋戲劇。而究其李曼瑰對卑陋戲劇反動的原因，最重要的是它們不但腐敗人心，而且無法負起「光復大陸，復興民族」之「戲劇救國」的任務。李曼瑰重申戲劇反共抗俄和社教的立場，適與執政當局的希求的「精神動員」、「反共抗俄」的戲劇完全一致。因此，李曼瑰的「小劇場運動」得以「蒙中央及各界的鼓勵與贊助」；救國團協助擴大劇運組織，成立小劇場運動推行委員會、中國青年劇團；教育部聯合黨政軍機關單位和影劇機構，成立話劇政黨演出委員

---

[6]李曼瑰，〈文學的本質真善美〉，《李曼瑰劇存》（四），頁 139～153。

會，由李曼瑰任主任委員，主持臺灣劇運的推展。可見，李曼瑰之戲劇觀點實為獲得執政當局支持的重要因素。

第四、李曼瑰的宗教家性格和熱忱。李曼瑰在臺灣戲劇界具有「導師」般的地位，有相當的黨政經歷和身分去運用其在政治界的人際資源，有獲得執政當局認同的戲劇觀點，但設若她只是「獨善其身」，而無「兼善天下」的宗教情操，則她所促成、推展的一切戲劇運動將可能不會出現。

李曼瑰的宗教情操受其父親為求基督真理，不惜遭逐家門，不改其志的行誼影響非常大。因此，她「從小崇拜父親，立志繼承父志，弘揚主道，服務人群，少時曾參加白十字架團，宣誓獻身教育與寫作，表彰真理。後來從事戲劇，常謂吾父登聖壇演講基督的聖道，我則借劇壇表現人生的最高境界，殊途同歸，無非是追求在地若天理想。」[7]可見，李曼瑰是把戲劇當成是基督真理一般地看待，希望藉著戲劇追求「在地若天」之理想國的實現。因此，她勤奮於寫作劇本以「表彰真理」，推動「真善美戲劇」的演出以對抗「誘惑青年，誤入歧途，敗壞國民道德」的卑陋戲劇，鼓吹戰鬥文學以對抗「其破壞力之強，雖原子氫氣彈，無以過之」的共產黨的自然主義文學。

正由於李曼瑰對戲劇如真理般的熱愛，因此她一直堅持在戲劇的崗位上，她寫戲、教戲，並挺身捍衛「真善美戲劇」。誠如張曉風所說：「在認識她以前，我從來不相信自己會投入舞臺劇的工作——我不相信我會那麼傻，可是，畢竟我也傻了，一個人只有在被另一個傻瓜的精神震撼之後，才有可能成為新起的傻瓜。」[8]李曼瑰對戲劇抱持有如宗教般的熱忱感動了她學生。時任中影製片部經理的趙琦彬說：「如果李曼瑰教授仍然在世領導中國劇運的話，我倒願意捨去現在的職務，去做那幫他推動劇運的活兒，因為從事戲劇工作所得到的成就感和滿足感，絕不是任何其他事物所能相

[7]李曼瑰，「李聖質基督天主教劇本創作獎金徵獎緣起」，《劇與藝》第 10 期（1968 年 12 月），頁 350。

[8]張曉風，〈她曾教過我——為紀念中國戲劇導師李曼瑰教授而作〉，《中國時報》，1975 年 11 月 10 日，12 版。

比的！」[9]

如同她父親辦三一女校教育村中婦女，李曼瑰也成立三一劇藝社；倡導小劇場運動，對抗卑陋戲劇，並且辦了無數的戲劇訓練班，培育戲劇人才。她為了教學需要，邀請姚一葦等幾位朋友編寫一部中文的西洋戲劇史；[10]她為了推行話劇所需的導演工作，請托陳文泉寫本關於導演技術的書。[11]她為了演出經費，四處奔走籌款。她為了解決比劇本荒更為嚴重的劇本出版問題，和劉碩夫兩人費盡艱難，完成《中華戲劇集》十輯。她向美僑募捐近百萬元，發展戲劇系，並創立文化學院的戲劇電影研究所。[12]她主辦過幾百齣劇的演出。她直到彌留之際，仍不忘戲劇，和她的學生談中國戲劇的未來。[13]李曼瑰一生未婚，實則她已嫁給了她的最愛——戲劇。蘇雪林說：「曼瑰這個人好像就是戲劇的化身，她渾身細胞是戲劇，整個生命也是戲劇，腦中想的，口中說的，總離不開戲劇這兩個字。我從來沒看見一個人對於一種藝術，有這樣如炎如火的熱情，這樣百折不回的堅忍，這種勞怨不辭，鞠躬盡瘁的。」[14]張曉風則如此形容李曼瑰：「如果她生在十八世紀的英國，她該是莎士比亞或班戟生最親切的朋友，如果她生在十九世紀的挪威，她會是易卜生聯合作戰的伙伴，但是在中國多半的時候，她是孤單的，她投身於一個戲劇沒落的時代，她所面臨的戲劇王國正寫到『邦無道』的一頁，在明知隻臂難以獨挽狂瀾的情況下，她仍把自己作悲劇式的孤注一擲的奉獻，就她的智慧而言，將來或者有人凌駕乎她之上，但她的愚誠忠悃，她的癡狂忘我，不管是最近抑是將來，是否有人可及其萬一，我們感到懷疑。」[15]

---

[9]見洪淑娟，〈他們都為戲劇痴迷〉，《幼獅文藝》第 401 期（1987 年 5 月），頁 26。
[10]見《改造》第 2 期，頁 28。
[11]陳文泉，〈我一定要完成李老師的囑咐〉，《鑼聲定目劇場》專刊，頁 52。
[12]牛川海，〈李曼瑰生平年表〉，《李曼瑰劇存》（四）附錄，頁 302。
[13]王錫茞，〈永懷曼師〉，《鑼聲定目劇場》專刊，頁 39；張曉風，〈關於李曼瑰教授——一個愚不可及的角色〉，《鑼聲定目劇場》專刊，頁 56。
[14]蘇雪林，〈曼瑰不朽〉，《鑼聲定目劇場》專刊，頁 36。
[15]張曉風，〈關於李曼瑰教授——一個愚不可及的角色〉，《鑼聲定目劇場》專刊，頁 53。

李曼瑰對戲劇的「愚誠忠悃」、「癡狂忘我」，實為之所以是她領導臺灣劇運發展的重要原因。

李曼瑰所推展劇運之特色及其成果

李曼瑰自遷臺之後，即對臺灣劇壇有著重要的影響力。她擔任文獎會委員，左右著國府遷臺初期劇壇之劇本創作方向。1955 年，臺灣劇壇第一次面臨危亡，她促成了新世界劇運，並以《漢宮春秋》一劇重振劇壇的信心，卻也相對地暴露了遷臺以來一直阻礙戲劇活動的問題。李曼瑰在 1960 年以前，並未以劇運領導者的姿態來領導臺灣劇壇，卻是以劇運的促成者，文獎會委員，反共抗俄劇創作者和戲劇教育工作者等身分，影響著臺灣 1950 年代劇壇的發展脈動。直到 1960 年，臺灣劇壇面臨第二次危機，李曼瑰才揚棄其三十餘年來對戲劇所抱持的「分工合作」的態度，挺身出來領導臺灣劇壇的發展。

李曼瑰自 1960 年倡導小劇場運動，直到 1975 年她逝世為止，一直都是劇壇的領導者。李曼瑰倡導小劇場運動之後，曾一度引起戲劇演出的熱潮，新南陽和紅樓劇場，話劇演出不斷，第一期話劇欣賞會也辦得頗為成功。小劇場運動自第一齣戲《時代插曲》演出成功後，即相繼有救國團的小劇場運動推行委員會，和教育部的話劇欣賞演出委員會等劇運機構成立，繼續沿用小劇場運動辦法推動劇運，小劇場運動至此，已變成了官方機構所推展的戲劇活動。

臺灣劇壇雖一度因為小劇場運動的倡導，而活躍起來，但不久，即因為劇人們紛紛投效影視而冷卻下來。直到 1967 年，話劇欣賞演出委員會為響應中樞號召中華文化復興運動，擴大年度演出計畫，同年，李曼瑰成立中國戲劇藝術中心，作為劇運發展基地，開始推展大專劇運、兒童劇運、宗教劇運和華僑劇運等，臺灣劇壇才又開始活躍起來，自 1960 年曼瑰開始倡導小劇場運動，到 1967 年以後的各種劇運，臺灣劇壇活動的參與者，從原來由民營劇團和黨政軍戲劇團隊所構成的主要活動團體，逐漸變為多元族群參與的局面；由原來民營劇團著重商業利益的職業性活動，逐漸變成以學生、青年、兒童等以業餘性質為主的演劇活動。此種現象的形成，一方面固然是劇人們離開舞臺所致，另一方面，則是李曼瑰致力於各種劇運的推動所致。

然而，臺灣劇壇自商業至業餘，這其間的轉變，劇人們主動離開舞臺，投效更具有現實利益的影視，實為主因。李曼瑰並不反對商業劇場，誠如她所言：「自由中國劇壇式微，原無所謂大劇場、小劇場，平常用以演劇的場所，不過機關禮堂而已，嚴格說來，也很少足稱商業化的戲劇。業餘劇人，偶爾售票，公演十天八天，其餘都是機關劇團，自演自看，或包場跑跑晚會。」[16]她並且說服新南陽和紅樓兩劇場為話劇演出場地，發動各民營劇團的演出活動，而且話劇欣賞演出委員會成立時，即決定由該會的14 個演出單位和民營劇團輪流演出。實則，李曼瑰倡導的小劇場運動為反對內容色情，低級卑陋戲劇，強調戲劇之教育意義和救國任務的戲劇運動，而非反對商業劇場之戲劇運動。

自李曼瑰 1967 年起開始推展大專劇運，宗教劇運、兒童劇運、華僑演劇，臺灣劇壇工作者和現象呈現出一多元社會族群等參與的氣象。然而，就演出內容而言，多是具「教化」意味的「擬寫實主義」作品；在演出形式上，除基督教藝術團契的演出之外，多不脫一般所謂的寫實主義表演風格。由上述可知，李曼瑰所推展的劇運所表現出來的，並非是生命力多元奔放的藝術風格，卻略顯得單調。誠如鍾師明德所言：「在 1980 年暑假蘭陵劇坊演出《荷珠新配》之前，臺灣的現代劇場彷若一潭死水。層層的意識形態束縛不單使它跟 1930 年代的話劇活動失去聯繫，而且，更嚴重地跟朝夕萬變的臺灣現實完全脫節。關愛劇場的人士如李曼瑰、俞大綱、姚一葦、黃美序、胡耀恆、閻振瀛、張曉風等等，雖然努力不懈地寫劇本，引介國外對戲劇思潮，但是大環境的限制終究使得他們的努力必須到了 1980

[16]李曼瑰，「小劇場運動推行委員會的成立與展望」，《李曼瑰劇存》（四），頁 268。

年代才可望開花結果。」[17]

李曼瑰逝世之後，話劇欣賞演出委員會的繼任主持者姚一葦和趙琦彬，在 1980 年到 1984 年五年間，共舉辦了五屆的「實驗劇展」。這五屆實驗劇展加上 1985 年為紀念李曼瑰逝世十週年的「鑼聲定目劇場」，帶動了臺灣劇壇前所未有的小劇場熱潮。[18]這波小劇場熱潮，「從 1980 年以《荷珠新配》揭竿而起，短短十年間，由自生自滅的小舞臺走進了整個社會的大環境，演變成了今天整個藝文界最具潛力和最強悍的一支先鋒部隊。」關於這一波小劇場運動產生的原因，據鍾師明德的分析是：

> 一方面固然是劇場藝術內在條件的演變，加上一些「餓不死」的小劇場工作者集腋成裘的成果。另一方面，更應當看成是臺灣社會激盪下的歷史產物：如果整個大環境依然固步自封，小劇場就是能夠前進，也無法走到今天「劇場與政治齊飛」的地步。……[19]

雖然李曼瑰來不及參與這一波小劇場熱潮，然而，她確是在整個臺灣現代劇場發展的歷史上完成了屬於那個時代的階段性歷史任務。話劇欣賞演出委員會，這塊李曼瑰自 1960 年代以降所戮力以赴的戲劇園地，終於在其繼任主持者的耕耘之下，為 1980 年代以後的臺灣劇壇開啟了前所未有嶄新的一頁。

——選自李皇良〈李曼瑰和臺灣戲劇發展之研究〉
中國文化大學藝術研究所碩士論文，1994 年 6 月

---

[17]鍾明德，〈小劇場發展之評估；劇場十年的回顧與展望〉，《民國七十八年度中華民國文化發展之評估與展望》（臺北：行政院文化建設委員會，1990 年 12 月），頁 209～210。
[18]鍾明德，〈小劇場發展之評估；劇場十年的回顧與展望〉，《民國七十八年度中華民國文化發展之評估與展望》，頁 212。
[19]鍾明德，〈重省『小劇場』：另一種文化和另一種社會〉，《中國時報》，1989 年 5 月 19 日，23 版。

李曼瑰《現代女性》劇本五種之研究

結論

◎陳淑珍*

一、古典戲劇的形式

在《現代女性》劇本五種當中，我們不難發現此五劇皆以古典的戲劇手法為表現形式，於劇情的情節鋪排、人物塑造也以展現劇作主題意識為主，而五劇的主題意識更是直接與當代的社會問題作鏡射與反思。

從李曼瑰寫作〈編劇綱要〉一文中，我們清楚認知其戲劇創作背景乃襲自亞里斯多德至易卜生以降的古典戲劇形式，文中針對何為戲劇、劇情、人物、對話、主題與編劇程序等六個步驟，皆有詳細說明與範例解釋。[1]不論是純戲劇式的集中寫作或是敘述詩的延展寫作，在〈編劇綱要〉一文中都有鞭辟入裡的闡明，而《現代女性》劇本五種則是將延展型戲劇結構的特色發揮的淋漓盡致，其中時間延展、空間集中的時空架構，單一情節、重疊情節的交迭運用，甚至是結構完整的頭、中、尾寫作方式，都明示了李曼瑰運用古典戲劇的形式作為表達其劇作思想的手法。

李曼瑰早年留學美國，對於西方劇論有深厚的認識、吸收與發揚，「她受過良好的戲劇訓練，曾三次赴美在密西根大學（1934 年）、哥倫比亞大

---

*發表文章時為臺灣藝術大學表演藝術研究所碩士生，現為新北市立三重高級商工職業學校主任教官。

[1]李曼瑰，〈編劇綱要——主題〉，《李曼瑰劇存》（四）（臺北：正中書局，1979 年 11 月），頁 3～118。

學（1937 年）和耶魯大學（1958 年）攻研戲劇；並於 1959 年赴歐洲作共為期十五個月的戲劇與劇場的考察工作。」[2]從李曼瑰之於西方藝術薰陶的背景，到自身對文學創作提出的理念看法，我們理解她選擇戲劇文學園地深耕的原因，她不僅藉著西方戲劇的理論背景，將中國話劇的創作形式再做體現，也證明西方文明思潮與中國文化兩相衝擊之下，新式知識分子的選擇與創新。

二、改革社會的思想

現代戲劇之父易卜生乃是首寫社會問題劇之鼻祖，寫實主義又是西方理論中以暴露社會黑暗為目的的表現形式，從易卜生的《玩偶之家》、胡適的《終身大事》，皆發現社會壓抑女性成就為「人」的權利事實。胡適在〈易卜生主義〉一文中，曾明白揭示他對易卜生主義的認知：

> 我開篇便說過易卜生的人生觀只是一個寫實主義。易卜生把家庭社會的實在情形都寫了出來，叫人看了動心，叫人看了覺得我們的家庭社會原來是如此黑暗腐敗，叫人看了覺得家庭社會真正不得不維新革命：這就是「易卜生主義」。表面上看去，像是破壞的，其實完全是建設的。[3]

從《玩偶之家》娜拉的出走到《終身大事》田亞梅的私奔，中國在新舊思潮的衝擊之下，明顯對自身的傳統價值有了反思與突破。李曼瑰運用易卜生主義觀點反省社會現況、古典戲劇手法編排情節故事，並以現代女性主張作為主題意識創作，《現代女性》劇本五種不僅僅將兩性平等的社會問題再度點出，也證明她與易卜生用藝術作品表達思想的堅定作為。

李曼瑰雖為國民黨專政時代的政策文化推手，但是對於現代女性意識

[2]黃美序，〈臺灣當代劇場引潮人〉，《戲劇的味／道》（臺北：五南圖書出版公司，2007 年 10 月），頁 328。
[3]胡適，〈易卜生主義〉，《胡適文選》（臺北：遠東圖書公司，1979 年 11 月），頁 33。

的論著與主張卻與易卜生、胡適兩位大家有著明顯的承接關係，《現代女性》劇本五種不僅僅是她為著參與新生活運動所作的發表，更進一步將當代女性對社會規範的順從與反擊作了最佳的現示。在戲劇教育、劇運推展、劇本寫作當中，李曼瑰無不把當代的社會問題現況融入劇情，反共抗俄劇的撰寫為的是求國家民族意志的團結，現代女性劇本的撰寫為的是求婦女自我意志的省覺，正如同易卜生屬於社會改革家的範疇，李曼瑰所關注的層面更為之廣大。

《現代女性》劇本五種讓我們嗅到李曼瑰企圖改革社會、撻伐傳統的氛圍，不管是《冤家路窄》中決心復仇的石如冰、《戲中戲》裡蕙質蘭心的范平喆、《天問》與《女畫家》中獨立自主的史坤儀，或是《盡瘁留芳》中捍衛正義的漆若蘭，李曼瑰透過展示不同類型的婦女，提供當代婦群在面對人生瓶頸與社會問題時所能做的處置與自救。她就猶如中國的易卜生，將中國的社會問題毫不保留的曝露在陽光底下，透過《現代女性》劇本五種的書寫，要女性自我省思、自我評斷，要女性重新思考與出發，成就自己找回並作為「獨立人」的價值。

三、先知先覺的主張

除了西方藝術背景的支撐與延續易卜生寫作的風格之外，筆者亦發現一個有趣的現象，那便是《現代女性》劇本五種的主要女性人物，其社會地位都相對一般婦女群體來的高。《冤家路窄》的石如冰考取律師是為了復仇，她的目的是要執智慧與真理的大纛，處罰、懲戒背棄她的未婚夫；《戲中戲》的范平喆因為丈夫的意志消沉、自我放棄，而找尋自己出路，成為兢兢業業的女科學家；《天問》與《女畫家》的史坤儀皆在婚姻失敗之後才開始找尋自己存在的生命意義；《盡瘁留芳》中，漆若蘭對女權促進會的努力貢獻、對婦運參政的戮力推展，除此之外仁心仁術的博愛表現更令我們對她的人物性格感到敬佩。

若單純的依照當時中國社會現況思考，女子的社會地位絕不可能同上述五位女性人物一般，然而，若去除掉社會地位的陪襯，她五人所面對的事件，卻也是一般婦群民眾普遍遭遇的人生問題，因此，五劇的主要女性人物，其社會地位並不構成影響「自覺」動作發展的阻礙。

> 這些生於清末，成長於民國，受過新式女子教育，五四時代解放思想洗禮的女性知識分子，她們致力爭取女性教育平等權利，要求婚姻戀愛的自由，提倡經濟獨立自主，參與社會改革活動，力倡婦女群體普及的權利與均等的地位，甚至由性別界線的突破，迎向婦女階級意識的剷除。五四女性知識分子展現近代中國新女性多元的風貌，也象徵著中國女性意識嶄新時代的來臨。[4]

從上述的史學研究結果，我們隱約窺見李曼瑰塑造五位女性人物社會地位的動機。引文中清楚提到，這些女性知識分子力倡婦女群體普及的權利與均等的地位，其目的在於剷除婦女的階級意識，而李曼瑰在《現代女性》劇本五種中，刻意將五位女性人物的社會地位皆設置比當時社會女性群體相對高強，以方便作為標竿現代女性自覺運動發展的方向與學習楷模。

筆者以為，李曼瑰因為受到教會學校、留學教育的薰陶，才能做出《現代女性》劇本五種闡述女性主張的劃時代劇本。的確，我們不能夠從劇作家的生長背景、社會環境或是人生經驗就直接對其劇作作分析、論述或聯想，但是劇作家的創作靈感、寫作思考與生活經驗相連結的事實我們亦不得不承認。或許高於一般社會地位的女性人物可以與李曼瑰的現實生活、人生體驗作為呼應，但是筆者以為將焦點著重在女性人物的「自覺」主張之上，將會使五劇分析與研究的格局擴大廣深。

翻開中國的歷史，「男主外，女主內」的傳統印象，將女性完全拘禁於

---

[4]李曉蓉，〈〈近代中國婦女運動〉評介〉，《近代中國》第142期（2001年4月），頁9。

婚姻、家庭之中，不僅僅剝奪女性的社會事業發展，也將平等參政的權利給剝奪，在當時的中國父權依舊獨大、壓迫女性的情況之下，或許李曼瑰想要由劇中主要女性人物的社會地位，來闡示女性自覺之後可以達到的社會價值，這樣的人物地位設定或許有些矯情，畢竟廣大的中國婦女群眾只有金字塔頂端的少數人口能夠真正獲得這樣的社會階級，也因此筆者懷疑這樣的劇本在當時是否能夠受到婦女團體的擁戴，畢竟比起一般描寫平常婦女對抗父權或平常女性對於中國道統反抗的劇本主題，《現代女性》劇本五種的主要女性人物地位設定，給予一般民眾一定程度的距離與觀感。

李曼瑰曾言，在當時抗戰文化背景的影響之下，這些現代女性劇本上演的機會較少，即使新生活運動如火如荼的在各地展開，但是大都是與抗戰、反共思想作連結並推展。

李曼瑰的女性主張乃是由時代背景、個人教育及她自身對婦女人生經驗的觀感建立而成的，而「突破傳統、追求自我」則是在《現代女性》劇本五種當中清楚明示的女性意識與主張。這樣的現代女性主張，在現今兩性逐漸平權的普世價值中已不足稱奇，然而，當時女性「自覺」的口號呼喊，卻是引導中國婦群追求自我發展與人生實現一面強而有力的旗幟。《現代女性》劇本五種在當時或許不能造成轟動，但是我們可以確定的是，當代的文學家已經將西方思潮引進中國，而在推動婦女運動的過程當中，書寫女性人物自覺的主題已被作為婦女運動方向發展的一環，李曼瑰便是屹立在時代尖端的一員。

四、作者個人的體現

在對日抗戰、國共混戰的內憂外患時期，在「強烈的愛國情緒驅使之下，李曼瑰於二十九歲束裝返國，決心參加抗日工作行列。」[5]她不惜挺身反抗大時代巨流的衝擊，就像《冤家路窄》裡的周雅蘭，不僅反抗父權社

[5]曹尚斌，〈薪盡火傳——紀念李曼瑰教授〉，《幼獅文藝》，第328期（1981年4月），頁91。

局限於戲劇教育、劇運推展之下，對於人權的發揚、婦女自我價值的肯定與提升，她提供了最好的標竿供後人學習模仿，《現代女性》劇本五種除了將她的現代女性主張確立之外，李曼瑰的身影不斷若隱若現、呼之欲出的重複出現其中，因此，李曼瑰自身的行為表現與人生價值，便是其現代女性主張最好的示範與體現。

——選自陳淑珍〈李曼瑰《現代女性》劇本五種之研究〉
臺灣藝術大學表演藝術研究所戲劇組碩士論文，2005 年 6 月

李曼瑰歷史劇的主題意識與人物特色

◎陳碧華*

李曼瑰開始創作歷史劇時，正值反共抗俄時期，她和隨著國民政府來臺的知識分子一樣，都積極地參與響應國家政策，投入民族救亡的行列，在提倡戰鬥文學的風潮之下，她創作出的都是關乎國家命運的戲劇作品。從李曼瑰歷史劇的整體表現來看，她在反共抗俄的經驗中獲得許多的創作的靈感，這也形成李曼瑰特殊的戲劇風格。而且透過前文我們可以看到李曼瑰的歷史劇在國民政府時期所推行的政策、政令之下，它似乎都擔負著某一項任務。她透過歷史劇激發出觀眾或讀者的民族意識與民族情感，發揮為民族、為國家的共患難精神。雖然後世對於她的評論大多持否定的態度，認為這些作品因為了適應時代的要求而失去藝術審美價值，覺得沒什麼好談的，所以李曼瑰等反共時期劇作家與作品不再受到重視，被冷落放置到一旁。

文藝與政治，或美學與政治若僅用二元劃分的方法來討論，事實上並沒有辦法看到其複雜性，因為實際的文學或美學與政治之間的界限是模糊的、流動的。就如同李曼瑰受到時代思潮的影響與制約，在她作品中留下許多思想性與政治性的歷史痕跡，但是其歷史劇創作思想精神，並非單單只有反共而已。在她歷史劇中我們同時還可以看到其它的思想層面，例如民族主義、大同世界的理想、宗教思想、生命與文化的傳承，以及對於女性在社會的價值與地位等關懷。過去的研究只集中於政治化的部分，而對

*發表文章時為中興大學臺灣文學研究所碩士生。

於劇中其它的面向並未有談論。或許是研究者認為她的這些思想全都是出自於反共，都是從國家民族而出發，但是仔細閱讀過後仍會發現，這之間仍是有程度上的差別，實在無法簡單的三言兩語就概括她所有的歷史劇。因為文藝與政治密切相關，它不單只是「為政治服務」這麼簡單而已，它們之間的關係其實更為複雜，若不進一步的探討我們又怎能觀察到作者如何將崇高的政治理想化為陰柔的美學，以及兩者之間的關係與作用？

因此，本章將針對李曼瑰歷史劇的主題意識與人物上的特色進行分析，希望能有助於了解與掌握李曼瑰歷史劇創作藝術層面上的表現。在本文第四章談論李曼瑰歷史劇的生成與傳播時，已經以約略提過其各齣劇作的創作動機，本章欲進一步地說明其歷史劇中的主題意識與精神意蘊，並觀察李曼瑰作品中的書寫策略與書寫過程中展現的創作思維與意義，以及分析其歷史劇人物塑造上的戲劇性與風格和特色。

李曼瑰歷史劇的主題意識與精神意蘊

一、民族主義與愛國精神

李曼瑰的歷史劇的創作起因，以及所要表達的意圖，大都具有鮮明的政治傾向。她的歷史劇大體是傾向將古代的歷史與現實的政治變動關聯起來。李曼瑰創作的歷史劇，正值國共對峙，國民政府退避臺灣之際，長期以來愛國心切的她，國難當頭，面對存亡危機，讓她更加覺悟，更加堅定保家衛國，光復失土的理想信念。因責任意識與使命感所致，她以實際的行動參與反共行列，在戲劇活動上亦是如此，她來臺之後所創作的戲劇似乎都和反共復國有關。從《王莽篡漢》到《漢武帝》無不貫穿著反共抗俄時期的時代氛圍。例如：在《王莽篡漢》中表現出人們對於共黨占據大陸的憤怒與哀怨，在《大漢復興曲》中激勵人民只要團結必能成功。這些歷史劇體現了拯救民族危機的精神意蘊，而李曼瑰本人的愛國精神和政治熱情也代表了當時隨著國民政府來臺的知識分子的感受與選擇。在反共年代中，李曼瑰對於身陷於中國大陸人民的苦難和不幸，失去國土，離鄉背井的現實感受，讓她的愛國愛民的情感逐漸強烈，反共思想，更加深了她救國救民的使命感。這個追求民族精神，自由民主的思想貫穿了李曼瑰的歷史劇，可以說李曼瑰的政治身分決定了她的戲劇創作方向。

《王莽篡漢》與《光武中興》是題材鮮明的歷史故事，李曼瑰創作這兩部劇作時正值國民黨面臨到政治上的困境，《王莽篡漢》與《光武中興》這兩齣戲便是李曼瑰對於時代所做提出的尖銳課題。尤其是漢光武帝劉秀中興復國的歷史故事，意欲激發臺灣人民英雄氣概和不屈不撓的戰鬥精神。這些戲劇通過情節表達出濃厚的時代氣息。《王莽篡漢》是李曼瑰第一部嘗試創作的歷史劇，結構與語言當然也有不足之處，以創作的層面來看，情節缺乏複雜性；以美學欣賞的角度上來看，內容也過於平淡缺乏衝突性。她的歷史劇要到了《漢宮春秋》之後才較為完整。《漢宮春秋》是配合當時反共抗俄所寫的作品，由於它的思想性強，戲劇張力夠，她將古代為人所熟知的歷史故事活靈活現地展示在舞臺上，從發表到演出皆引起臺灣戲劇界的騷動，並受到熱烈的歡迎。

《大漢復興曲》也是李曼瑰精心布局的一部作品，此劇作以「光武中興」的歷史故事作為寄託，重新塑造劇中人物陰麗華的形象，李曼瑰讓陰麗華的智慧美德與劉秀的仁義正直，以及劇中這些英雄豪傑犧牲小我保家衛國的行徑交相輝映，烘托出《大漢復興曲》這一齣劇作的背後的真正意旨，對於光復祖國的渴望。在此劇中作者著重於表現漢光武帝一生輝煌的階段，揭示受人民簇擁的英雄人物劉秀代表的是正面力量，他在暴政與爭戰的過程中忍辱負重，透過一連串的事件來表現劉秀堅持抵抗王莽暴政內在精神的完滿，在劇中著重渲染出這些將領的民族精神與英雄氣概。

《光武中興》或《大漢復興曲》中以這些中興復國的英雄人物事蹟為主題，歌頌其抗暴革命的精神；或是《漢武帝》中獨尊儒術等是來諷刺中國共產黨「文化大革命」的「毀儒」破壞中國文化的惡行。前者積極地透過戲劇來反映現實處境，目的在於鼓勵軍民共同反共，後者則是借古諷今，來暗諷對方錯誤的政策。李曼瑰的另一歷史劇《楚漢風雲》是以劉邦項羽楚漢相爭，霸王別姬、垓下自刎等為人所知曉的歷史劇故事，利用浪漫唯美的手法來呈現，尤其是以悲劇美學的思維創造了虞姬的形象。同時在劇中張良這個人物形象中也寄託了李曼瑰對於大同世界的理想與追求，她希望能有賢民的君主出現，可以領導民族強盛，走向安康的大同世界，這些對於政治理想的渴望都暴露在這齣戲當中。

忠於民族國家的道德使命所致，讓李曼瑰在戲劇的表現指向振興民族的路徑，她的歷史劇中所呈現出的感時憂國的愛國精神，在一定的程度上也提高觀賞者對於民族救亡的意識。她這些作品因為沒有受到壓制而得到充分的表現與發展，所以她的創作意識清楚，沒有含糊不清的地方，對於中國共產黨的不滿與反抗，也透過實際的筆墨實踐而出，例如《大漢復興曲》中認為竊政奪位者必當受到人民的制裁，而全民團結合作，精誠所至，金石為開，努力抗敵。終會獲得最後的勝利。這在動盪不安戰後初期的臺灣是具有積極穩定人心的作用。

二、喚醒女性的自覺與價值

反共時期的「婦女運動」精神領袖蔣宋美齡主導過「婦聯」或「婦協」等組織，李曼瑰也受邀參與其中，在這組織中她曾提出過不少的理論與主張，在反共的時代中這些女性亦加入反共抗俄，建國復國的行列。李曼瑰自言自己本來是從事文學的人，對於婦女運動從外參加過，是受到蔣宋美齡的邀請，加入「婦指會」後，才開始關心婦女的問題。她除了發表過許多婦女問題相關的文章之外，在創作上也透露出女性的社會地位與價值，以及女性意識與主張。李曼瑰這些歷史劇作品都有著明確的思想主旨，但是劇中的這些人物並不只作為歌頌國家民族的精神而已，如她筆下女性人物除了作為張揚愛國的民族精神之外，都也盡可能表現出這些女子溫柔堅強、獨立自主的性格。

李曼瑰在談到現代女子的生活觀與生活方式時她也曾說：「過去的女子，生命的路途也許是不平坦的，她的生活方式可以說是很簡單。因為那個時代的社會是根本不承認女子是獨立的人格，所以女子無所謂人生觀，無所謂生活方式。」過去的女子是依據丈夫而定的，她們無法自己選擇或決定。但是，「現在的女子不同了，社會承認她是人，有獨立的人格，她和男子受同等的教育，她有男子的學問才智，有男子的嗜好與志願。」[1]她認為女性應該具有獨立的人格，擁有自己的生活方式與人生觀，不是依附在男性底下生存。從她的歷史劇中我們可以看到她所主張的這些女性特質。

雖然女性在反共的時代中也是被動員的一環，而李曼瑰也將反共抗俄的時代精神融入到劇中的人物，但她也強調女性應有自我意識，要有自主性，必須要擁有自己的看法與主張，不可以隨著男性社會的觀點隨波逐流，關於這一點從這些人物的身上可以清楚見到這些特質。這些歷史劇中所呈現出的女性人物形象，大多是強調追求自我的發展與自我的實現。如《王莽篡漢》中的王英是傳統典型的婦女，在家從父，出嫁從夫，她的婚姻大事是由父親做主，她是父親為了奪政所布下的一只棋，但是後來她自我意識的覺醒，決心掙脫這枷鎖，背叛自己的父親王莽，追求自己的幸福與愛情，重新找回自己存在的意義。她反叛父權所帶來的壓力，爭取自己處理婚姻與愛情的主導權。又如《楚漢風雲》的虞姬，她雖然原本只想和張良過著男主外，女主內平凡夫妻生活，但是為了追求理想，她甘願為項羽之妾，捨棄與張良之間的感情，只為了追求更高的理想，她堅持走出自己所選擇的道路，這些行動也讓虞姬獨立自主，果斷的個性更為鮮明。

在傳統的歷史敘述中女性的聲音大多是被淹沒的。李曼瑰也曾語重心長的「覺得婦女在歷史上的史蹟實在太少了，簡直不足以成史；既不成史則無時代之可言。無論從政治史的觀點來看或從社會史，哲學史，文學史的觀點來看，所分的時代，都不大與婦女相關。」[2]因此她倡導「婦女運動」，鼓勵女性從事文化創作，重新找尋婦女的人格與人生觀，將婦女從這些傳統思維的束縛中解放出來。因此，當她在撰寫劇本時，對於塑造歷史

[1]李曼瑰，〈人生觀與生活的方式〉，《創造婦女的新史實》（南京：時代出版社，1947 年 9 月），頁 71。
[2]李曼瑰，〈我們的時代〉，《創造婦女的新史實》，頁 29。

上的這些女性人物的形象時便特別的用心。她為要讓這些女性從無聲變有聲，讓沉默失語的女性人物說話，她細心的從女性的主體意識去解析這些歷史上女性的行為和心理動機，進而重新評價她們在歷史上的地位。

在劇中她格外地重視女性人物的心理特點與感情的描寫。[3]在她筆下的女子個個都有血有肉，而且個性分明，她們不再只是一個裝飾或美麗的傀儡，或僅是男性的附屬品，這些女性在劇中都獲有自己的一片天地，因為她認為：「**健全的女子絕不肯依附男子而生活，更不希望搖著男子的旗幟認為是自己的榮耀。她們可以希望和一個志同道合的男子結婚，以求互相切磋，互相扶助，但他們的目標不是結婚，他們的精神也不是全繫在丈夫的愛情上。**」[4]李曼瑰將這些想法注入在劇中這些女性人物的性格上，《大漢復興曲》中的陰麗華即是。又如《楚漢風雲》中的虞姬不再是盲目跟從項羽的柔弱女子，在她的歷史劇中虞姬是一位敢愛敢恨，勇於追求理想，有自己獨立的思想與人格的個體。李曼瑰筆下的這些女子們雖身處於不同的朝代，但是她都讓劇中這些女子扮演著舉足輕重，甚至是足以改變歷史的重要角色。李曼瑰歷史劇中的這些女性，也是她心目中認為女性應該有的表現，因此她在劇中格外注重女性自身的本質、生命意義及其在社會中的地位，以及女性對於自身命運的自覺等描寫。

這些女性與男性被擺放在同樣的位置上，在李曼瑰的作品中女性意識滲透其間，這主要是她對於女性自身的內部審視和認同，以及從自身為女性的眼光洞悉女性自我，並確認女性自身本質與生命意義，以及肯定她們在社會上的地位與價值。另外，在這些劇中我們也可看到李曼瑰是從女性立場出發，在描寫女性人物的時候，是從女性的角度來觀照外部的世界，或表達女性內心世界，在她的作品中偏重於女性對於「情」與「愛」之間的描寫，也因此戲劇中也洋溢著女性溫柔婉約的柔情。

[3]所謂的女性主體意識，指的是女性特有的一種對於女性自身價值認識的意識，從女性的心理與生理結構，社會與群體結構，歷史與文化結構來透視自身的意識。劉麗文，〈歷史劇的女性主義批評〉（北京，中國傳媒大學，2005 年 10 月），頁 91。
[4]李曼瑰，〈確立婦女的人格與人生觀〉，《創造婦女新史實》，頁 15。

三、追求永恆的課題：生命與文化的傳承

李曼瑰戲劇中所呈現出的傳統社會道德價值觀是來自於她個人生活體驗為基礎。在傳統的社會中時常是以道德來規範人的行為，作為維護社會秩序的準則，但是過度的規範似乎演變成是在為特定的制度服務，即是說有時可能為了維護傳統秩序，道德成為壓抑人的思想情感與生命力。在當時的社會環境之下，不容許有過多的個人的思想。主張戲劇應起時代與社會作用的李曼瑰，在創作當中不但強調傳統的標準，對於文化傳承的部分也十分重視，尤其是文化之於人生的作用與目的更是關切。

至《漢武帝》之後，李曼瑰戲劇中對於政治現實的關注似乎減弱，尤其是若將她後期所創作的《瑤池仙夢》與前期的歷史劇作做相較，則會發現前後之間有明顯的變化，最明顯的變化是她劇中人物的政治色彩降低了，到了《瑤池仙夢》時，我們已經看不到這樣強烈的時代特色，她不再去反映那個艱難的時代，而是將觸角延伸到對於生命與人性的討論上。雖然《瑤池仙夢》這齣戲的情節與故事內容並未如其之前的歷史劇作來的緊湊，戲劇衝突也未如前幾齣戲那樣較有張力；但是這齣戲的意涵與哲理卻是最為深遠的。

李曼瑰對於基督文化的接受與影響是來自於她的父親，她的文化信仰也表現在她的創作當中。她的戲劇理論一再強調真善美的表現，這與基督教對於真善美的世界追求嚮往的精神是類似的，尤其身為女性的李曼瑰，當她在觀察世界與社會時，會著重於表現女性的個性發展。偏重於女性生存狀態與命運的關照，以及探索女性自身性格與感情的發展。她對於宗教情愫的具體的表現是來自於基督教的精神「愛的哲學」，宗教中崇尚自我的淡泊名利性情，尋求安放靈魂的烏托邦，打造人類的理想精神世界，關於這一點特點，我們可以從《楚漢風雲》中對於人間淨土，大同世界嚮往，以及對於張良這個人物追求自我理想，淡泊名利的描寫上看到這樣的特色。此外，對於夫妻之情與親子之愛的描寫逐漸變多，如《瑤池仙夢》中武帝與李夫人之間夫妻生死相隨的夫妻之情，除了「情」、「愛」之外，對

於「生命」與「傳承」也是劇旨的重點。

「愛」、「生命」、「傳承」是基督教面對人生的基本命題，而李曼瑰雖然受基督文化的影響，但是她的作品並未見到宣傳宗教的痕跡。她表現的是人生共同的命題，生命與文化的傳承。在《瑤池仙夢》中作者透過李大人的死亡來談生命的意義，《瑤池仙夢》主要是以武帝與李夫人之間的感情作為敘事主軸，漢武帝晚年深愛李夫人，因李夫人過世悲痛欲絕，在李夫人死後，漢武帝不斷尋求方術之法，希望能再見李夫人一面。在這個追尋的過程中，李曼瑰在劇中不斷地透過事件與人物之間的對話告知讀者追求生命的真正意涵。

「死亡」，可以說是一門牽涉到肉體消逝與再生經驗的宗教性藝術。宗教與其他非宗教學科如哲學、心理學、倫理學、文學、藝術與自然科學等最根本之區別應在於宗教特別關注人死後之事，即是人在死亡之後，有無類似或幾近靈魂永生之類的存在。[5]《瑤池仙夢》中透過漢武帝在夢境中前往瑤池，透過與西王母娘娘與李夫人之間的對話來討論永生的命題。「死後世界」，對於宗教而言他是一個永恆的世界，即是說透過宗教性人的生命可以以另外一種形式達到永生，超越人之死亡的意義。

此外，文化傳承也是李曼瑰後期歷史劇中所欲呈現的重點之一。李曼瑰的傳統文化精神是來自於儒家文化，儒家文化是中國傳統文化中的一部分，在華人的思想發展史上它始終是處在一個核心地位，尤其是儒家的倫理觀。李曼瑰的歷史劇中文化傳承表現是來自於，面對「文革」時，傳統文化遭到非理性的踐踏與摧毀。在那個時代中，知識分子面對文化的摧殘應當都會感到焦慮不安，尤其是對於支撐社會道德秩序的儒家傳統文化遭到破壞，深怕傳統文化一旦消失滅亡，民族也就會跟著消失滅亡，讓他們更極力想要出手挽救。李曼瑰亦是如此，她是以戲劇來弘揚儒家傳統的文化，目的是希望實現中華民族偉大的復興運動。然而這裡的復興，並不是

[5]輔仁大學宗教學系編，《宗教的生命觀》（臺北：五南圖書公司，2010 年 4 月）、鄭志明，《宗教生死學》（臺北：文津出版社，2009 年 1 月）。

新興，也不是創新，它只是讓人們透過戲劇來重現過去曾經輝煌過，因為現在有被消滅的危機，所以必須讓它重新燦爛。這就是李曼瑰在文化復興運動時期，創作《漢武帝》的核心思想，因為文化復興，民族也會跟著強大，如此一來，離光復國土與創造大同世界的理想也就不遠了。

李曼瑰會選擇漢武帝為代表人物，是因為這個時期的國家是以「獨尊儒術」作為文化政策，儒家文化的思想成為當時保持社會秩序，規範道德的準則。自從漢以後，唐、宋、明、清，幾乎都是這樣的、傳統文化與教育有著密不可分的關係，如何將文化傳承下去，那便是要通過教育的方式延續下去。因此，李曼瑰在《漢武帝》中肯定武帝採用董仲舒的建議罷黜百家，獨尊儒術的教育方針。劇中經由武帝利用儒學敦化民風，似復甦儒學為教化社會的使命，進而發揚儒家的精神對外施展武功，以衛青、霍去病征伐匈奴，保障北方經濟文化的發展等，來弘揚儒學的文化優秀性，以及讚賞其治國安邦的力量。從上述的討論可以看到李曼瑰並非只有涉及反共這樣的政治題材而已，對於社會、人生、感情等也多由描寫，如倫理、兩性、民族之愛，或是追求生命永恆的命題等。

帝王將相：歷史劇的核心形象——李曼瑰歷史劇中的英雄敘事

戲劇是透過人物形象的塑造來完成的，它必須塑造出完整的、豐富的人物形象。即是說一部好的戲劇作品，除了在情節的波折上精采之外，對於人物的人性挖掘也是要深入的，因為人物為戲劇的靈魂，尤其是歷史劇，它是通過對歷史上的歷史人物的生命形態來觀照人類的歷史。反之，如果一個人物形象過於制式，那麼這樣的人物塑造便是失敗的。梁實秋在談到戲劇裡的人物形象時曾言：「戲裡的人物好人不能十全十美德要有說的缺點差誤，壞人也不能澈底的奸惡，總有他為惡的動機，這樣的描寫才能產生較深刻的戲劇效果。換言之，對於人性作公正而深刻的解剖才能引起觀眾的內心的欣賞。」[6]但是，觀察 1950、1960 年代的戲劇作品，則會發現在人物的描述上對人性深入的挖掘或討論是缺乏的。這主要是因為當時的劇作家仍將戲劇視為勸世教化的工具，所以在表現上仍是從中國傳統的戲劇觀念出發，使得劇作中的主要人物大多是非奸即惡，非忠即孝，忠奸對立十分明顯，且多為扁平型的人物，無太多的情感轉折。因為這一時期的作品大多希望起教育的作用，觀眾看到色彩鮮明的劇中人物，不需要多假揣測他的善惡，一眼就可分辨，此外，刻意強化極惡、極善，激化這兩者的表現也容易讓觀眾看到戲中人物善的表現，會產生景仰而效法；看到惡者的行徑，會引以為戒。[7]這也是反共時期劇作家在設定人物時的特性，除了必須具有戲劇性之外，這個人物一定必需使觀眾有認知的價值。即是說這個人物要具有立德、立言、立功，對於社會有重大貢獻者，也就是我們所說的仁人君子；或是禍國殃民的奸逆之徒，對於社會有嚴重危害者，也就是我們所謂的卑鄙小人。

重視藝術作品的藝術性與創造性的李曼瑰，更重視的是戲劇在宣傳上激勵的作用。雖然她並不因此而輕忽作品的藝術性，仍會注重藝術的審美功能與文藝自身規律與特性，盡量讓作品發揮感人的力量。因此寫過反共劇與歷史劇的她，在創作的作品時候，不會生硬的插進一些激昂的口號，她沒有這種疏淺、粗製濫造的通病，但是往往也會因為內容上要宣傳或傳達反共與愛國思想而忽略了藝術應有的美學要求，所以她在創作人物的時候也常採用善惡的分類標準來增加對照的力量與表現道德思想，但是人類的性格複雜，沒有辦法僅以二分法就區別整個人類，而讓目的性凌駕於藝術創作之上，這也是她戲劇表現上的缺點。李曼瑰因重視戲劇的政治傾向性而忽略了戲劇藝術性的表現，尤其過於強烈地表達出干預現實的欲望的時候，同樣嚴酷的現實是這樣缺乏藝術的戲劇表現模式，其演出時間無法持續太久，這也是反共時期的戲劇無法延續至今，很快就遭到觀眾排斥的

---

[6]梁實秋，〈談歷史劇讀《漢宮春秋》後的感想〉，《聯合報》，1956 年 02 月 15 日，3 版。
[7]鄧綏寧，《編劇方法論》（臺北：正中書局，1979 年 10 月），頁 64～65。

原因。

前文已提過國民政府為要捍衛中國文化傳統的正統地位，提倡中華文化復興運動。戲劇作品經常從歷史劇中取材，歷史人物中多以忠孝來鼓勵文人武將和平民百姓，古往今來，這種移孝作忠，愛家更愛國的思維模式，在中國人的心理已形成了固定的道德評判模式。忠於君國被視為崇高的表現，反抗奸逆與邪惡勢力為忠臣者應盡之事。在反共抗俄時期，我們可以發現岳飛、文天祥等人精忠報國，忠心耿耿的事蹟，在舞臺上不斷地上演著，而這些演出的表現都是忠奸分明，劇作家將一段又一段紛爭的歷史，演繹成一場又一場忠奸的較量。又如包公的事蹟一再被上演，包青天凜然的忠誠形象，打擊奸臣逆賊的好戲，得到觀眾的喝彩。站在觀眾或讀者的心理來看，這些人物大公無私，以百姓為重，替人民伸張正義，不計較個人私利，捍衛社稷天下的表現，深深打動群眾的心。人們嚮往這種將生死度之於外的英雄，愛戴這些位人民犧牲己利的忠臣，他們對於英雄將領的崇拜往往是來自對於國家民族的認同，一種內部凝聚力的表現。

然而，這些忠臣或英雄雖是為民作主，但是仍是在通過中央集權的統治的政令之下去施行職權。從某個角度來看，他們是以忠誠賢明為名，輔佐君王鞏固其政權，加強對臣子百姓的控制。歷史劇中的帝王形象為李曼瑰主要的描寫對象，如王莽、漢武帝、漢光武帝劉秀等，這些帝王在某種程度上代表了國家的意志，有著至高無上，神聖不可侵犯的神祕感，透過劇本的方式李曼瑰將上述這些意識與精神融入到歷史人物之後，這些歷史人物呈現出何種的生命與樣貌？下文筆者針對李曼瑰這幾齣歷史劇中較具代表性的幾位人物進行說明。

一、文韜武略、感情專一的明君劉秀

李曼瑰在人物的選取上是費心思的，如《光武中興》的劉秀。王莽末年，赤眉、綠林起義先後爆發，新莽政權呈現敗亡之兆。劉秀兄長劉縯勇武剛毅，希望在亂世有所作為，他喜歡結交四方俠士，不願種田。劉縯邀劉秀一起參與反抗軍的行列，但劉秀當時並未有兄長這般遠大的想法，他僅是甘於種田、讀書之人。後來經過陰麗華與劉縯再三的勸說後才加入興師起義復興漢朝的大業。在《光武中興》與《大漢復興曲》中描寫劉秀的性格雖然可稱其為人謹慎；但與熱血沸騰的劉縯相較，似乎顯得過於柔弱，胸無大志，不似可以共圖中興大業之人。反而是劉縯給人的較具有蓋世英豪的特色，其自言：「我劉縯一心二德，為國為民，絕無其他冀圖，只要推翻暴君，為民除害，江山龍座，公推賢者居之。」[8]其既無私心，也不寄望得到功德祿位，一心只為百姓著想謀福。至於劉秀當各路英雄紛紛起義欲推翻暴政之時，他卻只願固守眼前的快樂，還是曉以大義的陰麗華提點他：「人有私情，也有大義。為著私情，我豈不願意你長守家園，享受人生樂趣，可是現在大漢需要你復興，同胞需要你拯救，這是大義。」[9]聽了陰麗華這番建議之後，他才被動的加入仁義之師推翻暴政的行列。

但李曼瑰欲將劉秀塑造成得以號召天下的英雄人物，必須要為劉秀不願隨之起義找出理由，因而在劇中讓劉秀有機會可以表白內心的想法，其言：「我自問沒有私心，沒有名利的冀圖，我更厭惡個人主義，英雄思想。可是，我一旦揭竿而起，就難保旗幟之下不附著那些借美名，圖謀私利的敗類。我唯恐結果反致以暴制暴。」[10]他之所以不願起義是因為天下已經有夠多的英雄，而這些英雄們僅不過是「扯著英雄的旗幟，喊著救世故民的口號，但事實上也不過是爭權奪利，分地割據，建立自己的勢力。」[11]所以他不願增加人民的痛苦才不願起義的。甚至透過陰麗華的勸說過程中塑造劉秀不愛名利，無私的形象，陰麗華對劉秀說：「相公，你不愛名，不愛利，不願叱吒風雲，表演個人的超越才幹。不過英雄造時勢，時勢造英雄；有時候，你不要做英雄，時代也會逼著你做英雄。相公悲天憫人，志在救世。你不要做唯我獨尊的英雄，但你也絕不忍心看見國家淪亡，人民

[8]李曼瑰，《李曼瑰劇存》（一）（臺北：正中書局，1979 年 4 月），頁 128。
[9]李曼瑰，《李曼瑰劇存》（一），頁 120。
[10]李曼瑰，《光武中興兩部曲》（臺北：世界書局，1953 年 11 月），頁 76。
[11]李曼瑰，《光武中興兩部曲》，頁 73。

遭殃。」[12]

另外，透過其妹劉伯姬的口中講述劉秀與劉縯兩人的不同，其言：「大哥做事，想做就做，不假思索；三哥總是思前想後，準知道成功才去做。」在劉伯姬的口中，劉縯儼然變成了衝動且無大腦之人，而劉秀則是謹厚持重，深思熟慮之人。還有，藉由穀倉遭盜取的事件來顯現劉秀是位足以號召天下英雄，感動教化人民的領導者，如竊盜之人張卯而向劉秀認錯，並受感化而言：「我們要復仇，要討伐暴虐，得要興仁義之師，不能盜賊的行為。」[13]劉秀告知這些竊取之人應該共同討伐暴虐，而仁義之師是大家的，義軍們必須認識自己與王莽不同，不可以有個人主義，英雄思想，仁義之師應是救國救民，一切都是要出自誠懇，大公無私，真實純正。[14]

劉秀在昆陽之戰中立了大功，劉縯又奪取了宛城，他們的勢力逐漸與平林軍的勢力分庭抗禮。平林軍的將領深怕劉氏兄弟勢力過大威脅到他們，於是勸更始帝劉玄殺掉劉縯。劉縯被殺之事傳到劉秀軍隊，李通、王鳳與張卯眾將領聞訊後誓言要替劉縯報仇，但是劉秀以大局為要，以及為了眾生的安危而忍辱下來，暫時不報殺兄之仇。因為劉秀認為這是私仇，現在還不是報仇的時機，「這支義師是要弔民伐罪，是要剿滅王莽，是要復國救人，不是自相殘殺。」甚至命令部將「除了王莽，我們不打任何人，不殺任何人！這是我的命令，違者斬！」為了大我而犧牲小我。劉秀的部將李通對於他這種高深莫測的心懷，以「仰之彌高，鑽之彌堅，忽焉在前，忽焉在後。」[15]來形容。就連敵軍嚴尤也認為：「他的仁義之師，所過如雨露之潤澤，如春風的和煦，到處受人民歡迎，受人民愛戴。」[16]這些描述將劉秀塑造成正義凜然，大公無私，且英明仁厚、愛民如子的形象。

李曼瑰筆下的劉秀不但是位深謀遠略的軍事長才，亦是仁德愛民之

[12]李曼瑰，《光武中興兩部曲》，頁 77。
[13]李曼瑰，《光武中興兩部曲》，頁 81。
[14]李曼瑰，《光武中興兩部曲》，頁 81。
[15]李曼瑰，《光武中興兩部曲》，頁 114～115。
[16]李曼瑰，《光武中興兩部曲》，頁 120。

人，也是十分專情，感情深沉而真摯的男子。他早在少年時就完全託付給了陰麗華，當他還是個南陽府的平常農夫時說出人生兩大志願：「仕宦當作執金吾，娶妻當得陰麗華。」[17]劉秀不同於歷史上所載的帝王，擁有眾多的後宮佳麗。據說劉秀一生中只有三個女人，第一位是許美人，史稱其為「無寵」，不受劉秀寵愛。第二位則是出身新野地主之家的陰麗華，第三位則是出身河北王族真定王的女兒郭聖通。《後漢書・皇后紀》中言：「帝以后雅性寬仁，欲崇以尊位，后固辭，以郭氏有子，終不肯當，故遂立郭皇后。」[18]《後漢書・天文上》：「光武建武九年七月乙丑。金犯軒轅大星。十一月乙丑，金又犯軒轅。軒轅者，後宮之官，大星為皇后，金犯之為失勢。是時郭后已失勢見疏，後廢為中山太后，陰貴人立為皇后。」[19]在《大漢復興曲》中李曼瑰有提到後面兩位人物，但是為要塑造劉秀對於愛情專一的形象，作者只描寫陰麗華的部分，對於這位因為要鞏固北方豪族勢力而政治聯姻的郭聖通，李曼瑰僅是以真定王欲將「郭小姐」許配給大將軍，寥寥幾句話便帶過。

劇中劉秀反對聯姻之事，並激烈的對陰麗華表示：「我們結褵以來，心心相印，哀樂與共，生死相守，這情感絕不能有所轉移。」[20]但是礙於大義，欲助劉秀完成大業的陰麗華，選擇下堂求去。這段的安排不但表現出劉秀的專情，也道出陰麗華為要成全劉秀，識大體甘願退讓的胸襟。可是在歷史上郭聖通是位十分出色的女子，不但出生於貴族豪門，亦十分有個性與才能。雖然劉秀與她是政治聯姻而結連理，但也是喜歡她的，郭聖通還給他生下了長子劉彊，在稱霸天下也提供劉秀許多幫助，劉秀後來還封她為后。但劇中為要展現出劉秀的專情、舊念，在劇終作者則是描寫劉秀

[17]李曼瑰，《李曼瑰劇存》(一)，頁 106。
[18]宋・范曄撰；唐・李賢註，〈皇后紀第十上〉，《後漢書》(卷十上)(北京：中華書局，1973 年 8 月)，頁 405。
[19]宋・范曄撰；唐・李賢註，〈天文上〉，《後漢書》(志第十)(北京：中華書局，1973 年 8 月)，頁 3220。
[20]李曼瑰，《李曼瑰劇存》(一)，頁 170。

迎回髮妻陰麗華，陰麗華以皇后之姿一同參加登基的祭壇大典，對於郭盛通被立后之事卻隻字未提。在《光武中興》與《大漢復興曲》這兩部劇作中，從李曼瑰這些精心的布局安排與史料上的裁剪上，我們可發現她十分用心的將劉秀塑造成具有領導長才、功勳蓋世、仁德愛民、真摯熱情、感情專一、性格柔和之人。

二、重情重義的項羽與背信忘義的劉邦

李曼瑰自言偏愛項羽的英雄氣概，我們可以從《楚漢風雲》之中看出他對於項羽的描寫多過於劉邦，對於項羽也多了一份惋惜與憐憫之情。項羽少有大志，他的才能為張良所賞識，張良認為項羽是一塊渾厚的璞玉，若經過一番雕琢之後便會成為光輝燦爛的翡翠，雖然項羽有勇無謀，但是若加以協助他，替他思想，為他籌畫便可與共創大同的樂土。[21]李曼瑰透過楚漢之爭的攻防過程中，呈現出項羽與劉邦二人的性格與處世態度。項羽進入咸陽後焚燒宮殿，所經之處殘破不堪，讓人民對其感到失望，項羽得不到人民的支援，其行事與人心背向；此外加上他對人高傲多疑，自恃甚高不願採納其他人的意見，如范增多次建言除去劉邦以免後患，但仍不被項羽採納，不能知人擅用，范增因而灰心而告老還鄉。[22]這些與他後來導致滅亡有相當的關係。

至於李曼瑰對於劉邦的描述則是認為其之所以得天下，和劉邦能夠知人擅用，以及民心依附有很大的關係。劇中張良認為劉邦度量宏大，肯居人之下，如此之人必能產生無比的力量。[23]鴻門宴中項羽欲重新重用張良，但是劉邦倚重張良多年，對其而言如師如友，所以婉拒項羽提出要拿陳平與張良交換的建議。從這段描述中可以看到劉邦對人才的重視，反觀項羽，他卻輕易將跟隨自己多年的部將當作貨物，以物易物拿來做交換，這也是為何後來陳平與英布叛離，轉而投靠劉邦的主要原因。[24]

---

[21]李曼瑰，《李曼瑰劇存》（一），頁 196。
[22]李曼瑰，《李曼瑰劇存》（一），頁 228～242。
[23]李曼瑰，《李曼瑰劇存》（一），頁 198。
[24]李曼瑰，《李曼瑰劇存》（一），頁 236～237。

項羽於彭城大敗劉邦，漢將紀信扮成劉邦出城投降，項羽中計，劉邦趁機脫逃，兩軍交戰僵持不下，雙方因糧草即將斷絕而議和，平分天下。但是劉邦卻背信棄約，而出兵攻楚。楚軍最後因在漢軍三方夾攻之下而斷糧限於苦戰，四面楚歌使項羽軍隊軍心渙散，項羽仍率精銳騎兵突圍，殺出重圍，因為過於殘暴，失去民心的項羽，乃至於垓下脫逃之時受農人蓄意錯報方向而迷路受困，終被漢軍所圍。但項羽為要證明是「**天之亡我，非戰之罪也。**」(《史記卷六・項羽本紀第七》)，他再次以騎兵突圍，證明了自己驍勇善戰。至烏江本來可以脫逃的他，卻因八千弟子無一倖免，無言再見江東父老而不肯渡江，其言：「**我不能帶著失敗的恥辱，面對愛我的同胞。我更不願使他們因為我的失敗而蒙羞。讓他們做勝利者的子民罷。**」[25]項羽婉拒亭長的相助後，又獨自力戰漢軍殺數百人。期間他見到舊識呂馬童，讓呂馬童營救虞姬，並讓他取自己的屍首向劉邦領賞。項羽寧死也不願愧對與自己出生入死的士兵，以及江東父老，這段描述中除了讓讀者見到項羽重情重義的真性情之外，也說明了項羽剛愎自用，至死仍驕傲自滿，仍舊認為以武力來征服天下才是王道。

在李曼瑰《楚漢風雲》中的項羽性格剛烈，個性衝動而易怒，行事不夠縝密，甚至有些剛愎自用，但是另一方面也讓我們看到項羽的神勇，豪氣與至情感性的一部分。然而他的真性情往往也使得他在關鍵時刻過於感情用事，如鉅鹿戰後留章邯、鴻門宴上保劉邦，這些婦人之仁之舉是他的一大敗筆。但李曼瑰並認為這並非是婦人之仁，她筆下的項羽因自認為可以制勝劉邦的時機很多，若以主人身分誘殺賓客，非大丈夫應有的行為，這種鬼鬼祟祟，伏兵暗殺的勾當為其所不齒，所以項羽才未在席間誅殺劉邦，反而使其安然離去。

反倒是劉邦在李曼瑰的筆下與項羽相較，給人有偽君子的感覺，劉邦議和之後卻背信契約。兩國媾和簽訂契約時，項伯言：「**但願彼此堅守諾**

[25]李曼瑰，《李曼瑰劇存》(一)，頁287。

言，各守其土，各保其民，使子孫萬代，安享太平。」[26]揚言背約者天誅地滅，但是劉邦仍撕毀停戰令。張良得知後痛斥劉邦：「天地最可恥的就是欺騙！憑欺騙得到勝利，縱使享有天下，也永遠抹不掉可恥的汙點！天！要語言作什麼？要文字作什麼？墨跡未乾，言猶在耳……，啊！人呀！失信背盟，是人性的本能麼？」張良雙手掩目，痛哭失聲。[27]另外，劉邦對於虞姬也是有失君子的風範，其自稱項羽是「至好的盟友，如兄如弟」，因為國家統一而不得不辜負他，但是常言道朋友妻不可戲，更何況是「如兄如弟」的妻妾？劉邦趁項羽不在彭城之時進攻，劉邦見虞姬美色而欲納其為妃，進城後派陳平、英布將虞姬捉去。[28]垓下之戰時又趁機擄走虞姬，項羽才剛斷氣，劉邦硬是將「如兄如弟」的項羽愛妾虞姬捉去要她當自己的皇后。

曾經有人將劉邦、項羽比附為毛澤東、蔣介石，如余英時便曾將毛澤東與蔣介石比喻為楚漢相爭時的劉邦與項羽，前者項羽雖然殘暴，但是有所不為，而後者劉邦卻像似個流氓，為所欲為。[29]後世更有作者以此篇題材，將楚漢相爭的劉邦與項羽轉世為近代史上國共爭鬥的毛澤東與蔣介石，把蔣宋美齡與江青比喻為虞姬與呂后。[30]這個比附十分有趣，若將這比喻用來閱讀李曼瑰的這部劇作，不但可以發現其用心之處，亦可以知道為何在她筆下一直刻意強調劉邦是一位巧言善變，不信不義，不講道德，奸詐的好色之徒；在劇中她反而對於項羽的屠殺百姓、兵敗而自刎等給予較多的包容與解釋，作者較著重於他與虞姬，以及江東子弟之間重情、重義的部分。

---

[26]李曼瑰，《李曼瑰劇存》（一），頁 267。
[27]李曼瑰，《李曼瑰劇存》（一），頁 274。
[28]李曼瑰，《李曼瑰劇存》（一），頁 247～248。
[29]曹長青，〈對毛澤東要「九九開」〉，自由亞洲電臺評論（2006 年 9 月 8 日），資料來源：「曹長青網站」，網址：http://caochangqing.com/big5/newsdisp.php?news_ID=1452，徵引日期：2010 年 10 月 10 日。
[30]陳進益，《蔣介石與毛澤東前世今生》（臺北：林郁工作室，2007 年 9 月）。

三、雄才大略、風流多情的漢武帝

開疆拓土，弭平外患，大漢天威，遠震四方漢武帝，他在位時期可以說是中國文治武功最偉大輝煌的時代。《漢武帝》所描寫的便是漢武帝即位時，漢朝已經過長時間的休生養息，經濟富裕，國力充沛，政治上也形成了中央集權的模式，漢武帝認為已經有足夠的實力可以解決長期以來困擾漢朝的邊患問題，因此他決定轉守為攻，主動北伐匈奴。對於李曼瑰這段歷史描述，賈亦棣給予的相當肯定的評價：

> 這劇不僅把孝武的為人，寫得栩栩如生，而其青年時代的雄才大略，外攘夷狄，內修法度的豐功偉業，也作了戲劇性的表現。漢代是我國的盛世，其中朝廷大事，如興學制禮，交通西域，平服南奧東甌；朝廷人物司馬相如、東方朔、公孫弘、汲黯以及飛將軍李廣、文武兼備的大將軍衛青；少壯剛毅的霍去病；都有逼真的寫照。而每一事件人物，都有根據出處，絲毫沒有牽強虛構的地方，足見作者對於漢史有著很深的研究。[31]

在這齣歷史劇中李曼瑰大力歌頌封建帝王的歷史功績，這樣的歌頌彷彿是在向大眾宣揚封建社會時盛主明君的人治思想，強調著階級意識，似乎只要有位賢明的上位者，便能有效的帶領民眾，治理國家。可是她卻忽視了專制統治之下的血腥暴力的地方，例如武帝因為鞏固地位殺子殺妻的殘忍行徑，這些她並未在劇中提起。[32]

劇作家之所以將這些封建帝王將相作為主人公，並將這些暴力與血腥美化成盛主明君應有的治國方針，通過大眾藝術與戲劇美學的作用，對於

---

[31]賈亦棣，〈為《漢武帝》演出歡呼〉，《影劇二十年》（臺北：正中書局，1975 年 1 月），頁 131～134。

[32]原本李曼瑰計畫撰寫「漢武帝三部曲」的第三部《望子成龍》，描述漢武帝捕殺親子的悲劇，但是很可惜的是在完成此作品前，李曼瑰便因病過世。因此對於作者將如何描寫這段悲劇我們無從得知。

君主制、宗法制、大家長制的生活呈現出美好的面相。歷史劇不單單僅如表面上所見，只是在弘揚某一民族優秀的傳統文化，而是藉此向觀眾灌輸了什麼樣的歷史觀，潛移默化地宣傳了什麼思想，這才是我們應該高度重視的地方。漢武帝罷黜百家，獨尊儒術，以儒家作為權威的意識形態的制度，進而追求「大一統」，這與當時國府所追求的文化心理基礎十分契合。

除了政治描述之外，李曼瑰透過《漢武帝》、《瑤池仙夢》兩齣戲來描述漢武帝與皇后陳阿嬌、衛子夫、李夫人的三段情。漢武帝一生中慣於從女人身邊去發掘英雄人才，培養將帥人選。因此談論武帝的赫赫武功，就不得不交代武帝身邊的女人，例如寵愛衛皇后而提拔她的弟弟衛青與她的姨侄霍去病，加以栽培，全力支持，並讓他們帶領大軍，作為攻打匈奴的主力軍；又如寵愛李夫人而封兄弟官爵，拔擢李廣利為貳師將軍，讓毫無作戰經驗的李廣利統率大軍。漢武帝之所以可以當上皇帝也是靠他第一任妻子陳阿嬌，阿嬌的母親館陶公主以自己的影響力，讓景帝廢太子劉榮改立漢武帝劉徹為太子，幫助他登上帝位。阿嬌蠻橫霸道，讓武帝逐漸無法再忍受，甚至並揚言：「**有一天朕會制裁她的。不過現在，太皇太后寵愛她們母女，就讓她們暫時得意罷。**」[33]武帝對於陳皇后阿嬌忍無可忍，加上因為她一直沒有子嗣而受到冷落，雖然她曾試圖極力地想要挽回武帝的心，甚至利用巫祝之術，但此舉反而惹惱武帝而遭到廢除后位。

武帝生命中重要的第二女子衛子夫。入宮多年的衛子夫，因皇后阿嬌妒心而無法得到武帝的憐愛，武帝在遣散後宮佳麗時才驚見衛子夫，出生歌伎的衛子夫，知書達禮，以恭謹謙遜的德行贏得漢武帝的恩寵，所謂「一人得道，雞犬升天」。衛子夫當了皇后之後，衛氏家族亦受到漢武帝的提拔，如其弟衛青、外甥霍去病都因為是衛子夫外戚之故而受到重用，有了建功立業的機會，武帝甚至讓新寡的姐姐平陽公主嫁給衛青，親上加親。[34]

[33]李曼瑰，《李曼瑰劇存》(一)，頁 333～334。

[34]衛子夫母儀天下近四十年，卻因武帝晚年相信小人江充之言，其與太子劉據死於「巫蠱之禍」。

再來，則是漢武帝與李妍（李夫人）的這段情，李夫人透過兄長李延年的一曲「**北方有佳人，絕世而獨立；一顧傾人城，再顧傾人國；寧不知傾城與傾國，使人難再得。**」得到武帝的青睞，武帝對她一見傾心，當得到李夫人之後，武帝將她寵之專房，愛若至寶，但紅顏薄命的她卻因病而亡，李夫人死後武帝對她念念不忘。《瑤池仙夢》中便是描述這段故事，由於武帝太過思念李夫人而聽信方士齊少翁之言，他希望可以藉由召神喚魂，與魂牽夢牽的李夫人相見，化解相思之苦。漢武帝坐在紗帳重帷中，朦朧中遙見另一紗帳中隱約有一美人，武帝以為就是李夫人，但事實上卻是方士欺騙的手法。武帝以為真的見到李夫人而大喜，封齊少翁為文成將軍，並且給他許多賞賜。但沒過多久少翁黔驢技窮，騙術被武帝識破而遭處死。

可是殺了少翁，武帝並未因此而斷絕他迷信的行徑，後來他又遇見另一方士欒大，又以祕術欺騙武帝，告知武帝李夫人在瑤池仙境之中。[35]武帝果真在夢境中見到李夫人，夢境中李夫人變成了瑤池上的舞仙，衛子夫成了為西王母娘娘之妹上元夫人、陳皇后阿嬌為西王母娘娘之女太真夫人。夢境中西王母與太真夫人批評武帝的性格，認為武帝胎性貪、暴、奢、癡、淫，自高自大，傲慢驕誇，唯我獨尊，長年征戰，殺伐不止，殘忍不仁之人。[36]但李曼瑰刻意讓武帝有解釋的機會，其言自己雖然性貪，但寬宏大量，兼容並包；性暴，但剛強堅毅，氣概高亢；性奢、性傲，但卻貴卓越，壯志凌雲，對於歷史或人們給予他負面的評價作出了辯駁。武帝的瑤池一夢，讓他有所頓悟，願意捨去妄念，決心為百姓造福，為萬民謀福利，撫愛黎民。並聽取西王母之言：「**人間的長生，是人種的綿延，父傳子，子傳孫，代代相傳，傳之萬代。**」[37]打消了追求永生不死的念頭。

漢武帝的人生富有相當濃厚的戲劇色彩，他知人善用，興文教，昌武

[35]李曼瑰，《李曼瑰劇存》（一），頁 434～441。
[36]李曼瑰，《李曼瑰劇存》（一），頁 455～456。
[37]李曼瑰，《李曼瑰劇存》（一），頁 458。

功，將漢朝帶向前所未有的繁榮盛世，他的文德武功被後人所稱頌；可是他猜忌專權、知人信佞，冷血殘暴，好色驕縱的性格，也遭受到不少的批評與指責。但在李曼瑰的《漢武帝》中只著重於他正面的事蹟上描述，例如：漢武帝懂得識才用人，因此廣羅賢才，張騫、衛青，霍去病等人替他開邊拓土，又如重用董仲舒、司馬相如等人興儒學，教化內外，文教武功昌盛一時。尤其是生性好女色的武帝，在李曼瑰筆下卻變成風流倜儻多情的男子，不論是曾被「金屋藏嬌」，之後遭廢后的陳阿嬌，還是美麗溫柔的皇后衛子夫，或者是「傾國傾城」的美人李夫人，他與這些女子之間的感情故事在《漢武帝》與《瑤池仙夢》中皆被幻化成曲折動人的愛情故事。

四、奸狠狡詐、謀權篡位的王莽

王莽在歷史中被認為是位好大喜功的野心家，其被視為亂臣賊子，篡位謀國的奸逆之人。胡適在 1922 年〈王莽〉和 1927 年〈再說王莽〉這兩篇文章中曾替王莽平反，認為王莽是中國社會第一位社會主義者。[38]柏楊也在《中國人史綱》中說：

> 王莽是儒家學派的鉅子，以一個學者建立一個龐大的帝國，中國歷史上僅此一次。他奪取政權的目的與劉邦不同，劉邦之類只是為了當帝當王，滿足私欲。王莽則有他的政治抱負，他要獲得更大權力，使他能夠把儒家學說在政治上一一實踐，締造一個理想的快樂世界。他認為古代社會中，人人平等，可是到了後來，互相爭奪，遂發生不平等現象。富人有很多土地，窮人則一無所有。男子淪為奴隸，女子淪為婢女。幸而仍保持自由，父子夫婦，終年辛苦耕種，卻不能吃飽。[39]

雖然王莽改制是「為了改善這種不公平和剷除造成這種不公平的罪惡」，例如土地國有與解放奴隸政策，都是站在廣大農民的利益去考量，但是改革

[38]胡適，《胡適文存》（臺北：遠東圖書公司，1990 年 3 月）。
[39]柏楊，《中國人史綱》（臺北：遠流出版公司，2002 年 10 月），頁 315。

的過程中遇到大地主、大商人的反對與頑強的抵抗而失敗。雖然在政策改革施行的過程上有許多弊病，但是王莽在柏楊觀點下被認為是位有魄力的政治家。

白居易在〈放言〉詩中有言：「周公恐懼流言日，王莽謙恭下士時，向使當初身便死，一生真偽復誰知？」[40]到底他的性格與形象為何？從史料的描述上看到不同的形象的王莽出現，如早期的忠臣孝子、眾望所歸的他，到之後當上大司馬露出政治野心的他，以及後來篡位的亂臣賊子的形象等，加上王莽其性格複雜和矛盾，誰也看不清楚他的性格中最真實的一面，也因此留下許多空間讓作家們去挖掘與創作。

至於李曼瑰在《王莽篡漢》與《漢宮春秋》中所描述的王莽，皆是集中在他當上了大司馬之後，這時王莽的野心已經逐漸擴大，處心積慮地想要謀篡帝位，這與他早年孝順恭謙，滿懷理想，為人低調的性格已經截然不同。在李曼瑰歷史劇中的王莽即是被塑造成是一位擁攬政權，美其名欲建立太平，恢復治世的理想者。但是他只知仿效古法，政策多迂通不合實情，讓百姓陷入水深火熱之中，因而挑起天下各貴族和平民的不滿；加上新莽天鳳四年，全國發生旱災，飢荒四起，使得百姓流離失所，生活困苦，經濟凋敝而引發民怨，各地農民紛起，形成赤眉、綠林軍相繼揭竿起義，大規模的反抗。

對於王莽早年忠臣孝子，「受禮經，勤身博學」、「外交英俊，內事諸父，曲有禮意」[41]等的行徑，在李曼瑰劇中全都是為了奪位而偽裝出來的，這一點可以從王莽對想要阻止他謀位的兒子王宇對話中看出來，王莽言：「你知道你爹是怎樣掙扎，才有今日。我從小沒有父親，沒有軒昂魁偉的儀表去博取恩寵。雖然王家是太皇太后的娘家，我的幾個叔伯也都封侯拜相，可是他越是顯貴，我越受欺負。而我越受欺負，也就越感到權位的重

[40]白居易，〈放言〉，「漢典詩詞」網站，網址：http://sc.zdic.net/tang/1223134718642229.html，徵引日期：2010 年 9 月 25 日。
[41]漢・班固，〈王莽傳第六十九〉《漢書》（卷九十九上）（臺北：鼎文書局，1986 年 10 月）。

要。我咬住牙關，發奮自強，望著一條上升的途徑，忍耐地往上爬。」[42]他起初擔心平帝的外戚衛氏家族會瓜分他的勢力，因而一直阻止他們相見，之後王莽野心漸露，其子王宇反對此事而與其師吳章商議，以門楣滴血的異象，希望利用迷信的方法讓王莽改變主意，但王莽不願苦心經營的偉業就此煙消雲散，所以將阻礙他完成新朝代，新國度的王宇、吳章、衛寶等人抓起來，連同吳章等幾千名儒學弟子都一同殺掉。

在《王莽篡漢》與《漢宮春秋》中李曼瑰對於王莽此一人物相當用心經營，尤其是對於王莽的性格上相當的費心，她並非一開始便將他的惡整個展現出來，而是隨著劇情的推展，隨著王莽野心的增大，逐漸將其性格與思想呈現出來。漢平帝登基，王莽代理政務，得到朝野的擁戴，但他的野心也隨著掌握權力而漸漸暴露出來，他開始排擠異己，拔擢擁護他的人。例如為要突顯王莽的昏庸輕浮，李曼瑰更以易聽信纔言、好阿諛奉承，以及剛愎自用、所用非人等行徑來突顯這個人物的性格。劇中哀章獻符，而這道符命指「天帝行璽金匱圖」，言王莽應該順天命即位，哀章還附表自薦為輔佐者之一，甚至將自己的爵位刻在名單之中。[43]至於王莽便順勢，利用讖言禪讓之說登上帝位。

此外，為要強化王莽是位為達目的可以不擇手段之人，李曼瑰特別描述他以殘忍的手段對付政敵和不服從自己的人。例如他殘忍到可以直接或間接的殺死自己的三個兒子和一位妻妾，毒死平帝，使女兒守寡，後又逼女改嫁。尤其是王莽將女兒嫁給漢平帝，是為了自己能夠操縱政局，但後來為要防止平帝登基而將他毒害。從爭權奪勢、毒殺平帝與親子、誅殺志士，謀權篡位、施行暴政等將王莽的狠毒漸次的表現出來，李曼瑰費了相當的心思來塑造這個人物。

對於李曼瑰塑造王莽這一人物的形象，有些評論者認為王莽在改編之後的《漢宮春秋》政治色彩已削減，甚至認為因為之前李曼瑰面對現實而

[42]李曼瑰，《李曼瑰劇存》（一），頁 26。
[43]李曼瑰，《李曼瑰劇存）（一），頁 31。

創作反共抗俄劇，而寫出「一些帶有隱射時政的『政治偏見』的歷史劇《漢宮春秋》三部曲『進行了修改，削減了其中的政治色彩，著重於剖析人生，描寫了王莽性格的矛盾』這實際上是標誌了她的『轉向』。至於小劇場運動的『官方』色彩，更是李曼瑰在當時的情勢下所無法避免的。」[44]或是認為《漢宮春秋》王莽塑造上，並非只是將他處理成暴君而已，而是從人性的角度，「寫王莽弒君篡位乃是爭取支配的權利，一切倒行逆施，以其自以為是的動機，在瘋狂野心的驅使下，不惜把國家的命脈作孤注一擲，因而一步步走向敗亡。」[45]

但是我們若是將《王莽篡漢》、《光武中興》與《漢宮春秋》相較，則會發現並非全然如上述這兩位所言。例如《王莽篡漢》中王莽雖然對於兒子非常的狠毒殘暴，但是在王英的面前他卻是一位溫柔的父親，她甚至願意聽女兒王英之語悔改[46]，可是到了《漢宮春秋》中，李曼瑰則簡略這些描寫，反而是著重於強調他惡的部分，呈現出的王莽是為達目的不擇手段，殘酷凶狠的，改寫之後的王莽，人性層面的描寫反而減弱了許多，而且李曼瑰也曾自言《漢宮春秋》是為了要作為「宣傳作用」，需要演到王莽失敗，所以才改編的。[47]因此「標誌了她的『轉向』」之說，似乎過於牽強。

五、抱天書求賢君的張良

運籌帷幄，謀略過人的張良，被後人尊稱為「謀聖」的他為劉邦打天下的歷史故事是眾所周知，而他人生最富傳奇的便是黃石老人贈天書這段故事。《楚漢風雲》中便是從這段故事開始，劇中的張良從黃石老人手中獲得天書，並謂讀此書可為者師也。張良獲得天書後，修練奇書，本欲輔佐項羽，後改以輔佐劉邦平天下。輔佐心意的轉變主要原因是因為心儀的虞姬愛上了項羽。原本虞姬是愛慕張良的，她曾向張良表示兩人既然志同道

[44]彭耀春，〈臺灣當代戲劇的奠基人——李曼瑰〉，《世界華文文學論壇：臺灣文學研究》（2002 年 2 月），頁 45。
[45]丁洪哲，〈論歷史劇之人物塑造〉，《復興崗學報》第 42 期（1986 年 12 月），頁 367。
[46]李曼瑰，《光武中興二部曲》，頁 25，41，117～119，130。
[47]幼獅刊訊，〈訪劇作家雨初女〉，《幼獅文藝》第 6 卷 1 期（1957 年 7 月），頁 37。

合，為何不一起享受家室之樂？但是張良卻要她以復仇復國為前提，將兒女私情放一邊，共同尋訪英雄豪傑，共同建立大同世界[48]，可是當虞姬愛上項羽之後，張良卻因忌妒而一時萌生退意[49]，但張良終究是位積極冷靜之人，他並未因為得到虞姬的感情而意氣用事，他仍放下私情追求心目中的大同世界。直到張良得知項羽坑殺秦兵，火燒秦國宮殿後，認為項羽與秦嬴政一樣殘暴才失望的離開，因為他不願看見「**大天才行大惡，不如輔助人才行小善**」[50]，擁有天書的張良對於功名祿位並不奢求，亦無君臨天下的野心，他只求輔助賢者，大同之道，「**當今王道不存，霸道猖獗，人心危亡，道德淪喪，加上暴秦虎狼的虐政，天下已經變成人間地獄。非有至大至剛的真理，盡善盡美的方略，不能轉乾坤，而復興民族正氣，建立一個大同的樂土。**」[51]

張良想要在這亂世之中有所作為，而項羽讓他大失所望，所以他背負著追求大同世界使命感與責任感而離開項羽轉向輔佐劉邦。有了張良的劉邦可以說如虎添翼，在兩軍的戰事中接二連三獲勝。尤其是善於觀察天下行事與足智多謀的張良，在情況危及的時候，總是能屢獻奇策妙計，化險為夷，替劉邦平定天下，張良可以說是功不可沒。李曼瑰在劇中所描寫的張良形象，是位具有無與倫比的毅力與耐心，當懷抱天書四處尋求英雄人物，不惜捨棄個人私情，不畏美色或利誘，忠心為主，報效國家之人。作者透過虞姬之口道出張良是位「**熱中人間的事，卻不介意人間的得失，不追求人間的快樂。**」他不同於一般世俗之人的追求，「**有些人以享受財富為樂，追求金錢；有些人以權威為樂，追求地位；有些人以榮耀為樂，追求勝利。**」但張良是為了天下大同而追求夢想的人。[52]

《楚漢風雲》中的張良與我們印象中帝王師的形象有些許的不同，尤

---

[48]李曼瑰，《李曼瑰劇存》（一），頁 195。
[49]李曼瑰，《李曼瑰劇存》（一），頁 208～209。
[50]李曼瑰，《李曼瑰劇存》（一），頁 222。
[51]李曼瑰，《李曼瑰劇存》（一），頁 188。
[52]李曼瑰，《李曼瑰劇存》（一），頁 227。

其是項羽領兵東歸時，根據《史記・項羽本紀》的記載是張良、陳平兩人勸劉邦，書中道：「漢欲西歸。張良、陳平說曰：『漢有天下太半，而諸侯皆附之，楚兵罷食盡，此天王楚之時也，不如因其機而遂取之。今釋弗擊，此所謂『養虎自遺患』也。漢王聽之。』」[53]劉邦聽其言而追擊項羽。但是在《楚漢風雲》中此建議並非出自於張良，而是樊噲、呂后等人所提出的，當張良得知劉邦毀約背信，從背後突襲項羽時，不但出面阻止，甚至還掩面痛哭的指責劉邦說：「天地間最可恥的是欺騙！憑欺騙而得到勝利，縱使享有天下，也永遠抹不掉那可恥的汙點！天！要言語做什麼？要文字做什麼？墨跡未乾，言猶在耳……啊！人呀！人心呀！失信背盟，是人性的本能麼？」[54]為要使張良形象更為完美，李曼瑰將這「永遠抹不掉那可恥的汙點」放到了劉邦的身上，讓張良這個人物的形象上多了份正義之氣。

在李曼瑰的筆下歷史劇有時是以英雄人物為中心，有時以奸逆小人為敘述對象，無論從哪一個角度書寫，這兩大人物群體的交鋒結果，往往是英雄被奸人所害，或君子被小人所害，這種善惡分明、忠奸對立的戲劇模式，她運用的仍是傳統戲劇喜歡選擇的表演模式。這些反派的人物們，如王莽、朱鮪等人都一個共通的特點，他們都擺脫不了陪襯的地位，這些人物的光源都是來自這些正派的人，如《大漢復興曲》中的劉秀、《楚漢風雲》中的張良皆是如此。因為這種的故事類型，最容易打動觀眾，觀眾容易被這些英雄人物公而忘私的道德情懷，捨身忘死，為國捐軀的精神所吸引與感動。從另一個角度來看，它可以將複雜的人性簡單化，亦可將深厚的歷史內涵膚淺化，而單純的二元對立，使觀眾的情感邏輯陷入忠奸對立、愛恨分明之中，產生一種道德激情，對於不合理的情節，或是人物不近情理的言行都視為當然。而且，在李曼瑰的劇中經常可看到弱小者為強大者而死，卑賤者為高貴者而死，赴死者們的無一例外，都是心甘情願，

[53]馬司遷，〈項羽本紀第七〉，《史記》（卷七），頁 331。
[54]李曼瑰，《李曼瑰劇存》（一），頁 274。

為自己的死感到驕傲、自豪。

此外，「忠心愛國」在李曼瑰的歷史劇中是一個被反覆渲染的中心問題。李曼瑰在戲劇中教育人們，要守住民族大義，要忠心愛國，不能背叛國家民族，更不能賣國求榮，在國家需要的時候，應該要將個人生死置之度外，慷慨就死。因此，在人物的塑造上皆是朝著這方向進行，如《漢宮春秋》中的劉秀、申屠剛、何武等人，以及《楚漢風雲》中的張良、樊噲等人，不是勇於反抗暴政，不然就是勇於獻身，慷慨就義的英雄。對英雄和偉大人物的崇拜，似乎是人類社會共有的一種文化現象，也是一種天性。李曼瑰所塑造的英雄人物，也往往以忠貞愛國、善惡分明、剛正不阿的面貌出現，因此，「忠奸」對立的情節模式成為李曼瑰戲劇衝突的主要表現，因此在劇本中我們經常可見善惡分明的兩大陣營，或是兩位對立明顯的人物出現。

女性意識的滲透：李曼瑰歷史劇中女性形象的塑造

身為女性的李曼瑰，對於文本的闡釋當然與男性劇作家的觀點有所不同，在她的歷史劇中多了女性的視角，也常出現女性意識的探索。甚至會刻意強調節婦烈女的行徑，如王英，虞姬等人。這些人物在男性的歷史敘事之下大多是不被重視的人物，可是在李曼瑰的戲劇中她們呈現出不同的樣貌，她將這些沒有姓名，不受重視的女性地位提高，使其成篇劇中的核心人物之一，甚至這些女性還關乎到其身邊的英雄的崛起與成敗。此外，李曼瑰歷史劇中的女性，帶有濃厚的現代女性的色彩。通常在古典文學或傳統戲曲中的女性形象多著重於描寫女性柔弱的一面，但是在李曼瑰筆下的女子則不然，幾乎每位女性皆有自己的特色與樣貌，如《漢宮春秋》中李曼瑰將王英塑造成與眾不同，一位大義凜然的新女性，為了正義公理反抗父親據理力爭，為了追求真愛義無反顧，這完全顛覆了古代婦女的形象。又如果斷剛毅的虞姬、不讓鬚眉的劉伯姬、曉以大義的陰麗華等皆有強烈的主體意識。另外，李曼瑰以「忠孝節義」作為這些女子的道德理想，她企圖重建戰後文人對於政治社會的關懷，因而借助忠臣義士、孝子節婦等重視道德的規範來表達心中的理想。

一、充滿智慧，忠貞節烈的虞姬

虞姬與楚霸王項羽的故事，最早的紀錄出現於司馬遷的《史記・項羽本紀》之中，書中在描述垓下之圍時讓我們初步看到虞姬的形象：

> 項王軍壁垓下，兵少食盡，漢軍及諸侯兵圍之數重。夜聞漢軍四面皆楚歌，項王乃大驚曰：「漢皆已得楚乎？是何楚人之多也！」項王則夜起，飲帳中。有美人名虞，常幸從；駿馬名離，常騎之。於是項王乃悲歌慷慨，自為詩曰：「力拔山兮氣蓋世，時不利兮騅不逝。騅不逝兮可柰何，虞兮虞兮奈若何！」歌數闋，美人和之。項王泣數行下，左右皆泣，莫能仰視。[55]

在司馬遷這段的精采的文字描述中，虞姬給人的形象卻是模糊的，但也正因如此所以留下許多的言說空間與可能性，讓後人有許多想像與發揮的空間，歷代的文人不斷地演繹這段淒美動人的愛情故事。從明代沈采的《千金記》，到馮夢龍的《情史》、甄傳的《西漢演義》；乃至於郭沫若的小說《楚霸王自殺》、張愛玲的《霸王別姬》等皆有描寫。[56]

在《楚漢風雲》中的虞姬有充滿女性的溫柔與智慧。可是在李曼瑰改編之下，虞姬成了張良的表妹，而原本對於項羽深情不移的虞姬，一開始卻是鍾情於張良的，她本想與張良雙棲雙飛，可是為要幫助張良完成他的夢想與抱負，而甘願委身做項羽的妻子。張良勸說虞姬馴服項羽，虞姬認為自己無法勝任，但是張良認為虞姬是「**具備最多的女性美，女性的溫柔，女性的智慧。**」[57]所以他相信虞姬能夠使生性凶狠的項羽，成為一個英

---

[55]漢・司馬遷，〈項與本紀第七〉，《史記》（卷七），頁 333。

[56]賀闌，〈女性主體意識的自我言說與斷裂——張愛玲筆下虞姬形象淺析〉，《現代語文》第 10 期（2010 年 4 月），頁 119～120。

[57]李曼瑰，《李曼瑰劇存》（一），頁 194。

勇無畏的抗暴英雄。雖然虞姬希望能與張良「**成立一個家，享受家室之樂**」[58]，可是張良卻因矢志報國而「早已把家室之樂、兒女之情，放在一邊。」[59]劇中的虞姬為虞舜之後，世代書香，因為要報仇復國，尋訪英雄豪傑，所以才在彭城開堂接客。她與張良相約一者獻才，一者獻身，兩人合力互相輔佐，擊破暴秦，希望建立大同世界。

虞姬為要幫助張良完成理想而隱藏自己的私情，獻身於項羽，但至此之後虞姬的命運卻與項羽聯繫在一起，她不但成為項羽的愛妾，亦是他生命重要的夥伴，她與項羽有共同「滅秦」的志向，因此為要成就大業，她時常在項羽身邊耳提面命，告誡作為一位賢明的、萬民愛戴的人君應有的行為，譬如虞姬聽聞到項羽坑殺二十萬秦兵之時，她告訴項羽「**一切萬物都息息相關，不能隨便傷害，何況是人的生命！**」[60]她勸告項羽不可隨便殺人，項羽聽其言，承諾不再濫殺無辜。又如她希望項羽能夠不要多疑，應善用張良這位人才，採納下言。

劉邦趁項羽不在彭城之時進攻，劉邦見虞姬美色而欲納其為妃，進城後派陳平、英布迎接虞姬。陳平：「**漢王一向愛慕貴妃，現在還是和從前一樣，願意和貴妃同享一切尊榮。**」但是卻遭虞姬怒斥：「**陳平！你住嘴，項王待你們不薄，信任你們，把國家大權委託你們。你們竟昧著天良，喪心病狂，趁大王在北方平亂，就通敵叛國，賣主求榮！現在又想用甜言蜜語來算計我！**」[61]劉邦愛慕虞姬將其擄回漢宮，呂雉見狀妒火中燒，趁機欲毒殺虞姬。呂后逼虞姬喝毒酒，她不願喝下，是因為保留生命可以再見到項王，她深信項羽一定會突破重圍來解救自己的，果真項羽亦前來搭救。呂雉被項羽捉住，項羽本想殺死呂雉，但被虞姬所阻止，並未要求項羽替她報逼殺之仇，而是希望呂雉可以對於自己先前欲毒殺她，將她四肢割去，挖去雙眼，削平鼻子，剪去耳朵，丟進茅廁的殘忍行徑感到羞愧。這幾段

---

[58]李曼瑰，《李曼瑰劇存》（一），頁 194。
[59]李曼瑰，《李曼瑰劇存》（一），頁 194。
[60]李曼瑰，《李曼瑰劇存》（一），頁 225。
[61]李曼瑰，《李曼瑰劇存》（一），頁 248。

事件描述不但讓讀者見到虞姬的為人處事，待人寬厚的態度，也看到她對於項羽堅定不移的愛情，以及兩人之間的相知與信任。

「霸王別姬」這個廣為流傳的淒美的愛情故事，其實虞姬的死始終是個謎。《史記》中未記載虞姬之死，因此讓虞姬的死留下了許多的想像空間，有的文本中說虞姬是自殺的，有的則認為是項羽所殺，但是大抵認為她是死於垓下之圍，四面楚歌之時，在項羽欲突破重圍之前，虞姬為了激勵項羽奮戰的鬥志，斬斷私情所作的決定。此外，歷代文人對於虞姬的評論不一，有者認為她是紅顏禍水，迷惑項羽，使項羽無心奪天下，因而才導致項羽兵敗的。[62]

但是李曼瑰似乎有意替虞姬翻案，在劇本中重新塑造虞姬的形象。在《楚漢風雲》中項羽突破重圍時，虞姬被劉軍所俘虜，劉邦要求虞姬做大漢皇后，與他同享榮華富貴，虞姬不但是斷然拒絕而且還說：「我虞姬三生有幸，得待英雄，千年萬代，代代的女子，都會羨慕虞姬的光榮。虞姬永遠追隨大王，不論生，不論死，永遠陪伴大王！」[63]言畢，便以劍刺腹，倒伏項羽的屍首上。虞姬是被劉邦俘虜之後，得知項羽死後才自殺的。不懼怕死亡拔劍自刎的虞姬，因為不願讓自己成為項羽的另外一種恥辱，所以寧可死也不嫁劉邦，這種剛毅的性格，一點也不亞於楚霸王項羽。李曼瑰對於虞姬悲壯的描寫，不但讓我們看到她對於愛情深切執著，也塑造出虞姬忠貞節烈的另一個面貌。

二、曉以大義，斬親情的王英

《王莽篡漢》中的王莽的女兒王英在《史記》、《漢書》中僅以「王莽女」、「王室女」來稱呼王莽的女兒，如《漢書‧王莽列傳》（卷九十九）中記載王莽女被冊立為皇后的事情，「莽既尊重，欲以女配帝為皇后，以固其權」、「事下有司，上眾女名，王氏女多在選中者」、「王氏女，朕之外家，

---

[62]劇中范增便認為虞姬是紅顏禍水，花言巧語迷惑項羽，他日必定會為項羽帶來災禍，因此他趁項羽不在的時候，想要藉機逼虞姬離開項羽。李曼瑰，《李曼瑰劇存》（一），頁 211～212。
[63]李曼瑰，《李曼瑰劇存》（一），頁 291。

其勿釆」[64]，王莽的女兒在歷史上沒有留名，有關她的事蹟也無詳細的紀錄，較清楚的紀錄為《女鏡》與《新刊續刊烈女傳》，文中曰：

> 平帝后。王莽女也。莽秉政。效霍光故事。以女配帝。立歲餘。帝崩。後復數年。莽篡漢位。后以劉氏既廢。即稱疾不朝。時年十八。莽意欲嫁之。令立國將軍孫建。世子豫將醫問疾。后大怒。鞭笞侍御。因廢疾不肯起。及漢兵誅莽。延燒未央。后曰。何面目以見漢家。自投火中而死。[65]
>
> 后立歲餘，平帝崩。莽立孝宣帝玄孫嬰為孺子，莽攝帝位，尊皇后為皇太后。三年，莽即真，以嬰定安公，改皇太后號為定安公太后。太后時年十八矣，為人婉瘱有節操。自劉氏廢，常稱疾不朝會。莽敬憚哀傷，欲嫁之，乃更號為黃皇室主，令立國將軍成新孫公建世子豫將醫往問疾。后大怒，笞鞭旁侍御，因發病，不肯起，莽遂不負彊也。及漢兵誅莽，燔燒未央，后曰：「何面目以見漢家！」自投火中而死。[66]

《漢書》中指出王莽是有計畫的將女兒推上皇后的位子，他嫁女的用意是想要控制平帝。但是，為怕落人口實，他起初並未將自己的女兒放在人選之列，而是藉由輿論的壓力讓朝廷不得不將王莽的女兒也併入人選之一。在《王莽篡漢》與《漢宮春秋》中李曼瑰也採用這段歷史敘述，這些輿論壓力亦是出自於王莽篡奪謀位的計畫之一。在《漢宮春秋》中作者透過王興與王盛等以簽一個名，換一塊燒餅的方式，賄賂百姓，取得好處的民眾則集體上書將王莽的女兒列為候選對象。王莽之女在父親王莽的精心安排策畫下，獲得人民廣泛的支持，順利地成為大漢皇后。平帝死後，王

---

[64]漢・班固，〈王莽傳第六十九下〉，《漢書》（卷九十九下）（臺北：鼎文書局，1986年）。
[65]明・夏樹芳，《女鏡》，（臺北：傅斯年圖書館藏，萬曆年間刊本）。
[66]漢・班固，〈外戚傳第六十七下〉，《漢書》（卷九十七下），頁4010～4011。

莽立孺子嬰為帝，年僅十多歲她便稱病不起。後來劉秀推翻王莽，她因為無言面對漢室而自投於火中而死。

在歷史上這位默默無名的女子到了李曼瑰筆下，變得有聲音，有顏色，有感情。李曼瑰賦予她一個名字「英」，讓她在劇中扮演著重要的角色。李曼瑰依循女性在傳統社會下的價值觀，以「在家從父、出嫁從夫」的三從四德傳統觀念來鋪陳王英這個角色，因此在平帝死後，王莽勸說王英改嫁，都被她拒絕。[67]她雖是王莽所布置的一個棋子，有計畫的嫁給孝平皇帝，王莽的目的是要與漢室親上加親而獲得更大的權力。在親情與愛情的糾纏與拉扯之下，她終於自覺，決定追求自己所欲求的幸福，她不再甘願作棋子，任由父親擺布，她勇於站出來，反對王莽對平帝作出侵逼迫害的行為，為了夫婿平帝公然的與父親王莽分庭抗禮。在《漢宮春秋》中的王英曉以大義，揮斬親情。雖然她聽從父親之言嫁給漢平帝，但是卻未受父親王莽的指使鴆害平帝，她反而是為了平帝不惜向殺人不眨眼的王莽求情，甚至暗中想要幫助平帝脫逃。

此外，王英認為父親王莽的篡權行為是大逆不道，所以她懷著對漢朝的忠貞，開始閉門不出，稱病不起。在昆陽大戰之後，王英甚至勸王莽開放政令，讓百姓自由，不要再苛徵賦稅。王莽之後聽王英之言也欲改變法則，「開放禁令，大赦天下。從此不擾民，不苛捐，不厚斂，不殘害百姓，一切重新做起。」[68]但可惜的是這一切都為時已晚。王莽被推翻，最後死於商人杜吳之手，而位居至尊皇后的王英本來可以保留性命，免於一死。但是她認為個人的名聲、節操不可以為他人所毀而選擇結束自己的生命；以一句「我還有何面目見漢家的宗室？」[69]轉身便投入熊熊烈火之中，義無反顧地選擇死亡。李曼瑰強調女性應該自我覺醒與意識的主張，在王英這個人物身上可以明顯的看到，王英被塑造成善惡分明、勇於對抗父命，以及

---

[67]李曼瑰，《光武中興兩部曲》，頁 91。
[68]李曼瑰，《光武中興兩部曲〉，頁 119。
[69]李曼瑰，《李曼瑰劇存》（一），頁 95。

知曉大義、忠貞節烈的形象。

三、振聾發聵，警惡勸善的衛子夫

衛子夫在武帝到壩水修葺時，順路訪問平陽公主時被武帝看中，之後被平陽公主送進宮服侍武帝，但卻遭冷落。後來武帝因受不了陳皇后阿嬌的醋勁而遣散後宮佳麗，原本以為進宮可以侍奉皇上，但卻遭如此冷落對待的衛子夫，便在這時自己請求出宮。武帝在遣散行列中再次見到衛子夫，想到以前的事情，見其遭受冷落，不禁生愛憐之心。衛子夫向武帝表示自己不同於後宮那些會爭風吃醋的佳麗，她希望自己對於武帝有「振聾發聵，警惡勸善」、「明辨是非，分別善惡，洞悉世間一切的人情世故，預知天下的成敗得失。」的幫助。[70]武帝見到衛子夫有才有德而重拾對她的喜愛。因後來備受武帝寵愛的衛子夫有了身孕，此事引起了陳皇后的嫉妒與不滿，因為幾年來陳皇后皆未能生養子女，她擔心衛子夫一旦生下的是個男孩，又被立為太子的話，那麼她的地位恐怕不保，所以陳皇后便想盡辦法想要除去衛子夫與衛青在朝廷的勢力；因此她與母親竇太后劉嫖羅織罪狀，隨便找一個藉口，捉拿衛青。後來衛子夫用誠意打動了竇太后而化解這個危機。

在《漢武帝》中李曼瑰利用幾件事情來描述衛子夫識大體，不驕縱，盡本分的性格，例如她為要化解她與陳皇后阿嬌之間的誤會，希望陳皇后重獲寵幸，如此宮中才有光明，才有生氣，皇后若能母儀天下，統領三宮六院，與皇帝一同分治內外，同心協力，國家也能興旺昌隆。她願意盡守本分，不專寵於武帝跟前，為求劉嫖的信任還答應將自己的兒子獻給皇后，作為質證，讓陳皇后來扶養。[71]竇太后劉嫖質疑她為何希望陳皇后阿嬌受到寵幸？衛子夫言：「因為她是皇后呀。惟有皇后獲得寵幸，宮中才有光明，才有生氣，也只有皇帝和皇后和好，同心協力，分治內外，國家才能興旺昌盛。」她希望可以與陳皇后阿嬌相親相愛、互相尊重，不要你爭我

[70]李曼瑰，《李曼瑰劇存》（一），頁 338。
[71]李曼瑰，《李曼瑰劇存》（一），頁 350～351。

奪的互相憎恨。[72]可惜的是陳皇后根本不領情，其忿恨難消，想以巫蠱陷害衛子夫與幾個得寵的嬪妃，而這件事情被揭發，讓武帝十分震怒而做出廢后之舉。衛子夫即是依照李曼瑰所言的：「女子要自重，培養充實的學問，堅定崇高的目的，弘博的度量，保持嚴謹的操行與高尚的德性」，而塑造出女子應有的形象。至於阿嬌則是反面人物，她無法自重，怨天尤人，最後因為貪婪的私欲而自食惡果。作者將這兩者作一鮮明的對比，以示警惕。[73]

李曼瑰在劇中穿插了宮闈內皇后與嬪妃之間的爭鬥，描寫陳皇后阿嬌因善嫉而被廢，以及陳皇后母子欲害衛子夫及其胞弟衛青等事件來比較兩者，說明為何前者遭廢，後者受寵。在劇中以阿嬌的多疑善妒、脾氣暴躁，驕縱任性的態度來突顯出衛子夫的賢淑端莊、溫柔婉約、落落大方的性格。即使在《瑤池仙夢》中失寵的衛子夫，見武帝另結新歡，愛上新的寵妃李夫人，她的表現也是十分明理得宜，有一國之母的風範。李曼瑰在《漢武帝》與《瑤池仙夢》這兩齣戲中所呈現的衛子夫是一位有器度，有膽識，有智慧，乖巧靈慧的女子。

四、胸懷大局的陰麗華與巾幗英雄的劉伯姬

東漢開國皇后陰麗華，李曼瑰在《大漢復興曲》中描述運用她的美德與智慧，謙和退讓的精神幫助劉秀完成霸業，塑造出十分完美的女性形象。當初劉秀只是一位名不見經傳的小伙子，如願以償的娶得新野美女陰麗華。新婚燕爾之時，劉秀的兄長劉縯前來邀請請劉秀一同組仁義之師，陰麗華得知此事之後要他顧全大義，解救百姓遠離水深火熱之中。劉秀不願因為從事戎馬生涯，就與陰麗華分隔兩地，他想要陰麗華隨軍出發，但是陰麗華卻言：「人有私情，也有大義。為著私情，誰不願長守家園，享受天倫之樂趣。可是現在大丈夫只能顧全大義。（雞又鳴。她一時說不出話來，但復振作。）好在戰爭不過是一時的病態，太平才是經常的景象。我

[72]李曼瑰，《李曼瑰劇存》（一），頁 350。
[73]李曼瑰，〈尊重婦女與婦女自重〉，《創造婦女的新史實》，頁 68。

們且待花好月圓……」[74]她為要使劉秀安心投戎，強顏歡笑的與劉秀道別。

陰麗華陪著劉秀東征西討，度過人生最艱難的時光。但後來為要說服真定王出兵，一同消滅赤眉軍，真定王提出交換條件，要求劉秀必須要娶她妹妹郭郡主的女兒為妻，並立為正室。這樣的要求遭到劉秀拒絕，可是劉秀卻又苦惱無兵助援，陰麗華得知後只言：「這件事最容易解決。我立刻回娘家就是。」[75]非常明快果斷的做出決定，為了顧全大局，為了大漢復興而犧牲個人的情欲。陰麗華不顧劉秀的反對。甚至私底下拿劉家的傳家之寶作為迎娶郭小姐的聘禮。她之所以幫劉秀做決定，目的是要讓劉秀覺得問心無愧。劇中的陰麗華不計較個人的得失，以天下大局為重，因此她甘於讓位，願意幫助劉秀完成復興大漢的統一大業。這種胸懷大局，捨去私情的過人的器度不是一般女子能夠做到的。李曼瑰對於女子在家庭與事業之間不可兼得時，選擇後者的行為十分感佩，其言：「這一類的女子能夠以意識勝感情，為要成就一件有益人類的事業而犧牲個人若干的人生樂趣，卻也甚感佩的。」[76]在陰麗華的身上我們可以看到這樣的特性。

在《光武中興》與《大漢復興曲》中另一女性的靈魂人物劉伯姬，她是劉秀的小妹。雖然她為女兒身，但仍和大哥劉縯、三哥劉秀，以及李通、李軼等人並肩作戰，一起聯合綠林軍起兵，共同推翻王莽暴政，建立東漢王朝。劉伯姬在劇中被李曼瑰塑造成大智大勇的女豪傑，是位具有英雄氣概的女子。當王莽大軍要圍剿劉秀軍隊的時候，劉伯姬也不讓鬚眉的隨兵出面迎戰，其言：「不行了！不行了！你看這麼些追兵！這直我們都完了！可是，我死也要殺幾個敵兵才死，才不愧為大漢一名巾幗英雄！」[77]劉伯姬眼看這麼多的追兵，為要殺出重圍，全然不顧己身安危跟著兄長一同上沙場征戰。另外。當她聽到李通墜下馬時，單槍匹馬前往搭救，把李通

[74]李曼瑰，《李曼瑰劇存》（一），頁 120。
[75]李曼瑰，《李曼瑰劇存》（一），頁 170。
[76]李曼瑰，〈人生觀與生活方式〉，《創造婦女新史實》，頁 73。
[77]李曼瑰，《光武中興兩部曲》，頁 106。

從屍堆中救起。[78]她雖是女流之輩，可是馳騁疆場毫不畏懼，行事作風果斷明確，英姿颯爽、驍勇善戰的女將。李曼瑰在劇中將劉伯姬塑造成一位投身軍戎，不懼怕死亡的勇敢女子。

歷史人物到了文學作品中，每一次的重述或撰寫上都會再產生新的聲音與意義，這除了讓歷史人物的形象更為深厚與豐富之外，同樣的歷史人物有時也會出現不同闡釋的特質。例如在明清傳統戲曲中的虞姬被塑造成忠臣不事二君，烈女不事二夫，為情而死的貞烈女性，在傳統男性社會的視角之下，虞姬具有兩種身分意義，一者是對於男性的忠貞，另一者是對於帝王的忠誠。[79]而上述這些歷史劇中的人物特質與形象，便是上述這些李曼瑰精神意蘊的介入之下被重新闡釋出來的。

李曼瑰在後期的歷史劇作品中較著重於對人性的開掘、靈魂的刻畫和精神的追索。在李曼瑰早期《王莽篡漢》、《光武中興》等歷史劇中出現的人物較為扁平，如帝王就是威儀天下，軍師就是滿腹計謀，忠臣就是肝腦塗地，奸佞就是不得好死，漢光武帝代表正義，王莽代表邪惡。這種制式的描寫在她後來的作品，便逐漸有所轉變，如《楚漢風雲》中李曼瑰塑造出的張良是徘徊在愛情與理想之間的煎熬，在兩大強權之中的取捨的心路歷程等。她不再只是強調正邪兩造的對抗，更將歷史人物強烈化，而這些人物之間性格的對比、道德的對比。李曼瑰歷史劇中對於人物的刻畫常帶有道德對立，因此人物性格的極端化與概念化特點更為明顯。在她劇中所呈現出的英雄人物都是忠君愛國，殺身成仁，捨生取義，犧牲小我，完成大我的。縱觀這幾齣歷史劇的敘事方式，可以發現她有慣用的敘事方式，經常從具有刺激力的兩造對立上來展開敘述，從對比的描述中反襯出陷害忠良的奸逆之人的可恨之處。

這些歷史劇的衝突與高潮處往往落於劇中的三分之二的地方，或坐落

[78]李曼瑰，《李曼瑰劇存》(一)，頁 147～148。

[79]例如：明‧馮夢龍《情史》(北京：大眾文藝出版社，2002 年 1 月)；或者是明‧甄傳《兩漢演義》(遼寧：遼海出版社，1996 年 1 月)。二者皆是在男性敘事者的角度描寫符合儒家理念與制度之下的女性身分和社會性格。

於末尾之處。一定是善有善報，惡有惡報，惡的一方最終被善的一方所推翻，善者得到最後的勝利。情節發展至末了的段落通常都會產生反敗為勝、苦盡甘來等大轉變。李曼瑰好於劇情發展的總結末了之處歸結出一個道德教訓，或者提供給讀者或觀者新的啟示或發現。大多以兩種寫法進行，一種是正面書寫，另一種是反面書寫。李曼瑰的敘事結構大多是前段有呼應、中段或末段起高潮、尾段留懸念，此為李曼瑰歷史劇大致的敘事特徵。

此外，李曼瑰常採用悲劇性的結局，雖然以悲劇收場，但是仍會留下一線光明與希望。如《楚漢風雲》項羽自刎，虞姬以死相隨，張良灰心離開世俗人間，但是大同理想有朝一日，仍有被實現的可能。《漢宮春秋》中兩軍作戰死傷無數，平帝遭毒害、劉歆捨身取義、王英投火自焚，但是王莽暴政終究會被推翻，劉秀即位天下統一之後，定會讓這動盪紛擾的國家得到安定。

雖說李曼瑰的戲劇多有宣導的意味，但是站在編寫的角度上觀看，她的作品仍是富含著相當的戲劇張力，如君臣、群臣、夫妻、兄弟、家庭等人與人之間複雜的情感的對峙或是理念上的衝突，如權謀、情感、義務、責任、親情等，如《漢宮春秋》交織著孝平皇帝與王英的愛情、王莽兒女之間的兄妹之情，孝平皇帝對於王莽的仇恨，宮中群臣之間的權力鬥爭等。劇中添加了人性的成分，多這些「人」、「情」味，對於人性挖掘的深度與同期的劇作家相較，有明顯的不同，使得這原本富有宣導色彩的歷史劇，仍保有基本的藝術價值。[80]可是這與從人性的視角去解讀歷史仍有一些距離，她仍是以民族政治、階級的視角去觀看歷史，這也使得李曼瑰的歷史劇作蒙上一層的政治色彩。

一般認為好的劇作之所以在今天仍然具有魅力，是由於劇作家創作出複雜、豐厚、個性鮮明而又具有高度藝術概括的人物。然而，李曼瑰的歷

[80]例如同一時期譚嗣軍的歷史劇《勾踐復國》，劇中對於人性人情人心上描寫較為冷漠，比較看不到人物的情感細膩的表現。

史劇不受歡迎是因為她對於人性的複雜性沒有十分深刻的把握，所以藝術成分不高，沒有審美的價值？其實並不然，她對於人性亦有豐富性的描寫，例如王莽、漢武帝、劉邦、項羽、王英、虞姬等人物等，並非一文不值。在反共的時代中，李曼瑰為了救亡圖存，的確創作了不少充滿政治激情的作品，而這些作品在當時的確發揮了一定的感染力。然而當戲劇藝術糾纏交疊於政治之下，其審美意蘊似乎也因政權的交替而只能止於當時。

——選自陳碧華〈反共年代臺灣歷史劇的美學與政治——李曼瑰歷史劇與戰後戲劇運動之展開（1949～1975）〉

中興大學臺灣文學與跨國文化研究所碩士論文，2011 年 1 月

輯五◎
研究評論資料目錄

作家生平、作品評論專書與學位論文

專書

1. 李皇良　　李曼瑰　臺北　臺北藝術大學　2003 年 7 月　187 頁

本書以文字搭配照片、圖像的方式紀錄李曼瑰一生基督徒式的奉獻，透過李曼瑰的作為探索臺灣戲劇於 50 到 70 年代中葉的發展。全書共 7 幕：1.序幕；2.第一幕：南中國海的初雨；3.第二幕：新世界之旅；4.第三幕：臺灣劇運推展的舵手；5.第四幕：劇運基地——中國戲劇藝術中心；6.第五幕：殉道者的夢；7.尾聲。正文後附錄〈李曼瑰生平年表〉。

學位論文

2. 李皇良　　李曼瑰和臺灣戲劇發展之研究　中國文化大學藝術研究所　碩士論文　鍾明德教授指導　1994 年 6 月　146 頁

本論文探索李曼瑰和臺灣戲劇發展的關係，以下列 4 點做為研究路徑：1.戲劇方面的學經歷及在臺灣戲劇教育界的人脈；2.黨政經歷對所推展的戲劇運動之助益；3.戲劇觀點與執政當局的關係；4.個性性格。全文共 5 章：1.緒論：李曼瑰的戲劇生涯；2.李曼瑰和國府遷臺初期戲劇發展；3.李曼瑰和臺灣劇運的推展（一）；4.李曼瑰和臺灣劇運的推展（二）；5.結論。

3. 陳淑珍　　李曼瑰《現代女性》劇本五種之研究　臺灣藝術大學表演藝術研究所　碩士論文　牛川海，徐亞湘教授指導　2005 年 6 月　136 頁

本論文主要為補足李曼瑰之於現代女性劇本主張的塊面印象，使用文本分析為研究方法，《現代女性》劇本五種為研究材料，從《現代女性》劇本中解讀李曼瑰對於中國婦女思想自覺與婦女解放運動的方向與目標。全文共 5 章：1.緒論；2.《現代女性》劇本五種之結構研究；3.《現代女性》劇本五種之結構研究；4.《現代女性》劇本五種之主題意識；5.結論。

4. 陳碧華　　反共年代臺灣歷史劇的美學與政治——李曼瑰歷史劇與戰後戲劇運動之展開（1949—1975）　中興大學臺灣文學與跨國文化研究所　碩士論文　陳建忠教授指導　2011 年 1 月　184 頁

本論文以李曼瑰的歷史劇與戰後臺灣現代戲劇運動為考察對象，討論歷史劇美學與政治之間的問題，並從整體上把握李曼瑰歷史劇創作歷程與相關問題，同時探討其劇作的精神意蘊。全文共 6 章：1.緒論；2.臺灣現代戲劇中歷史劇之發展概況：兼及同時代的中國戲劇的發展；3.李曼瑰文藝與政治的糾葛情節；4.李曼瑰歷史劇的生成與傳播；5.李曼瑰歷史劇的主題意識與人物特色；6.李曼瑰歷史劇的審美價值。正文後附錄〈李曼瑰戲劇相關對照年表〉、〈李曼瑰與文學、影劇大事紀〉、〈李曼瑰歷史劇情節簡介〉。

5. 廖淑芬　　李曼瑰反共劇本研究　淡江大學中國文學系碩士在職專班　碩士論文　張雙英教授指導　2017年　124頁

本論文藉由李曼瑰的四部反共劇作的題材內容、人物刻畫、語言特色、劇本的主題與演出情形來了解李曼瑰反共劇本的特色與其對臺灣戲劇之貢獻與影響。全文共5章：1.緒論；2.李曼瑰的生平與戲劇觀；3.李曼瑰反共劇本特色；4.李曼瑰劇本的價值與影響；5.結論。正文後附錄〈李曼瑰生平劇本年表〉。

6. 范維哲　　由大陸到臺灣——李曼瑰劇作與風格轉變研究　臺灣大學臺灣文學研究所　碩士論文　黃美娥教授指導　2017年　142頁

本論文以劇作家李曼瑰來臺前後劇作風格為研究對象，結合她由大陸到臺灣的人生軌跡，探討其整體劇作風格的轉變。全文共5章：1.緒論；2.李曼瑰生平、創作與理論撰述概況；3.大陸時期李曼瑰劇本創作之研究（1928—1949）；4.臺灣時期李曼瑰劇本創作之研究（1950—1975）；5.結論。

作家生平資料篇目

自述

7. 李曼瑰　　談寫作　婦女新運　第4卷第1期　1942年1月　頁56—60
8. 李曼瑰　　序　創造婦女的新史實　南京　時代出版社　1947年9月　頁1—11
9. 李曼瑰　　我的寫作經驗　創造婦女的新史實　南京　時代出版社　1947年9月　頁138—151
10. 李曼瑰　　前言　編劇概論　臺北　康樂月刊社　1954年10月　頁1—2
11. 李曼瑰　　前言　編劇概論　臺北　三一戲劇藝術研究社　1968年8月　頁1—2
12. 李曼瑰　　《女作家》的撰寫改編（代自序）　女畫家　臺北　自由中國出版社　1956年1月　頁1—4

13. 李曼瑰　附言　女畫家　臺北　自由中國出版社　1956年1月　頁94

14. 李曼瑰　自序　天問　臺北　中央文物出版社　1956年3月　頁1—3

15. 李曼瑰　小劇場運動推行委員會的成立與展望　中國一周　第556期　1960年12月19日　頁25

16. 李曼瑰　自序　盡瘁留芳　臺北　伍智梅女士獎學基金委員會　1961年11月　頁18—26

17. 李曼瑰　《女畫家》與《天問》　中央日報　1961年12月27日　8版

18. 李曼瑰　中國文化學院戲劇系簡介與展望　中國一周　第685期　1963年6月10日　頁6

19. 李曼瑰　我與《楚漢風雲》　聯合報　1963年10月2日　8版

20. 李曼瑰　國際戲劇會談在東京　中國一周　第721期　1964年2月17日　頁5—6

21. 李曼瑰　《國父傳》的編撰與籌演　中央日報　1965年11月12日　6版

22. 李曼瑰　《大漢復興曲》自序　大漢復興曲　臺北　臺灣商務印書館　1966年　頁1

23. 李曼瑰　李聖質基督天主教劇本創作獎金徵獎緣起　劇與藝　第10期　1968年12月　頁350—351

24. 李曼瑰　序　淡水河畔　臺北　中國戲劇藝術中心出版部　1970年5月　頁1—5

25. 李曼瑰　《中華戲劇集》序　幼獅文藝　第200期　1970年8月　頁30—32

26. 李曼瑰　序　現代女性　臺北　臺灣商務印書館　1970年11月　頁1—3

27. 李曼瑰　《盡瘁留芳》的編撰經過　現代女性　臺北　臺灣商務印書館　1970年11月　〔3〕頁

28. 李曼瑰　前言　李曼瑰劇存（四）　臺北　正中書局　1979年11月　頁3—4

29. 李曼瑰　悲劇與人生——寫在《女畫家》演出前夕　李曼瑰劇存（四）　臺

北　正中書局　1979年11月　頁219—221

30. 李曼瑰　《楚漢風雲》的編撰與演出　李曼瑰劇存（四）　臺北　正中書局　1979年11月　頁223—226

31. 李曼瑰　《戲中戲》編劇的話　李曼瑰劇存（四）　臺北　正中書局　1979年11月　頁247—248

32. 李曼瑰　〈瑤池仙夢〉的編撰與演出　李曼瑰劇存（四）　臺北　正中書局　1979年11月　頁251—257

33. 李曼瑰　三一話劇欣賞會的發起與籌備經過　李曼瑰劇存（四）　臺北　正中書局　1979年11月　頁261—265

34. 李曼瑰　文學本質真善美　李曼瑰劇存（四）　臺北　正中書局　1979年11月　頁139—153

他述

35. 石　玄　序　時代插曲　臺北　自由青年　1954年12月　〔2〕頁

36. 碧　岩　李曼瑰教授的寫作生活　婦友　第11期　1955年8月　頁32

37. 許素玉　序　戲中戲・冤家路窄　臺北　幼獅出版社　1957年4月　頁1—2

38. 黎耀華　戲劇作家李曼瑰　中國一周　第402期　1958年1月6日　頁6—7

39. 勉　餘　李曼瑰教授　婦友　第40期　1958年1月10日　頁5

40. 陸勉餘　劇作家——李曼瑰教授　筆匯　第24期　1958年6月1日　3版

41. Josephine Huang Hung（黃瓊玫）　INTRODUCTION　THE GRAND GARDEN AND OTHER PLAYS　臺北　自印　1958年7月　頁5—12

42. 吳毓文　冤家路窄——雨初戲劇故事　婦女月刊　第90期　1962年3月　頁25—27

43. 徐正中　正宗劇作家李曼瑰及其作品——作品分析　當代戲劇評選之一——一、小引・二、戲劇思想・三、家庭環境・四、宗教生活・五、理性時期・六、寫作初期・七、留學生活・八、學成回國・九、抗戰戲劇・十、婦女問題劇・十一、反共戲劇・十二、歷史戲劇・十三、古典風格・十四、結語　創作月刊　第 12 期　1963 年 7 月　頁 40—46

44. 黃　珊　李曼瑰教授談劇運的復興　中國一周　第 891 期　1967 年 5 月 22 日　頁 13—14

45. 曹仲蘭　倡導劇運不遺餘力——李曼瑰　自由報　第 826 期　1968 年 3 月　頁 3

46. 章益新　李曼瑰教授和劇運　幼獅文藝　第 172 期　1968 年 4 月　頁 82—105

47. 梁寒操　《盡瘁留芳》序言　盡瘁留芳　臺北　伍智梅女士獎學基金委員會　1961 年 11 月　頁 4

48. 梁寒操　《盡瘁留芳》序言　盡瘁留芳　臺北　正中書局　1962 年 3 月　頁 4

49. 白　瑜　《盡瘁留芳》序　盡瘁留芳　臺北　伍智梅女士獎學基金委員會　1961 年 11 月　頁 5—7

50. 白　瑜　《盡瘁留芳》序　盡瘁留芳　臺北　正中書局　1962 年 3 月　頁 5—7

51. Yu Beh（白瑜）　INTRODUCTION　THE PRETENDER：A Historical Play in Three Acts　臺北　自印　1964 年 6 月　頁 1—4

52. 白　瑜　序　現代女性　臺北　臺灣商務印書館　1970 年 11 月　頁 1—3

53. 盧申芳　李曼瑰為戲劇而奮鬥　中華日報　1973 年 3 月 15 日　10 版

54. 廖淑頊　李曼瑰推展話劇　挑重擔步步紮實　中央日報　1975 年 1 月 19 日　6 版

55. 謝　玲　李曼瑰致力舞臺劇藝　青年戰士報　1975 年 3 月 9 日　9 版

56. 黃進德　李曼瑰與世長辭，畢生盡瘁於戲劇　臺灣新生報　1975 年 10 月 22 日　5 版

57. 賈亦棣　敬悼李曼瑰　中國時報　1975 年 11 月 7 日　5 版
58. 蘇　子　愴悼曼老——盡瘁戲劇運動五十年　青年戰士報　1975 年 11 月 7 日　8 版
59. 蘇　子　愴悼曼老（李曼瑰）——盡瘁戲劇運動五十年　臺灣新聞報　1975 年 11 月 7 日　9 版
60. 張曉風　她曾教過我——為紀念中國戲劇導師李曼瑰教授而作　中國時報　1975 年 11 月 10 日　12 版
61. 張曉風　她曾教過我——為紀念中國戲劇導師李曼瑰而作　你還沒有愛過　臺北　大地出版社　1982 年 5 月　頁 81—88
62. 張曉風　她曾教過我——為紀念中國戲劇導師李曼瑰而作　張曉風精選集　臺北　九歌出版社　2004 年 6 月　頁 148—153
63. 葉蟬貞　為紀念李曼瑰而作——盡萃留芳　臺灣新生報　1975 年 11 月 13 日　10 版
64. 蘇雪林　曼瑰與我　臺灣新聞報　1975 年 11 月 13 日　12 版
65. 畢　璞　敬悼李曼瑰——功不唐捐　青年戰士報　1975 年 11 月 26 日　11 版
66. 燕　泥　悼李曼瑰師——絳帳春風　臺灣日報　1976 年 1 月 9 日　12 版
67. 蘇雪林　曼瑰死前的預兆　暢流　第 53 卷第 9 期　1976 年 6 月　頁 18—19
68. 蘇雪林　曼瑰死前的預兆　蘇雪林作品集・短篇文章卷 1　臺南　成功大學中國文學系　2006 年 10 月　頁 194—197
69. 曉　風　作家追思錄——李曼瑰　中國現代文學年選・文學史料　臺北　巨人出版社　1976 年 8 月　頁 246—259
70. 吳青萍　敬獻李曼瑰——遲交的報告　中華日報　1976 年 10 月 27 日　11 版
71. 姜龍昭　《眼》的主題及演出——追念李曼瑰導師　眼　臺北　臺灣商務印書館　1976 年 12 月　頁 1—5
72. 盧申芳　畢生倡導劇運的李曼瑰　向時代挑戰的女性　臺北　臺灣學生書局

1977年2月　頁175—181

73. 江　平　追念李曼瑰——寫於「光照人間」演出之後　臺灣新生報　1977年5月1日　12版

74. 葉輝明　如何振興舞臺劇——懷念劇作家李曼瑰教授　臺灣新聞報　1977年5月31日　9版

75. 陸勉餘　李曼瑰——全心推展劇運的人　中華日報　1977年7月24日　10版

76. 陸勉餘　全心推展劇運的人　我最難忘的人　臺北　中華日報社　1977年7月　頁174—182

77. 姚一葦　敬懷曼老　中國時報　1978年10月24日　12版

78. 姚一葦　敬懷曼老　戲劇與人生——姚一葦評論集　臺北　書林出版公司　1995年10月　頁191—193

79. 鄭孝穎　李曼瑰　傳記文學　第204期　1979年5月　頁143

80. 白　瑜　序　李曼瑰劇存（一）　臺北　正中書局　1979年11月　頁1—3

81. 姚一葦　編後記　李曼瑰劇存（四）　臺北　正中書局　1979年11月　頁317—319

82. 黃以功　她是個中國人　一脈相傳　臺北　愛書人雜誌社　1980年4月　頁165—169

83. 曹尚斌　薪盡火傳——紀念李曼瑰教授　幼獅文藝　第328期　1981年4月　頁89—93

84. 曹尚斌　記李曼瑰老師　中外雜誌　第177期　1981年11月　頁72—76

85. 王晉民，鄺白曼　李曼瑰　臺灣與海外華人作家小傳　福州　福建人民出版社　1983年9月　頁119

86. 陳紀瀅　紀念李曼瑰委員逝世十周年　中央日報　1985年8月13日　12版

87. 趙琦彬　懷念戲劇家李曼瑰教授小集——第一聲鑼響　聯合報　1985年9月7日　8版

88. 姜龍昭　懷念戲劇家李曼瑰教授小集劇運拓荒者　聯合報　1985年9月7日

8 版
89. 李枝榮　懷念戲劇家李曼瑰教授小集憶吾姊　聯合報　1985 年 9 月 7 日　8 版
90. 王錫茞　永懷曼師　文訊雜誌　第 20 期　1985 年 10 月　頁 275—279
91. 姜龍昭　劇運拓荒者——懷念戲劇作家李曼瑰教授　戲劇評論集　臺北　采風出版社　1986 年 5 月　頁 246—249
92. 孟華玲　謝冰瑩訪問記〔李曼瑰部分〕　新文學史料　1995 年第 4 期　1995 年 11 月　頁 107—108
93. 馬　森　反共戲劇與新戲劇的興起——臺灣新戲劇的萌發與開展〔李曼瑰部分〕　二十世紀中國新文學史　臺北　駱駝出版社　1997 年 10 月　頁 342
94. 李立亨　中國戲劇導師——李曼瑰　臺北畫刊　第 394 期　2000 年 11 月　頁 73
95. 李立亨　中國戲劇導師——李曼瑰和臺灣劇運　臺北人物誌（三）　臺北　臺北市新聞處　2000 年 11 月　頁 158—163
96. 王琰如　李曼瑰和王德箴　手足情深　臺北　詩藝文出版社　2001 年 6 月　頁 190
97. 賈亦棣　李曼瑰一生盡瘁戲劇　藝文漫談　新竹　明新科技大學　2003 年 12 月　頁 131—132
98. 曹　明　展現臺灣戲劇演變風貌——讀《資深戲劇家叢書》〔李曼瑰部分〕　文訊雜誌　第 246 期　2006 年 4 月　頁 88
99. 蘇雪林　曼瑰不死　蘇雪林作品集・短篇文章卷 2　臺南　成功大學中國文學系　2006 年 10 月　頁 5—13
100. 〔封德屏主編〕　李曼瑰　2007 臺灣作家作品目錄　臺南　國立臺灣文學館　2008 年 7 月　頁 305—306
101. 藍建春主編　舞臺人生——臺灣戲劇運動——臺灣劇作家與戲劇作品〔李曼瑰部分〕　親近臺灣文學——歷史、作家、故事　臺中　耕書

園出版公司　2009年2月　頁181—182

102. 蘇雪林　曼瑰與我　蘇雪林作品集・短篇文章卷6　臺南　成功大學　2011年12月　頁169—175

103. 李　靈　傑出女性平凡事——蘇雪林與李曼瑰關係研究　十堰職業技術學院學報　2013年第5期　2013年5月　頁89—92

104. 蘇　琼　跨語境中的臺灣女戲劇家李曼瑰　藝苑　2014年第3期　2014年3月　頁71—73

訪談、對談

105. 編輯部　從《女畫家》看劇運——訪劇作者李曼瑰教授　中央日報　1955年3月24日　4版

106. 胡永年　如何推行小劇場運動——李曼瑰教授談片　民聲日報　1960年8月25日　5版

107. 鳳　磐　訪李曼瑰教授，談小劇場運動　聯合報　1960年9月10—12日　6版

108. 哈　公　談史劇《楚漢風雲》　聯合報　1963年10月6日　6版

109. 劉滇秀　李曼瑰談戲劇與人生　中央日報　1964年2月18日　4版

110. 趙　堡　李曼瑰談戲劇的新方向　聯合報　1964年11月20日　8版

111. 楊　銓　我們怎樣寫作——編劇寫作　中國一周　第793期　1965年7月5日　頁20

112. 宣　從　與李曼瑰教授談韓國之行　婦女月刊　第238期0　1974年7月

年表

113. 〔李曼瑰教授遺著編輯委員會編〕　生平年表　李曼瑰劇存（四）　臺北　正中書局　1979年11月　頁299—303

114. 牛川海　李曼瑰教授生平年表　文訊雜誌　第20期　1985年10月　頁279—281

115. 李皇良　李曼瑰生平年表　李曼瑰　臺北　國立臺北藝術大學　2003年7月　頁176—182

116. 陳碧華　李曼瑰戲劇相關對照年表　反共年代臺灣歷史劇的美學與政治——李曼瑰歷史劇與戰後戲劇運動之展開（1949-1975）　中興大學臺灣文學研究所　碩士論文　陳建忠教授指導　2011 年　頁 165—168

117. 陳碧華　李曼瑰與文學、影劇大事紀　反共年代臺灣歷史劇的美學與政治——李曼瑰歷史劇與戰後戲劇運動之展開（1949-1975）　中興大學臺灣文學研究所　碩士論文　陳建忠教授指導　2011 年　頁 171—177

118. 廖淑芬　李曼瑰生平劇本年表　李曼瑰反共劇本研究　淡江大學中國文學系碩士在職專班　碩士論文　張雙英教授指導　2017 年　頁 122—124

其他

119. 編輯部　三一劇藝社公開徵社友 李曼瑰報告籌備經過　聯合報　1960 年 10 月 4 日　6 版

120. 藝　公　話劇運動的實際問題　聯合報　1960 年 10 月 5 日　6 版

121. 編輯部　編劇學會最佳劇本獎　今頒給李曼瑰　中央日報　1974 年 9 月 28 日　6 版

122. 編輯部　最佳劇本獎今頒李曼瑰　聯合報　1974 年 9 月 28 日　9 版

123. 編輯部　李曼瑰獲頒最佳編劇獎　聯合報　1974 年 9 月 29 日　9 版

124. 編輯部　李曼瑰病逝　聯合報　1975 年 10 月 22 日　9 版

125. 編輯部　李曼瑰春風化雨四十年　聯合報　1975 年 11 月 7 日　9 版

126. 編輯部　李曼瑰安葬　聯合報　1975 年 11 月 8 日　9 版

127. 編輯部　政院決呈請褒揚李曼瑰　聯合報　1976 年 8 月 6 日　2 版

128. 編輯部　紀念李曼瑰圖書館今揭幕　聯合報　1976 年 10 月 23 日　9 版

129. 編輯部　紀念李曼瑰 演出舞臺劇　聯合報　1978 年 10 月 18 日　6 版

130. 編輯部　紀念李曼瑰演出舞臺劇　聯合報　1978 年 10 月 18 日　6 版

131. 鄧海珠　紀念戲劇導師李曼瑰話劇《瑤池仙夢》登場　聯合報　1978 年 10 月 20 日　7 版

132. 編輯部　中國話劇會頒李曼瑰獎　聯合報　1979年6月15日　7版
133. 編輯部　紀念李曼瑰教授 七劇團下月演出　聯合報　1985年8月17日　9版
134. 陳幼君　李曼瑰是中國劇運中不滅的名字，她在戲劇沒落的年代 為戲劇維繫一線命脈　民生報　1985年10月20日　9版

作品評論篇目

綜論

135. 徐正中　正宗劇作家——李曼瑰及其作品　創作　第12期　1963年7月10日　頁40—46
136. 叢靜文　李曼瑰的作品　自立晚報　1970年5月3、10、17、24日　8版
137. 叢靜文　李曼瑰　當代中國劇作家論　臺北　臺灣商務印書館　1973年9月　頁1—33
138. 曉　風　「愚不可及」的角色——介紹李曼瑰教授　幼獅文藝　第262期　1975年10月　頁28—60
139. 蘇雪林　李曼瑰及其重要創作（上、中、下）　暢流　第53卷第1—3期　1976年2月16日，3月1，16日　頁10—14，18—22，10—14
140. 蘇雪林　李曼瑰教授及其重要劇作（上、中、下）　蘇雪林作品集・短篇文章卷1　臺南　成功大學中國文學系　2006年10月　頁156—193
141. 紀蔚然　Two Significant Modern Play wrights from Taiwan（李曼瑰、張曉風）　Fu Jen Studies（Literature　Linguistics）　第13期　1980年12月　頁1—26
142. 王志健　話劇的復興——李曼瑰　文學四論（上）　臺北　文史哲出版社　1988年7月　頁393—394
143. 齊建華　戲劇和電影文學——戲劇創作發展概況〔李曼瑰部分〕　臺灣文學史（下）　福州　海峽文藝出版社　1993年1月　頁768—769

144. 齊建華　李曼瑰、姚一葦等的戲劇創作　臺灣文學史（下）　福州　海峽文藝出版社　1993 年 1 月　頁 772—775

145. 張文彥　臺灣話劇的演變歷程及其特點〔李曼瑰部分〕　走向新世紀：第六屆世界華文文學國際研討會論文集　北京　人民文學出版社　1994 年 11 月　頁 258—259

146. 張超主編　李曼瑰　臺港澳及海外華人作家辭典　江蘇　南京大學出版社　1994 年 12 月　頁 231—232

147. 李立亨　在適當的位置做最適當的事——李曼瑰和她所推廣的劇運　表演藝術　第 34 期　1995 年 8 月　頁 36—41

148. 姜龍昭　臺灣宗教戲劇的回顧與前瞻〔李曼瑰部分〕　中國現代文學理論　第 6 期　1997 年 6 月　頁 166—169

149. 馬　森　反共戲劇與新戲劇的興起——反共抗俄國策下的現代戲劇〔李曼瑰部分〕　二十世紀中國新文學史　臺北　駱駝出版社　1997 年 10 月　頁 340

150. 王新民　當代臺灣戲劇的走向——「臺灣戲劇三大家」和戲劇復興運動〔李曼瑰部分〕　中國當代戲劇史綱　北京　社會科學文獻　1997 年 12 月　頁 406—408

151. 林克歡　李曼瑰　中國文學通典・戲劇通典　北京　解放軍文藝出版社　1999 年 1 月　頁 858

152. 王澄霞　李曼瑰——臺灣現代戲劇之母　臺港澳文學教程　上海　漢語大辭典出版社　2000 年 10 月　頁 231—232

153. 彭耀春　臺灣當代戲劇的奠基人——李曼瑰　世界華文文學論壇　2002 年第 2 期　2002 年 6 月　頁 43—47

154. 黃萬華　臺灣文學——散文〔李曼瑰部分〕　中國現當代文學・第 1 卷（五四—1960 年代）　濟南　山東文藝出版社　2006 年 3 月　頁 499

155. 黃美序　臺風西雨新舞臺（臺灣行）——臺灣當代劇場引潮人——李曼瑰　戲劇的味／道　臺北　五南圖書出版公司　2007 年 10 月　頁 328

—329

156. 陳正熙　劇場評論在劇場整體發展中的位置——以李曼瑰與小劇場運動為例　2012 年戲曲國際學術研討會——「文資／文創」雙重視野下的傳統戲曲與民俗技藝　臺北　臺灣戲曲學院主辦　2012 年 10 月 11—13 日

157. 王澄霞　臺灣戲劇作家的創作——李曼瑰——臺灣現代戲劇之母　臺港澳文學教程新編　上海　復旦大學出版社　2013 年 1 月　頁 124—125

分論

◆單行本作品

劇本

《天問》

158. 白　瑜　序　天問　重慶　商務印書館　1943 年 7 月　頁 1—2

159. 白　瑜　序　天問　臺北　中央文物供應社　1956 年 3 月　頁 1—2

160. 應鳳凰　《自由中國》《文友通訊》作家群與五〇年代臺灣文學史〔《天問》部分〕　文藝理論與通俗文化（上）　臺北　中研院文哲所　2004 年 12 月　頁 123—124

《女畫家》

161. 白　瑜　白序　女畫家　重慶　商務印書館　1945 年 12 月　頁 1—2

162. 白　瑜　白序　女畫家　臺北　自由中國出版社　1956 年 1 月　頁 1—2

163. 雷　震　雷序　女畫家　重慶　商務印書館　1945 年 12 月　頁 3—4

164. 雷　震　雷序　女畫家　臺北　自由中國出版社　1956 年 1 月　頁 1—2

165. 王祇盤　《女畫家》觀後　中央日報　1961 年 12 月 28 日　7 版

《時代插曲》

166. 石　玄　序　時代插曲　臺北　自由青年社　1954 年 12 月　頁 1—2

167. 勉　餘　《時代插曲》評介　自由青年　第 14 卷第 3 期　1955 年 8 月 1 日　頁 14

168. 歌　雷　從「小劇場運動」評《時代插曲》的演出　中央日報　1960 年 11

月 1、2、3、4 日　6 版

169. 蘇　琼　白日夢與智慧——中國現代女性喜劇　戲劇藝術　2002 年第 1 期　2002 年 1 月

《楚漢風雲》

170. 哈　公　談史劇《楚漢風雲》　聯合報　1963 年 10 月 6 日　8 版

171. 王平陵　略談歷史劇——兼論《楚漢風雲》　中央日報　1963 年 10 月 11 日　9 版

172. 虞君質　論歷史劇——兼評《楚漢風雲》的編劇　中央日報　1963 年 10 月 12 日　9 版

173. 瘂　弦　論《楚漢風雲》的語言　中央日報　1963 年 10 月 15 日　9 版

174. 貢　敏　歷史舞臺人物——李曼瑰教授劇作《楚漢風雲》評介　中央日報　1963 年 10 月 16 日　7 版

175. 朱白水　從戲劇季看《楚漢風雲》演出（上）　中央日報　1979 年 11 月 14 日　10 版

176. 朱白水　從戲劇季看《楚漢風雲》演出（下）　中央日報　1979 年 11 月 15 日　10 版

177. 林克歡　作品解析——《楚漢風雲》　中國文學通典・戲劇通典　北京　解放軍文藝出版社　1999 年 1 月　頁 925

《漢宮春秋》

178. 雨　初　《漢宮春秋》的歷史根據　聯合報　1956 年 2 月 14 日　2 版

179. 梁實秋　談歷史劇——讀《漢宮春秋》的感想　中央日報　1956 年 2 月 15 日　3 版

180. 蘇雪林　《漢宮春秋》觀後感　中央日報　1956 年 2 月 20 日　4 版

181. 蘇雪林　《漢宮春秋》觀後感　閒話戰爭　臺北　文星出版社　1967 年 3 月　頁 79—83

182. 蘇雪林　《漢宮春秋》觀後感　閒話戰爭　臺北　傳記文學出版社　1970 年 8 月　頁 79—83

183. 老 沙　看《漢宮春秋》　中央日報　1956年2月17日　4版
184. 哈 公　評《漢宮春秋》　聯合報　1958年2月17日　6版
185. 白 濤　《漢宮春秋》的商榷　聯合報　1958年2月17日　6版

《國父傳》

186. 誓 還　《國父傳》　中央日報　1965年11月29日　6版

《大漢復興曲》

187. 老 沙　評《大漢復興曲》　大漢復興曲　臺北　臺灣商務印書館〔1957年〕　頁2—3
188. 張 麟　演出成功的《大漢復興曲》　大漢復興曲　〔出版地不詳〕〔出版單位不詳〕　〔1957年〕　頁3—4
189. 老 沙　評《大漢復興曲》　中央日報　1958年5月16日　5版
190. 徐正中　評《大漢復興曲》　聯合報　1958年5月18日　6版
191. 葉 敬　《大漢復興曲》觀後　中央日報　1960年5月28日　8版
192. 張瘦癡　也談《大漢復興曲》　中央日報　1960年5月30日　8版
193. 蘇雪林　評《大漢復興曲》　閒話戰爭　臺北　文星出版社　1967年3月　頁72—78

《淡水河畔》

194. 伯 牙　評《淡水河畔》　中央日報　1967年9月18日　7版
195. 丁 衣　從劇作精神看《淡水河畔》　淡水河畔　菲律賓　菲律賓劇藝出版社　1968年2月　頁47—50
196. 丁 衣　從劇作精神看《淡水河畔》　淡水河畔　臺北　中國戲劇藝術中心出版部　1970年5月　頁104—108
197. 石 玄　《淡水河畔》序　淡水河畔　菲律賓　菲律賓劇藝出版社　1968年2月　〔2〕頁
198. 石 玄　《淡水河畔》序　淡水河畔　臺北　中國戲劇藝術中心出版部1970年5月　頁1—3
199. 王錫茞　看《淡水河畔》　淡水河畔　菲律賓　菲律賓劇藝出版社　1968

年2月　頁45—46
200. 王錫茞　看《淡水河畔》　淡水河畔　臺北　中國戲劇藝術中心　1970年5月　頁101—103
201. 趙琦彬　關於《淡水河畔》的演出　淡水河畔　菲律賓　菲律賓劇藝出版社　1968年2月　頁51—53
202. 趙琦彬　關於《淡水河畔》的演出　淡水河畔　臺北　中國戲劇藝術中心出版部　1970年5月　頁109—112
203. 貢　敏　關於《淡水河畔》的演出　淡水河畔　菲律賓　菲律賓劇藝出版社　1968年2月　頁55—56
204. 貢　敏　關於《淡水河畔》的演出　淡水河畔　臺北　中國戲劇藝術中心出版部　1970年5月　頁113—115
205. 叢靜文　談《淡水河畔》　淡水河畔　菲律賓　菲律賓劇藝出版社　1968年2月　頁57—58
206. 叢靜文　談《淡水河畔》　淡水河畔　臺北　中國戲劇藝術中心出版部　1970年5月　頁116—117

《漢武帝》

207. 王尉誠　評《漢武帝》劇本　中央日報　1969年4月7日　11版
208. 謝冰瑩　《漢武帝》重看記　中央日報　1969年4月12日　9版
209. 曉　風　我看《漢武帝》的演出　中央日報　1969年4月13日　9版
210. 王恩倬　《漢武帝》觀後　中央日報　1969年4月14日　6版

《瑤池仙夢》

211. 文　壽　談《瑤池仙夢》　中央日報　1975年3月18日　10版

《李曼瑰劇存》

212. 姚一葦　關於《李曼瑰劇存》　聯合報　1979年12月27日　8版

作品評論目錄、索引

213. 〔封德屏主編〕　李曼瑰　臺灣現當代作家評論資料目錄（二）　臺南　國立臺灣文學館　2010年11月　頁1078—1083

國家圖書館出版品預行編目資料

臺灣現當代作家研究資料彙編. 103, 李曼瑰 / 徐亞湘編選. -- 初版. -- 臺南市 : 臺灣文學館, 2018.12
面 ; 公分
ISBN 978-986-05-7166-0(平裝)

1.李曼瑰 2.傳記 3.文學評論

863.4 107018450

【臺灣現當代作家研究資料彙編】103

李曼瑰

發 行 人　蘇碩斌
指導單位　文化部
出版單位　國立臺灣文學館
地　　址／70041 臺南市中西區中正路 1 號
電　　話／06-2217201　傳　　真／06-2218952
網　　址／www.nmtl.gov.tw　電子信箱／pba@nmtl.gov.tw

總 策 畫　封德屏
顧　　問　林淇瀁　張恆豪　許俊雅　陳義芝　須文蔚　應鳳凰
工作小組　呂欣茹　沈孟儒　林暄燁　黃子恩　蘇筱雯
編　　選　徐亞湘
責任編輯　呂欣茹　林暄燁
校　　對　呂欣茹　林暄燁
計畫團隊　財團法人台灣文學發展基金會
美術設計　翁國鈞・不倒翁視覺創意
印　　刷　松霖彩色印刷事業有限公司

經銷展售　國立臺灣文學館藝文商店（06-2217201 ext.2960）
國家書店松江門市（02-25180207）
一德洋樓羅布森冊惦（04-22333739）
三民書局（02-23617511、02-25006600）
台灣的店（02-23625799）　府城舊冊店（06-2763093）
南天書局（02-23620190）　唐山出版社（02-23633072）
後驛冊店（04-22211900）　五南文化廣場（04-22260330）
蜂書有限公司（02-33653332）

初版一刷　2018 年 12 月
定　　價　新臺幣 310 元整
第一階段 15 冊新臺幣 5500 元整　第二階段 12 冊新臺幣 4500 元整
第三階段 23 冊新臺幣 8500 元整　第四階段 14 冊新臺幣 5000 元整
第五階段 16 冊新臺幣 6000 元整　第六階段 10 冊新臺幣 3800 元整
第七階段 10 冊新臺幣 3200 元整　第八階段 10 冊新臺幣 3600 元整
全套 110 冊新臺幣 33000 元整

GPN 1010702065（單本）　ISBN 978-986-05-7166-0（單本）
1010000407（套）　978-986-02-7266-6（套）